ONDERGRONDS

W0348704

ANDER WERK VAN LIDEWIJ MARTENS

Een plek om te schuilen

Tot je valt

Steigereiland

Lidewij Martens

ONDERGRONDS

HarperCollins

MIX
Papier van verantwoorde herkomst
FSC www.fsc.org
FSC® C083411

Voor dit boek is papier gebruikt dat onafhankelijk is gecertificeerd door FSC®
ten behoeve van verantwoord bosbeheer.
Kijk voor meer informatie op www.harpercollins.co.uk/green

Deze uitgave kwam tot stand door bemiddeling van Sebes & Bisseling Literair Agentschap te Amsterdam.

HarperCollins is een imprint van Uitgeverij HarperCollins Holland, Amsterdam

Copyright © 2020 Lidewij Martens
Omslagontwerp: Buro Blikgoed
Omslagbeeld: © Celine Nguyen / Getty Images
Foto auteur: © Frank Ruiter
Zetwerk: Mat-Zet B.V., Huizen
Druk: CPI Books GmbH, Germany

ISBN 978 94 027 0491 4
ISBN 978 94 027 5944 0 (e-book)
NUR 305
Eerste druk februari 2020

HarperCollins Holland is een divisie van Harlequin Enterprises ULC
® en ™ zijn handelsmerken die eigendom zijn van en gebruikt worden door de eigenaar van het handelsmerk en/of de licentienemer. Handelsmerken met ® zijn geregistreerd bij het United States Patent & Trademark Office en/of in andere landen.

www.harpercollins.nl

Niets uit deze uitgave mag openbaar worden gemaakt door middel van druk, fotokopie, internet of op welke andere wijze dan ook zonder voorafgaande schriftelijke toestemming van de uitgever.

Alle in dit verhaal voorkomende personen zijn ontleend aan de fantasie van de schrijver. Elke gelijkenis met bestaande personen berust op toeval.

Wees een beetje aardiger tegen de mensen

1

Noord

Terwijl Flo de cowboyhoed, die ze zelf liefkozend 'haar stetson' noemde, van de kapstok pakte en opzette om naar huis te gaan, werd er op de glazen wand van haar kantoor getikt. Ze kende de harde metalen tik van de ring. Ze kende het ritme en ze kende de boodschap: hoed af, je kunt nog niet naar huis. Het licht van de late middagzon viel nog uitbundig door de lichtkoepel op haar bureau, stofdeeltjes hingen stil in de opstijgende warme lucht. Hunter, haar Mechelse herder, was ook al opgestaan en jankte zacht, verheugde zich op een rit op de passagiersstoel, zijn kop op de leuning naast haar, dan de riem en de uitgelaten ronde door de weilanden, misschien zelfs een duik in de sloot, ook al was die dichtgegroeid met alg en waterplanten. Flo keek op. Het trainingsjasje dat de hoofdcommissaris-die-zo-graag-jong-wilde-blijven zelf aan had getrokken, betekende dat er een plaats delict was. Ze vermoedde sterk dat hij het jasje bij de kinderafdeling van de Peek & Cloppenburg had gekocht.

Flo drukte de stetson vaster op haar hoofd en knikte naar hem. Brian voelde even aan het knotje op zijn hoofd, het hipsterknotje waar hij ook te oud voor was. Hij ergerde zich dus, rekte zich uit en benadrukte daarmee dat hij, net als iedereen, minstens twee koppen boven haar uitstak, ondanks haar laarzen met sleehakken. Ze opende de glazen deur van haar kantoor voor hem zonder de hoed af te zetten.

'Er hangt een vrouw aan een abseilkoord in de koepel van metrostation Noord. Een GVB-medewerker belde 112.'

Ze keek omhoog vanonder de hoed.

'Alles wordt nu afgezet, mensen worden geweerd van de PD, en ik heb een mediastilte ingelast.'

De nieuwe Noord/Zuidlijn was aangelegd en zou, na alle vermeende schandalen en vertraging, volgende week eindelijk in gebruik genomen worden. Flo hoorde de journalisten al in haar nek hijgen.

'Ik zie je zo daar,' zei Brian. Hij duwde zijn knotje nog wat rechter en liep naar de deur. Het was de eerste keer dat hij de hoed negeerde. Hij had haar nodig. Dus zei ze, voordat hij de deur weer achter zich had kunnen sluiten: 'Ik wil wel rijden.'

Hij draaide zich om. Zijn blik zei dat hij besefte dat ze een gebaar maakte; het metrostation was nog geen tien minuten lopen van het bureau, maar je daar te voet heen begeven was iets wat een hoofdcommissaris van district Amsterdam-Noord nooit zou doen. Vooral niet als die hoofdcommissaris Brian Daalmeijer heette en nog volop bezig was aanzien te vergaren in zijn nieuwe functie. Het belangrijkste gebaar was echter iets anders. De bijrijder, en niet de chauffeur, was in politiekringen de baas; dat wist iedereen op een plaats delict.

'Nog even blijven,' zei ze tegen Hunter. Het was al tot daaraan toe dat ze de hond meenam naar het bureau, vond Brian, mee naar een plaats delict was ondenkbaar. Dat oud-commissaris Ferdinand daar heel anders over had gedacht, boeide hem niet. Hunter jankte zacht toen ze de deur achter zich dichttrok. Haar kantoor lag midden in een zee van andere glazen eilandjes; een onderzoek had uitgewezen dat werknemers beter presteerden als ze hun eigen space en veiligheid om zich heen voelden. Dus waren er hooguit gedempte geluiden van rinkelende telefoons, murmelende stemmen, rollende wieltjes van een stoel. Ze stak haar hand op naar Desmond, die niet zittend werkte maar staand en elk halfuur een minuutje ontspande in zijn ergonomische massagestoel. Daar lag hij nu ook in, zijn lange grijze staart als een slang kronkelend naast zich, zijn gezicht omlaag in het uitgespaarde gat.

Daarom stak ze alleen even haar hoofd om de hoek van zijn aquarium. 'Ben weg, komen denk ik niet meer terug vandaag.'

Bij wijze van antwoord kwam zijn hand omhoog, een magere hand. Dof klonk zijn stem: 'Juist. Hoe eerder het loslaten, hoe groter het inzicht.'

Dat die levenshouding er nog niet voor had gezorgd dat zijn vingers elke dag iets minder geel kleurden omdat hij het inzicht had gekregen dat roken dodelijk was, deed niets af aan de overtuiging. Flo knikte tegen Desmonds achterhoofd. De glazen lift daalde transparant van de twaalfde verdieping naar beneden. Er waren collega's die er niet in durfden. Dat Flo op haar beurt blij was dat ze niet op de zesentwintigste werkte omdat ze niet bij dat knopje kon, had ze nog nooit aan iemand hoeven vertellen.

Flo draaide de donkergroene Mazda MX-5-cabrio rustig de hoek om, ving het zuchtje wind dat om het hoge gebouw viel en glimlachte toen ze Brian tweehonderd meter verderop zag staan, voor de plek waar ze gewoonlijk parkeerde. Zijn smalle gezicht was rood aangelopen; hij stond recht in de felle julizon. Het was al weken tropisch warm. Flo hield er niet van als mensen de dingen voor haar bepaalden, dus parkeerde ze vaak niet op de voor haar bestemde plek aan de voorkant, maar aan de achterkant van het bureau. Uit het zicht van de bezoekers van het winkelcentrum Boven 't Y, die daar vast allemaal iets van dachten. Iets wat hardop waarschijnlijk klonk als 'In plaats van dat ze nou de boeven vangen die dit soort auto's stelen, gaan ze er zelf in rijden.' Dat Flo zelf jaren gespaard had voor de auto en dat ze zelf niet uit de grachtengordel kwam, maar was opgegroeid in een middenklassengezin in Oostzaan, waar ze de uitdrukking 'doe maar gewoon' zo'n beetje hadden uitgevonden, vertelde de auto je niet.

Zwijgend reed ze voor. Zwijgend ontgrendelde ze het portier. Even zwijgend stapte Brian in. Het leer van de stoel kraakte toen hij er ver in wegzakte. Boy, Flo's veertienjarige zoon, hield ervan de leuning naar achteren te zetten, zodat Brian er nu ook uitzag als een veertienjarige. Met bijpassend trainingsjack. Hij worstelde zich snel overeind. 'Linksonder,' beantwoordde Flo zijn onuitgesproken vraag. Hij draaide aan de knop en zette de stoel rechtop. Omdat ze het niet kon laten, gaf ze zo abrupt mogelijk gas. Een vrouw op de stoep gaf van schrik een ruk aan het stuur van haar rollator, twee jongens met hoody's wierpen een bewonderende blik. Maar Flo lette er niet op. Op een kilometer afstand hing er iemand dood te zijn.

Flo nam een omweg om de indruk te wekken dat ze ergens anders vandaan kwamen dan van het bureau, draaide het gloednieuwe parkeerterrein op, waar het bouwzand nog niet helemaal van was verdwenen, en kwam met piepende banden tot stilstand. Ze hoefde niet opzij te kijken om te weten dat Brian de hele rit, hoe kort ook, gevochten had tegen de aandrang zich schrap te zetten tegen het dashboard. Terwijl ze een gebaar maakte naar de achterkant van haar hoofd, gunde ze hem: 'Je moet even...' Zonder haar te bedanken klapte Brian de zonneklep omlaag, keek in het spiegeltje en fatsoeneerde zijn verwaaide knotje. Flo pakte haar hoed uit de kofferbak. Zwijgend sloot Brian zijn portier. Zwijgend ging hij haar voor. De koepel van het metrostation torende boven hen uit. Het rook naar verf en stof, de geur van pasgestort beton.

'Prachtig, hè? Een wereldstad waardig,' zei Brian, terwijl hij in de lege, want nog ongebruikte hal op de roltrap naar boven stapte.

En volstrekt nutteloos, dacht Flo erachteraan. Brian en zij stegen op. Op het perron keek Flo naar boven. De vrouw, van wie de identiteit nog niet was vastgesteld omdat Flo had geëist dat zij als eerste met het bakje naar boven ging, bungelde aan het koord en wiegde zachtjes heen en weer, alsof ze wilde zeggen: zo erg is het allemaal niet.

Op het spoor stond een hoogwerker op wielen. Brian bleef op het perron staan. Flo mat de afstand tussen beide zijden van de koepel. Daarachter heerste een blauwe, wolkeloze hemel. Ze moest haar ogen dichtknijpen tegen de zon, die groot en wit achter het glas stond. Het koord, waaraan de vrouw hing, was met een haak aan een dakspant bevestigd. Een gloednieuwe haak, een gloednieuw koord. Ze liet zich op het spoor zakken, wenkte naar de bestuurder van de hoogwerker en stapte zonder aarzelen in het bakje, zodat Brian niet achter kon blijven. Alles om gezichtsverlies te voorkomen. Grow up, dacht ze alleen maar. Het bakje steeg, schokkend. Ze verdacht de machinist van opzet, wellicht vanwege knotje en trainingsjack, maar negeerde het. De dode vrouw droeg een wijde paarse rok met stroken, die in haar kruis was aangesnoerd door het klimtuig. Haar bovenlijf, gekleed in een rood hemdje, helde naar voren. Haar hoofd hing zijwaarts aan de geknakte nek. Flo gaf de machinist een seintje. Hij had het bakje zonder ongelukken tot op anderhalve meter van het lijk gebracht. Dat was dichtbij genoeg, zag ze aan Brians strakke gezicht, maar ze gebaarde: nog iets dichterbij. De ogen van de vrouw puilden uit hun kassen. Flo stelde zich haar doodsangst voor, de val in het vacuüm, dan de schok. Ze tikte een arm aan. Vanuit haar ooghoek zag ze Brian schrikken, maar ze negeerde hem. De arm was stijf.

'Ze is over het dak gekomen,' zei Brian, terwijl hij naar de ontbrekende glasplaat in de nok wees. 'En toen gesprongen. Of geduwd.'

Flo wilde al knikken, maar keek langs het touw omhoog en schudde nee. 'Iemand heeft haar langzaam van boven naar beneden laten zakken, of van beneden aan het touw omhooggehesen, toen ze al dood was,' stelde ze vast.

Brian keek haar aan, wierp vervolgens een snelle blik om zich heen om te checken of gehoord kon worden dat hij niet wist waar ze dat aan zag. Geïrriteerd zei hij: 'En hoe weet je dat zo zeker?'

'Als ze gesprongen was, was de zekering dubbelgeklapt door haar gewicht en de schok.' Brian koos ervoor zijn mond te houden. Maar ze wist dat hij haar dit gescoorde puntje niet makkelijk zou vergeven.

Een uur later, toen het lichaam eenzaam op de gladgeboende vloer lag, was de schouwarts het met haar eens. Ze had gehoopt op Juliette, met wie ze kon lezen en schrijven, maar deze Verwoerd had ze pas één of twee keer gezien. Hij deed zijn werk voorzichtiger dan zijn grove gestalte zou doen vermoeden. Aan de manier waarop hij de nek van de vrouw bevoelde, aan de zachte voorzichtige aanraking, was niet te zien dat hij handschoenen droeg. Het zag eruit alsof hij haar koude huid streelde en troostte, ook al was het te laat. De nek van de vrouw was niet gebroken; de doodsoorzaak was een andere dan een val. Brians tanden knarsten nog net niet.

'Goed als ik haar meeneem naar het lab?' vroeg de arts.

Flo maakte een miniem hoofdgebaar dat hem vertelde: niet aan mij vragen, maar aan hem.

Dus richtte hij zijn blik op Brian, maar hij trok zijn handschoenen al uit. 'Kijk nog even naar die polsen,' zei hij met een knikje.

Flo draaide de arm zo dat de binnenkant van de pols zichtbaar werd. Er zat een afdruk op, op de andere ook. Ze waren ingesnoerd geweest. Vastgebonden. 'Tiewraps?' vroeg ze aan de arts. Die knikte.

'Wanneer kun je een rapport overleggen?' vroeg Brian, om ook iets te vragen.

Flo deed een paar stappen naar achteren, keek toe hoe het gezicht van de vrouw onder het laken verdween, drukte haar hoed vaster op haar hoofd en deed de belofte die ze altijd deed. De moordenaar zou gevonden worden. Whatever the cost.

Een paar meter verderop op het perron, dat binnenkort door duizenden reizigers bewandeld zou worden, lag een handtas. Een leren handtas met grote hengsels, formaat x-large, waarvan de inhoud de dode vrouw een naam gaf en een glimp van persoonlijkheid. Flo viste er een krant, drie aangebroken pakjes kauwgom, een make-upetuitje met kapotte rits, een halfleeg flesje vruchtensap, een sleutelbos, verkreukelde A4'tjes met adressenlijsten en iets wat leek op een begroting, een Prittstift, een eenzame oorbel en een portemonnee uit. De vrouw met de paarse strokenrok heette Regina Baken en keek Flo met twinkelende blik en wilde haardos vanaf een rijbewijs aan. Flo duwde het beeld van de uitpuilende ogen zo ver mogelijk weg. Ze keek nogmaals omhoog.

Brian kwam aanlopen en keek haar aan. 'Vanuit dat gebouw heb je zicht op de koepel,' zei hij. Hij wees naar een hoog gebouw dat boven de koepel uitstak.

'Dus als er iemand op die koepel geklommen is, dan had je dat vanaf een hoge verdieping kunnen zien... Het is toch een ROC?'

Brian knikte.

'Daar gaan we zo even langs.'

De behulpzame agent die de gegevens van Regina's rijbewijs in de database invoerde, had dat glimlachje om zijn mond. Dat glimlachje dat bij mannen vaak verscheen, als hun ogen Flo's gestalte maten. 'Petite' was de term, goed gekleed, als een parisienne, maar dan zonder de korte rok, omdat die niet praktisch was. Een sexy kindvrouwtje dus. Eentje waar mannen voor wilden zorgen, waar ze best een gokje mee wilden wagen, maar dat ze ook niet helemaal serieus namen. De hoed en haar Sendra-cowboylaarzen hielpen iets, maar niet veel. Maar Flo glimlachte naar de agent: ontzettend bedankt. Het was een adres in de Vogelbuurt, Amsterdam-Noord.

*

Toen ze de deuren van het ROC binnenliepen, werden Flo en Brian overvallen door het geluid van de massaal aanwezige leerlingen. Ze stonden in de hal, zaten in de koffiehoek en verdrongen zich bij de toegang tot de trappen, waar ze tegengehouden werden door een conciërge. Hij had iemand van het korps ervan overtuigd afzetlint te spannen. Alle leerlingen wilden naar boven, waar uitzicht was op de koepel, waar eerder het bungelende lijk van Regina te zien was geweest. De medewerker van het GVB had als eerste 112 gebeld. Ene Wendy Lasalle, lerares op de school, als tweede.

Wendy was niet heel veel groter dan Flo, wel iets breder. Ze zat met drie leerlingen in de lerarenkamer. De twee jongens en het meisje waren bezig met hun telefoons toen Flo en Brian binnenkwamen. Wendy keek onmiddellijk op, met angstige, geschokte blik. Ze schudden handen.

Rohan, Yassouf en Kyle waren die ochtend vroeg op school geweest. Ze waren alvast naar het lokaal gegaan waar ze les hadden. Wendy zou een toets afnemen, en ze wilden de stof nog een laatste keer doornemen. Kyle had het als eerste gezien.

'Ik dacht eerst dat het een pop was, maar toen keek ik beter en dacht: oh my God.'

'Zag je iets of iemand buiten óp die koepel?'

Het meisje schudde nee. 'Ik riep de anderen. En die hebben toen mevrouw Lasalle geroepen.'

Flo wendde zich tot Wendy.

'Hebt u iets verdachts gezien?'

'Nee, nee, niet gezien.' Wendy kneep in het lege plastic bekertje voor haar. Haar stem trilde.

'U bent ook geschrokken?' zei Brian.

'Ja. Ja. Ineens zo'n dode vrouw. Ja, daar schrok ik van, ja.'

Brian bood aan: 'Ik geef u straks het nummer van slachtofferhulp. En jullie ook.'

De tieners waren alweer bezig op hun telefoon.

'Hebben jullie foto's verspreid?' vroeg Brian bars.

Daar schrokken ze van. 'Ja,' zei Yassouf. 'We wisten toch nog niks?'

'Ik zei ook dat dat niet verstandig was. Maar ja,' zei Wendy.

Kyle durfde te vragen: 'Wie is het?'

'Was het,' corrigeerde Rohan haar. Met gevoel voor sensatie, vermoedde Flo.

'Ja. Ik bedoel, ik weet dat u dat natuurlijk niet mag zeggen, maar het is wel fijn om haar een gezicht te geven. En misschien ook te weten waarom. Was het zelfmoord?' zei Wendy.

'We kunnen er inderdaad niks over zeggen. We hopen ook dat het snel duidelijk wordt allemaal. Nog een vraag: hebben jullie gisteren iets vreemds gezien? Op of bij het station?'

De drie leerlingen schudden synchroon hun hoofd.

Flo hoefde bij vertrek niet om te kijken om te weten dat ze onmiddellijk weer in hun telefoons zouden duiken.

'Als u nog iets te binnen schiet, dan belt u onmiddellijk, goed? Maakt niet uit wat,' zei Flo vriendelijk maar dwingend tegen Wendy.

Die knikte. Het plastic bekertje scheurde krakend open.

*

Op de Meeuwenlaan lag het vroege avondlicht zacht over de bankjes in de voortuintjes. Het rook zoet, naar de bloeiende oleander in een van de tuintjes. Een man, wiens bierbuik tot ver over zijn broek reikte, maar die daar niet mee leek te zitten, hief zijn bierblikje en groette vriendelijk. Hier woonden Amsterdammers van het eerste uur, families die hooguit uitwaaierden tot de volgende straat, met een hechte sociale controle. Er woonde import, uit binnen- en buitenland, maar helemaal bij de Vogelbuurt horen zou je nooit lukken. Flo had de auto bij de nieuwe Jumbo Foodmarkt geparkeerd, een voorbeeld van de gentrificatie waar niet iedere Noorderling blij mee was.

Brian zei dat het tijd nodig had. Meer niet. 'Ik ken zat mensen die de sushi ontdekken en de lange schappen uitheemse potjes en kruiden. Dat brengt juist samenhang in zo'n buurt.'

'Hoe dan?' vroeg Flo kortaf, terwijl ze koers zette naar nummer 68.

'Nou, zo'n man, die we net passeerden. Die kan nu toch voor zijn buren van over de grenzen ook iets lekkers maken?'

Flo bleef recht vooruitkijken, zodat Brian alleen maar zicht had op haar hoed. Dat ze zeker wist dat 'die man' die buren het liefst terug de grenzen over wilde sturen, zei ze niet. Ook niet dat zij zelf ergens best begreep dat mensen pislink werden als zij al twaalf jaar op de lijst voor een sociale huurwoning stonden, die dan ingepikt werd door een kersverse economische vluchteling. En ze verzweeg al helemaal dat ze, in de tijd van de reizen naar Californië met Casey, had gesnakt naar hagelslag en asperges met hollandaisesaus of andijviestamppot. Brian was vandaag al geagiteerd genoeg.

De deur ging pas na vier keer bellen open. Op de drempel stond een lange tengere man, grijs aan de slapen en een beetje kalend. Ze schatte hem een stuk ouder dan Regina, die volgens haar rijbewijs tweeënveertig was.

'Wat komt u doen?' Hij spuugde de woorden bijna in Flo's gezicht.

'Goedemiddag. Wij –'

'Goedenavond,' onderbrak de man haar. 'Het is al avond. En ik moet zo weg, en Regina is er nog niet, dus ik heb geen tijd voor audities van –'

'Recherche,' onderbrak Flo hem op haar beurt.

Daarop viel de man stil.

'Wat is uw relatie tot Regina Baken?' Flo zag de paniek opvlammen in zijn ogen.

'Ik ben haar man.'

'Flo Berge en Brian Daalmeijer, recherche Amsterdam. Mogen we even binnenkomen?' Ze zette haar hoed af en keek de man aan.

Hij aarzelde. 'Dus u komt niet voor een auditie?'

Flo schudde nee.

'Is er iets met mijn vrouw?'

'Dat is zacht uitgedrukt.' Flo voelde dat de hand van Brian zich waarschuwend om haar elleboog vouwde. Hij was inmiddels bekend met haar beruchte gebrek aan tact als ze mensen niet mocht. Dat gebrek was er ook als het een nabestaande van een gruwelijke moord betrof. En Brian wist dat die eigenschap alleen maar getolereerd werd vanwege Flo's gedrevenheid, haar scherpte en haar verbeten vasthoudendheid.

Dus herhaalde hij: 'Mogen we even binnenkomen?'

Tien minuten later had Jason nog niets gezegd. Hij had aandachtig geluisterd. Aan de keukentafel had hij de details van Brians verhaal in zich opgenomen. Nu was het stil. Flo had ondertussen de kamer bekeken. De roze bank met de vracht aan kussens en houtsnijwerk aan de leuningen, de designsalontafel van glas, met grote rubberen wielen eronder, het altaartje waarop een beeld van een boeddha uitkeek op verse bloemknoppen en brandende waxinelichtjes, de kunstige lamp met blauw ledlicht, de turnringen aan touwen aan het plafond onder de vide.

'Eclectisch,' zou Casey zeggen. 'Een bij elkaar geraapt zootje,' zou Flo hem lachend verbeteren, hoewel ze ook zag dat de spullen niet bij elkaar geraapt, maar zorgvuldig bij elkaar gezocht waren. Regina's verdienste of die van Jason? Ze dacht aan de stroken op de jurk en de wilde krullen en gokte op Regina. Het meest opvallend waren echter niet de meubels, maar het feit dat er geen plekje aan de muur nog muur was. Van boven tot onder hing die vol met foto's en posters. Foto's van gezelschappen op podia, lachend en buigend, in kostuum, bloemen in de armen. En posters van voorstellingen van de Volksopera.

Tot Brians en Flo's verbazing knikte Jason en stond op. Hij stak zijn hand uit en zei alleen maar: 'Dank u.'

Ietwat verbouwereerd, en waarschijnlijk uit beleefdheid, stond Brian ook op. Flo keek hem strak aan, als om de woorden 'Graag gedaan' terug zijn mond in te duwen. In plaats daarvan zei ze, vanaf de bank: 'Fijn dat u het zo rustig opneemt. Maar we hebben natuurlijk een paar vragen.'

'Die we ook later op het bureau kunnen stellen,' nam Brian het van haar over.

Flo glimlachte zo zonnig mogelijk. 'Maar dat zou dan morgen moeten. En aangezien u morgen première hebt... als die doorgaat natuurlijk.'

Jason keek haar verbaasd aan en had die blik. Die blik die mannen altijd hadden als ze erachter kwamen dat er onder die hoed toch iets schuilde waar rekening mee gehouden moest worden. 'Hoe...' begon hij, maar ze wees naar de gloednieuwe poster aan de deur. DE VOLKSOPERA SPEELT ICARUS stond erop gedrukt, over een foto van een bemande vliegtuigcabine heen. Met de premièredatum. 'Ja. Ja,' zei hij, en hij ging weer zitten

Flo vermeed het Brian aan te kijken, omdat die nu niet anders kon dan ook weer gaan zitten en hij haar dat waarschijnlijk niet in dank afnam.

'Maar waarom zou het niet doorgaan?' vroeg Jason verward.

Dringt nog niet door, dacht Flo. 'U bent de regisseur?' stelde ze vragend vast. Ook de naam Jason Baken stond op de poster gedrukt. Die van Regina niet.

'Ja. Het is altijd nogal hectisch, zo vlak ervoor, maar nu met het Cultuurfonds...'

Flo knikte zo begrijpend mogelijk.

'Hoe bedoelt u?' verpestte Brian het weer.

Flo mocht dan niet altijd uitblinken in tact, maar in haar twintigjarige carrière had ze wel geleerd dat niets vragen soms meer opleverde dan wel iets vragen. *Laten praten*, was het credo geweest van Ferdinand, de oude hoofdcommissaris.

'Nou ja, ze komen speciaal kijken. Of we nog in aanmerking komen voor subsidie, nu de kraan zo is dichtgedraaid. Regina is geweldig als zakelijk leider...'

Niemand durfde het 'was' aan te vullen.

'Klom uw vrouw? Deed ze aan bergbeklimmen, bedoel ik?' vroeg Flo.

De verwarring bij Jason werd nu pas echt zichtbaar. 'Nee, nee, over haar lijk. Ik bedoel...' Hij slikte, slikte nog een keer. 'Hoogtevrees.'

'Wisten mensen daarvan?'

'Nou, ze liep er niet echt mee te koop. Iets van vroeger. Maar wat bedoelt u daarmee?'

'Had ze vijanden?'

Jason keek van Flo naar Brian, alsof die laatste hem zou kunnen redden. Maar die zweeg, gelukkig.

Jason knipperde even en keek Flo toen recht aan. Zo recht, dat er bij Flo een alarmbelletje afging. Regisseur. Weet hoe hij zijn acteurs overtuigend moet laten liegen. Iemand recht aankijken hoort daarbij.

'Nee,' zei hij met vaste stem. 'Niet dat ik weet, en niet dat Regina weet. Wist.'

Strijdbaar, concludeerde Flo.

Jason stond weer op. 'Regina reisde op en neer naar haar tijdelijke kantoortje in de Stopera. Ze kwam meestal rond zessen thuis. De nieuwe metro zou een hele verbetering...' Met een handgebaar maakte hij de zin af, vervolgde toen: 'Er was niets wat me aan haar opviel de laatste tijd; ze had geen ruzie met iemand, was niet stiller, somberder of angstiger dan anders, ze was niet ziek.' Hij aarzelde even.

Flo slikte de vraag in of hij ook politiedrama regisseerde, zo goed had hij het riedeltje in zijn hoofd. 'Wat deed ze op een metrostation waar nog geen metro's reden?'

Jason bleef haar net iets te lang aankijken, haalde toen zijn schouders op.

'Wanneer en waar hebt u haar voor het laatst gezien?'

'Vanmorgen. Bij het ontbijt. Hier.' Hij legde een hand op de leuning van een stoel, de stoel waar zij waarschijnlijk altijd zat. Zijn duim gleed strelend over het hout. Haar stoel. Waar ze nooit meer op zou zitten. 'Maar wat ik nog wou zeggen...' Hij leek verder niet aangedaan, of hij wist het goed te verbergen.

Flo trok vragend haar wenkbrauwen op.

'Ze was juist erg vrolijk, omdat de deal met de gemeente door leek te gaan.'

'Deal?' herhaalde ze.

Jason keek Flo weer strak aan toen hij zei: 'Als we zouden verhuizen naar het centrum, zou de subsidiepot best weer eens open kunnen gaan.'

Brian keek hulpzoekend naar Flo. Die vroeg: 'En met "we" bedoelt u: uzelf en Regina?'

'Nee, natuurlijk niet. De Volksopera Amsterdam-Noord.'

Flo vroeg zich ten zeerste af of de deelnemers, de zangers en acteurs van de Volksopera, per keer geworven uit de wijken in Noord waar de opvoeringen plaatsvonden, daar blij mee zouden zijn.

Tot haar verrassing vroeg Brian zich dat blijkbaar ook af, want hij vroeg: 'Kunnen we met de leden van het gezelschap spreken?'

'Vast wel. Maar beseft u dat het gaat om twintig acteurs, zestien muzikanten, een dirigent, een choreograaf en dan de lui van techniek nog niet meegerekend?'

Weer die trots.

'Er is nog een generale repetitie. Vanavond.'

'Maar meneer Baken...' Uw vrouw is net dood, had Flo willen zeggen, maar die woorden slikte ze net op tijd in toen ze Jasons felle blik zag.

Stellig, vastberaden, zei hij: 'Vanavond. Om halfnegen.' Hij viel stil, vervolgde toen: 'Regina zou dat ook willen. Alles gewoon door laten gaan. Júíst door laten gaan.' Er volgde toch een spoortje twijfel in: 'Denkt u niet?' Het bleef even stil.

Flo besloot dat het een retorische vraag was en vervolgde: 'Prima. Waar? Dan zullen we er zijn.' Toen Jason aan een uitgebreide routebeschrijving van de Meeuwenlaan naar het Spreeuwenpark wilde beginnen, brak ze hem af. 'Dat kunnen we vinden.'

Terwijl ze de voortuin uit liepen, zag Flo de triomfantelijke uitdrukking op Brians gezicht. Ze lachte naar hem, klaar om hem de eer te geven die hem toekwam. Ze wist allang dat in haar vak jaloezie alleen maar in de weg zat.

*

De linnen kap van de auto was omlaag; de wind had vrij spel in haar nog steeds witblonde haar. Dat ze niet grijs oogde omdat die haren niet opvielen tussen de blonde, hoefde ze niemand uit zichzelf aan de neus te hangen. Haar kleine handen lagen zeker op het stuur. De stoel kon niet verder naar voren, maar haar laarzen hadden lange smalle punten en reikten verder dan haar voeten. En omhoog kon de stoel wel. Flo had Brian op het bureau afgezet, die opgelucht leek toen ze had aangegeven naar huis te gaan om even te eten, omdat haar jongste daarop rekende. Wat Brian met eten zou doen, had ze niet gevraagd; hij woonde in de stad, dus op en neer zou dan een mijl op zeven worden. Ook hij verheugde zich erg op de Noord/Zuidlijn. Over een week zou hij gaan rijden en zou de feestelijke opening plaatsvinden; komende week zou de lijn diverse proefritten maken. Met vrijwilligers. Dat was Flo niet. En de meesten van haar mede-Oostzaners ook niet.

Ze nam de afslag van de rondweg, langs Tuindorp Oostzaan, het Zuideinde op. Bijna thuis, dat rook Hunter ook, met zijn kop in de wind op het portier. Ze zag de afzetting net op tijd. En ook de man in het fluorescerende hesje naast de wit met rode hekken. Verkeersregelaars, een symptoom van nutteloze werkverschaffing, dacht ze altijd, als ze zo'n man of vrouw passeerde, die daar de hele dag zinloos handen omhoog en handen omlaag stond te houden. Maar daar kon hij of zij ook niks aan doen, bedacht ze niet voor het eerst, terwijl ze naar het hesje toe leunde. Hunter blafte, maar op haar 'Ssst' zweeg hij. Er waren heel wat uren in de training gaan zitten, maar ze kon blind op hem vertrouwen. En hij op haar.

'U mag er niet door. De opbouw is begonnen.'

Toen pas herinnerde Flo zich de kermis. De Oostzaanse kermis, een jaarlijks terugkerend festijn waar het hele dorp zich mateloos op verheugde en dat vier dagen lang 'vrijheid' betekende. Of beter gezegd:

vier dagen en nachten drinken, dansen, zoenen en ruzie zoeken tot je erbij neerviel.

Achter de afzetting zag ze de bekende vrachtwagens, de opschriften op de wagens waarmee de attracties werden vervoerd. CALYPSO, ACTION RIDER, BABY FLUG. Een halve botsautobaan was al gebouwd. Eén tentakel van de fameuze 'spin' reikte al naar de hemel, met het gewelfde karretje eraan waarin de meisjes gilden en de jongens nonchalant een arm langs hun schouders legden, als om zich vast te houden. De kermis. Ook zij had er herinneringen aan, ook zij had zich er jaren op verheugd. Ze voelde weer de helling van de lopende band, waar zij moeiteloos op en af stapte, voelde weer de onzekere handen van de klanten die de hare vastgrepen, die rekenden op haar evenwicht, als meisje van de kermis. Ze had van haar vijftiende tot haar negentiende bij het Lunapark gewerkt. Jaren waarin ze geen centimeter langer meer was geworden, tot tevredenheid van de uitbater en tot vertedering en verrassing tegelijk bij de mensen van buiten Oostzaan.

Ze had in haar volwassen leven ook nog van de kermis genoten, had zelfs Casey in het spookhuis gekregen, terwijl die het natuurlijk een poppenkermisje vond in vergelijking met Disneyland. Ze had ervan genoten totdat Boy en Grace oud genoeg waren geweest om er voor het eerst in hun eentje heen te gaan. Toen pas had ze haar vader begrepen, de eindeloze discussies met haar moeder, de tijden waarop zij en haar broer Kai thuis moesten zijn en geen minuut later. Op de 'Ootsaanse' kermis werden vetes beslecht. Met de handen, de voeten in zo zwaar mogelijk schoeisel en soms ook de toevallig meegenomen honkbalknuppel. Het hoorde bij de folklore. En liep meestal met een sisser af.

Dat dat nog steeds zo was, betekende zeker niet dat Boy hier nu op zijn veertiende met een blikje bier tegen een brommer aan mocht hangen, en dat zag ze hem wel doen. Ze floot op haar vingers. Ze zag het koppie van haar zoon verstarren, de kin omhooggaan, de hand met het blikje omlaag. Er stuiterde iets tegen de velg van haar achterwiel. Flo opende het portier. Het geluid was afkomstig van een ander blikje, waar het bier schuimend uit klotste. Met een klap sloeg ze het portier dicht.

'U kunt hier ook niet parkeren, mevrouw,' zei de verkeersregelaar, maar hij deed een stap naar achteren toen hij haar gezicht zag.

'Wacht maar even,' zei ze. Ze bleef staan en keek naar haar zoon. Zijn haar viel sluik en blond rond zijn gezicht, zijn donkere ogen keken haar aan. Boy was de kleinste van het stel. Aan de jongen op de brommer en aan zijn maatje ernaast slungelde alles al. De schielijke blik van de laatste vertelde haar dat hij de werper van het blikje was. Aan de meiden van de kapper, die zich vlak in de buurt van de jongens ophielden, was alles glad en strak. Ze hadden het haar gestreken en geföhnd en zich bij hun kledingkeuze optimaal laten leiden door de hitte.

Boy haalde zijn schouders op ter verontschuldiging, gaf de werper een duw, de bestuurder van de brommer een high five, de meisjes een hopelijk hartveroverende glimlach en verliet het groepje.

'Sorry,' zei hij.

'Zitten. En als ik je nog één keer zie met bier voordat de kermis begint, krijg je huisarrest,' zei Flo, maar ze wist zelf ook dat ze toneelspeelde.

Dus kon Boy opgelucht verwijtend zeggen: 'Maar wat doe jij hier eigenlijk?' Hij opende het portier en ging zitten. Hunter kroop vanzelf tussen zijn benen. 'En wie heeft er in mijn fokking stoel gezeten?'

'Ik ben ook blij om jou te zien,' zei Flo met een glimlach om haar mond, terwijl ze de Mazda in zijn achteruit zette. Boy was precies zijn vader.

De hond sprong al uit de auto zonder kap toen ze het pad naar hun huis op reed. Hij rende mee, piepend en jankend, klaar voor de tocht door het natte gras, de vrolijke jacht op de koeien, die Flo soms toestond, het blaffen naar een wegspetterende eend. Alles beter dan een hete dag onder een bureau met als enige commando: 'Blijf.'

Boy zwaaide zijn benen en compacte lijf ook over het portier heen en was bij het hare voordat zij het kon openen. Hij tikte aan zijn denkbeeldige pet en liet haar met een buiging uitstappen. Hij imiteerde de jongens van de valetparking in het hotel in San Francisco, die op de destijds zevenjarige Boy een verpletterende indruk hadden gemaakt. Flo grijnsde naar hem en zei niet dat ze als hij valet speelde, Casey zo vreselijk miste dat het fysiek pijn deed. Casey was zijn vader, een goede vader, en Boy kon het niet helpen dat Casey hun droomhuis aan het water van Sausolito Bay had betrokken met een Amerikaanse vriendin van vroeger – en niet met haar.

'Loop jij een kort rondje met Hunter? Niet te lang, want ik moet zo nog weg.'

'Waarheen?'

Boy stond dan wel met blikjes bier bij een kermis, maar vond het stiekem ook nog heel gezellig als ze 's avonds samen op de bank kibbelden over wiens favo Netflixserie vandaag aan de beurt was.

'Werk,' zei ze, terwijl ze de dubbele deur van het bakstenen huis opende, dat twijfelde tussen eengezinswoning en rustieke boerderij.

'Mag ik dan straks raden?'

Flo glimlachte. Hoewel ze Boy natuurlijk geen informatie over politiezaken mocht geven, slaagde hij er altijd in die toch uit haar los te pulken. Hij had haar vertrouwen dat hij erover zou zwijgen nog nooit beschaamd, maar Brian zou haar op staande voet ontslaan als ze hem vertelde dat haar zoon elke zaak bekeek als een wiskundige opgave, waarbij de uitkomst van de vergelijking de dader betrof. Met een knikje wierp ze Hunters riem naar Boy. Die ving hem, stak zijn duim op, lijnde Hunter aan en liep om het huis heen.

Door het raam kon ze hem en de hond over het platte diepgroene weiland zien lopen. Hij gooide een tak, Hunter haalde hem op. Het water dat blonk in de kaarsrechte sloten omlijstte de twee als een schilderij.

Water voor de pasta opzetten op de oude AGA in de keuken met plavuizen stroef en rood als bloempotten, brood in het luikje eronder, tomatensaus in de magnetron, verse basilicum erover.

Basilicum scheur je, die knip je niet, hoorde ze haar moeder zoals altijd zeggen. Ze opende de terrasdeuren. De geur van warm gras sijpelde naar binnen vanuit de windstille lucht. Het was al weken, maanden zomer, hoogzomer, zoals ze zich alle zomers uit haar jeugd herinnerde. De zomers van slootjespringen, bomen klimmen, kleiduivenschieten met haar vader en haar broertje Kai, van wie ze tot zijn frustratie altijd won. En de fanatieke wedstrijden op de jaren zeventig-flipperkast, met gewoon twee flippers en de ouderwetse bellen die erbij hoorden. Die stond vroeger in de schuur op het terrein van haar ouders, nu stond hij in haar woonkamer. Daar legde ze haar hand op het koele glas en wreef er even over. Haar redder in de nacht.

Terwijl Boy de spaghetti met zijn vork in zijn lepel bleef ronddraaien, trok hij een frons tussen zijn wenkbrauwen. 'Wauw,' was zijn eerste commentaar op de vondst van het lijk. Toen vroeg hij door. Hoelang hing ze daar al? Was er al een motief of een verdachte? Waarom in een metrostation?

Flo keek even op bij die laatste vraag. Die hield haar zelf het meest bezig.

'Wie is het?'

Flo nam een hap pasta en glimlachte naar Boy. Hij nam ook een hap en glimlachte terug. Hoewel ze die vraag nooit beantwoordde, stelde hij hem altijd.

'En wat ga je zo dan doen?'

Flo aarzelde, maar besloot dat het geen kwaad kon. 'Naar een generale repetitie van een voorstelling van de Volksopera.'

Boy fronste opnieuw. Zijn moeder had weliswaar belangstelling voor theater, maar nooit tijd om erheen te gaan. Dus concludeerde hij: 'In verband met die zaak?'

Flo knikte, vroeg zonder woorden of hij uitgegeten was en ruimde de borden af.

'Welke voorstelling?' hoorde ze hem tegen haar gebogen rug boven de afwasmachine zeggen. 'Toch niet Icarus, hè?' voegde hij er grinnikend aan toe.

Flo richtte zich verbouwereerd op en draaide zich om.

Hij zag aan haar gezicht dat hij recht in de roos geschoten had. 'Yessss!' Hij maakte een overwinningsgebaar.

Maar Flo bleef hem in verwarring aankijken. 'Hoe wist je dat?'

De grijns verdween van zijn gezicht, maakte plaats voor verbaasde onschuld. 'Nou, een vrouw hoog in een koepel, alsof ze naar de zon is gevlogen en dat met de dood heeft moeten bekopen?'

Boy vond het géén probleem om het slimste jongetje van de klas te zijn en was dus wel naar het gymnasium gegaan, in tegenstelling tot Grace. Hij had wél toegegeven aan zijn nieuwsgierigheid naar Griekse en Romeinse mythologie en had zich er niet koppig van afgewend. Híj hoefde nog nergens spijt van te hebben.

Flo was al aan het googelen en gaf hem de credits die hij verdiende. 'Als ik jou toch niet had.' Tegelijkertijd verbaasde ze zich erover dat noch Brian, noch Jason die link had gelegd. Of misschien had Jason dat wel gedaan, maar er wijselijk zijn mond over gehouden. Met die strakke blik van hem. Die repetitie kon weleens heel interessant worden.

*

Op de steigertribunes pasten zeker zevenhonderd mensen. Ze waren nu nog leeg, op een paar plukjes mensen na, waarschijnlijk familieleden die niets wilden missen van de glansrol van hun geliefde. Vanuit een foodtruck avant la lettre – een Eifellandtoercaravan met het achterraam open – zou wijn en bier geschonken worden. Vijf dixies stonden netjes blauwgroen in het gelid. Het podium was halfrond en op de achterwand waren raampjes van een vliegtuig geschilderd. Drie rijen vliegtuigstoelen wachtten op hun passagiers, compleet met witpapieren hoofdbeschermers.

Jason stond midden op het podium omhoog te kijken. Hij kneep zijn ogen dicht tegen het felle licht van een volgspot. Flo herinnerde zich de koepel, de felle zon, het silhouet van Regina. Zag Jason dat ook? Of was hij in staat zijn vrouw nu te vergeten, de gedachte aan haar te negeren, en dacht hij dat hij een zon bestuurde toen hij met zijn arm de baan aangaf die de spot moest maken? De bundel schoof hard en koud over de tribune. Brian en Flo liepen de tribune op, vingen het licht, zagen niets. Jason zou nu zien dat ze er waren. De lamp ging abrupt uit en werd gevolgd door een loeiende grom, die de planken onder hun voeten deed trillen. Het stuk was, had Flo gegoogeld, een moderne interpretatie van het mythische verhaal van de jonge Icarus, die met zijn vader, meesteruitvinder Daedalus, is opgesloten in het labyrint van koning Minos en daaruit wil ontsnappen. Zijn vader bedenkt een vleugelconstructie van veren, bij elkaar gehouden door was. Hij waarschuwt Icarus nog: vlieg niet te hoog, want dan zal de zon de was doen smelten. Icarus lijdt aan het bekende begrip hubris, stijgt te hoog en valt in zee of verdwijnt in het niets, daar is de mythe niet helder over. Jason had gekozen voor een interpretatie waarbij passagiers in de cabine van een vliegtuig neerstorten of met vliegtuig en al van de aardbodem verdwijnen. De achterliggende duiding had Flo bewust overgeslagen. Ze was benieuwd hoe de acteurs en zangers die zouden geven.

Het orkest had inmiddels zijn plaats ingenomen aan de zijkant van het podium. Ze waren al in kostuum; het was immers een generale repetitie. Ze droegen allemaal een uniform, dat van steward, stewardess of purser. Flo vroeg zich af wie bepaald had dat alleen de leden van de blazerssectie drie strepen op hun mouw hadden. De dirigent droeg een pilotenpet. De vliegtuigstoelen waren bezet door passagiers.

Een man in pak met borstelige wenkbrauwen, een casual geklede jongen, die verdiept was en bleef in een stapel A4'tjes, en een zwaar opgemaakte vrouw van zekere leeftijd, die zich aan haar handtas vastklampte. Flo keek naar Jason, die aan de zijkant van het toneel stond, bij gebrek aan coulissen. Hij beet op een nagel, prevelde geluidloos iets voor zich uit. Flo keek opzij naar Brian. Ze stootte hem geërgerd aan, van zijn telefoon af. Hij bloosde licht. Van schaamte, hoopte ze. De dirigent hief zijn stokje. Weer het loeiende geluid, ditmaal ondersteund door de lage bas en een trommel. Het vliegtuig steeg op. Flo zag de vliegangst in de ogen van de opgemaakte vrouw en de lichte afgunst ten opzichte van de jongen die geeuwde en een A4'tje omsloeg. Het geluid stierf langzaam weg. De vrouw ontspande. Een stewardess liep tussen de rijen door achter een kar met drank. Ze zong een aria. Flo concentreerde zich, hield haar hoofd schuin, maar er was niets van te verstaan. Ze keek schielijk naar Brian, die stoïcijns recht vooruit staarde. Op Jasons gezicht lag een bijna gelukzalige uitdrukking. Hoorde de onverstaanbaarheid erbij? Stond die ergens voor? Flo bedacht dat Jason zich wel erg goed kon afsluiten voor wat er gebeurd was. Omdat hij er niet door was verrast?

De zakenman met de wenkbrauwen zong iets terug. Aan de acties van de stewardess te zien had hij een gin-tonic besteld. Ook de andere passagiers verhieven zingend hun stem. Ze zongen door elkaar, liepen achter elkaars zinnen aan en vonden elkaar toen in de plotseling te ontcijferen woorden: 'Ik vlieg, dus ik ben.' Gelukkig wist ze al wat Boy haar nu in het oor zou fluisteren, als hij erbij was geweest: *Descartes. Ik denk, dus ik ben.*

Abrupt stopten de stemmen, abrupt stopte de muziek. Een viool leidde met hoge, springerige noten. Herhaalde zich. Pauzeerde even. Er was wat onrust. De orkestleden én de passagiers keken naar de vrouw met de tas, die ze nog steeds vasthad, als een boei. Jason deed een stap naar voren, gebaarde naar haar. Ze stond met een ruk op.

'Nee!'

De viool zweeg, iedereen zweeg.

Jason fronste zijn voorhoofd. 'Oké, Joosje. Tekst kwijt?'

'Dat zou ik niet willen zeggen.' Haar stem klonk laag, melodieus zonder te zingen. En platter dan plat Amsterdams, met vette klinkers, s'en en l'en.

Flo kon haar lach niet helemaal inhouden. Jasons blik verplaatste zich boos naar haar.

'Goed. Dan doen we het nog een keer. En dan valt Joosje in, zoals ze dat zo mooi kan.' Hij gebaarde naar de dirigent, die hief zijn stokje, de viool klonk al. Maar Joosje, en haar tas, bleven staan.

'Ik heb eerst een paar vragen.'

Jason zuchtte, blies uit om zijn zelfbeheersing te bewaren, zag Flo. Al zijn ergernis stopte hij in: 'Niet weer, Joosje. Het is verdomme generale. Dan stellen we geen vragen meer, maar proberen we met zijn allen de voorstelling perfect te brengen!'

'Ik weet dat we te maken hebben met de contrasten tussen het mythische en het wereldse, schoonheid en het angstaanjagende in een combinatie van hubris en techniek...' Joosje ratelde, lepelde het op.

Flo's stiekeme glimlach werd gespiegeld in die van de stewardess.

'Joosje, nogmaals...' klonk Jason weer, nu echt kortaf, als een pistoolschot.

'Maarre... wie is nou eigenlijk de hoofdpersoon?'

Flo kon het niet helpen en begon hardop te lachen. Jason draaide zijn hoofd met een ruk naar haar toe, samen met alle muzikanten en acteurs, de overige toeschouwers en Brian, alsof niet Joosje, maar zíj moeilijk deed.

'Precies. Daarom vraag ik het nu nog een keer. Omdat die mevrouw het ook niet vat.'

In de zwangere stilte werd een keel geschraapt. 'De hoofdpersoon, Joosje...'

Flo kon Jason gevoel voor drama niet ontzeggen.

'...is de technische mens.'

Joosje verplaatste haar tas van haar buik naar haar arm. 'Dat weet ik wel. En dat hebbu ook al een paar keer uitgelegd. Maar ik heb geleerd dat als je naar een stukkie kijkt, je je altijd met iemand moet kunnen i-den-ti-fi-ce-ren. En aangezien ik zo technisch ben als een garnaal zonder handen... heb ik daar een beetje moeite mee. En ik denk het publiek dus ook.'

Ze keek veelbetekenend naar Flo en Brian. Nu klonk er gegrinnik en geroezemoes. De hoofden van de muzikanten bogen zich naar elkaar, de student draaide zich met bewonderende blik om naar Joosje, de zakenman nam maar een slok van zijn gin-tonic als het toch hommeles werd. Flo zag dat de stewardess een teug adem nam. Met haar blik op Joosje zei ze: 'Wij zijn gewend aan gewone verhalen over gewone mensen. Met wie je meeleeft. Om wie je lacht en met wie je huilt. Dat is waar wij van houden.'

Jason maakte sussende handgebaren. 'Wacht nou even, laten we er nou geen drama van maken...'

'Juist wel!' zei de zakenman, die zijn stropdas losmaakte en zijn glas in de lucht hief.

'Wij willen drama!'

Joosje en de stewardess keek elkaar aan en scandeerden tegelijk: 'Wij willen drama. Wij willen drama!'

Triomfantelijk keek iedereen elkaar aan, posities werden ingenomen. De kreet zong over het podium, over de tribunes, de Vogelbuurt in. 'Wij willen drama, wij willen drama, wij willen drama!'

De zakenman zette zijn bariton in voor een tweede stem. De student maakte er met een rap een melodie van. Het hele gezelschap zong.

Met een luid, boos tromgeroffel maakte Jason er een eind aan.

Het werd langzaam stil. De zakenman ging weer zitten. Joosje en de stewardess bleven staan. De student bleef ergens tussenin hangen.

'Morgen is de première. Er is geen tijd meer voor wijzigingen, geen tijd meer voor discussie. Dus ik stel voor dat ik een aantekening maak van Joosjes… hernieuwde aanzet tot discussie en dat we doorgaan.'

Hij gaf de dirigent al een teken dat hij verder kon gaan. Flo was ook opgestaan en hoopte met heel haar hart dat Joosje niet zou capituleren.

'Wij willen drama. En wij willen dat híér. In Amsterdam-Noord. En niet in de stad. Waar ze misschien De Technische Mens een hele leuke knakker vinden… maar waar ze niet gaan lachen. Of janken.'

Jason schudde zijn hoofd, was nu zichtbaar in verwarring. Of paniek, dat wist Flo niet zeker. Ze ving Brians blik, die haar zei dat hij ook een motief voor moord geboren zag worden.

'Dus misschien ken u mevrouw Regina vertellen dat wij hiero niet vandaan gaan. Dus niet gaan verhuizen. Ook niet als we dan wel subsidie krijgen. Want onze harten, en ons drama legt hier. Niet in de stad. Het was toch een Vólksopera?'

Als één man applaudisseerde het gezelschap. Zachtjes werd de leus hernomen: 'Wij willen drama, wij willen drama.'

Weer een roffel op een trom. 'Dat wil ik best doen.' Jason keek de groep rond. Hij pauzeerde voor het effect. 'Maar Regina is dood.'

De schok ruiste door het gezelschap. Jason nam zijn moment. Zijn minuut van roem, dacht Flo.

'En als jullie drama willen… ze is vermoord.'

Nu klonk er een gil. Langzaam sloeg Joosje een hand voor haar mond. Flo's ogen vlogen over de menigte, probeerden elke eerste reactie te vangen, of beter gezegd: ze hoopte bij iemand op een gebrek eraan. Ze eindigde bij Jason. Toen zijn blik de hare kruiste, wist hij het weer, zag ze. De stoel aan de ontbijttafel. Regina's stoel. Zijn handen vielen langs zijn lichaam. Zijn schouders zakten… en begonnen te schokken.

Brian had een glaasje water gehaald en bleef Jason over de rug wrijven. Flo praatte met Joosje. Die had een pak papieren zakdoekjes uit de tas gehaald, waarmee het hele gezelschap drie dagen tranen kon drogen, had de knip weer op de tas gedaan en zat kaarsrecht. Het enige wat haar gemoedstoestand verraadde, waren haar handen, die een zakdoekje in stukjes scheurden. Flo zat met haar aan een van de picknicktafels naast het podium, waar de volgende dag het Cultuurfonds zou neerstrijken. Het was inmiddels donker, zoals het donker kan zijn in volkswijken. Het enige licht kwam van de decorverlichting. Iemand had wijselijk de volgspot uitgezet. Het rook naar de warme chocomel die Joosje uit haar meegebrachte thermoskannen had geschonken en die het gezelschap gretig naar binnen had geklokt, op zoek naar troost. Op de achtergrond stopten schaduwen een contrabas in een koffer, een klarinetkoffer sloot, de klipjes gingen dicht. Toch klonken er nog vioolklanken, verloren, zoekende klanken, de weg kwijt. Ontdaan buitelden en klaagden ze. Flo had geen blijken van voldoening gezien bij de mededeling dat Regina dood was, op geen enkel gezicht, en ook geen voorkennis. Maar deze mensen waren gekozen op hun zang- én acteertalent.

'Nee, we wilden niet naar de stad, nee. Maar daarvoor gaan we toch niet iemand omleggen!' Joosje keek Flo verontwaardigd aan. Ze voelde haar priemende ogen, voelde dat ze werd gewogen. 'Jullie denken zeker: Noord is het afvalputje van Amsterdam?'

'Integendeel. Noord is het enige stukje van de stad dat nog te hachelen is.'

Dat ontlokte Joosje een verbaasd lachje. 'En waar woon jij dan wel. Met je hoed?'

Ze bedoelde: met je kapsones. Flo tikte er even aan, aan de kapsones. 'Oostzaan, geboren en getogen.'

Dat kon ermee door. Joosje veegde nogmaals langs haar ogen met wat er nog over was van het zakdoekje en ging door alsof dat allemaal niet gezegd was. 'En Regina… als die wat in d'r kop had, had ze het niet in d'r kont, maar eerlijk was ze wel.' Ze maakte een handgebaar langs haar keel naar de violist, dat moest zeggen: kappen nou met dat gejammer. Het hield abrupt op.

Flo begreep dat Joosje de grande dame van de Volksopera was.

Wel een nieuwsgierige grande dame. 'Enne... Hoe is ze an d'r end gekomen dan?' Toen Flo zweeg, beantwoordde Joosje haar eigen vraag. 'Daar ken je natuurlijk niks over zeggen. Staande het onderzoek.'

Flo onderdrukte een glimlach.

'Wat vin jij? Moeten we optreden morgen?' Joosje klonk oprecht.

Dat weet ik toch niet, wilde Flo al antwoorden, maar ze vroeg: 'Wat zou Regina gewild hebben?'

De laatste snipper van het zakdoekje verdween onder de tafel. 'Zij zei altijd: "The show must go on." '

Flo knikte.

'Maar as dat nou betekent dat we hier weg moeten?'

Flo zág bijna het medelijden met Regina en het eigenbelang een robbertje vechten boven Joosjes hoofd. 'Wat wil Jason?' vroeg ze daarom.

Joosje lachte. 'Als het aan hem ligt, moeten ze ons tussen zes plankjes komme halen.'

Flo zag dat Joosje hetzelfde dacht als zij: dus Jason en Regina waren het daar niet over eens.

*

Ze hoorde Hunter al achter de deur toen haar wielen het grind voor de boerderijwoning raakten. Hij hoorde haar en was dan niet te houden. Niet door Boy, niet door haar dochter Grace, als die thuis was in de weekenden, niet door Casey toen Hunter nog een pup was. Hij duldde anderen in de roedel, als het niet anders kon, maar luisteren deed hij naar haar. En naar haar alleen. Dat gaf een gevoel van veiligheid, maar ook van macht, merkte Flo ook nu weer, toen ze het portier zachtjes sloot en zijn nagels aan de binnenkant tegen het hout van de deur hoorde krassen.

'Laag,' zei ze met zachte stem tegen de deur. Het gekras hield op. De deur ging open. Boy liep meteen weer terug naar binnen, zijn blik gericht op zijn telefoon. Maar toen ze de kitscherige gemetselde boog naar de kamer passeerde, met de grote fotoportretten van Grace en Boy erboven, zat hij aan de keukentafel. Er dampte koffie uit een mok. Hete, zwarte filterkoffie zoals haar oma die vroeger zette. Flo zette haar hoed af. Boy bleef haar afwachtend aankijken, en vertederd legde ze aan en wierp de hoed. Zoals altijd viel hij naast de kapstok, maar de intentie was duidelijk.

'Tududedum. Tududedum. Tudedududedudu.' Dat moest de tune van Baantjer voorstellen. Boy was fragmenten tegengekomen op YouTube en speelde die na.

Flo ging zitten, zoals van haar verwacht werd, schoof dus aan bij mevrouw De Cock voor de duiding van de zaak in de laatste minuten van de aflevering. Ze trok een belangrijk gezicht. 'We waren natuurlijk op het verkeerde been gezet...' Ze fronste haar wenkbrauwen, hield haar hoofd schuin, zoals alleen de onvolprezen De Cock dat kon, en vervolgde: 'Het zat heel anders.'

Boy schoof dichterbij. Hij kromp van een puber van veertien naar het zevenjarige kind dat geloofde dat zijn moeder alles kon oplossen.

'Maar zover zijn we nog niet,' vervolgde Flo, volgens het draaiboek waarin de oplossing van een zaak zo lang duurde als hij duurde.

'Ik heb er vier scheppen in gedaan,' zei Boy met een knikje naar de koffie. Daarmee doelde hij op de scheppen koffie in de filter in combinatie met de hoeveelheid water.

Flo nam een slok en brandde haar mond. Zoals het hoorde. 'Precies goed.' Nu kwam de aftiteling door het beeld rollen, maar Boy bleef zitten.

'Mam?'

Flo blies tegen haar koffie, keek naar Boy.

'Ik heb zitten denken...'

Nu kwam er een verzoek, waarvan hij eigenlijk al wist dat ze nee ging zeggen.

'Mag ik een pup?'

Die had Flo echter niet aan zien komen.

'Een pup?'

'Jonge hond die nog in het nest is of er net uit is genomen?'

Flo glimlachte een beetje vermoeid. De laatste keer dat Boy dat vroeg was toen Grace het huis uit ging, nu anderhalf jaar, een week en een dag geleden. Anderhalf jaar waarin ze Casey steeds meer was gaan missen en waarin ze de dag dat Boy zou vertrekken nog meer was gaan vrezen. 'Dat kan toch niet, met Hunter.'

Hunter was een perfect afgerichte waakhond, maar had iets in zijn jeugd meegemaakt waardoor hij geen andere honden naast zich duldde.

'Maar als het nou zijn eigen kind is!' Boy bedoelde dat ze een reu door Hunter zouden laten dekken en dan een pup uit het nest hier zouden plaatsen.

'Dat maakt niks uit, Boy.'

Boys blik zakte naar de tafel. En Flo was hem kwijt aan de telefoon die daarop lag.

'We kunnen wel een katje proberen?'

Boy stond op, keek nog even op bij de deur. 'Nee, dank je. Maarre... vind je het zelf ook niet een beetje egoïstisch? Een huisdier voor jou alleen?'

Boy schreeuwde niet, sloeg niet met deuren zoals Grace. Boy riep niet zoals zijn zus in het heetst van de strijd dat 'hij die fokking klote nep-Amerikaanse naam ook zou gaan veranderen als hij eenentwintig was'. Boy zette gewoon een speld in haar hart. En liet die daar zitten.

Flo nam de laatste slok koffie, zocht en vond de afstandsbediening tussen de kussens van de bank, schudde de kruimels eraf, zoals altijd, en zette het 65 inchbeeldscherm aan. Een erfenis van The American Dream en dan in de vorm van: alles groter.

Regina's lichaam bungelde weer voor haar, nu op die tv. Flo schoot rechtop. Wie had in godsnaam dat shot gemaakt? En wie had dat aan de zender geleverd? Er was niemand aanwezig geweest in dat station, niemand. Flo knipperde met haar ogen. Het lichaam was niet gefilmd vanuit de hoek van het lokaal van het ROC, maar van dichterbij. Was er gewerkt met een lange lens buiten het metrostation? Maar door wie dan?

Er verscheen een ander bekend gezicht in beeld. In het decor van de talkshow dat ze kon dromen. Het gezicht van haar broer Kai, geschminkt, met de uitdrukking op zijn gezicht waarmee zijn vrienden hem in het begin van zijn carrière vaak plaagden: 'Doe eens tv.' Die vrienden zag hij nu nog hooguit één keer per jaar, want: druk druk druk. En belangrijk. Kai was presentator van de nog altijd best bekeken echt dagelijkse latenightshow *Dag vandaag*, al waren er nieuwe kapers op de kust, op andere zenders en met andere kwaliteiten. Maar hij had de scoop. Niet van haar, dacht Flo, maar van wie dan? Hoewel er in Oostzaan nogal getwijfeld werd aan de nieuwswaardigheid én het bestaansrecht van dat 'minimetrolijntje van jullie', achtten de media het wereldnieuws. Vooral omdat Amsterdam het centrum daarvan was. En in de aanloop van een ruime week tot de opening was dit nog beter nieuws dan een defect treinstel, scheuren in tunnelwanden of een haperend elektricteitsnetwerk.

'De politie geeft nog geen enkele aanwijzing in welke richting gezocht wordt, en ook is nog niet ontkend dat er sprake zou kunnen zijn van terroristische motieven,' zei Kai ernstig, maar ze zag in zijn ogen de sprankeling, de hang naar sensatie die hij altijd had gehad en die hem tot een perfecte televisiepersoonlijkheid maakte.

Nee, dacht Flo, geen ontkenning van terroristische motieven, omdat dat terugkaatst als een boemerang, mocht je het ontkennen en het blijkt wel het geval. Ze vloekte hartgrondig, pakte haar telefoon en appte Brian: Overleg media-aanpak.

Ze zette het geluid van de tv uit. De stilte hoorde haar kans en greep die, kroop achter de portretten van Boy en Grace uit, klom omhoog langs de tafelpoten, nestelde zich om haar oren. Daarin klopte het leven met Casey en Grace en Boy en Hunter aan. Het leven waar een einde aan was gekomen, een leven dat nog had kunnen voortduren als zij een andere keuze had gemaakt. Ze kneep haar ogen dicht en probeerde daarmee ook haar hart te sluiten. Want terugkijken had geen zin. Casey was weg uit haar leven, maar Mary niet. Haar iPad maakte geluid toen ze de skypeverbinding probeerde te maken. Wel een geluidje zo gedempt alsof hij zich onder water bevond, maar het werd aan de andere kant van de oceaan gehoord, want daar verscheen Mary's gezicht. Volle, blozende, sterke Mary. Hoewel ze al twintig jaar in Amerika woonde, zag je nog altijd dat ze vroeger Marianne heette. Marianne en zij hadden een pact gevormd op de middelbare school: Flo klein, mager en met witblond piekhaar, Marianne groot, vol en met wilde donkere krullen. Flo zei wat ze dacht en Marianne lachte erom. Appeltje-eitje. Na het havo-examen, dat ze allebei twee keer hadden moeten doen, Flo vanwege recalcitrantie, Marianne vanwege desinteresse, waren ze samen op reis gegaan. Naar de 'United States of', zoals ze Amerika noemden. In Europa was de muur nog niet zo lang geleden gevallen, in Amerika heerste de oude George Bush, het world wide web was bezig te worden geboren. De wereld lag open. De reis was alles wat zij en Marianne ervan verwachtten en meer. De glimmende auto's op LAX Airport, die ervoor zorgden dat ze zich in een Hollywoodfilm waanden, de deken van hitte die boven de vierbaanswegen trilde, de lichtjes op Santa Monica Boulevard, de keren dat Flo hun bluffend toegang verschafte tot nachtclubs met de muziek van Madonna, van wie ze sinds hun twaalfde samen fan waren. De benzinepompen waar ze stopten met de rental Cadillac convertible, de diner, de Kentucky Fried Chicken, de enige elementary school in town. En het stof. Het stof dat opwaaide achter de wielen als Marianne abrupt optrok. Marianne, die het stuur nooit aan Flo afstond. De wolk die ze nalieten, het zonlicht en de horizon aan het eind van de kaarsrechte weg waar ze naartoe reden.

In San Francisco dansten ze, zette Flo haar laarzen op tafel als de wulpse zangeres daarom vroeg, maakten ze de rit met het trammetje door de steile straten en kokhalsden ze bij de eerste oester ooit, maar aten ze alle twaalf op. Omdat ze er nu toch eenmaal waren. Op Fisherman's Wharf, dat er precies zo uitzag als Flo zich ooit had voorgesteld. En alsof ze in een heuse romcom terecht waren gekomen, ontmoetten ze twee American golden boys. Casey en Bill. Bill was er nog wel.

Mary's stem klonk een beetje snibbig. 'Ja, hallo? Jij belt míj!'

Flo werd wakker uit de dagdroom die haar vaker overviel als ze Mary skypete.

'Ja. Sorry. Ik was er even niet bij.'

Mary nam haar op zoals alleen Mary dat kon doen. Wantrouwig en bezorgd, lief en licht geïrriteerd. Flo had via het scherm vol zicht op het blauwe water en de boten in Sausolito Bay. Als ze inzoomde, kon ze misschien het huis op de berghelling zien, waar Caseys vriendin nu lag te zonnebaden in een gele bikini. Anyway.

'Hoe is het?' vroeg ze Mary.

'Met jou?'

'Ja.'

Dat was de routine, daar hielden ze zich aan.

'Bill nog iets van de overkant gehoord?'

'Ik vraag er niet naar.'

Dat betekende: ja, maar ik wil het niet vertellen.

'Nieuwe zaak,' zag Mary aan haar gezicht.

'Yep.'

'Groot?'

'Kan-ie worden.'

'Je hebt wel tijd voor de kermis, toch?'

Flo grinnikte. Ook Marianne was 'meisje van de kermis' geweest, bij het spookhuis, wat haar menigmaal chantagemateriaal had verschaft met betrekking tot de lefgozertjes uit de klas.

'Ik maak een ritje in de Calypso. En film het voor je.'

'Ha.'

In de stille kamer pingde een telefoon. Flo's telefoon, op de bank. 'Wacht even.' Ze liep Mary's beeld uit, pakte de telefoon. De man met wie ze eerder een match had en die ze naar rechts had geswipet vanwege zijn profielfoto, waarop hij voor een bord naast de snelweg stond met de tekst DENEMARKEN 580 KM. Hij maakte een ouderwets liftgebaar. Hij zag er goed uit, had gereageerd op haar foto van alleen haar ogen. Ze hadden de avond ervoor origineel en grappig appcontact gehad. Nu berichtte hij: Ik ben in Club Next, Zaandam. Kom je ook?

'Ik ben híer, ja,' hoorde ze Mary op de achtergrond.

Ze aarzelde, maar besloot: toch maar niet aan Marianne laten zien. Ze liep weer naar de laptop en gaf het beeld van Mary een kus. 'Ik moet gaan.'

Ze zag Mary in beeld op haar horloge kijken.

'Uh-oh.'

'Ik kan toch niet slapen.'

'Het wordt nog eens je dood, weet je dat? Obsessief gedrag is nooit goed.'

'Ik ook van jou, Mary.'

En ze bliepte Mary weg. In de hal, naast de kapstok, die topzwaar was van alle jassen van Boy, die hij immers vier seizoenen lang elke dag aan moest kunnen, keek ze in de spiegel. Hoed op of hoed niet op?

Ze aarzelde, zei toen tegen de hoed: 'Sorry. Moet ik weer zoveel uitleggen.' Ook haar jas liet ze hangen; 's nachts was het al maanden te warm.

'In je mand,' zei ze tegen de verwijtende kop van Hunter, en hij slofte terug naar binnen. Mary had haar vaak aangeraden Hunter mee te nemen op haar Tinderdates, maar dan zei ze even vaak terug: 'Two is company.' En maakte Mary zuchtend haar zin af: 'Three's a crowd.'

De Tinderman wachtte op haar in een café in Zaandam, dichtbij en anoniem genoeg. Het was niet nodig dat heel Oostzaan van haar liefdesleven op de hoogte was, al helemaal haar vader niet, die vond dat ze wel wat harder voor Casey had mogen knokken. Niet omdat het huwelijk heilig was, verre van dat, maar omdat hij ervan overtuigd was dat zij en Casey bij elkaar hoorden. Dat ze er alles, maar dan ook alles, aan gedaan had om de liefde met Casey te behouden, maar dat ze zich daar misschien in vergist had, kon ze hem niet uitleggen.

De wielen van de Mazda knerpten over het grind, maar Boys oren waren ongetwijfeld gevuld met dopjes en muziek.

Het weiland was donker. Pas aan de horizon waren lichtjes te zien, uit Zaanstad. De boerderijen waren donkere kolossen en staken zwart af tegen de nachtblauwe lucht. Mensen spaarden slaap, deze dagen voor de kermis. Langzaam reed ze over de ventweg naar de snelweg. Toen ze het huis en de schuur van Abbink passeerde, remde ze bij een onverwacht geluid. Het was nauwelijks hoorbaar, maar het leek een dier in het nauw. Toen ze het portier opende, hoorde ze het klaaglijke gemiauw luider over het erf klinken. Het rook naar kippenmest en stilstaand water. Ze bleef even roerloos staan luisteren. Het geluid stopte, ging abrupt over in gekrijs. Ze sprintte over de oprijstrook met trekkersporen in de richting van het geluid. Een kat kan zich verdedigen tegen een andere kat, maar dit klonk niet boos, of als het verdedigen van een territorium, dit klonk als een kat die onmachtig gekweld werd. Ze bleef staan. Kwam het gekrijs uit de schuur met grote dubbele deuren? Het klonk dichterbij, weergalmde nergens tegenaan. Toen hield het op, even abrupt als het begonnen was. Ze voelde de steek van angst in haar onderbuik, die ze ook voelde als Hunter achter een dolle koe aan rende. Ze hoorde haar eigen hortende adem, voelde haar hart bonzen. Om haar heen was het pikdonker en stil. Leefde de kat nog? Ze deed een stap naar voren. Iets zwaars sloeg tegen haar aan, klauwde voor haar ogen, nagels schramden haar gezicht, een pijnscheut in haar borst en een krijs. Van de kat die haar aanviel op leven en dood.

2

Noorderpark

Nagels klauwden door haar dunne T-shirt in haar vel. De boord rekte uit aan haar nek, vacht sloeg tegen haar hoofd. De staart. Ze hoorde een grom, ter hoogte van haar heupen, graaide, zocht en vond het nekvel en trok eraan. Het warme, klauwende lijf bevroor, zoals dat katten tot op hoge leeftijd gebeurt, in herinnering aan de kaken van moederkat.

'Ssst,' zei Flo zacht. 'Ssst. Laat maar los.' Ze tilde de kat op. Haar shirt kwam mee met de klauwen. Het was de blauwgrijze van Abbink, met de kale plekken op zijn rug en de permanente oogontsteking. Het ene oog zat een beetje dicht, het andere keek haar amberkleurig aan. Verwijtend, maar rustig.

Ze zette de kat neer, liet hem los. Hij schoot weg. Het liefst had ze hem mee naar huis en de dierenarts genomen, maar de buitenlichten van de schuur waren aangegaan. Binnen mekkerden geiten. De voordeur van het woonhuis sloeg open.

Abbink kwam met brede tred naar buiten. 'Buurvrouw, wat doet u nu?'

Hij maakte altijd foute grappen op het foute moment.

'Ik kwam je kat ontzetten.'

'Je bent op mijn erf.'

'Huiselijk geweld vindt altijd op eigen terrein plaats.'

Ze had Abbink er vaker op aangesproken, zoals ze buren aansprak als ze dierenmishandeling of -verwaarlozing vermoedde. Ze stond meer bekend als 'die van de dierenpolitie' dan 'die van de politie.' Ze was dan ook voorstander van die landelijke dierenpolitie, zoals in Amerika de normaalste zaak van de wereld was. Dieren hadden nog steeds één vijand, de mens, tegen wie ze beschermd moesten worden.

'Heb er iemand aangifte gedaan dan?'

Flo beet op haar lip. Abbink stond zelfgenoegzaam te grijnzen. Zijn gezicht glansde in het felle licht van de lampen.

'Het angstzweet staat anders op je voorhoofd. Bang betrapt te worden?'

Abbink lachte schamper. 'Ga naar huis, mens.'

Hij zei nog net niet 'aanrecht', maar bedoelde dat wel. Dat maakte Flo niets uit. Zij vond ook dat je thuis goede afspraken moest maken en ook dat een moeder er moest zijn voor de kinderen als ze nog jong waren. Maar ze werd wel graag serieus genomen, ook zónder hoed. Dus deed ze een stap naar voren.

'Ik kan ook naar het Landelijk meldpunt dierziekten bellen dat ik een vermoeden heb van mond-en-klauwzeer bij een naburig bedrijf. En je weet hoe snel dat nieuws is.'

Abbink liep rood aan, een straaltje zweet liep over zijn slaap. Ze hoorde hem iets mompelen wat leek op 'kutwijf'.

'Dus als ik je kat nog een keer hoor...'

Abbink draaide zich om op zijn werklaarzen, liep het woonhuis binnen. De lampen van de schuur doofden. Een geitje mekkerde nog na.

Flo stapte in haar auto, waarvan het portier nog openstond. Ze voelde een natte plek op haar borst, knipte het dashboardlampje aan. Ze zag niet alleen het rode bloed op haar eerst witte T-shirt, maar ook de blauwgrijze kat op de passagiersstoel. Het ene oog nam haar op. De Tinderman zou moeten wachten.

Tijdens het korte ritje terug naar huis ging de kat rechtop zitten, stak zijn kop in het lauwe windje. Ze legde haar hand er even op. Hij voelde klein en kwetsbaar. 'Zullen we je Felix noemen?' Als Abbink aangifte zou doen van diefstal, zou zij hem dierenmishandeling verwijten, en hij wist dat ze al eerder foto's had gemaakt van zwaar vervuilde paarden in zijn half onder water gelopen stal.

Bij de voordeur fluisterde Flo: 'Laag.' Hunter wist dat hij 's nachts niet mocht blaffen, maar hij zat zeker achter de deur. Ze tilde de kat op. Hunter tolereerde katten, maar zou er natuurlijk wel even aan moeten wennen. Net als Boy.

Hunter keek van haar naar de kat, toen ze die op de keukentafel had gezet. De kat keek hem recht aan, blies niet, verroerde zich niet. Ook Hunter zat stil.

'Hunter, dit is Felix. Felix, dit is Hunter.' De staart van de kat ging omhoog, die van Hunter kwispelde. Flo glimlachte, gaf ze allebei een hondensnoepje, waar Felix voorzichtig aan rook en dat Hunter zonder te proeven naar binnen schrokte. 'Dat gaat best lukken, met jullie.'

In de badkamer trok ze haar T-shirt uit en bekeek haar huid. Felix had er een diepe kras op achtergelaten, die nog steeds bloedde. Ze wist dat het nu het verstandigste was om naar de spoedeisende hulp te gaan en de wond goed te verzorgen. Katten zaten met hun nagels overal in en de kans op ontsteking was aanzienlijk. Maar ze beet op haar tanden, ontsmette de schram met Betadine en plakte er een verbandje over. Geen tijd voor. Geen zin in. Gaat wel over. Alles ging over, als je het maar tijd gaf.

Nadat ze de Tinderman een afmeldberichtje had gestuurd – overmacht – en in bed was gaan liggen, hoorde ze de kerkklok op het plein twee slaan, drie, vier. Toen schoof ze het dekbed van zich af, schoot haar Goofyslippers en badjas aan en liep de kamer in. Zonder het licht aan te doen reikte ze naar de onderkant van de kast, drukte de pin in en het speelveld kwam tot leven. De flipperkast, haar redder in de nacht. Boy had hem de naam Insomniac gegeven en ervoor gezorgd dat er louter lichtjes aan- en uitgingen en er geen belgeluid klonk. Hij sliep 's nachts graag door, had hij als reden gegeven. Het was een Gottlieb Cleopatra, een oud en zeldzaam exemplaar, met die enkele flippers. Ze voelde Kai weer aan haar arm trekken, omdat hij nog niet over de glasplaat heen kon kijken en zij wel. Ze liet hem vaak één flipper bedienen, waarbij hij op haar 'nu!' moest drukken en altijd te laat was.

Tegenwoordig speelde Flo tegen drie versies van zichzelf en verloor en won dus altijd. Dat was een troostende gedachte. In haar oren klonken geen bellen, maar de stem van haar moeder: *slaap je niet, dan rust je toch*. Dat die spreuk waarschijnlijk alleen gold wanneer je in bed bleef liggen, wilde Flo nooit horen. Ze hoorde Hunter tevreden grommen. Ze keek om. In de mand lag niet alleen een opgekrulde Hunter, maar ook Felix.

'Goed zo, jongens,' zei ze zacht. Een nieuwe bal stuiterde uit de buik van de kast. Ze trok aan de veer en voelde Caseys warme lijf achter zich, zijn handen op haar handen, haar hoofd tegen zijn schouder, zijn knieën tegen haar benen. Ze speelden samen, en ze rook bijna zijn geur, iets kruidigs vermengd met een zweem van zweet. Toen sliep ze ook slecht en waakte hij soms met haar. Ze kneep in haar neus, haalde die op en dwong haar gedachten naar Jason en Joosje. Morgen zouden ze Jason vragen hoe hoog dat conflict met Regina was opgelopen, zouden ze de uitslag van de lijkschouwing binnenkrijgen. En zou het bureau belaagd worden door journalisten. Flo hoopte dat Brian daar bestand tegen was en geen domme dingen ging zeggen ter eer en meerdere glorie van zichzelf. En in haar achterhoofd bleef een stemmetje zich afvragen van wie Kai die beelden van Regina had gekregen. Ze drukte op de knop voor de laatste player, de laatste bal. Door de poortjes, tegen de ronde bumpers, even in een gat. De bal schoot heen en weer, ze legde hem stil, liet hem rollen, vuurde. De blauwe cijfers vermenigvuldigden, de bal schoot over de flipper. 100.114. Hiermee zei de flipperkast welterusten. Als ze boven de 100.000 kwam, stopte ze. Altijd.

'Braaf,' zei ze tegen zichzelf, Felix en Hunter, terwijl ze naar haar slaapkamer liep.

Haar telefoon op het aanrecht trilde om 6.31 uur. Ze had niet geslapen, maar wel gerust. De koffie pruttelde al, ochtendmist hing zacht en stil over het weiland. In het display stond 'nummer onbekend'. Dat waren meestal interessante telefoontjes als ze met een zaak bezig was: getuigen die zich toch iets herinnerden, verdachten die iets toelichtten, advocaten die iets wilden weten. Nu was het Vanessa Hardeman. Vanessa werkte voor haar broer, zei ze, en mocht ze haar een paar vragen stellen? Flo kende haar niet als 'iemand die voor Kai werkte', maar als iemand die als misdaadjournalist zo vaak mogelijk aan de talkshowtafel aanschoof om weer ergens een 'deskundig' licht over te laten schijnen.

'Het is halfzeven,' zei ze.

'Kai zei dat je altijd vroeg op bent.'

Flo onderdrukte een grom. 'Waar kan ik je mee helpen?'

'Geef je vandaag een persverklaring uit?'

'Daarvoor moet je bij de hoofdcommissaris zijn. En ik denk niet dat hij om halfzeven zijn telefoon opneemt.'

'Heeft deze zaak tot gevolg dat de opening van de Noord/Zuidlijn wordt uitgesteld?'

Waren die journalisten dan alleen maar bezig met die metro? Die metro waar een groot deel van Amsterdam-Noord helemaal niet op zat te wachten omdat het betekende dat er geen bussen rechtstreeks meer van de stad naar huis reden, maar dat er, zeker in de avond, lang gewacht moest worden op tochtige en donkere metrostations totdat men op een bus kon overstappen? Waar wel fietsenrekken waren geplaatst, maar te weinig, zodat je je reis ook niet met de fiets kon vervolgen? Die metrolijn waar de rest van Nederland al helemaal genoeg van had, vanwege het voortdurende uitstel, de verzakkingen, de defecte tunnelboren? Dachten die journalisten dan geen moment aan de dode vrouw met de twinkelende ogen, die geliefden achterliet, vrienden, een stoel aan een eettafel, en die er niet voor had gekozen opgehangen te worden gevonden in een state-of-the-artmetrostation?

'Gewoon een praktische vraag,' klonk Vanessa's stem.

Flo viel uit: 'Die je godverdomme beter kunt stellen aan de driehoek dan aan een rechercheur van politie.' Ze legde neer. Nagels krastten over de plavuizen, een hondenlijf leunde warm tegen haar been. Ze keek uit over het weiland in het roze ochtendlicht en beet op haar lippen. 'Ja, Hunter. Je hebt gelijk. Zoals altijd.' Ze had een fout gemaakt. Ze had met het noemen van 'de driehoek' de zaak niet kleiner, maar juist groter gemaakt. En dat had Brian waarschijnlijk graag zelf gedaan.

'Mám!'

Niet de boze stem van Boy, maar onmiskenbaar die van Grace, klonk vanboven. Voetstappen roffelden de trap af. Ze waaide als een wervelwind de kamer binnen, in een Japanse kimono, die achter haar aan fladderde. Haar witblonde haar stond nog wijduit om haar hoofd. Een vouw liep over haar rechterwang.

'Wat doe jij hier?'

Grace stond meteen stil.

'Ik ben weleens vriendelijker in mijn ouderlijk huis verwelkomd.'

Niet je frustraties afreageren op je kinderen, zei Flo voor de zoveelste keer tegen zichzelf, en ze haalde diep adem. 'Sorry. Zo bedoelde ik het niet. Ik wist helemaal niet dat je thuis was.'

Aan de opgetrokken wenkbrauw zag Flo dat ze het daarmee alleen maar erger maakte.

'Zet je je menstruatiewas altijd open en bloot in de douchecel als je niemand thuis verwacht?'

Er ontsnapte Flo een verbaasd lachje. 'Zet jij je witte T-shirt niet in de week als daar een bloedvlek ter hoogte van je hart op zit?' kaatste ze de bal terug.

Grace was van haar à propos, rimpelde haar voorhoofd en ging zitten aan de bar in de keuken. 'Wat? Waarom? Hoe?'

'Ik ben rechercheur. Die...' De rest van de zin 'raken weleens gewond' slikte ze in toen ze de schrik op Graces gezicht zag. Grace was haar dochter. Die moest ze niet met cynische grappen bang of ongerust maken. Grace was het kind en zij de volwassene.

'Ik was gisteren naar Abbink gelopen omdat ik een kat hoorde. En die viel me aan. Uit angst. Maar hij is geheel ongevaarlijk.' Ze gebaarde naar Felix, die op de bank lag en zich lui uitrekte.

Graces gezicht lichtte op. Ze was de schrik alweer vergeten. 'Mogen we hem houden?'

'Ik denk niet dat Abbink erom komt.'

Grace gaf haar een spontane, geheel onverdiende knuffel, ging naast Felix op de bank zitten en liet hem aan haar hand ruiken. Hij gaf er een kopje aan. Stralend keek haar dochter op. Nu pas herinnerde Flo zich dat ze zou komen studeren; ze had tentamen, en op haar studentenkamer was het altijd druk.

'Zal ik wentelteefjes bakken nadat ik terug ben van het rennen?' vroeg ze daarom. De grijns van Grace, die Felix aan het spinnen had gekregen, kon niet groter worden.

Boy, die even later de kamer binnenkwam, rolde met zijn ogen bij het zien van het tafereel. 'Mám! Ik zei een púp!' Maar de blik in zijn ogen was zacht.

Felix miauwde ter verwelkoming en rekte zich nog een keer uit. Familievrede getekend. Voor nu.

*

Ze snoof de zware lucht van de kamperfoelie die de lange schutting overwoekerde nog eens op. De mist hing alleen nog boven de rechte slootjes aan haar linkerhand. Ze ademde in het ritme van haar rennende voetstappen, niet te snel, niet te langzaam. Hunter rende voor haar uit, wachtte op gezette tijden, de tong uit de bek, de ogen vrolijk: kom dan! De lip van haar rechtersportschoen zat scheef, zoals altijd. Het zweet liep in haar ogen, en ze negeerde de pijn van de wond op haar borst. Haar benen en armen waren bruin tot waar haar sportbroekje en shirtje reikte, diep donkerbruin, met heel lichte haartjes erop. Ze liep haar vaste route door het groen boven Amsterdam: Oostzaan, Landsmeer, Den Ilp en dan langs het IJ weer terug. Dat deed ze al vanaf de middelbare school, waarbij Marianne altijd halverwege opgaf, die ze dan later weer ontmoette op het schoolplein en aan wie ze haar geklokte tijd doorgaf. Marianne klokte niet en liep ook niet meer, bij Flo's weten. Flo deed sinds drie jaar mee met de Dam tot Damloop, van Amsterdam naar Zaandam. Ze wist dat Brian ook liep en een paar keer had deelgenomen aan de marathon van New York. Dat dat haar grote droom was had niemand uit het team nog aan hem doorverteld. Wat ze wél hadden doorverteld, was dat Flo voor Brians komst op het kandidatenlijstje had gestaan voor het overnemen van de functie van hoofdcommissaris. Ze dachten dat Ferdinand, de destijds vertrekkende commissaris, haar niet had gevraagd. Dat dat wel zo was, maar dat ze had geweigerd, wisten noch Brian, noch haar teamgenoten. Ze zag de zieke Ferdinand nog zitten, bleek, zijn grote lijf gekrompen en mager, het laken hoog opgetrokken, maar rechtop als altijd, strijdbaar. Op het laatst had ze wekelijks een uur aan zijn bed gezeten. Ze had geglimlacht toen hij de vraag had gesteld.

'Het zou me enorm geruststellen als er geen vreemde aan het roer komt,' vervolgde hij.

Flo wilde haar hand op de zijne leggen, maar dat zou hem nog zieker maken, dus klopte ze even op het laken ernaast. 'Ik ben toch geen baas,' zei ze, terwijl ze aan de rand van haar hoed voelde.

'Maar dat zou je wel kunnen zijn.'

Flo schudde haar hoofd. 'Ik moet het veld in. Kijken. En niet bezig zijn met wie wel of niet met wie kan, of wie welke zaak toebedeeld krijgt, of verantwoording afleggen aan de burgemeester.'

Ferdinand zuchtte. 'Als er dus iemand van buiten komt, wees dan wat aardiger voor hem. En voor de rest van de wereld.'

Ferdinands adem raspte een beetje. Flo stond op; het was tijd om te gaan. Ze verschikte nog iets aan de bos bloemen, die het bureau haar had meegegeven, weerstond de drang om een kus op Ferdinands voorhoofd te drukken. Daar had ze nog steeds spijt van. En ze probeerde zich elke dag zijn laatste verzoek te herinneren, als Brian haar weer eens op de zenuwen werkte. Echt waar.

Op het veldje net buiten Landsmeer stonden de toestellen er verlaten bij, zoals altijd. Koeien stonden er luidruchtig naast te grazen. Een vlaai landde pruttelend op het gras. Ze stelde zich op onder een rek, sprong omhoog, trok zich twintig keer op. Toen ze in staccatotempo in en uit de autobanden sprong, die in een rij waren neergelegd, links rechts, links rechts, trilde er iets mee. Haar telefoon.

'Flo Berge.'

'Dode man aangetroffen op het spoor van metrolijn 52.'

Flo stopte met ademen. 'Waar?'

'Station Noorderpark. In de rug geschoten.'

Ze keek op haar horloge, het veel te grote horloge dat ze ooit van Casey had overgenomen. 'Ik ben er met… een halfuur. Houden jullie de pers op afstand?'

Er kwam een instemmend antwoord. Flo rende met grote, snelle passen weg. De lip van haar schoen zat nog steeds scheef.

*

Ze stapte uit de Mazda, de kap was nog dicht. Ze had hem op de rijstrook voor de bushalte geparkeerd, met haar ontheffing op het dashboard. Hunter jankte kort, kwispelde. Ze opende het portier en liet hem eruit, lijnde hem aan. Zijn neusvleugels trilden in anticipatie, zoals altijd als ze hem wel meenam naar een plaats delict. Flo nam het station in zich op, de stijlvolle koepel, als van een ruimteschip, de manier waarop die oprees boven de rijweg. De paar fietsenrekken, nu nog leeg. De bushalte, winderig en onbeschut. Ze kon zich al voorstellen hoe het zou zijn in het donker, met minder verkeer, zag de oude vrouw die zich vastklampte aan haar paraplu en aan de belofte van de lichtgevende cijfers bovenin de zuil, die zeiden dat ze echt nog maar eenentwintig minuten in deze verlaten kou hoefde te staan.

Verder was het een prachtig station. Ruim, licht, futuristisch bijna. Bij het rood-witte lint en de geparkeerde politieauto stapte een vrouwelijke agent al naar voren, wilde haar weigeren, maar in het heuptasje, waarmee ze zich van Grace eigenlijk niet mocht vertonen, had ze niet alleen haar telefoon en sleutels, maar ook haar penning met foto. De agente aarzelde. Geen wonder, zoals Flo daar voor haar stond: klein, bezweet, joggingoutfit, geen hoed.

'Flo Berge. Ik maakte net mijn ochtendrondje toen ik werd opgeroepen. Ik ben zo in de auto gestapt. Hoe sneller we dat lichaam hier weg hebben, hoe beter.' Ze had haar stem getraind, had zangles genomen, zodat ze haar hele klankkast gebruikte en niet van zich af praatte, maar door haar buik, borstkas en mond naar boven. De agente keek even naar Hunter, besloot niets te vragen en tilde het lint voor haar op. Een mannelijke agent zou nu met dat lachje gezegd hebben: 'Maar je kunt er zo ook wel onderdoor, hè?'

'Waar?' vroeg Flo. De agente ging haar voor, een roltrap op, onder de blauwe borden door, het perron op. De collega wees verder het spoor op, dat nog een heel stuk bovengronds doorliep. Honderd meter verderop stond er een witte tent overheen. Toen de agente bij de tent het zeil terugsloeg, zag ze hem liggen, tussen de rails op zijn buik, zijn handen gestrekt voor zich, zijn gezicht in het grind gedrukt. Nog geen schouwarts. Nog geen technische dienst.

Ze draaide zich om naar de agente: 'Zet je die wagen aan de voorkant even weg? Ergens op een gewone parkeerplaats?' De collega schrok, realiseerde zich dat een lukraak geparkeerde politieauto altijd toeschouwers trok.

Flo ging de tent weer in, die ook het geluid leek te dempen. Ze was nu samen met dat lichaam hier. De man was uit de richting van het station gekomen, leek voorovergevallen te zijn. Rende hij? Hij droeg skinny jeans en één sportschoen. Ze keek omlaag. Het grind tussen de rails was omgewoeld.

'Goedemorgen.'

Geërgerd keek ze om naar de ingang van de tent. 'Ja?'

Deze agent was jong, jonger dan zij toen ze begon. Ze knielde bij het lichaam. Een bodywarmer? Bij negenentwintig graden Celsius? De nachten waren iets kouder, dat wel. Haar rechteroor ving weer iets op. Iemand schraapte zijn keel.

Ze keek opnieuw op. Toen pas zag ze het. De paniek van de agent bij zijn eerste dode. Ze richtte zich op.

'Life's a bitch,' zei ze.

De jongen, want dat was het, een jongen, grimaste. 'Mijn vader zegt dan altijd: "And then you marry one." ' Zijn stem sloeg over, maar brak ook de spanning.

'Was jij er als eerste bij?'

'Yep. We maakten net een laatste rondje. Die bouwvakker kunt u straks spreken.'

Flo glimlachte even, naar ze hoopte bemoedigend, en knielde weer neer. Eén meter vijfenzeventig ongeveer, jong, blank, donker haar. Ze keek even om, de agent keek naar haar, maar ze had het gevoel dat ze door nog een paar ogen bekeken werd. De agente was de auto aan het wegzetten. In de bodywarmer zat een kogelgat. Op het zwart was het bloed nauwelijks te zien, maar wel aanwezig. Voor het gezicht zou ze moeten wachten. Ze stak haar hand uit naar de agent. Die begreep haar niet. Ze slikte haar ergernis in, hoorde Ferdinand zeggen dat ze wat aardiger moest zijn en zei: 'Handschoenen?'

De agent tastte snel in zijn zak, pakte de plastic exemplaren eruit. Flo voelde ermee aan de kontzak van de dode man, zocht en vond de portemonnee in de binnenzak van de bodywarmer. Ze klapte hem open en viel even stil. Minstens twintig briefjes van vijftig, een paar van honderd. En een NS-kortingskaart. Op naam van Bo Wilkens.

Ze stopte het pasje terug en liet de portemonnee in de plastic bewijszak vallen, die de agent nu wél gedienstig voor haar ophield. Ze glimlachte naar hem, hopelijk ook weer bemoedigend, en liep om het lichaam heen. Bo Wilkens' handen klauwden naar voren, alsof hij zich nog vooruit had getrokken. Op de vlucht voor iemand die achter hem aan kwam en hem verder het spoor op, richting de donkere tunnel, wilde jagen?

Daar flitste iets. Ze keek op, tastte onwillekeurig naar haar wapen, dat ze niet bij zich had. De gang was donker. Maar er flitste weer iets. Een sein? Ze liep in de richting van de tunnel. Geruis. Van kleding? Ze floot kort en begon te rennen, hoorde Hunter vlak achter haar. Ze werd niet belemmerd, niet door ongemakkelijke schoenen, niet door koude spieren. Wel door zware benen, na een training van een uur. Ze rende op wilskracht, maar waarheen? Ze liep de tunnel in. Haar voetstappen weergalmden; het was pikdonker, en ze rook weer dat pas gestorte beton, de verf, het stof. Er bewoog geen licht, er flitste niets. Ze bleef staan, alert op menselijke ademhaling. Alleen het hijgen van Hunter was te horen, laag naast naar been. De hond mocht ze niet zomaar ergens op afsturen, niet zonder gerede verdenking, omdat hij geen officiële politiehond was. Flo wist echter zeker dat ze hem minstens zo goed afgericht had.

Hol klinkende voetstappen. Langzaam, weloverwogen. Of zoekend, onzeker? Ze naderden van achteren, op vijf uur. Ze draaide zich om op haar hielen, miste weer haar wapen. Ze dook opzij, weg van de rails, tegen de tunnelwand aan. Hunter maakte zich groot vóór haar.

Een schijnwerper streek over de muur. Ze hield Hunter al kort, zette zich schrap om af te zetten, toen ze hoorde: 'Mevrouw?'

De lamp werd omhooggericht. Het spookachtig vertekende gezicht van de agent werd zichtbaar. De agent voor wie dit zijn eerste dode was. Jong, bezorgd en hulpvaardig. Maar wie er ook de tunnel in was gevlucht, die was nu de dans ontsprongen. Dat hoefde ze niet te zeggen, dat zag de agent wel aan haar gezicht.

In de bouwkeet was de koffie lauw en slap. De bouwvakker, die halsstarrig weigerde zijn helm af te zetten – misschien was hij er, na al die jaren werken aan de metrolijn, wel mee vergroeid – keek haar stoïcijns aan. Hij had hem om kwart over zeven zien liggen, aan zijn water gevoeld dat het niet klopte, was nog genaderd omdat hij zich afvroeg of de man misschien op een ongelukkige plek zijn roes lag uit te slapen, maar had toen toch de politie gebeld.

'Heel goed,' zei Flo, die betreurde dat zij geen hoed bij zich had om op te houden. 'Maar waarom voelde u dat het niet klopte? Aan uw water?' Meteen vervloekte ze zichzelf: niet de frustratie over de mislukte achtervolging afreageren op deze man!

Maar de bouwvakker glimlachte een klein glimlachje. Misschien zei zijn vrouw dat ook altijd, herkende hij in haar een kleinkind, dat had gevraagd: 'Opa, hoe voelt dat water dan?'

De man was moe, zag ze, en vroeg oud geworden van het zware lichamelijke werk. Zijn grijze haar piekte onder de helm vandaan.

'Nou ja,' begon hij. 'Met dat andere lijk. Op Noord...'

De link was gelegd, overal, door iedereen.

'En ik zag dat gat. In zijn overgooiertje.'

Flo keek op. Een man die zag dat het slachtoffer geen gewone jas aanhad, maar iets zonder mouwen, verried oog voor detail. 'En hebt u verder nog iets gezien? Wat u opviel?'

De helm werd een stukje opgetild om eronder te krabben. 'Zijn schoenveters zaten los.'

'Dat is mode onder jonge mensen.'

Onverstoorbaar vervolgde hij: 'Van één schoen maar.'

Blauwe ogen, scherp nu, helder. Hij moest, met en zonder helm, serieus worden genomen.

'Wat denkt u dat dat betekent?' vroeg ze daarom.

Een schouderophaal. 'Misschien had-ie haast?'

Haast om te vluchten, vroeg Flo zich af.

De bouwvakker nam een laatste teug koffie. 'Gadver,' zei hij hartgrondig.

Flo lachte onwillekeurig.

'En nu?' vroeg hij, terwijl hij opstond en de helm aandrukte.

'Ik denk dat er niet verder gewerkt wordt vandaag. We zetten de boel af.'

Hij tikte aan zijn helm. Zij tikte terug.

Met 'Succes ermee' verliet hij de bouwkeet. Kon hij zien dat de zaak haar dwarszat? Nu pas pakte ze haar telefoon uit haar zak, die al een paar keer getrild had. Een bericht van Brian. Met in de bijlage een persfoto. Van een dode man, op het spoor van station Noorderpark. Ze gooide de telefoon nog net niet weg.

Buiten heerste de typische drukte van een PD, rood-witte linten, een team van mannen in witte pakken, sloffen aan de voeten, de schouwarts. Juliëtte. Daar kon ze het gerust aan overlaten nu. Geen Brian, wel Desmond, die op het perron naar haar floot op zijn vingers. Ze liep naar hem toe. Hij hield een sportschoen in een plastic zak omhoog, zonder veters. 'Gevonden halverwege de trap naar de perrons. Lijkt erop dat hij daar al is gaan rennen.'

Bo Wilkens was jong en fit. Maar had niet kunnen ontkomen. Was de moordenaar ook jong en fit?

'Ik ben met een patrouilleauto meegekomen. Samen terugrijden?' stelde Desmond voor.

'Als je geen bezwaar hebt tegen Hunter?'

De hond kwispelde naar hem. Ze kenden elkaar van het bureau.

Hij liet hem bij wijze van antwoord even aan zijn hand ruiken. 'Moet je niet eerst langs huis?'

'Hoezo?'

Hij gebaarde kort naar haar joggingkleren.

'Dat komt straks wel. Als jij een deootje op het bureau hebt?'

'Ik niet, maar vast wel iemand.'

Terwijl ze de linnen kap van de Mazda liet zakken, hoorde ze hem zeggen: 'Je was er snel.'

'Niet snel genoeg,' sloeg Flo het complimentje af. Ze pakte haar telefoon en toonde hem de persfoto van het lichaam.

'Knap,' zei hij bewonderend. Voordat Desmond een roeping bij de politie had gevonden en innerlijke rust had vergaard, had hij beroemd willen worden. Als muzikant van een rockband. Hij had gehoopt op paparazzi, schokkende verborgen verhalen in damesbladen over seks, drugs en rock-'n-roll.

'Waar is Brian?' vroeg ze, nadat ze waren ingestapt.

'Persconferentie persconferentie belangrijk belangrijk.'

Flo nam een afslag, verliet de drukke weg, ging binnendoor. Daar trilde de hitte alweer boven de weilanden; er waren overal gele plekken te zien vanwege de droogte. Boeren bewaterden het land nog vanuit de sloten, maar er was al aangekondigd dat daar een stop op zou komen, mocht er nog langer geen regen vallen. Ze stelde zich even voor dat ze met Marianne in een auto zat, ook een cabrio, maar dan in Amerika. Ze zag de weidsheid, de kaarsrechte weg door vlak land, voelde de warme wind door haar haar, hoorde het geluid van de motor, zag Mary's ene hand aan het stuur. Maar hier was de horizon smaller, de lucht kleiner, de wolken minder hoog. Ze keek even naar de kop van Hunter tussen Desmonds benen en belde Grace.

Die nam meteen op.

'Grace? Ik wou met Felix naar de dierenarts, maar er is iets tussengekomen. Zou jij hem even kunnen brengen?'

'Ja hoor.' Ze klonk koel, afstandelijk, niets van de vreugde om de kat sijpelde nog na in haar stem. Misschien werd ze gestoord tijdens de studie?

Snel voegde Flo eraan toe: 'Neem je dan ook een klein zakje kattenbrokjes mee? Ik haal vanmiddag wel een grootverpakking in de stad.'

Het bleef stil. Lang. Onverwacht viel Grace uit: 'Die wentelteefjes moet ik zeker ook zelf bakken?'

Flo sloot even haar ogen. 'Sorry, schat. Werk.'

Ze zag nu voor zich hoe Grace met haar ogen rolde, hoe ze haar wegdrukte. Ze hoopte dat ze haar gezicht in de vacht van Felix zou duwen, dat die misschien een beetje troost bood. Grace miste Casey erger dan Boy, was bozer, vooral op Flo. Ze wist dat Casey degene was die er een punt achter had gezet, maar nam het haar moeder toch kwalijk dat ze hem echt had laten gaan. Ze wist natuurlijk niet waarom het huwelijk niet langer stand had gehouden, maar misschien voelde ze iets aan van de schuld die Flo niet eens aan zichzelf wilde bekennen. Grace had zich verheugd op het huis in San Francisco, had zichzelf daar al met een vriendin langs de baai zien flaneren tijdens vakanties, had dolgraag willen laten horen dat ze accentloos Amerikaans sprak. Ze verweet haar moeder ook dat ze alsmaar aan het werk was, ook al woonde ze niet eens meer thuis. Een kind blijft een kind, dacht Flo. En voor kinderen moet je zorgen. Dat zij daar soms in tekortschoot, veranderde daar niets aan.

*

Regina lag dood en stil op de koude tafel. Flo was niet naar het bureau gereden, maar naar het forensisch lab, tot teleurstelling van Desmond. Maar: informatie boven sensatie. Regina's krullen waren samengebonden, haar jukbeenderen lagen hoog op het gezicht. De uitpuilende ogen veilig opgeborgen achter haar oogleden. Daaronder was haar hals beurs en opgezwollen.

'Ze is gestorven aan verwurging,' zei schouwarts Verwoerd vanachter zijn mondkapje. 'Tussen twee en vier 's nachts.'

'De nacht ervoor al?'

Verwoerd bevestigde: 'Ze was allang dood toen ze daar werd opgehangen.'

'Sporen van waar ze gewurgd kan zijn? En hoe, waarmee?'

'Blote handen. Maar wel met protectie.'

‘Handschoenen,’ concludeerde Flo. En vervolgde: ‘Vrouwen- of mannenhanden?’

De schouwarts haalde zijn schouders op. ‘Kleine mannen- of grote vrouwenhanden. Te zien aan de drukpunten was de moordenaar ongeveer even groot als zij.’

Flo mat het lichaam voor haar. Eén meter zeventig ongeveer. ‘Vingerafdrukken op de zekering? Van dat klimtuig?’

De arts schudde zijn hoofd.

‘Helemaal schoon.’

‘Dus Regina heeft dat klimtuig niet zelf aangedaan.’

‘Of de afdrukken zijn er later afgeveegd.’

‘Kun je zien of ze al dood was toen ze dat tuig aankreeg?’

De arts schudde zijn hoofd. ‘Helaas.’

‘En die haak? Aan dat dakspant?’

‘Schoon.’

Flo blies uit in frustratie.

‘Maar...’ zei Verwoerd, met een knikje naar het klimtuig. ‘Er zit wel vreemd DNA op het koord. Huidschilfers.’

Flo en Desmond keken elkaar aan.

‘Je zorgt dat er geen vingerafdruk op je slachtoffer te vinden is, ook niet op het tuigje. Waarom dan wel DNA achterlaten op het koord?’ vroeg Flo zich hardop af.

‘Er zijn twee verschillende daders? Een moordenaar en iemand die het lijk ophing?’ peinsde Desmond hardop voor zich uit.

‘Of de dader had haast, was zijn handschoenen kwijt,’ vulde Flo aan.

De gedachte die ze daarna had, sprak ze niet uit, nog niet. Het lichaam was er opgehangen om een reden. Om daar, in die gloednieuwe koepel, vol in het zicht te hangen van wie als eerste ter plaatse was. Het lichaam werd misschien geëtaleerd door de moordenaar. Moest gezien worden. En misschien was de nonchalance met het koord bewust. Wílde de moordenaar gevonden worden.

De schouwarts tilde Regina's pols op. 'Ze is een aantal uur aan haar polsen vastgebonden geweest. Ze heeft zich verzet; er staan striemen in de huid. Ze heeft ook schaafwonden op de zijkanten van de handpalmen. Van het slaan op beton.'

Flo zag Regina voor zich in een betonnen ruimte, in het donker, haar handen bijeengebonden met tiewraps. Ze had gevochten, gesmeekt, geroepen, geschreeuwd, gekrijst. Eenzame donkere laatste uren. Had ze hem aan horen komen? Was er een zware deur geopend? Viel er een strook licht naar binnen? Wist ze dat dit haar vonnis was, dat die handen haar zouden wurgen? Waren het Jasons handen, die de leuning van haar stoel hadden gestreeld alsof zij het was? Ze zag de hand weer voor zich. Het was een grote hand, passend bij een lange man, met slanke vingers. Geen handen van middelmatige grootte die zowel van een man of een vrouw konden zijn.

'Hoelang heeft ze daar gehangen?' Dat beeld vond Flo bijna nog triester, eenzaam en dood bungelend in afwachting van het moment dat ze gezien zou worden. Omdat iemand dat wilde.

De schouwarts schudde zijn hoofd.

'Niks van te zeggen. Het lijk was al stijf, dus...' Hij reikte naar Regina's tenen, trok een laken over haar enkels, knieën, heupen, borsten omhoog. En verborg haar hoofd. Einde autopsie. Einde leven.

Flo en Desmond zaten zwijgend naast elkaar in de auto. Flo vroeg zich af of het ooit zou wennen, maar wist het antwoord al.

*

Brian had voor de gelegenheid het trainingsjasje verwisseld voor een heus colbert. Het gaf hem niet de anciënniteit waar hij misschien op hoopte. Hij stond in de vergaderkamer aan het hoofd van de lange U-vormige tafel.

Flo was even langs huis gereden, dat leeg was. Boy naar school,

Grace waarschijnlijk naar de dierenarts. Geen douche, geen tijd, schone kleren, klaar. Ze had Hunter even over zijn kop geaaid. Vandaag ging hij niet mee naar het bureau. Te druk, te weinig aandacht, en hij had zijn werk vandaag goed gedaan. Aangekomen op het bureau hadden Desmond en Flo verslag aan Brian uitgebracht. Het team waar Flo onderdeel van uitmaakte, bestond uit veertien man, gevarieerd in leeftijd, acht mannen, zes vrouwen. Slechts twee van hen woonden in Noord, Flo in het aangrenzende Oostzaan. Flo vond dat je dan, gestationeerd in een bureau op het Buikslotermeerplein, net iets meer recht van spreken had dan bijvoorbeeld Fiona. Van haar leeftijd, lang, graatmager, geen blond piekhaar maar een keurige peper- en zoutkleurige coiffure. Boy had haar eens omschreven als 'die schonkige vrouw'. Ze had zo'n bekakt Amsterdam-Zuid accent, dat het soms in de wandelgangen werd geïmiteerd, overigens zonder dat dat Fiona ook maar enigszins stoorde, want voor haar was het een blijk van beschaving.

Fiona was geschokt, liet ze nu in de vergaderzaal weten, met een o die als een a klonk. 'Zijn er enige aanwijzingen dat het een actie betreft om de Noord/Zuidlijn in diskrediet te brengen?'

'Fiona,' was Flo Brian voor, 'zullen we eerst even wachten of er überhaupt een link is tussen de twee moorden en niet meehollen met de speculaties in de pers?'

Iedereen keek naar Flo. Haar hoed stond stevig op haar hoofd, haar laarzen waren ankers op de gladde vloer, haar donkere satijnen broek glansde.

'Natuurlijk,' zei Fiona met trillende stem. 'Maar ik mag toch wel peilen wat wij zelf denken?'

Denken komt na duiden. Flo slikte de woorden van Ferdinand wijselijk in en zei: 'Zeker. Als we maar geen tunnelvisie ontwikkelen. Regina Baken is geboeid geweest en gewurgd. Bo Wilkens is op de vlucht in zijn rug geschoten. Seriemoordenaars gaan vaak bij elke moord volgens een identiek schema te werk.'

'Goed,' onderbrak Brian.

Fiona was drie koppen groter dan Flo, maar had de neiging op gezette tijden emotioneel te worden. Ze vond het zelf een authentieke vorm van betrokkenheid, maar Flo schaarde haar brokken in de keel en weggepinkte tranen onder het kopje 'aanstellerij'.

'De enige die met de pers praat ben ik,' vervolgde Brian. 'Ik ben het met Fiona eens dat je een verband tussen beide moorden zou verwachten, en eerlijk gezegd denk ik dat zelf ook…' Hij keek rond.

Fiona knikte instemmend, Flo reageerde niet.

'Flo, jij stelt de familie op de hoogte.' Flo keek al om naar Desmond, maar Brian vervolgde: 'Met Fiona. Desmond assisteert tijdens de persconferentie vanmiddag. Wish me luck.'

Flo zag dat hij het meende. Dat hij graag belangrijk wilde zijn, maar het ook doodeng vond. De woorden 'Grow up' werden geheel onvrijwillig overspoeld door een vlaag van moedergevoel. Zoals ze voor een pup kon hebben.

Dat gevoel verdween heel snel toen hij even later haar kantoor binnenkwam en zei: 'Die Vanessa Hardeman, hè…' Hij pauzeerde weer op zijn geheel eigen manier, voor effectbejag en het uitlokken van een reactie. Toen ze niet reageerde, ging hij door: 'Die werkt toch voor je broer?'

'Ze zit soms aan tafel als deskundige. Geheel onafhankelijk.'

'Ja, ja,' zei Brian peinzend. Het colbertje was allang uit, het zwarte T-shirt met V-hals plakte aan zijn afgetrainde lijf. 'Denk je dat die persfoto van haar afkomstig is?'

'Hoe kwam jij eraan?' kaatste Flo de bal terug.

'Stond al online. Op de site van *Dag vandaag*.'

Flo keek Brian recht aan. 'En wat wil je daarmee zeggen?'

Flo wist natuurlijk heel goed wat hij daarmee wilde zeggen, namelijk dat zij Vanessa getipt had om haar broer aan een scoop te helpen, maar wilde het ook horen, uit zijn mond. Ze wilde de verdachtmaking tussen hen in voelen hangen.

'Ik vraag me alleen maar af hoe die vrouw, als ze er was vanmorgen, twee keer achter elkaar zo snel op een plaats delict kan zijn.'

De lafaard, dacht Flo, maar ze zei: 'Ik ook.'

Even bleven ze elkaar aankijken, toen knikte Brian koeltjes en verliet haar kantoor. Ze wist zeker dat Hunter hem aan was gevlogen als die onder het bureau had gelegen.

*

Fiona stapte in. 'Zeg, je weet dat ik het een geinig dingetje vind...' Het 'geinig' klonk intens tuttig uit haar mond. Ze doelde op de Mazda. 'Maar zou je het erg vinden om de kap dicht te doen?'

Flo glimlachte. 'Sjaaltje om je hoofd. Very Hollywood style.'

Fiona besloot het erbij te laten, maar weigerde haar hoofd te bedekken. Haar haar werd alle kanten op geblazen, maar ze gaf geen krimp. Het voordeel van het rijden in een cabrio op de snelweg was dat je niet kon praten. Hoefde te praten. Bo woonde in De Pijp. Flo reed rondjes totdat de gevisualiseerde parkeerplek voor haar opdoemde, in de Gerard Doustraat. Het was een klein plekje, maar een plekje, en Flo manoeuvreerde de auto erin. Ze wist zeker dat Fiona op haar tong beet om haar bewondering binnen te houden. Wat ze wel zei was: 'Straks kunnen we lekker met de metro.' Mensen uit Zuid verheugden zich op de Noord/Zuidlijn, hemelden hem op, vonden het 'zo handig'. Dat ze nog niet dood in Noord gevonden wilden worden, geen enkele reden zagen het IJ over te steken en alleen maar genoten van het profijt dat de metrolijn de stad aan de goede kant van het IJ bood, zeiden ze er niet bij.

De trappen naar de woning waren smal en donker. Er lag tapijt op dat betere tijden had gekend. Toen Fiona boven haar slipte vanwege een loszittende roe, kon Flo net op tijd tegenwicht bieden. Ze grinnikte onwillekeurig, zij als korte stutpaal onder die lange vrouw. Ze onderdrukte de gedachte 'schonkig' omdat Fiona mee grinnikte. Nadat ze zich op de overloop van de bovenste verdieping langs een racefiets, een kast met boeken en een volle wasmand hadden gewrongen, belde Fiona aan bij een kunststof deur met het naamplaatje 'Bo en Mariska' erop geschroefd.

Een jonge vrouw met kort zwart haar en een wenkbrauwpiercing deed open.

'Bo is er niet,' zei ze meteen, en ze wilde de deur alweer dichtdoen.

'Nee, dat weten we,' zei Flo.

Mariska fronste haar voorhoofd. 'En u bent?'

Fiona trok haar penning en stelde hen voor.

Mariska schrok niet, deinsde niet achteruit. 'Ja?'

'Bent u Mariska? De vriendin van Bo Wilkens?

Het wantrouwen bleef.

'Ja?'

Goed, dacht Flo, dan maar zo. 'Bo is vanmorgen vroeg dood aangetroffen. We denken dat er sprake is van een misdrijf.'

Het 'godverdomme' kwam uit Mariska's tenen. Ze opende de deur, draaide zich om en liep naar binnen. Een gang leidde naar een kleine, maar verrassend zonnige kamer. Ramen lieten het geluid van de stad binnen, stemmen, een optrekkende motor. Er lag een matras in de hoek, met twee kussens en een dekbed. Schoon. Opgemaakt.

Mariska zette met trillende handen twee glazen water voor Flo en Fiona neer. 'Waar?' vroeg ze, terwijl ze haar vingers in elkaar draaide en bleef staan.

'Metrostation Noorderpark.'

'Maar die rijdt toch nog niet?'

'We hoopten dat jij ons kon vertellen wat hij daar deed.' Fiona praatte zacht, zachter en voorzichtiger dan Flo nodig vond.

Mariska trok een stoel bij en ging zitten, waarmee ze tijd won. Aan de muur bij de tafel hing een foto van Bo met een baby'tje op zijn schoot, zijn voorhoofd rustend tegen het hare, een trotse glimlach op zijn gezicht. 'Hij is druk met de organisatie van het Noorderparkfestival, straks in september. Maar wat is er gebeurd?' Met moeite borg ze de woede even op, zag Flo.

'Hij is in zijn rug geschoten.'

'Tss.' Dat klonk niet verbaasd, maar minachtend. Mariska wreef met haar vinger over de houten tafel.

Aan de muur zag Flo een foto van een levende Bo in de zon, die zijn armen wijd uitspreidde en breed lachte naar degene die de foto nam. Ze nam het over: 'Hij droeg twaalfhonderd euro aan cashgeld bij zich. Enig idee waarvoor?'

Mariska schudde haar hoofd. 'Misschien moest-ie iets aanbetalen?'

'Had hij een afspraak met iemand?'

'Niet dat ik weet.'

Boos weer, vijandig. Maar boos op wie?

'Mama?'

Het stemmetje stond in de deuropening en hoorde bij een meisje van een jaar of vier. Ze nam de vreemde vrouwen met wantrouwige blik op.

'Kom maar, schatje,' zei Mariska, nu met zachte, lieve stem. Het meisje sleepte een knuffel achter zich aan, aan één oor.

Waarschijnlijk ooit een konijn geweest, registreerde Flo.

Het meisje kroop bij haar moeder op schoot, die een verwijtende blik op Fiona en Flo afvuurde. Zíj moest hiermee omgaan.

'Wilt u hem zien?' Flo moest het vragen.

Mariska schudde haar hoofd, aaide mechanisch over de haren van het meisje.

'Als we nog vragen hebben, kunnen we u dan bellen?'

'06438003...' klonk het. Mariska kwam tot haar eigen verbazing niet verder.

'43, mam,' zei het meisje.

Mariska's ogen liepen vol.

Flo wenkte Fiona. Ze stonden op en lieten Mariska achter. Bij de deur keek Flo nog even om. Mariska had zich in het kind begraven.

Zwijgend liepen Fiona en Flo door de straat. Zwijgend stapten ze in de auto. Zwijgend zaten ze naast elkaar in het decor van De Pijp. Flo schraapte haar keel.

'Festivalorganisator dus. Dat is alles wat we hebben,' begon Fiona.

'En een vriendin die zijn dood zag aankomen,' vulde Flo aan, voordat ze de motor startte. Ze hield de woorden 'omdat hij dat geld niet met legale praktijken had verdiend' voor zich, omdat daar nog geen enkel bewijs voor was. Of Fiona met dezelfde gedachte speelde, wist ze niet.

*

Jasons overhemd met korte mouwen zat verkeerd geknoopt. Zijn haar lag raar plat tegen zijn hoofd, alsof hij met twee kussens ertegenaan had geslapen. Flo was met Desmond tegenover hem gaan zitten in de gesprekskamer, had de opnameapparatuur aangezet, had gezegd wie er aanwezig waren. Nu vroeg ze: 'En?'

Voor het eerst keek Jason haar aan, leek er iets te ontwaken in zijn ogen. Verwarring.

'Laat u de première doorgaan?' Ze formuleerde het expres op die manier, zodat ze de verantwoordelijkheid bij hem legde.

Jason knikte. 'Ik zei al, dat is wat Regina zou willen.' Met iets van verdediging vervolgde hij: 'Alle mensen in de wijk hebben zich er zo op verheugd.'

'U ook?' Ze negeerde de waarschuwende blik van Desmond en bleef Jason strak aankijken.

'Waarom ben ik hier? Ik heb alles gisteren al verteld,' diende hij haar van repliek, nu wakker zonder verwarring. En zonder – zichtbaar – verdriet.

'Niet alles.' Flo nam haar moment.

Jason sloeg zijn armen over elkaar.

Flo deed net of ze tussen de papieren in het dossier voor haar zocht naar een aantekening. 'U was het niet eens met Regina over die verhuizing naar de stad.'

Nu was Jason op zijn hoede. Zijn ogen schoten van Flo naar Desmond. 'Wie zegt dat?'

'Dat doet er niet toe, maar ik zou het niet gaan ontkennen, want daar hebt u nu geen tijd voor.'

Desmond sloeg zijn blik neer. Ze wist wat hij dacht: die man heeft net zijn vrouw verloren. Ja, maar we verliezen allemaal weleens iemand. Dat zei ze natuurlijk niet, maar dat dacht ze wel. Zij wist zelf hoe 's ochtends wakker worden naast een lege plek voelde, maar zij zeurde ook niet.

Jason woog zijn opties. Zijn handen lagen op tafel voor hem. Grote mannenhanden inderdaad.

'Dat klopt,' zei Jason. 'Ik wilde niet verhuizen.'

Omdat hij er verder niets aan toevoegde zei ze wat Joosje niet gezegd, maar waarschijnlijk samen met haar gedacht had: 'Dat kan een motief zijn.'

Jason lachte schamper, bleef met zijn armen over elkaar zitten.

'Er is DNA aangetroffen op het koord waarmee Regina in de metrohal omhoog is gehesen, of van boven af is laten zakken,' zei Flo.

'Ik heb geen bezwaar tegen afname, want ik heb haar niet vermoord. Omdat ik haar zou volgen naar een ander werelddeel, met of zonder Volksopera. Ik vond het niet verstandig, die verhuizing, want die zou het karakter aantasten van onze voorstellingen en veel mensen teleurstellen. Maar wij konden hartstochtelijk van mening verschillen. En het hartstochtelijk eens zijn. Dat heet liefde. Is dat concept u bekend?'

Flo negeerde zijn toon en zijn woorden. Ze voelde de zijdelingse blik van Desmond, maar vervolgde: 'Acht u iemand anders van uw gezelschap tot deze moord in staat?'

Jason ontvouwde zijn armen.

'Ik zou graag voor ze opkomen – ook hartstochtelijk, want ik hou ook van hen – maar als ik eerlijk ben... ik weet het niet. Rolf was woedend over haar flirt met het Cultuurfonds. Siem zou niet zonder de repetities kunnen en is niet mobiel. Joosje stookte de rest tegen Regina op.'

'En dat liet u gebeuren.'

Jasons blauwe ogen verwaterden. 'Alles wat liefde kan, durft liefde te doen.'

Hij leek nu iets van haar te verwachten, maar Boy was er niet. Desmond schoot haar te hulp: 'Shakespeare.'

Flo verwachtte een minachtende blik; zij kende haar klassiekers inderdaad niet, maar die bleef uit. In plaats daarvan zei Jason, terwijl zijn stem halverwege brak: 'Regina's favoriete citaat.'

Flo knikte. Naar hem, naar zichzelf. Ze vroeg hem nog een keer of hij bezwaar had tegen DNA-afname, maar dat had hij natuurlijk niet.

In de herhaling van de persconferentie op de tv in haar kantoor zag ze later een relatief jonge, betrokken hoofdcommissaris, die er alles aan zou gaan doen om de schuldige, of schuldigen, te pakken. En die genoot van de nieuwsgierige journalisten, die zich verdrongen voor de perstafel, die camera's boven hoofden hielden en hem onderwierpen aan een spervuur van vragen. Hij gaf vrijwel nergens antwoord op, dat moest Flo hem nageven. Ze lichtte haar laarzen van haar bureau. Misschien kon ze Grace blij maken met tortilla's.

*

Toen Flo de sleutel in het slot van de buitendeur stak, hoorde ze Hunter er aan de andere kant tegenaan springen.

'Laag,' commandeerde ze, voordat ze de deur opende.

Hij hield zijn voorpoten en lijf zo veel mogelijk op de grond, maar zijn achterpoten wilden afzetten, haar blij begroeten. Was hij al zo lang alleen thuis?

'Kom maar,' zei ze daarom, terwijl ze de zware tas met kattenvoer neerzette.

Hij sprong, likte, duwde en legde zijn poten op haar schouders.

'Ja, Hunter, ja, hè. Ben je daar?' Ze kroelde hem over zijn kop tot hij gekalmeerd was. De keuken was leeg. De kamer was leeg. Alle ramen en de schuifdeur zaten potdicht. Ze begreep nu het ongemak en ongeduld van Hunter; het was bloedheet in huis. Tegen beter weten in riep ze naar boven: 'Boy? Grace? Ik ben thuis!'

Er klonk een doffe plof. Felix was van de bank gesprongen en liep met de staart rechtovereind naar haar toe. Zijn oog leek iets beter, na de oogdruppels vanmorgen. Ze bukte zich, pakte een blikje uit de tas en opende de koelkast. Die stond niet zo vol dat ze de doos met verse hondenvleesbrokken zou kunnen missen. Ze fronste haar wenkbrauwen; ze wist zeker dat ze die erin gezet had. Ze sloeg de deur van de koelkast dicht en zag toen pas het gele briefje dat erop geplakt was.

'Ben terug naar Amsterdam. Felix en Hunter hebben gegeten, Boy eet een frietje.'

Twee paar ogen keken haar aan. Wat Felix en Hunter betrof, had Grace niet hoeven verklappen dat ze al gegeten hadden. Hunter kwispelde, Felix' vacht streek langs haar enkels. Flo reikte weer in de tas, pakte er katten- en hondensnoepjes uit en gaf er ieder één. En zuchtte. Was Grace boos vertrokken? Ze haalde het briefje van de koelkast, zag toen op de achterkant nog gekrabbeld: 'Er staat een tortilla voor je in de magnetron.' Haar keel werd gevaarlijk dik. Dat verdiende ze niet. Ze opende de magnetron en snoof. Kip met hete saus. Haar en Graces lievelingstortilla. Ze knipperde dreigende tranen weg, samen met het beeld van kleine Grace die met haar de koelkast opende en aanwees wat mama voor haar moest maken.

Grace maakte nu zelf tortilla's, wat Boy vertikte. Ze fronste haar voorhoofd bij de gedachte aan Boy. Hoezo een frietje op een doordeweekse dag? Toen herinnerde ze zich de draaimolen, de Calypso, de aanbouw van het Lunapark. Een frietje eten op de kermis hoorde erbij. Twee nachtjes slapen nog maar. Als Boy dat dan ook maar deed. Ze opende de terrasdeuren, keek waarschuwend naar Hunter, die bij wijze van antwoord hartverscheurend jankte, en zakte in de bank. Hoewel haar hoofd door de warmte te groot leek voor de hoed, hield ze hem op, terwijl ze de televisie aanzette. Het was acht uur. De persfoto die getoond werd op het journaal bleek afkomstig te zijn van een 'omstander'. Waarom had zij die niet gezien? Of de agenten ter plekke? Was het degene die ze had vermoed op het spoor in de donkere tunnel? Verstopte hij zich daar? Waarom, als het een gewone 'omstander' was? Omstanders wilden vaak belangrijk zijn, worden gezien, vertellen wat er door hen heen was gegaan. Niet voor de eerste keer de afgelopen dagen voelde Flo's maag hol. Niet van de honger, maar van een dreiging die ze niet kon plaatsen.

Net toen ze haar hoed aan de kapstok had gehangen – zonder worp – haar laarzen naast de bank had gezet en een hap wilde nemen van de opgewarmde tortilla, ging de bel. Alleen Hunters oren gingen omhoog. Dat betekende dat het bekend volk was. Ze stond al op, maar herinnerde zich Felix. Abbink was ook bekend volk. De kat was nergens te bekennen. Door de terrasdeuren naar buiten gelopen waarschijnlijk. Ze keek de tuin en het aangrenzende weiland in. Geen kat. De bel ging nog een keer, nu twee keer vlak achter elkaar. Ze pakte in het voorbijgaan de hoed van de kapstok, zette hem weer op en opende de deur.

'Ga je zo?' Haar moeder stapte de drempel al over.

Haar vader bukte en omhelsde haar, zoals altijd, en ook hij liep vol vertrouwen door naar binnen.

Haar moeder stond met de afstandsbediening in de aanslag, had de tv al uitgezet, keek naar het bord met de tortilla op de bank. 'Je bent het toch niet vergeten?'

'Nee hoor,' antwoordde ze al. Haar gedachten sprintten door haar hoofd: vrijdag vandaag, halfnegen 's avonds, haar moeder met een kleurige wikkelrok en witte top, haar vader in het jasje voor gelegenheden. Aangekleed gaat uit, waarnaartoe? Pas bij de datum op haar telefoon schoot het haar te binnen. Haar broertje Kai was jarig. Werd veertig. En had hun gevraagd naar de studio van *Dag vandaag* te komen. Zijn gasten zouden publiek zijn, daarna was er feest. Het laatste waar Flo zin in had, en ook haar vader, was opzitten in een studio onder felle lampen, lachen en klappen op momenten dat dat verwacht of zelfs aangegeven werd door een opnameleider die met een draaiboek klappende bewegingen maakte. Zeker niet als er geklapt moest worden voor de vaste gasten die voor de zoveelste keer hun politiek correcte riedeltje afdraaiden. Ze was er één keer bij geweest en had zich toen voorgenomen dat dat de laatste keer was.

Met een leugentje om bestwil pakte ze de reddingsboei. 'Ik heb Kai al geappt dat ik later kom. Na de opname.'

Haar moeder probeerde met Simon een blik te wisselen, die wilde zeggen: Flo weer. Kan ze zich nou nooit eens aanpassen?

Haar vader had opeens grote belangstelling voor een avocado in de fruitschaal.

'Kai vond het geen enkel probleem.' Niet vergeten hem te appen over dit complotje dat ze nu met hem sloot, prentte ze zichzelf in. Gelukkig zou Kai inderdaad niet moeilijk doen. Hij kende haar voorkeur voor werk achter de schermen en respecteerde die.

Haar moeder moest zeggen: 'Hij wordt maar één keer veertig.'

Dus maakte Flo er een grap van, de grap die ze maakte sinds ze volwassen was en die wilde zeggen dat ze er niet over in discussie zou gaan. 'Maaam,' zei ze pruilend als een puber. Sinds Grace hetzelfde deed, was ze er steeds beter in geworden. Het ontlokte haar moeder het scheve lachje dat haar gezicht opende, waardoor ze een andere moeder herkende, de moeder van voordat ze was gaan kleien – een woord dat Flo niet mocht gebruiken – en was gaan zweren bij yoga en andere vage spirituele onzin op de ongemakkelijkste momenten van de dag.

Haar moeder keek naar Simon alsof ze wilde zeggen: doe jij ook eens wat.

Haar vader keek Flo zo streng mogelijk aan, alsof ze de lastige leerling in de klas was die lastig zou blijven, wát je als docent ook deed.

Van dat spelletje genoot ze nog steeds.

'Maar je komt toch wel?' zei haar moeder nog, zo te horen zonder hoop.

'Jazeker,' antwoordde Flo. En hoewel haar moeder niet geheel ten onrechte verwachtte dat ze niet zou komen opdagen, was Flo vast van plan dat wel te doen. Ze lachte haar moeder stralend toe, want als ze niet waren gekomen, was ze de verjaardag straal vergeten en had ze de kans gemist om Vanessa eens aan de tand te voelen. Ervan uitgaande dat die zou komen. Maar de manier waarop ze naar Kai keek, ook in beeld, liet er geen twijfel over bestaan dat dat bijna niet kon missen.

Donkerpaarse broek, zwart shirt, laarzen. Ondanks de hitte. Nadat haar ouders vertrokken waren, had ze haar haar gewassen. Foute keus. Liever pieken dan slappe dunne slierten. Ze keek in de spiegel, pakte de pot haarcrème, maar zette hem weer terug. Dat was vaker verkeerd afgelopen. Feesthoed. Eenzelfde cowboy als haar dagelijkse, maar deze was licht van kleur en iets vriendelijker krullend aan de zijkanten. Ze keek nog eens in de spiegel en hoorde Mariannes stem in haar hoofd. *Aan kleurloze wimpers kun je iets dóén, hoor.* Maar ze liet de mascara en het potlood zitten waar ze zaten, in haar toilettas. Zíj hoefde geen indruk te maken op Kai. Bovendien had het iets charmants, die gebruinde kop zonder wenkbrauwen. Tenminste, dat zei Marianne ook altijd.

Ze keek naar *Dag vandaag* tot de tweede commercial break. Zo heette dat, geen 'reclameblok', maar 'commercial break'. Haar ouders waren recht achter de presentatiedesk geplaatst. Ze zaten er met precies de juiste mengeling van trots en nonchalance. Flo verdacht haar moeder ervan haar vader gedwongen te hebben met haar te oefenen. Geen item over de moord van gisteren, geen melding van de moord vandaag. Geen Vanessa. Terwijl ze keek of Vanessa ergens tussen het publiek zat, wat betekende dat ze later in de uitzending nog aan bod zou komen, sprong Felix op haar schoot. Ze wist dat de haren straks zouden tonen op haar paarse broek, maar negeerde het. Abbink was niet gekomen. Ze mocht zich aan Felix hechten en hij aan haar. Haar broer hief nu een glas champagne, naar de camera, naar de mensen achter de camera, naar het publiek. Flo tilde Felix op de vloer met de woorden 'ik hou ook van jou', stond op, pakte haar autosleutels van de bar in de keuken en keek nog even naar haar broertje. Hij zag er redelijk goed uit. Ontspannen, al kon de make-up – 'schmink' heette dat – de lichte pafferigheid in zijn gezicht niet verhullen. Drank, en ze vermoedde ook cocaïne. De wondere wereld van de tv. Maar zijn oogopslag bleef dezelfde, zijn ondeugende lach ook. Ze wist zeker dat hij op het lijstje stond van een groot aantal vrouwelijke en mannelijke redactieleden. Op welke lijstjes zijn naam al afgestreept was, kon ze alleen maar raden. Hunter zat al bij de deur. In de studio waren ze niet blij met honden, maar dat weerhield haar er niet van hem aan te lijnen en mee te nemen. Als je haar uitnodigde voor een feest, kreeg je haar hond erbij.

*

Voordat Flo de Mazda het Media Park in Hilversum op reed, parkeerde ze de auto even aan de kant en deed de elektrisch aangedreven kap dicht. Ze verwachtte ook hier pers; haar broertje werd maar één keer veertig en was dankbaar materiaal voor de roddelbladen. En om als 'de zus van' in een cabriolet bij de kapper te liggen, daar bedankte ze voor.

De gevel van Studio 21 was voor de gelegenheid behangen met ballonnen, er waren lampen op gezet, binnen klonk harde muziek. Het was groots, veel grootser dan ze had verwacht; ze had gedacht aan een bescheiden feestje in de studio waarin *Dag vandaag* werd opgenomen. Ze keek opzij naar Hunter, die al opgekruld met zijn kop op de zitting lag. Hij had overduidelijk geen zin om in die herrie met haar mee te gaan. Dus ging ze hem niet dwingen. Ze zette het raam een stukje open, legde even haar hand op zijn kop.

'Sorry, man. Ik blijf niet lang, oké?' Toen ze haar hoed uit de kofferbak pakte, hoorde ze hem al snurken.

Flo liep er over de 'promenade' – waar ging dat omroepgeld eigenlijk aan op – naartoe. Het legertje journalisten was gelukkig druk met een BN'er op hoge hakken en een split die reikte tot Flo's schouders, dus werd ze niet opgemerkt. Ze liep door de decorgang naar de werkelijke studio. Aan de wanden hingen ingelijste foto's van 'grote tv-momenten'. Ze passeerde ze zonder er een blik op te werpen, zoals overigens alle gasten deden die tegelijk met haar aankwamen. Toen ze de studio binnenkwam, viel de muziek toch nog over haar heen. Maar ze glimlachte. Zag Kai haar komen? Stond hij achter de draaitafel en had hij speciaal voor haar 'Best of Both Worlds' van Robert Palmer opgezet? Als Flo vroeger weleens over haar hart had gestreken en Kai haar kamer binnenliet, dan hadden ze er samen naar geluisterd. De combinatie van Caribische schwung en Brits gentlemanship had ze diep bewonderd. Dat Marianne zei dat die charme was gebaseerd op puur kolonialisme, had ze destijds ook al naast zich neergelegd.

Midden in de studio, prachtig uitgelicht, stond op een cirkelvormig laag podium KAI 40. Het podium draaide rond. Op het scherm erachter waren oude beelden te zien. Kai als kabelsjouwer, Kai als opnameleider, Kai als stand-in. Kai in het allereerste decor van een jeugdpopprogramma, met een wilde haardos, de nieuwe doe-eens-tv-blik terwijl hij een microfoon onder de neus van, jawel, Robert Palmer duwde. Flo bleef even staan kijken, trots op wat haar broertje had bereikt. Ze fronste haar wenkbrauwen bij een beeld van Kai op de schouders van een aantal mensen. Die mensen waren onder meer zij en Casey. Ze vloekte binnensmonds, keek nog eens goed, toen werd het beeld alweer vervangen door een volgend. Van haar ouderlijk huis. En dat van Kai, maar toch. Ze keek om zich heen. BN'ers pakten glazen van bladen, lachten hun te witte, gebleekte lach, zochten over de schouders van degene met wie ze in gesprek waren naar anderen, noemden elkaar 'schat' en 'lieverd'. Zonder dat ze het meenden.

Flo kon niet over de menigte heen kijken, dus worstelde ze zich een weg erdoorheen. Ze signaleerde haar moeders witte top, nu met een wijnvlek erop ter grootte van een honkbal, en haar vaders jasje met de stukken op de ellebogen. Daarachter stonden mensen die ze kende, of liever gezegd, had gekend. Kais vrienden, die hij zelden nog zag, daartussen enkele ex-Oostzaners. Ze herkende Teddy, ach, Teddy, die altijd idolaat van Kai was geweest, waarschijnlijk gay, en Boris, stevige Boris, die zijn handen liet spreken als iets hem niet beviel. In de lange, wat kromgebogen gestalte herkende ze Marcel, niet afkomstig uit Oostzaan, maar wel kind aan huis tijdens Kais middelbareschooljaren. Hij was wel heel vroeg oud geworden; van Kais leeftijd, maar hij was helemaal grijs en had een buikje. Hij zag haar ook, maakte een beweging alsof hij naar haar toe wilde komen. Ze draaide zich om. Ze had geen zin om uit te leggen over Casey, te benadrukken dat het zo beter was en op te scheppen over de studie van Grace en de ondeugden van Boy. Te moeten aanhoren dat het zo jammer was, dat Casey toch zo'n leuke vent was, en het daarmee eens moeten zijn.

Ze was hier om Vanessa tegen te komen, niet haar verleden. Ze maakte een rondje zonder iemand aan te spreken, anoniem genoeg met de hoed waar iedereen op neerkeek. Een aantal jonge mensen stond op een kluitje bij elkaar. Er werden shots tequila rondgedeeld, met zout aan de randen. In het midden van de groep ontwaarde Flo

Kai. Die proostte met zijn glas, sloeg het achterover. Het meisje dat het hem had aangereikt, werd luid aangemoedigd. Ze stapte de kring in, legde haar armen op Kais schouders en kuste hem. Om het zout van zijn lippen te likken, was de smoes bij dit ritueel. Er werd gejoeld door de anderen, die hun voorbeeld volgden.

Flo wachtte tot Kais lippen schoon waren, ging in zijn blikveld staan en tilde haar hoed op. Kais gezicht en ogen, de laatste weliswaar al iets mistig, lichtten op. Hij bukte en gaf haar zijn gulle, in haar geval gemeende omhelzing.

'Top,' zei hij. 'Top.' Ze lachten breed naar elkaar. 'En ga niet als honderddrieënveertigste zeggen: "Welkom bij de club." '

'Ik zou niet durven,' zei Flo.

Een grote hand landde op Kais schouder. Kai draaide zich om.

'Bertus! Man!'

Flo wachtte de omhelzing af, ving de verontschuldigende blik van Kai en vroeg: 'Is Vanessa er ook?'

'Vanessa?' Dat klonk verbaasd genoeg. 'Wat moet jij ineens met Vanessa?'

'Zaken.'

Dat leek een bevredigend genoeg antwoord.

'Ze is er niet. Had "verplichtingen".' Kai trok een gezicht – moest hij dat geloven? – wendde zich toen tot reus Bertus.

Flo zette haar hoed laag en blies de aftocht. Ze zou immers maar even blijven.

*

Haar fluitje klonk helder in de lucht, die nog warm over het weiland lag. Flo hoorde Hunter aankomen over het donkere weiland, zijn gehijg, zijn zekere poten. Ze voelde hem eerder dan ze hem zag, toen hij zijn kop in haar knieholte duwde en zich meldde.

Boy had zich nog niet gemeld, reageerde niet op haar herhaalde telefoontjes. Ze was, op de terugweg van de studio naar huis, langs het kermisterrein gereden. De attracties stonden donker en stil op hun plek. Boy kón zich natuurlijk ophouden in de donkere krochten van het spookhuis of het Lunapark, met vrienden, een meisje. Ze herinnerde zich haar vader op net zo'n nacht toen zij had gepopeld om mee te doen, niet had kunnen wachten tot het begon, de kermis, het echte leven. Hij was haar ook gaan zoeken, op een verlaten kermisterrein, waar hij haar had gevonden met Terry, die niks van het zoenen had gebakken en wiens mond en tong bij de allereerste poging vol op haar neus waren geland, maar waar ze niets van had gezegd omdat ze vond dat ze hem iets kon leren. Haar vader had haar gesómmeerd nú mee naar huis te komen en haar tot het lachertje van de kermis dat jaar gemaakt. Daar kon haar status als 'meisje van' niet tegenop. Dus had ze de lichten van de auto niet gedoofd, was ze na vijf stille lange minuten weer weggereden, ook al voelde ze de paniek die wilde vlinderen in haar borst.

Als Casey een stem had gehad, zou ze nu hier niet alleen met Hunter zijn, maar zou een lint van buren, familie en vrienden aaneengesloten het weiland uitkammen, op zoek naar Boy. Casey zou de troepen sluiten, met zijn geweer losjes over de schouder, waarvoor hij een vergunning had. Nergens om, 'just in case'. Maar Casey had geen stem meer, niet meer voor haar. Terwijl ze richting de verlichte terrasdeuren van haar huis liep, sprak ze zichzelf in gedachten toe. Boy was met vrienden. Hij kon heel goed op zichzelf passen. Als er iets was, dan belde hij. Ze dacht uit alle macht níét aan een jongen alleen in een leeg weiland, nam zich voor dat ze om twee uur pas in paniek zou raken en zette binnen de flipperkast aan.

Ze kwam niet hoger dan een score van 41.800, ook niet na een potje of tien. Met vier spelers. Haar telefoon trilde bij 43.000. Dat was genoeg om de bal te verliezen.

Niet Boy, maar Juliette, zei het display.

'Hé,' nam ze op.

Juliette sloeg de begroeting over, wat betekende dat er relevante informatie te delen was.

'Aan de afdrukken in het grind tussen de bielzen blijkt dat Bo Wilkens inderdaad ergens van wegsprintte. En hij was onder invloed van ketamine hydrochloride.'

'Juist.' Ketamine maakte een opmars als partydrug, naast XTC en cocaïne. Daar was geld in te verdienen, zeker als je een netwerk van festivalgangers had.

'Dat verbaast je misschien niet,' raadde Juliette, zoals vaker, haar gedachten. 'En ík dacht, ik neem even contact op met Verwoerd. Die die Regina deed?'

De schouwarts met de strelende handschoenen.

'Die vertelde me dat Regina uren vastgebonden was geweest. Bo Wilkens had ook sporen op zijn polsen. Niet zo diep en zonder verdere schaafwonden, maar toch.'

Flo zag Bo en Regina samen voor zich, in die betonnen kelder, waarbij Bo zijn hoofd al liet hangen, zijn armen niet vrolijk spreidde, het al had opgegeven en tegen de muur op de vloer was gezakt, terwijl Regina met haar vuisten tegen de wanden sloeg.

'Flo? Ben je er nog?'

Juliettes stem bracht Flo terug in haar woonkamer, terug bij de flipperkast.

'Ja,' zei ze tegen Juliette. 'Ik dacht even na.'

'Er is nog iets.'

Flo voelde naast de holle dreiging ook de spanning in haar maag, een prikkelend soort spanning, die interessante zaken altijd met zich meebrachten. De spanning van de puzzel.

'Ja?' vroeg ze gretig.

'Bo Wilkens' DNA matcht met dat op het koord van het klimtuig.'

3

Centraal Station

Flo had Juliette gecomplimenteerd en gedag gezegd, had koffiegezet en zat nu in de donkere woonkamer voor zich uit te kijken. Bo, festivalorganisator, op de vlucht in zijn rug geschoten, was die medeplichtig aan de moord op Regina, opgehangen als de overmoedige Icarus? Beiden aangetroffen op stations van een nieuwe metrolijn. Wat betekende dat? Ze waren allebei vastgebonden geweest. Samen? Met het koord van het klimtuig? Kenden ze elkaar?

Flo wilde de nacht weg- en de dag vooruitduwen. Volgens de klok was het vijf voor één. Ze pakte haar tablet uit de la en googelde Regina Baken + Bo Wilkens.

Wel individuele matches, Facebookaccounts, de site van de Volksopera, links naar krantenartikelen over het Noorderparkfestival. Maar uit niets bleek dat Regina en Bo elkaar kenden. Ze stond op, schonk nog eens koffie in en googelde verbeten verder.

Om halftwee klikte de voordeur in het slot. Ze hoorde Boys voetstappen niet; hij wilde ongemerkt de trap op sneaken, of verwachtte haar gewoon niet in de donkere kamer. Iets sloeg luid galmend tegen de radiator in de gang. Het bleef stil, zij zat net zo stokstijf als Boy stond, vermoedde ze. Halftwee gold voor Boy, veertien, in het normale leven als onvoorstelbare tijd om thuis te komen. Maar het was bijna kermis. En hij was er nu. Na tien minuten stond ze op, ging de trap op en maakte die aanname zeker. Ze drukte voorzichtig de klink van zijn deur omlaag, de deur die beplakt en behangen was met een verkeersbord KEEP OUT, stickers met NO TRESPASSING, en BEWARE OF THE DOG.

Er lag een bult in Boys bed. Ze liep er geluidloos naartoe. De bult snurkte, rook naar bier en was inderdaad haar zoon. Ze legde heel even een hand op de warmte, rook aan zijn haar zonder zijn hoofd aan te raken, mimede 'welterusten' en verliet de kamer.

Weer achter haar tablet, terwijl ze trefwoorden zocht om verder op te zoeken, voelde ze haar telefoon trillen.

Kwam er iets tussen?

De Tinderman, naar wie ze op weg was geweest toen de kat, die toen nog geen Felix heette, haar had aangevallen. Hij was nu nog op en ook zoekende, al zocht hij geen trefwoorden, maar iets anders.

Ze aarzelde, maar in de wetenschap dat ze hoogstens zou rusten als ze nu naar bed zou gaan, appte ze terug dat er nu niets tussen zat. Ze verschoonde het verbandje over de kras op haar borst. Die was een beetje rood en gezwollen, en zeker nog pijnlijk, maar geen te groot obstakel. Ze keek in de kast en bezweek voor de suède donkerpaarse laarzen met een omslag boven de knie. Boy noemde die altijd haar tovenaarslaarzen; dan was ze net De Gelaarsde Kat. Ze voelde zich er vooral sexy in.

De kroeg in Zaandam zat verscholen achter een gesloten, witte kunststof deur van wat een garage leek. Hij stond aan het water, tussen een aantal loodsen. Ze moest aanbellen en zich via de intercom melden met de zin: 'Beter laat dan nooit.'

Een kroeg die dus geopend was buiten sluitingstijd. Maar ze had haar functie thuisgelaten en een illegale kroeg morrelde niet zodanig aan haar morele kompas dat ze rechtsomkeert moest maken. De deur klikte open en gaf toegang tot een kale ruimte, met een betonnen vloer. Even hield ze haar pas in, keek om zich heen, maar het rook naar verschaald bier, niet naar stof of verf. Bovendien, de ruimte waar Regina – misschien – opgesloten was geweest bestond alleen in haar fantasie. Tegen de wand was een bar getimmerd. In de hoek stond een leren chesterfieldbank. Groene tl-buizen verspreidden licht waarin iedereen eruitzag als een zombie. Dat was waarschijnlijk ook de bedoeling. Er zat een aantal mannen aan de bar, een jong stel stond aan een statafel, in de andere hoek waren drie vrouwen aan het darten. Ze herkende het gezicht van de foto van de man voor het verkeersbord niet. Ze ging op een bankje met een zitting van luipaardprint zitten, vanwaar ze overzicht had, en wachtte tot de barkeeper haar zou opmerken. Zelf naar de bar lopen deed ze altijd pas als ze ergens bekend was, omdat haar gebrek aan lengte aan een bar altijd zo obvious was. Ze pakte haar telefoon om zich een houding te geven en te appen. Waar zit je?

Bij wijze van antwoord stond de barkeeper op, keek rond. De stralende lach klopte. Zijn leeftijd was nog iets lager dan ze gewoonlijk aandurfde, maar hij zette al een wodka lime voor haar neer en ging naast haar zitten alsof ze elkaar hier dagelijks troffen. In het groene licht kon ze de kleur van zijn ogen niet zien, maar ze stonden vriendelijk, verlegener dan zijn houding.

Hij was student-assistent, aan de UvA, en bekende beschroomd dat zijn hoofdvak culturele antropologie was. 'Niet meteen vragen wat ik daar dan mee wil,' voegde hij er meteen aan toe.

'Ik zou niet durven,' zei ze lachend. Hij stelde geen vragen over haar hoed, die ze deze keer wel op had gedaan, informeerde geïnteresseerd waar ze woonde. Ze liet Grace en Boy weg en ook wisselde ze haar beroep in voor een ander, zoals ze vaker deed. Ditmaal was ze verkeersregelaar en postbode, omdat ze graag buiten was. Ze hoopte dat de kleur van haar gezicht wel te onderscheiden was, want ze betwijfelde of hij haar verhaal geloofde. Maar dat deed er ook niet toe; op Tinder kon je zijn wie je wilde zijn en zelf bepalen hoe kort of lang dat zou duren.

Met Alex was het kort. Ze volgde hem door de keuken achter de bar, naar de trap richting een vide. Niemand in het café keek raar op, niemand bemoeide zich ergens mee. Alex zei dat zijn bardienst erop zat en dat hij net was afgelost. En dat hij hier woonde – tijdelijk.

Ze twijfelde een seconde, voordat ze de eerste tree nam, hoorde

Mary in haar hoofd. *Het wordt nog eens je dood.* Heel even dacht ze aan vrouwenhandel en bordelen, maar besloot dat ze daar te oud voor was. De volgende tredes nam ze snel, gretig.

De vide was afgeschermd met zware velours gordijnen, die hij voor haar openhield. Daarachter bevond zich een verrassend knusse 'kamer' van vier bij zes ongeveer, met een tafel, een tv en een waterbed.

Terwijl ze haar hoed afzette, hem aan zijn hand naar zich toe trok en zich op het golvende bed liet zakken, dacht ze: another first.

*

Mary: 'Hóé oud?'

Flo: 'Bijna dertig.'

Mary: 'Net zei je zesentwintig.'

Flo: …

Mary: 'Jezus, Flo!'

Flo: 'Let him touch me with his spirit. En jou ook een beetje.'

Mary: 'En hoe was het?'

Flo: 'Impertinente vraag.'

Mary: 'Viel dus tegen.'

Flo: …

Mary: 'Niet lekker? Niet lief.'

Flo: 'Wel lief.'

Mary: 'Maar?'

Flo: 'Saaaai.'

Mary: 'Details?'

Flo: 'Hield zijn T-shirt aan.'

Mary: 'Serieus? Hij ziet er op die foto heel stout uit.'

Flo: …

Mary: 'Flo. Ik denk dat het tijd wordt. Waarom schrijf je je niet in op dat ding voor hoger opgeleiden?'

Flo: 'Gaan we dit gesprek nu weer voeren?'

Mary: 'Ik kan ook gewoon eerlijk zijn. Get over Casey and grow up.'

Flo: 'We gaan dit gesprek weer voeren. Truste Marianne.'

Mary: 'Ik ook van jou, Flo.'

Ze sloot het skypegesprek en klapte haar laptop dicht. Met een glimlach. Hij was jong, lief en warm. Dat was eigenlijk best genoeg geweest. Ze had zijn telefoonnummer, hij het hare. Dat was uitzonderlijk.

Ze keek naar Hunter en Felix, tegen elkaar aan in de mand. En óf ze dat snapte. Hunters oor spitste zich, zijn ogen openden zich, zoals altijd als ze contact maakte.

'Blijf maar liggen, jongen,' zei ze.

Over een uur werd het alweer licht, maar de paar uur die ze in de drukkende warmte nog onder de lege dekbedhoes zou liggen, was genoeg. Want het belangrijkste wat een Tinderdate haar altijd bracht, was slaap.

*

Flo opende haar ogen, reikte naar haar telefoon. Vijf voor zes. Vlak voordat haar wekker af zou gaan, zette ze hem uit. Weer een dag met zonlicht, realiseerde ze zich bij het zien van de lichtstreep op de vloer. Zonlicht, hitte en vragen die om antwoorden smeekten. En Boy, veilig thuis.

In de spiegel in de badkamer zag ze dat ze er niet zo helder uitzag als ze zich voelde, maar ze haalde haar schouders op. Beneden wachtte Hunter op haar, kwispelend. Vandaag had ze geen tijd voor een loop, dus opende ze de terrasdeuren en liet hem naar buiten. Even bleef hij staan, hield zijn kop scheef als om te vragen: kom je echt niet? Toen rende hij de tuin in. Hij kon makkelijk over de omheining van kippengaas springen, maar dat zou hij niet doen. Omdat Flo hem dat verboden had.

Om zeven uur liep ze de trap op, naar Boys kamer. Er was de kermis. Maar er was ook school. Er waren consequenties. Dus trok ze in één ruk het dekbed van haar slapende zoon. Met pijn in haar hart, maar ze moest. Hij schermde zijn ogen af met zijn hand tegen het licht en tegen haar. Zijn dikke blonde haar viel er gedeeltelijk overheen.

'Mám!'

'Je staat nu op, je ontbijt en gaat naar school.' Dat werd ontvangen met een grom en een ruk aan het dekbed.

'Anders kun je de openingsavond vergeten.'

De openingsavond. Waarop posities werden ingenomen, kansen gemeten, reputaties gevestigd.

'Het is toch zaterdag?' klonk er gedempt vanonder het dekbed. Flo wilde al zeggen 'geen smoesjes', maar slikte de woorden in. Ze fronste haar voorhoofd, pakte haar telefoon en keek erop. Hij had gelijk. Dat ze op het bureau geen onderscheid maakten tussen week- en weekenddagen als er een zaak opgelost moest worden, betekende niet dat Boy vandaag niet mocht uitslapen. Dus legde ze een hand op het dekbed en zei: 'Sorry. Ik was de dagen even kwijt.'

Dat leverde weer een grom op en een: 'Koop een agenda! Whatever!'

Flo glimlachte, klopte nog even op het dekbed bij wijze van dubbelexcuus en verliet zijn kamer.

Beneden kwam Hunter door de terrasdeuren weer naar binnen. Triomfantelijk, met een bot in zijn bek.

'Wat!' Ze stapte naar Hunter toe, die zich onmiddellijk omdraaide en weer naar buiten liep. 'Hunter! Hier!'

Hij keek om, aarzelde, maar kwam toen toch naar haar toe, de kop laag, het bot stevig tussen zijn tanden.

'Geef!'

Hij weigerde het bot aan haar voeten te leggen.

'Hunter! Geef.' Ze knielde voor hem neer. 'Geef.'

Nu liet hij het vallen. Ze bekeek het. Een kunstmatig bot, een bot dat te koop was bij dierenwinkels. Een bot dat in haar tuin was neergelegd, terwijl al haar buren wisten dat de doodstraf stond op het voeren van haar hond, omdat ze niet wilde dat hij voedsel of speeltjes van vreemden aannam, voedsel waarmee geknoeid kon zijn, of voedsel dat hij niet kon verdragen.

Was het Abbink? Ze liep met het bot naar buiten, keek over de weg naar zijn schuur, nog een keer naar het bot.

Abbink kon haar hiermee de oorlog verklaard hebben. Maar dat was niet zeker, vertelde de holle dreiging in haar maag haar. Ze keek nog eens om zich heen. Het weiland was leeg, er hing geen ochtendmist over, de boom en het hek in de verte tekenden zich scherp af tegen de lucht.

Flo schudde haar hoofd, dropte het bot in de vuilcontainer, waar Hunter niet aan mocht komen, en liep weer naar binnen. Ze pakte haar autosleutels en Hunters lijn. Ze zou hem voorlopig niet meer uit het oog verliezen.

*

De achteringang van het gebouw waarin het bureau huisde was nog gesloten. Nog geen vroege roker te zien, de peuken van gisteren waren verdwenen. Hunter besnuffelde de natte stoep en volgde het spoor langs de stoeprand naar de voorkant van het gebouw. Een borstelwagen reed sissend en grommend voor haar uit; ze passeerde hem en stak er vlak voor over naar de hoofdingang.

'Pas je op, wijfie?' riep de bestuurder vanuit zijn glazen cabine.

Flo stak haar hand op.

'Ik kan je ook effe afborstelen? Als je dat geil vindt in die hitte?' De onderkin van de man schudde mee met zijn vette lach.

Hunter gromde zacht. Flo glimlachte zo breed mogelijk, liep naar de man in de cabine toe. Die zette de wagen verbaasd stil, de borstels stopten met draaien. Hij boog zich naar haar toe. Met een hand duwde ze de klink van het portier naar beneden. De man grimaste nog verbaasder; his lucky day. Maar met de andere hand trok ze hem aan zijn kraag zo hard en onverwacht naar voren, dat hij uit de wagen kukelde.

'Pokke!' bracht hij verbijsterd uit. Zijn buik lag behaard en bloot op straat, voordat hij puffend overeind krabbelde. 'Wat doe jij nou?'

'Een kwak mayonaise erover en ik heb de beste vette hap ooit.'

De man deed een stap naar voren, maar keek al tegen haar penning aan.

'Je kunt ook mee naar binnen. Voor het beledigen van een ambtenaar in functie.'

De man hapte als een vis naar woorden. Flo draaide zich om. De automatische deuren openden zich, en ze stapte naar binnen. Om het af te maken stak ze nog even een middelvinger boven haar hoofd. Zo.

De dienstdoende baliemedewerker keek haar met open mond na, terwijl ze met klinkende hakken naar de glazen lift liep. Een zaak als deze gaf nu eenmaal adrenaline.

Brian had naar Juliettes bevindingen geluisterd, wat afwezig, leek het. Het colbertjasje hing over zijn stoel. Hij krabde even aan zijn rug. Toen ze de latte macchiato met een extra shot espresso voor hem neerzette, rook ze het. Een zweem van sigarettenrook, de slechte adem van een te korte nacht met te veel drank; ze vermoedde zweetplekken in de oksels van het zwarte T-shirt van gisteren. Brian was een fervent anti-roker en fel voorstander van een gezonde leefstijl, zeker voor mensen in het vak. Flo vroeg zich af of Vanja, Brians vaste vriendin met wie hij binnenkort op Ibiza zou gaan trouwen, hem zo naar zijn werk had laten gaan. Ze richtte zich met een zo neutraal mogelijke blik weer op en keek hem aan.

'Kun je Fiona vragen of ze verdere research doet naar de connectie tussen Regina en Bo? Of Jason en Bo?' vroeg hij, en hij nam een slok van zijn koffie.

Ze stelde een wedervraag: 'Kun jij bij de officier een huiszoekingsbevel regelen en toestemming om computers in beslag te nemen? En om de mobiele telefoons na te laten kijken op bel-, app- en ander gedrag?'

'Jawel,' zei Brian. De telefoon op zijn bureau trilde.

Flo herkende de blik waarmee hij ernaar keek. Betrapt.

Ze liep naar haar kantoor, opende de lade waar ze noodvoorzieningen in bewaarde. Met een glas water liep ze terug, zette het voor Brian neer, die verdiept was in zijn telefoon. Hij keek op.

'Wat?' Hij voelde even aan zijn knotje, dat vettig op zijn hoofd stond.

'Paracetamolletje?' zei Flo alleen maar, terwijl ze het tabletje in het glas dropte.

In de deuropening van haar kantoor stond Desmond geleund, zijn grijze paardenstaart lag als een sjaal in zijn nek. Hij droeg Birckenstocks onder zijn strakke witte jeans. Aan zijn grijns was te zien dat hij het hele tafereel had kunnen volgen.

*

Met de hand van het kind in de hare opende Mariska, de vriendin van Bo Wilkens, de deur.

'Mogen we even binnenkomen?'

Flo hoefde het huiszoekingsbevel er niet bij te pakken, zag ze aan de stap naar achteren van Mariska. Het meisje leunde tegen haar moeder aan. Boven de duim in haar mond volgden haar ogen Flo, Desmond en de twee mannen van de technische recherche, die handschoenen aandeden en de eerste laden opentrokken. Het rook naar chloor. In de spoelbak hadden vuile borden en een vette pan zich verzameld. De foto van Bo als trotse vader was verdwenen, registreerde Flo. Mariska's blik zwierf naar het autokinderstoeltje, dat nu ook in de gang stond.

'Hebt u mij verder nog nodig?' Mariska's stem klonk vlak.

'Kunnen we u ergens mee helpen?' vroeg Flo. Ze had de mappen op het bureau al gezien, de uitgespreide papieren. Zocht Mariska naar een uitvaartverzekering?

Mariska schudde haar hoofd. De piercing was verdwenen, haar wenkbrauw rood gezwollen, haar huid nog bleker dan de dag ervoor.

'U gaat niks vinden, hoor.'

Flo keek haar aan.

'Hij was gestopt met dealen. Al vier jaar, sinds...' Ze keek naar haar dochter. En die van Bo. 'Hij wist dat als ik hem weer zou betrappen, dat ik haar dan op zou pakken en mee zou nemen. En dat hij haar nooit meer zou zien. Dus.' Ze tilde het meisje op.

Flo liet haar met een knikje gaan. Toen Mariska de trap af liep, keken de ogen van het meisje over haar schouder recht in die van Flo. Met dezelfde blik als Felix, naast haar op de passagiersstoel van haar Mazda, die zei: red mij.

In de krappe kamer stond Desmond al over een laptop gebogen. 'Kom eens?'

Tot Flo's verbazing stond het e-mailprogramma al open.

Bij wijze van uitleg hield Desmond een geel plakbriefje omhoog. 'Sommige mensen kunnen hun wachtwoorden nu eenmaal niet onthouden.'

Flo glimlachte.

'Meer dan de helft van die mails is versleuteld. Dus die kan ik niet lezen.'

'Partydrugklantjes?' vroeg Flo.

'Dat doe je toch via de app?'

Flo haalde haar schouders op. 'Kun je die mails hacken?'

'Met wat meer tijd misschien.'

Een technisch rechercheur kwam de kamer binnen. 'Bingo.' Hij hield een plastic zak met een groot aantal kleinere zakjes, gevuld met wit poeder, omhoog. 'Een van de tien.'

'Waar?' vroeg Flo.

De rechercheur wenkte en ging haar en Desmond voor, langs een ingebouwde douchecel in de krappe gang, naar een klein kamertje. Het zonlicht werd gefilterd door een stuk kaasdoek, een mobile bewoog licht in de luchtstroom boven het ledikantje. Het ex-konijn lag verloren op het kussen, alsof het meisje had geweten dat haar knuffel haar ook geen troost meer kon bieden. In de buik van het ledikant zat een gat. De rechercheur stak zijn gehandschoende hand erin en haalde er een eendere zak met zakjes poeder uit.

Flo kreeg dat gevoel in haar onderbuik, dat gevoel van angst als de kleine Hunter op zijn pootjes te dicht bij de sloot was gewankeld. Ze schrok op van de eerste tonen van de vijfde van Beethoven. Desmonds telefoon kreeg een bericht. Op hetzelfde moment trilde haar eigen telefoon in haar broekzak. De klassieke muziek stopte abrupt, Desmond las waarschijnlijk hetzelfde bericht als zij:

Centraal Station ontruimd. Lichaam gevonden in een ruimte onder de roltrap naar de metro.

'Fuck,' zeiden zij en Desmond tegelijk.

*

Flo reed haar Mazda met blauw zwaailicht op het dak over de stoep vanuit de Oosttunnel het stationsplein op, langs de stilstaande trams, tot de afzettingen. Reizigers verdrongen zich, werden tegengehouden door agenten en hulpeloos NS-personeel. Mannen in gele hesjes sjouwden al met dranghekken.

Flo en Desmond kregen met een knikje van een van de agenten toegang en bukten onder de linten door. Flo zag onder de blauwe M met de rode routenetstrook al een reporter staan, pratend in een microfoon en een camera. Ze keek haar op de rug, maar zag wel dat de vrouw lang rood haar had, zoals Vanessa. Flo liep er in een rechte lijn naartoe.

Hunter blafte één keer en volgde haar. Ze stapte zonder aarzelen vóór de vrouw, ging op haar tenen staan en zei in de camera: 'Het politieonderzoek is nog gaande. Er worden geen mededelingen gedaan.' En ze legde een hand op de lens.

'Dat kun je niet maken!' klonk Vanessa achter haar.

Flo wenkte twee agenten. De groep toeschouwers groeide snel. Ze wist dat ze de media alleen maar in de kaart speelde, dat dit materiaal waarschijnlijk de wereld over zou gaan, maar ze was er even klaar mee. 'Belemmering van het onderzoek,' beet ze Vanessa toe.

Die beet terug: 'Vrije nieuwsgaring.'

'Hoe kom je hier? Wie heeft je getipt?'

Vanessa keek haar alleen maar aan, hoefde haar niet op haar recht op bronbescherming te wijzen.

Dus vervolgde Flo: 'Je trekt je met de camera terug tot achter de afzetting.'

Daar kon Vanessa niets tegen inbrengen, dus blies ze, met cameraman, de aftocht.

Flo draaide zich om, stapte naast Desmond de roltrap op. Die hield haar tegen en behoedde haar voor een misstap, die haar optreden nog dubieuzer zou laten lijken. Om de een of andere reden was de roltrap stilgezet. Met grote stappen en geheven hoofd daalde ze af, terwijl Vanessa en haar crew door de agenten buiten de linten werden geleid. Ze liep door de metrohal waar alle metrolijnen op uitkwamen, richting Gein, Gaasperplas, Isolatorweg. Bij de poortjes richting Zuid werd ze doorgelaten door een agent.

Het lichaam zat in elkaar gezakt tegen de muur. Hunter snuffelde er even aan, scharrelde toen met zijn neus op de vloer weg. Het stonk naar urine. Het hoofd van de man was naar achteren geknikt. Hij droeg een grijsgroene, nette broek, een overhemd waarvan drie knoopjes waren opengeknoopt. Grijsblond borsthaar krulde erbovenuit. Haar blik viel op de gulp in de broek. Die stond open. Naast de man lag het jasje van het kostuum dat hij had gedragen, en er stond een attachékoffertje met gouden sluitingen.

De tong die uit zijn mond stak, de uitpuilende ogen en de blauwe plekken in zijn hals wezen op verwurging, wist ze. Net als bij Regina. Ze hoorde een kort gejank. Hunter zat drie meter verderop, bij de betegelde wand. Dat betekende dat hij iets had gevonden. De geur van urine werd sterker toen ze om de pilaar heen liep.

Hunter keek haar aan. Hij zat naast iets harigs. Een beest? Ze haalde een handschoen uit haar achterzak, trok die aan en pakte het donkere beest op. Het was geen beest maar een pruik. Een vrouwenpruik met lang golvend zwart haar.

'Flo!'

Desmonds stem klonk dringend. Ze kwam achter de pilaar vandaan en zag hem geknield bij het lichaam zitten.

'Er moet onmiddellijk een tent over die gap heen. En niemand, echt niemand mag hier nog naar binnen. Nu helemaal niet.'

Ze zag dat Desmond zijn katoenen jasje uittrok.

'Zie je niet wie het is?' vroeg hij, op paniekerige toon.

Ze keek nog een keer goed. Nee toch, vroegen haar ogen Desmond. Hij hoefde niet te antwoorden en drapeerde het jasje voorzichtig over het hoofd van de man.

Bij de toegang van de hagelnieuwe Noord/Zuidlijn lag de architect ervan, Bruno Papaver. De man die al die jaren het hoofdpijndossier beheerd had, en elke keer, bij de zoveelste kostenoverschrijding en weer een nieuw verkeersinfarct, de tigste verzakking of strop voor de winkeliers, gezegd had dat het een kwestie van doorzetten was, van lange adem en vooruitzien, van effecten op de langere termijn.

Wat had de moordenaar voor ogen? Want alles leek nu wel op een en dezelfde dader te wijzen. Flo keek van de pruik naar het hoofd van Papaver. Had hij die opgehad? Of had hij hem afgetrokken bij degene die hem had belaagd? Was het een toevallige vondst in een metrohal?

Ze pakte haar telefoon en selecteerde Brian. Die zou nu wel wakker schrikken.

*

Brian had aan de tv gekluisterd gezeten, dus wist het al. Van Vanessa, in de extra nieuwsuitzending. En hij was inderdaad not amused over Flo's optreden. To put it mildly.

Flo had de telefoon een eindje van haar oor gehouden tijdens het gesprek, uit angst dat het toestel zou exploderen. Hij koos voor de publieke vernedering. In de glazen vergaderzaal in het midden van het bureau, zodat het hele team, inclusief de dames van de koffie, de executie konden volgen.

Flo kwam als eerste de zaal binnen. Hoed op. Ze keek naar Brian, die aan het hoofd van de tafel stond, zag zijn blik dalen naar haar knie, naar Hunter.

'Men heeft geprobeerd hem te vergiftigen,' verklaarde ze daarom zijn aanwezigheid. Dat dat enigszins bezijden de waarheid was, was nu irrelevant.

Brian zat even aan zijn knotje, maar leek de irritatie op te sparen. Ze ging zitten, op het kussentje. Om zichzelf te wapenen dacht ze uit alle macht aan Brians T-shirt van gisteren, de zweetplekken onder zijn oksels, die hij probeerde te camoufleren met het colbert, dat hij weer had aangetrokken. Op zijn kin en wangen schemerde een stoppelbaard, en niet de soort die, netjes getrimd, sexy overkwam.

Het team druppelde in ijzige stilte binnen. Wat er nog gezegd werd bij binnenkomst, verstomde onmiddellijk bij het aanschouwen van het slagveld. Carlijn posteerde zich naast Flo. Frits verschool zich bij binnenkomst achter een dossiermap en daarna achter het scherm van zijn laptop. Fiona, die als laatste binnenschreed – zo kon je het noemen, schreed – ging naast Brian zitten. Waar was Desmond?

Het bleef stil totdat Brian het woord nam.

'We zijn hier voor Operatie Noord/Zuid.'

Flo rolde even met haar ogen. Kon hij geen creatievere naam verzinnen? Nee, dan Ferdinand. Die doopte een moordzaak in een Indiaas restaurant als 'Operatie Sumak', een freefightaffaire schaamteloos als 'Operatie Knock-out'. Maar Flo begreep het wel. Met de naam Noord/Zuid benadrukte Brian dat hij het al die tijd bij het rechte eind had gehad. En daarmee Fiona ook, zag ze aan de glimlach die om haar mond speelde. Flo ging nog wat meer rechtop zitten.

'Na Regina Baken en Bo Wilkens is vanmorgen Bruno Papaver dood aangetroffen op het Centraal Station. Gewurgd. We weten allemaal wie Papaver is?' Er werd geknikt, maar gezwegen.

'Helaas waren de media er snel bij.'

Brian draaide zich om naar het grote televisiescherm achter hem en drukte op een tevoorschijn getoverde afstandsbediening.

Ach, dacht Flo. Wat kinderachtig.

Vanessa onder de blauwe M op het stationsplein, die een stand-upje deed. Zo noemde Kai dat, een statement of verslaggeving op camera.

'Aan de opeenvolging van moorden op de nog net niet operationele Noord/Zuidlijn in Amsterdam is weer een slachtoffer toegevoegd. Het ligt hier recht achter mij, onderaan de roltrap die toegang verschaft tot...'

Vanessa pauzeerde, haar blik zakte naar beneden. Eerst de stetson in beeld, dan Flo's hoofd eronder. Haar tekst, de hand voor de lens, het vervolg. Vanessa die zich opwierp als redder van de vrije meningsuiting, Flo's verbeten antwoord. Onwillekeurig wendde Flo haar blik af, maar ze werd bij de les gehouden door de hand van Carlijn, die de hare heel even raakte.

Brian zette het beeld op stil, zodat Flo's hoofd onbarmhartig getoond bleef. Flo zette zich al schrap, toen er opeens applaus klonk. Van de overkant van de tafel. Langzaam, overtuigd, uitdagend klapte

Fiona – Fiona? – in haar handen. Flo staarde haar aan. Fiona klapte sneller. Er klonk licht geroezemoes, en het applaus werd overgenomen door Frits, door Carlijn.

'De naam Bruno Papaver is toch maar mooi niet gevallen,' zei Fiona. Nu sloot het grootste deel van het team zich aan.

Flo keek Brian strak aan. Die aarzelde, maar koos eieren voor zijn geld en klapte mee. Eén keer, twee keer, weliswaar zacht, maar hij klapte.

'Juist,' probeerde hij zijn gezag te herstellen. Maar er werd volop met elkaar gepraat. Dus floot hij op zijn vingers. 'Aandacht! We zitten hier niet in een theekransje drie moorden te beroddelen, maar om ze op te lossen.'

De klas was weer bij de les, maar Flo kon de glimlach niet meer van haar gezicht krijgen.

'Ik durf te stellen dat we te maken hebben met één dader. Een dader die de consistentie niet zoekt in de wijze waarop, maar in de locatie. De Noord/Zuidlijn. En we hebben haast. Want we zijn drie dagen en drie moorden verder in dit onderzoek. Het ligt in de verwachting dat hij dit patroon voortzet. En we hebben geen idee wanneer het genoeg is.'

Brian keek rond, zocht naar Desmond, maar moest het met Flo doen. Ze hoorde zijn tanden bijna knarsen toen hij haar toeknikte. Ze stond op. Hing de foto's van de slachtoffers op, in vermoorde en levende staat, bracht verslag uit van overeenkomsten en verschillen.

Toen ze haar verhaal gedaan had, greep Brian weer in met een conclusie.

'Dus we zijn op zoek naar een seriemoordenaar die het gemunt heeft op voorstanders van de Noord/Zuidlijn.'

Toe maar, dacht Flo. Ze zei: 'En hoe past het feit dat Bo Wilkens' DNA op het koord van het klimtuig van Regina is aangetroffen in dat scenario?'

Brian zei: 'Dat is onder andere waar we mee aan de gang gaan. Frits, richt jij je op de daderprofilering? Fiona, jij gaat door met alle mogelijke verbanden tussen de drie slachtoffers. Maar dan ook alle. Zijn ze random gekozen? Zit er een filosofie achter?'

Het gemompel begon weer.

'Goed...' Brian wilde de vergadering al opheffen toen Desmond binnenstapte.

'Mag ik nog heel even?'

Het team ging weer zitten.

'Ik heb een voorlopig verslag van Juliette.'

Iedereen kende schouwarts Juliette, haar grondige werkwijze.

'Regina Baken en Bruno Papaver zijn allebei gewurgd. Maar of het dezelfde dader is, betwijfelt ze zeer.'

Dat veroorzaakte onrust. Flo zag Brian fronsen.

'Waarom?'

'Regina's luchtpijp is dichtgedrukt met blote handen. De dader stond voor haar. Bruno Papaver is gewurgd met een hulpmiddel als een sjaal. Er zijn vezels gevonden op de huid.'

Brian grimaste al en zei: 'So? Hij heeft twee verschillende manieren aangewend. Omdat Papaver een stuk groter was dan Regina. En we weten allemaal dat een opeenvolging van moorden met een zo duidelijk verband in locatie en in zo'n korte tijd bijna altijd wijst op één dader.' Glunderend ging zijn blik de zaal rond.

'Dat dacht ik ook,' vervolgde Desmond droog. 'Maar er zijn sporen van sperma op Papaver aangetroffen, en op de vloer van de gang waar hij gevonden is.'

'DNA van de moordenaar dus,' concludeerde Brian weer haastig.

Flo probeerde hem te negeren. Er kwam iets anders, zag ze aan Desmonds gezicht.

'Sperma van hemzelf. Het is waarschijnlijk dat hij in die gang naar de metro stierf ten gevolge van auto-erotische asfyxie, tussen tien en twaalf gisteravond.'

Flo zag aan Brians gezicht dat ook hij wist wat dat betekende en dat

dat best eens zijn hypothese van 'gruwelijke seriemoordenaar in Amsterdam' onderuit zou kunnen halen. Niet iedereen kende de medische omschrijving.

Flo voegde eraan toe: 'Papaver kan gestorven zijn als gevolg van wurgseks. En die is meestal vrijwillig.'

'Bruno Papaver had op het moment van zijn dood een Grindr-date,' ging Desmond door.

Dat wekte geen verbazing. Bruno Papaver was flamboyant en hartstochtelijk gay, elk jaar met overgave te zien op de gayprideboot van de gemeente Amsterdam.

'De afspraak was met ene Diva. We zijn ermee bezig uit te vinden wie daarachter schuilgaat.'

De pruik, dacht Flo. Was Diva een travestiet?

'Ik schors de vergadering tot nader order.'

Flo stelde zich voor hoe de zweetdruppels over Brians rug en langs zijn flanken rolden. Ze stond op. 'Ik stel wel voor dat de Noord/Zuidlijn van begin tot eind wordt beveiligd met alle beschikbare manschappen. De perrons, de sporen, de in- en uitgangen. Vooral ook omdat er vandaag begonnen wordt met proefritten.'

'Ik neem contact op met de driehoek,' gaf Brian haar gelijk.

Flo hield zich voor de vorm bezig met Hunter tot Fiona haar passeerde. Ze richtte zich op, tikte aan haar hoed en zei: 'Dank je.'

Fiona leek even te peinzen over de een of andere levensvraag. Toen kwam eruit, met nog bekakter accent dan normaal: 'Het is wat het is, Flo. Het is wat het is.'

Boy had haar weleens meer verteld over Griekse orakels, die hun wijsheden door de goden ingefluisterd kregen. En haar wat plaatjes laten zien. Fiona begon er steeds meer op te lijken. Flo wist niet of ze zich daaraan moest ergeren, of dat ze haar mening over Fiona drastisch moest herzien. Daarom zei ze, in platter Amsterdams dan normaal: 'So is dat, kind.' Als Fiona lachte, had ze zelfs iets knaps.

Desmond bleef naast de technicus zitten, terwijl die het Grindr-account probeerde te hacken waarachter een man schuilging die zich Diva noemde. De profielfoto toonde een penis in opgerichte stand. Juliette had bloed- en huidsporen aangetroffen onder de nagels van Papaver. Had hij de moordenaar verwond?

Aan een groot aantal van de bureaus in de glazen hokken werd geluisterd en gekeken naar de ingelaste extra lange nieuwsuitzending van de NOS, met deskundigen aan tafel en alles. Flo sloot zich af, hield alleen één oor gespitst op de stem van Vanessa. Die liet zich niet horen. Wel hoorde ze, vanuit Desmonds hoek: 'Yesss!'

Iedereen keek op. Maar het was Flo's zaak en die van Desmond, dus liep Flo naar hem toe.

Desmond keek met een brede grijns op: 'Ene Theo Verburg. Voorzitter van de winkeliersvereniging van Boven 't Y. Hij noemt zich Diva.'

Het winkelcentrum om de hoek. Kon het echt zo makkelijk zijn, vroeg Flo met haar ogen aan Desmond. Die haalde zijn schouders op, zwaaide zijn paardenstaart over zijn schouder en ging haar voor. Net zo trots als Boy kon zijn, als hij een volgend level van een game gehaald had.

*

Toen Theo eenmaal in de gaten had dat ze geen ondernemers waren die geïnteresseerd waren in leegstaande winkelruimte, had hij er geen zin meer in. Hij hield kantoor achter de winkel, een DA-drogist. Het rook er naar bleekmiddel, maar dat kon de geur van hond niet maskeren. Blijkbaar rook Hunter die ook, want die snuffelde zowel vijandig als nieuwsgierig rond.

'Dus u ben van hiernaast?' vroeg Theo, terwijl hij een studie maakte van Flo's penning.

'En we zijn zómaar bij u uitgekomen,' stootte Flo door. Desmond keek haar waarschuwend aan, maar ze haalde met een klein gebaar haar schouders op. Geloofde hij in zijn hack of niet?

'En hoe ken dat wel zo wezen?' vroeg Theo. Zijn overdadige bakkebaarden lagen vuilgrijs op zijn kaken.

Flo vroeg zich af of bakkebaarden überhaupt gedragen werden door homo's – of beter gezegd door homo's die zich etaleerden via Grindr. Want dat was het, etaleren. Dat zij dat zelf ook deed op Tinder veranderde daar niets aan. Het stemmetje dat zei dat mensen nu eenmaal behoefte hadden aan warmte en iets liefs en de stem van Grace die in haar hoofd toeterde: *Mam. Homo's zijn gewoon mensen, hè. Die ook bakkebaarden kunnen hebben*, drukte ze weg.

'Volgt u het nieuws?' vroeg ze op neutrale toon.

'Zoals iedereen. Niet meer of minder.'

'Dan hebt u vast al gehoord van die zaken bij diverse metrostations?'

'De metromoorden, bedoelt u?'

Flo zuchtte, maar knikte.

'Ja. Het is wat, hè?' zei Theo. Zijn blik zwierf langs haar heen, naar het raam waarachter in de verte het nieuwe station lag.

'En die zaak van vanmorgen?'

'Vanmorgen?' Hij klonk verbaasd. Hij boog zich iets naar Flo toe, nieuwsgierig, leek het.

'Er is een lichaam van een man aangetroffen op het Centraal Station. Hij is door een misdrijf om het leven gekomen.'

'Ja?' Theo was nu op zijn hoede.

'Hij had vlak voor zijn dood een Grindr-date.'

'Een wat?'

Desmond legde uit: 'Grindr is een datingsite voor homoseksuele mannen.'

'Jóh.' Theo hield zich vrij overtuigend van de domme. Maar zijn bruine ogen schoten van Flo naar Desmond.

'Die date was met u.'

Het bleef even stil. Alleen het gepiep van een achteruitrijdende vrachtwagen kwam door het raam naar binnen.

Toen barstte Theo in lachen uit. Hij kreeg er de tranen van in zijn ogen. 'Sorry hoor,' bracht hij hikkend uit. 'Sorry. Maar dat...' Hij lachte nog even verder. Toen Flo en Desmond niet meelachten en hem stoïcijns aan bleven kijken, veegde hij een traan weg met een verfrommelde zakdoek, die hij uit zijn broekzak toverde. 'Kíjk naar me.'

Een man van middelbare leeftijd, in een licht gekreukt geruit overhemd met korte mouwen, een donkerblauwe bandplooibroek. Hij spreidde zijn armen, schudde zijn hoofd. Vroeg aandacht voor de buik die ruim over zijn broekriem viel.

'Eén. Zie ik eruit als iemand die uit daten gaat?'

Flo en Desmond reageerden niet.

'En twee. Ik? Homo?' Weer een lachsalvo. 'Mia! Mia. Kom effe!'

Een vrouw met keurig gekapte grijze krullen, een parelketting om de nek, in een donkerblauwe jurk stak haar hoofd om de hoek van de deur.

'Ik doen effe die administratie, Theo.' Ze viel stil toen ze Flo en Desmond zag. 'Ben u van de inspectie?'

Flo schudde vermoeid haar hoofd en richtte zich tot Theo.

'Waar was u, gisteravond?'

Die vraag leek Theo te bevallen. 'Ik had eerst vergadering. Van de winkeliersvereniging. We moeten ons toch voorbereiden op al die fijne nieuwe klandizie, als die Noord/Zuidlijn gaat rijden. U wil niet weten hoe blij we hier...'

'Waar was die vergadering?' onderbrak Flo hem. Theo keek een beetje gekwetst.

'In Café ONS, zoals altijd, maar dat kennu natuurlijk niet.'

'Op de Buiksloterweg, ja,' viel Flo in.

Dat verraste Theo. 'En daarna meteen naar huis. Wij maken hier lange dagen, hoor. Dus om tien leggen we samen in het mandje.'

Flo keek naar Mia. Die knikte. Instemmend. Aarzelend?

'Diva!' zei Flo, alsof ze een oude vriendin tegenkwam, bij wijze van test.

Theo keek wel op, maar richtte zijn aandacht toen op Hunter en zei: 'Ik dacht dat het een mannetje was?'

Flo stond op.

Theo ook. 'U heb een foutje gemaakt. Ken iedereen gebeuren.'

'Wat voor foutje?' Mia klonk nu licht ongerust.

'Laat die mensen. Die moeten door met hun werk.' Hij hield de deur al voor hen open.

Flo wenkte Hunter, die in de hoek was gaan liggen.

Bij de deur bukte Theo, haalde een hondensnoepje uit zijn zak en hield het op. 'Poot?'

Hunter gaf geen krimp.

'Mijn hond neemt niets aan van vreemde mannen.'

Er flitste iets in Theo's ogen, iets wat Flo vertelde dat hij niet zo onschuldig was als hij zich voordeed. De hand met het hondensnoepje was van het formaat kolenschop. Maar Papaver was vermoord met een sjaal.

Flo stapte met Hunter en Desmond naar buiten en klopte de hond op zijn flank. 'Goed bezig, beestje. Heel goed bezig.' Haar blik viel op een A4'tje dat met plakband aan de binnenkant van de etalage van Theo's drogisterij was geplakt.

'Wat denk je?' vroeg Desmond.

Knikkend naar het aanplakbiljet zei Flo: 'Dat we dat alibi even gaan checken.'

Op het A4'tje stond: 'Algemene vergadering Winkeliersvereniging. 20.00 – 21.30.' Met de datum van de dag ervoor.

'Geloof je hem niet?'

'Niet helemaal. Ergens.'

Desmond pakte zijn telefoon en begon al te googelen. Na dertig seconden had hij de namen van de overige leden van het bestuur.

Amin, een klein Indonesisch mannetje, stond met een schort voor achter de vitrine, die volgestouwd was met afhaalbakken rendang, gadogado en mihoen. De toko was de enige toko in het winkelcentrum en had veel klandizie. Amin veegde zijn handen af, gaf Flo en Desmond toen over de toonbank een hand. Zijn nagels waren zo kort mogelijk geknipt, zag Flo. Een veelheid aan kruidige geuren hing in het winkeltje.

'We hebben samen nog één drankje gedronken, na de vergadering. En toen ging Theo naar huis.'

'Hebt u hem zien vertrekken?' vroeg Flo. Desmond vond het een rare vraag, zag ze. Aan Amin kon ze niets aflezen, maar ze bleef hem aankijken.

'Hij ging naar buiten. Naar zijn auto?'

Flo bedankte Amin, nam zich voor hier eens iets te eten te gaan halen en vroeg in de overdekte winkelgalerij aan Desmond: 'Wie was de volgende?'

'Wat zei je tegen Fiona over tunnelvisie?' mompelde hij, maar hij ging wel met haar op weg naar de beheerder van de Vodafonewinkel.

Er liep nauwelijks winkelend publiek. Wel telde Flo zo al vier rollators bij twee bankjes in het midden van de winkelgalerij. Op de bankjes zaten oude mensen te kletsen of zomaar wat voor zich uit te staren. Het Boven 't Y kon inderdaad wel wat ander publiek gebruiken.

Peter van de telefoonwinkel excuseerde zich, als hij had geweten dat ze zouden komen, dan had hij zijn collega even gevraagd om op de winkel te passen. Maar hij had wel een minuutje, wat kon hij voor ze doen? Hij was een jaar of dertig, straalde optimisme uit.

'U was gisteren bij de vergadering van de winkeliersvereniging?'

'Ja. Jazeker. We moeten ons blijven organiseren.'

'Hoe laat vertrok meneer Verburg uit het café?'

'Theo?'

Flo hoorde hem denken: wat zou die uitgevreten hebben?

'Eh... Kwart voor tien?'

Desmond maakte al een gebaar, klaar nou, maar Flo zette door, tegen beter weten in: 'Hebt u hem het café zien verlaten?'

'Ja. Ik stond buiten een sigaretje te roken.'

Flo's adem stokte even. Beet? 'Stapte hij in zijn auto?'

Peter keek van Flo naar Desmond, aarzelde. Flo vermoedde nu dat hij overwoog of hij Theo zou verraden of niet. De beslissing viel uit ten nadele van Theo.

'Nou. Ik weet het niet. Ik zag hem niet instappen. En dacht even dat ik hem weg zag lópen.'

'In de richting van de pont?' Café ONS lag op vijf minuten lopen van het Buiksloterwegveer naar het Centraal Station.

Peter knikte voorzichtig, voegde er toen haastig aan toe: 'Maar ik kan me vergissen.'

Flo tikte tegen haar hoed en wenkte Desmond.

Terwijl ze met korte, snelle passen terugliepen naar de drogist, zei hij: 'Dat was een suggestieve vraag.'

'Ja,' antwoordde Flo. 'Maar hij leverde wel wat op.'

Dat vond Theo niet. Hij schudde met volle overtuiging zijn hoofd. 'Nee hoor. Ik ben in mijn auto gestapt en naar huis gereden. Hij moet zich vergissen.'

Flo wist dat ze niet voldoende grond had om hem aan te houden. De enige mogelijkheid was nog de volgende: 'Kunt u naar het bureau komen om DNA af te staan?'

'Wat dan?' vroeg Theo. Hij stond achter de toonbank, voor de schappen met medicijnen.

'U kunt weigeren. Maar dat spreekt niet in uw voordeel.'

Theo wilde iets zeggen, stopte zichzelf toen. Zijn blik zwierf door de winkel.

'As dat nou zo nodig is, dan wip ik na sluitingstijd wel effe binnen.'

Zijn vingers trommelden minder nonchalant op het blad, naast een doos met tissues.

*

Bruno Papaver hield kantoor in de Stopera. Een ruim kantoor met een grote vergadertafel, een koffieautomaat en zicht op het Waterlooplein. Buiten de portier was er niemand op zaterdag. De portier had hen meegenomen naar kamer 101.2.

Daar keek Flo naar buiten en dacht aan de zaterdagochtenden waarop Kai, haar vader en zij de markt op het Waterlooplein afstruinden. Eerst op zoek naar speelgoed, later naar cd's en kleding.

Terwijl leden van de technische recherche dozen met administratie wegdroegen, zat Desmond aan het grote bureau achter Papavers computer. De monitoren daarnaast vertoonden beelden van metrogangen en perrons. Papaver had de bouw nauwlettend in de gaten gehouden. De officier van justitie had toestemming gegeven voor deze doorzoeking, omdat op Papavers telefoon een verdachte e-mail was gevonden. Die had de boodschap: Je dagen zijn geteld.

'Hij heeft er een speciale map voor aangemaakt.'

Flo liep om, keek met Desmond mee. Over het scherm rolde pagina na pagina met e-mails, afkomstig van een en hetzelfde adres. Dat adres was versleuteld, zei Desmond, maar kwam niet overeen met de versleutelde adressen die ze hadden aangetroffen op de laptop van Bo. De inhoud van de mails was gewoon zichtbaar. Ze waren verstuurd over een periode van drie maanden. Desmond opende er een aantal:

'JE MAAKT ONS KAPOT.'

'ALS JE NIET STOPT MET DIE WAANZIN, STOP IK JOU.'

Bij de volgende keken ze elkaar aan. Er stond: 'NOORD/ZUID. DE DOOD AAN DE PONT IS AAN JOU.'

*

De versterkte stem, omlijst door de rinkelende bellen, was al aan het begin van het Zuideinde te horen. Hunter zat naast haar op de bijrijdersstoel met gespitste oren en zijn kop in de wind. De kermis draaide proef. Sinds diverse ongelukken met attracties was dat een vereiste aan de kermisexploitanten; alle machines moesten proefdraaien zonder publiek. Op welk moment van de dag dat moest plaatsvinden, was niet gespecificeerd, en ook niet dat toeschouwers niet welkom waren. Dus stond de Oostzaanse jeugd aan de randen van de kermis, op de stoep bij de diverse kroegen een voorschot te nemen op de openingsavond.

'Spanning en sensatie dames en heeerrren, laat u verleiden, stap in. Spanning en sensatie...'

Flo reed stapvoets langs het kermisterrein. In de invallende schemering knipperden de lichten van de Calypso, werd de draaimolen zachtroze en blauw uitgelicht en scheen wit tl-licht op de kuip voor de botsauto's. Een van de wagentjes reed rond; waar de antenne de bovenleiding raakte, flitste licht. Flo trapte vol op de rem. Aan die antenne, achter op het wagentje, hing Boy.

Ze liet de motor draaien, stapte uit en liep naar de kuip toe. Boy spotte haar toen ze op de metalen rand van de bak klom. Hij grijnsde, zei iets tegen de bestuurder. Die stuurde het wagentje naar haar toe, draaide een soepel rondje, waarna Boy elegant naast haar op de rand stapte. De blonde lok viel onweerstaanbaar voor zijn ogen, dat zag Flo ook wel.

'Wat?' zei ze, niet te aardig, vanwege zijn late thuiskomst de avond ervoor.

'Ik mag helpen,' zei Boy, trots, stoer, jongen van de kermis dus.

Flo glimlachte onwillekeurig. 'Top. Maar je bent verantwoordelijk voor mensen, hè?'

'Ja?'

'Dus geen drank?'

Boy schudde zijn hoofd. 'Heb ik beloofd.'

'Gefeliciteerd,' zei Flo, voordat ze naar haar auto liep.

Boy stapte soepel weer op het passerende karretje, onder het toeziend oog van een aantal meisjes met allemaal dezelfde lange gladde haren, dezelfde skinny jeans en dezelfde topjes. Je kon best een hele avond proefritten maken.

Ook thuis was het kermislawaai nog te horen, maar ze zette de terrasdeuren open, schonk een biertje in en luisterde. Ze voelde even aan de kloppende wond op haar borst, maar negeerde die. Ze dacht terug aan haar jaren als 'meisje van de kermis'. Opstappen op de snel draaiende roltrap, een hand in de rug van de passagier, zorgen dat hij veilig afstapte en verder het Lunapark in dook. Er waren jongens die drie keer achter elkaar gingen.

Felix' vacht streek om haar enkels.

'Kom maar,' zei ze. Hij sprong op haar schoot. Hunter rekte zich uit, kwam toen onder haar stoel liggen, met zijn kop op haar sokkenvoeten. Ze had bij thuiskomst de tuin geïnspecteerd, had geen tweede bot of ander voer aangetroffen. Bij Abbink was het donker.

Even sloot ze haar ogen, wiegde mee op het kermisgeluid. Toen kwamen de uitpuilende ogen van Papaver ertussen, de zwarte letters in het witte beeld die hem bedreigden. De provider was niet bereikbaar, dus moesten ze tot morgen wachten om te proberen te achterhalen wie er achter het versleutelde e-mailadres zat. Desmond gaf hun weinig kans, maar waarschijnlijk was het IP-adres waarvandaan de mails waren verstuurd wel te vinden.

Iemand was boos op Bruno Papaver, en dat had iets met de pont te maken. De dienstregeling daarvan zou niet worden aangepast naar aanleiding van de nieuwe Noord/Zuidlijn. Het hoofdveer van en naar de Buiksloterweg draaide 24/7, dag en nacht, maar de veren naar het NDSM-terrein en de Pontsteiger voeren nog altijd minder frequent, en als gevolg van de Noord/Zuidlijn was de discussie over het opvoeren van die frequentie verstomd. Was het een boze bewoner? En hadden de mails en de moord op Papaver met elkaar te maken?

Flo had in de auto naar huis nog naar het forensisch lab gebeld. Theo was inderdaad komen opdagen voor DNA-afgifte na sluitingstijd van zijn winkel. Dat had Flo niet verwacht. Misschien was hij inderdaad onschuldig. Of hadden de mannen elkaar wel getroffen, maar had Theo niets met de moord te maken. Maar zou Papaver dan nóg een date hebben gehad? Met wie hij wurgseks had gehad? Was dat uit de hand gelopen en was de date gevlucht, hem voor dood achterlatend op die kille tegelvloer?

Het was langzaam stil geworden; er weerkaatsten geen kermislichten meer. Het weiland lag stil en donker voor haar. Een welkom koel briesje streek langs haar gezicht; ze had het warm, met Felix op haar schoot en Hunter op haar voeten, maar ze wilde ze niet wegjagen. Een levend warm wezen tegen zich aan, daar had ze behoefte aan.

Haar telefoon gaf een appgeluid op de keukentafel achter haar. Twee, drie keer. Voorzichtig tilde ze Felix van haar schoot, en vervolgens trok ze behoedzaam haar voeten onder Hunter vandaan. Felix bleef even verdwaasd staan, rekte zich uit en vlijde zich in de hondenmand. Tegen Hunter zei ze zachtjes: 'Blijf maar liggen. Ik ben zo terug.'

Ze pakte haar telefoon. Een app van een onbekend nummer, met een filmpje, van twee minuten. Ze fronste haar voorhoofd en opende het. De kop van een golden retriever, op zijn zij, die een pup likt. Vier andere pups die met onhandige bewegingen proberen te drinken bij hun moeder. Een van hen weet op te staan en wankelt, probeert haar te beklimmen, maar wordt eraf geslagen door haar zwiepende staart. Een andere pup probeert te drinken, maar de poot van de moeder wil krabben en de pup wordt weggeduwd. Dan over het beeld heen, de woorden: Soms zijn ze niet welkom. En moet je er wat aan doen.

Ze aarzelde, ademde in, selecteerde het nummer en belde. Na twee keer overgaan klonk een vrouwenstem: 'Dit nummer is niet in gebruik.'

'En of het in gebruik is,' zei Flo zacht.

Ze tikte met ijskoud geworden vingers op het doorstuuricoontje. Met mechanische gebaren legde ze de telefoon op tafel. Ze haalde nogmaals diep adem, liep naar de kapstok, pakte haar hoed en zette hem op.

Ze opende haar laptop, logde in bij Skype. In haar hoofd spoorde ze Marianne aan. *Neem op. Please?* Het was tien voor halfvier in de middag in San Francisco.

Na drie pogingen tot contact kwam het hoofd van Marianne in beeld. Ze had de bandana om haar hoofd geknoopt, die ze altijd droeg als ze uitgebreide early dinner parties voorbereidde.

'De Carltons en de VandeBurgs,' gaf Mary haar ongevraagd de gastenlijst. Ze stond in haar keuken met veel chroom, pannen op het vuur, een aanrecht vol met kommen en schalen. Een kookwekker ging af. 'Maar ik heb het onder controle,' voegde ze eraan toe. Omdat Flo niet reageerde en alleen maar keek, vroeg ze: 'Jij ook?'

'Check je WhatsApp even.'

Mary fronste haar voorhoofd, zette het vuur onder een stomende pan laag. Een deurbel klonk. Mary reageerde niet, droogde haar handen af, pakte haar telefoon uit haar broekzak. Flo wachtte zwijgend af. Marianne keek op, keek naar haar via het scherm, met een verontrust gezicht.

'Mary! Can you get it?' De stem van haar man Bill, roepend buiten beeld.

'I'm busy!' riep Mary terug.

Ze legde haar telefoon neer.

'Van wie komt dit?'

'Nummer "niet in gebruik". Geen profielfoto.'

Mary veegde met haar hand haar neus af. Dat stond model voor grote bezorgdheid. 'Wanneer kreeg je dit?'

Flo hoorde stemmen op de achtergrond, gelach. 'So nice to see you.'

'Net.'

'Mary!'

'Coming!' Het kwam er kortaf, snibbig uit.

Ze boog zich naar het scherm toe, alsof ze erdoorheen kon, en dat was waarschijnlijk ook wat ze wilde. 'Je meldt het toch?'

Flo haalde haar schouders op. 'Misschien is het spam.'

'Ik heb nog nooit spam via de app gekregen.'

Zij ook niet. Iemand had haar nummer. En vond dit nodig. Ze zweeg.

'Flo. Come on. Het hóéft niks te betekenen. Maar het is wel heel vreemd. En toevallig.'

Flo aarzelde, wierp even een blik op Hunter.

'Heb je ruziegemaakt met Casey?'

'Nee!'

'Nou ja, het kon toch?'

'Mary. Ik ben misschien gekwetst, maar niet wraakzuchtig.'

'Nou. Met een vriendinnetje in jullie toekomstige huis gaan wonen...'

Flo keek Mary aan via het scherm.

Mary haalde even haar schouders op. 'Toch is het raar,' herhaalde ze. Weer klonken er stemmen op de achtergrond.

Flo begon: 'Er was nog iets –'

'Mary. We have guests! Now is not the time to chat with your friend.'

'Sorry, this is important. Flo? Wat was er nog?'

'Ga nou maar. Ik bel je later.'

'Nee! They can wait.'

Bill stak zijn hoofd dwars in beeld, rolde met zijn ogen.

'Sometimes I think she's married to you instead of me.'

Het beeld schudde, de iPad werd opgetild.

'Flo? Nu!'

'Hunter kwam aanzetten met een vreemd bot. Dat hij alleen maar in de tuin kan hebben gevonden.'

Het bleef even stil.

'Oké. Je belt nu de commissaris. En legt het uit.'

'Dat is die hipster in de Peek & Cloppenburgjas, remember?'

'Shit.'

Flo onderschreef dat volmondig.

'Iemand anders dan. Dit klopt niet. Okay? Nu moet ik echt gaan. Love you.' Mary blies een handkus en verdween.

Flo sloot de terrasdeuren, legde even een hand op Hunters kop en zette de tv aan. Misschien had een van de vele partners van Papaver zelf de pers gebeld. Wie zou het zeggen. Maar het nieuws van de moord was alom tegenwoordig, op elke zender, in elke talkshow. Flo beet hard op de binnenkant van haar wang toen ze in de herhaling van *Dag vandaag* viel. Haar broer Kai gaf Vanessa haar podium. Die gaf geen bronnen prijs, maar alles was bron, op dit moment.

De buitendeur sloeg. Flo keek op haar telefoon: halfeen.

Boy stapte de kamer binnen. 'Hé, mam.'

Ze keek naar hem. Hij keek helder uit zijn ogen, liep door naar de keuken en pakte een pak karnemelk uit de koelkast. Hij wilde het aan zijn mond zetten, zag Flo, keek met een grijns om, pakte een glas uit het keukenkastje en hield het omhoog.

'Jij ook?'

Flo glimlachte terug. Niet omdat ze zo'n zin had in karnemelk, maar omdat Boy dan nog even bij haar zou komen zitten.

Dat deed hij inderdaad.

Snel zette ze de tv uit. 'Was het leuk?' probeerde ze nog, maar hij wist het al.

'Jullie hebben de dader, hè?'

'Een betrokkene,' corrigeerde ze hem.

Boy nam haar nauwlettend op. 'Je bent er niet blij mee,' concludeerde hij. Felix sprong op zijn schoot, wat hem onwillekeurig een grijns ontlokte. 'Mag ik hem mee naar boven nemen?' vroeg hij, terwijl hij de kat in zijn armen nam.

'Jawel,' gunde Flo het hem. Ze trok hem even naar zich toe, gaf hem een kus op zijn hoofd. Liet haar arm te lang liggen naar zijn zin.

'Mam!'

Ze haalde haar arm weg.

Hij stond op en zei met een vergoelijkend glimlachje: 'Ik moet slapen.'

Flo zei niet dat ze niets liever wilde dan dat hij de Sherlock Holmes zou uithangen om haar van een briljant inzicht te voorzien. Jongens van de kermis moesten slapen, de dag voor de opening.

Toen hij de kamer uit was en naar boven was geklost, zette ze de flipperkast aan. Ze verlangde hevig naar het geluid, maar dat had Boy uitgezet. Het had misschien het alarmbelletje kunnen overstemmen dat ín haar hoofd klonk.

*

Toen Flo het bureau naderde, kon ze nog net een straat naar links indraaien. Er stond een reportagewagen; diverse camera's werden op schouders gedragen; een reporter deed verslag in beeld, en er was schrijvende pers. Ze parkeerde haar auto onder het viaduct naar het winkelcentrum en liep de overige vijfhonderd meter. Ze duwde de stang van de achteringang omlaag. Hij gaf mee, en ze was binnen.

Brian zat in zijn kantoor, had vandaag duidelijk wel gedoucht en was gekleed in een lichtblauw linnen kostuum. Hij kon het hebben, moest Flo hem nageven. Nu nog die sneakers inruilen voor volwassen leren schoenen en het begon ergens op te lijken. Ze aarzelde, maar liep door naar haar eigen kubus. Brian had nu alleen maar oor voor nieuwe ontwikkelingen in de zaak. Dat zij een filmpje had ontvangen waar ze een heel naar gevoel bij kreeg én dat Hunter een vreemd bot had gevonden, had nu geen enkele prioriteit. Wat Mary ook zei.

Een uur later had Desmond nieuws. De dreigmails aan Papaver waren verstuurd van een IP-adres in de Molenwijk, een park met woonflats in Tuindorp Oostzaan, vlak bij Flo's huis. Het behoorde toe aan een computer van de Openbare Bibliotheek, die een speciale zondagsopening had, ter bevordering van het buurtgevoel.

Op het centrale plein ervoor, met aan de andere kant de Albert Heijn, hingen een paar mannen op een bankje, flessen onder handbereik. Flo had gehoord van de overlast, van de aanvraag van een alcoholverbod, maar die liep nog. De viskraam zat dicht. Ze haalde er af en toe een harinkje, de enkele keer dat ze hier wat boodschappen deed.

De bieb was klein en stil. Achter een balie stond een vrouw met een leesbril aan een koordje. Aan een tafel zat een man achter een vaste computer. Desmond en Flo keken elkaar aan.

Flo sprak de vrouw aan. Haar badge zei dat ze Daniëlle heette.

Bij het zien van haar penning zuchtte de vrouw. 'Ik heb toch al gezegd dat ik ze niet meer binnenlaat?' Ze wees naar de hangmannen, die door de glazen deur te zien waren.

'Wij zijn op zoek naar iemand die de afgelopen zes maanden heel frequent een computer heeft gebruikt.'

Daniëlles blik zwierf vanzelf naar de man achter de computer.

Hij zat met opgetrokken schouders van inspanning met twee vingers te typen.

'Vincent komt hier regelmatig.'

'Weet u of hij ook mailcontact heeft via die machine?'

'Geen idee wat hij allemaal uitspookt. Maar er zijn wat sites afgeschermd, als u begrijpt wat ik bedoel.'

Flo knikte bij wijze van dank. Ze trok een stoel bij aan de ene kant van Vincent, Desmond aan de andere.

Vincent keek opzij. 'Waarom denk ik dat u niet gewoon om een praatje verlegen zit?'

Geen hoorbaar accent, vriendelijke stem, maar wel met een randje.

‘Kent u Bruno Papaver?’ Ze zag Desmond schrikken van haar directe aanpak. Misschien was ze iets te edgy, van het filmpje, van het gebrek aan slaap, van de bel in haar hoofd.

Maar Vincent reageerde kalm. ‘Ik heb hem niet persoonlijk gekend, nee.’

‘Weet u dat hij dood is?’

‘Dat viel nauwelijks te missen, hè?’

Hij klonk sarcastisch, maar wat dat betekende kon Flo niet duiden. ‘Maakt u vaak gebruik van de computers hier?’

‘Faciliteiten zijn er om gebruikt te worden, niet?’

Vincent begon haar met zijn wedervragen op de toch al gespannen zenuwen te werken.

‘Stuurt u weleens e-mails vanaf hier?’ greep Desmond in.

Wederom sarcastisch, nee, cynisch vroeg hij: ‘Aan wie zou ik nou een e-mail moeten sturen?’

‘Aan Bruno Papaver?’ kopte Flo hem in.

‘Hè?’

Voor het eerst was Vincent van zijn à propos.

‘De heer Papaver heeft in de maanden voorafgaand aan zijn dood vele dreigmails ontvangen. Van een IP-adres dat bij deze computer hoort.’

Vincent leek nu iets te krimpen. ‘Dat was ik niet, hoor.’ Hij klonk verontschuldigend. ‘Waarom zou ik Bruno Papaver dreigmails sturen?’ Tijdens het praten bleef hij zijn hoofd schudden. Maar hield daar toen abrupt mee op. ‘Koos? Nee toch?’ Vragend keek hij van Flo naar Desmond.

‘Wie is Koos?’ vroeg Flo zo beheerst mogelijk.

‘Wilt u misschien een kopje koffie?’ kwam Daniëlle ertussen. Nieuwsgierig, natuurlijk.

‘Nee, dank u,’ snibde Flo. ‘Wie is Koos?’ herhaalde ze.

Even keek Vincent hulpzoekend op naar Daniëlle, die zich lafhartig terugtrok. 'Nou ja, Koos. Koos is ontslagen, hè. Hij is – netjes gezegd – boventallig verklaard, omdat dat vaker varen niet doorgaat.'

'Waar kent u hem van?'

'Van hier. Hij leent vaak boeken voor zijn vrouw. Die verveelt zich, met hem alsmaar op het water. Verveeldé dan.'

Flo schoof iets naar voren, voelde de rand van de stoel nog net onder haar billen. 'Werkte Koos bij het GVB?'

'Vijfentwintig jaar lang stuurde hij die pont het IJ op.'

'Sinds wanneer is hij ontslagen?'

Vincent keek haar even bezorgd aan. 'Ik wil Koos niet zwartmaken of zo, hoor...'

'Vertel nou maar.'

Waarschijnlijk zag ze er net zo geïrriteerd uit als ze zich voelde, want Vincent ging snel verder.

'In januari denk ik. Hij was toen al een tijdje geschorst, weet u, na dat incident. En toen hoefde hij meteen niet meer terug te komen. Was wel makkelijk.'

'Incident?'

Een snelle blik was haar deel. 'Er zijn toen toch passagiers gewond geraakt? Omdat er te hard tegen de kade was gevaren?'

Flo herinnerde zich inderdaad commotie, een gebroken enkel, een whiplash, arbeidsongeschikt verklaard.

'Dat was Koos. Hij kon er niks aan doen, zei hij, maar ja. U weet hoe dat gaat.' Vincent zag dat Desmond en zij een blik wisselden. 'Maar ze hebben hem wel in dienst gehouden, hoor. Met omscholing, weliswaar...' Hij stokte.

'Omscholing waarin?'

Met zichtbare tegenzin antwoordde Vincent: 'Metrobestuurder. Van de nieuwe Noord/Zuidlijn.'

Flo voelde de bekende prikkeling, de opwinding bij een gevonden puzzelstuk. 'En was Koos daar blij mee?'

'Nou. Niet bepaald.' Het kwam er mompelend uit.

'Wanneer hebt u Koos voor het laatst hier gezien?'

'Eergisteren?'

Flo keek naar Desmond, die knikte. Eergisteren was de laatste mail naar Bruno Papaver verstuurd.

'Hebt u gegevens van Koos?'

Vincent keek weer naar Daniëlle, die haar oren op steeltjes had staan. 'Moet ik die geven?'

'Als u hier lekker wilt blijven zitten in plaats van mee te gaan naar het bureau...'

Niet veel later verlieten Flo en Desmond de bieb met het adres en het telefoonnummer van Koos de Jonge. Dat de methode om Vincent die te ontfutselen niet helemaal volgens de regels was, bracht geen van beiden ter sprake.

*

De 'kantine' waar Koos met zijn collega's zou vieren dat de eerste proefrit succesvol was verlopen, was een grote keet onder het metrospoor van station Noord, die ze vooralsnog moesten delen met de buschauffeurs. Het rookverbod was er nog niet doorgedrongen, of werd genegeerd, en alleen een enkel bovenraampje stond open. De chauffeurs, in GVB-uniform op stoelen aan een tafel, keken gespannen naar een digitaal scherm waarop een stipje langzaam in zuidelijke richting bewoog. Het waren ongeveer vijftien mannen en vijf vrouwen. Omdat ze allemaal naar het scherm keken en naar een telefoon luisterden die op de luidspreker stond, zag niemand Desmond en Flo door de openstaande deur binnenkomen.

Te horen was gesuis, af en toe een belsignaal, het geluid van remmen. Het stipje legde de route van de Noord/Zuidlijn af, en de chauffeur van dat treinstel had blijkbaar zijn telefoon opengezet zodat zijn collega's konden meegenieten. Het stipje bewoog zich tussen station Europaplein en station Zuid, zag Flo. In stilte werd gekeken en geluisterd hoe de trein het laatste stukje aflegde, toen de remmen aantrok.

'Ik ben binnen,' klonk een stem door de luidspreker. Dat was het sein voor opgeluchte high fives, geschreeuwde felicitaties in de richting van de telefoon. Uit een tas onder de tafel werden taart en een mes getoverd.

Een vrouw stond op en liep naar het ouderwetse filterkoffiezetapparaat, waar de koffie al doorgelopen was. Toen ze Flo en Desmond tegen de wand zag staan, hield ze haar pas in. 'Goedemorgen?'

Dat klonk wantrouwend genoeg om ervoor te zorgen dat alle hoofden hun richting op draaiden.

Flo deed een stap naar voren. 'Wie van u is Koos de Jonge?'

'En wie wil dat weten?'

Flo zag de gniffelende blikken, gericht op haar hoed, Desmonds grijze paardenstaart en witte broek.

'De metro is nog niet officieel geopend,' zei de vrouw van de koffie licht verontrust.

Flo vermoedde dat het de chauffeur ten strengste verboden was om op die manier zijn collega's te laten meeluisteren. Ze trok haar pen ning, vertrok even haar gezicht bij een pijnscheut in haar borst en zei: 'Flo Berge. Desmond Klap. Recherche.'

De keet leek vacuüm gezogen te worden. Het gezelschap keek elkaar aan.

'Die moorden zijn niet ons pakkie-an.'

Flo ontkende noch bevestigde dat ze daar inderdaad voor kwamen, herhaalde alleen maar: 'Meneer De Jonge?'

Alle blikken gingen naar de man die opstond, zich strekte en zijn kin omhoogstak. Hij was een jaar of vijftig, van gemiddelde lengte, tenger en pezig. Sterk, vermoedde Flo.

'Dat ben ik.'

'Kunt u meekomen naar het bureau?'

Er werd zacht gemompeld, Flo hoorde een enkele vloek. Koos schoof zijn stoel naar achteren, toen netjes onder de tafel, liet hem los en stond weer. Recht als een militair. Terwijl hij voor Flo en Desmond uit liep, hoorde Flo een aansteker de brand in een shaggie steken. Ze kon de indruk dat Koos een triomftocht maakte niet van zich afschudden.

Op de achterbank in de auto van Desmond, die ze hadden gekozen om de simpele reden dat die een achterbank hád, zweeg Koos. Hij vroeg niet waarom ze hem meenamen, bepleitte niet dat hij er niks mee te maken had, dat hij nergens iets van wist. Hij zweeg, rechtop, zijn ogen recht vooruit als een soldaat op appel. In blauw-wit GVB-uniform.

Koos zei overal ja op. Dat was mede te danken aan Brian, die Desmonds plaats had ingenomen en erop had gestaan zelf het verhoor te leiden.

Hij schoof als eerste het lijstje met de dreigmails aan Papaver onder Koos' neus.

Koos bekeek het, volgde met zijn vinger de lijst naar beneden. 'Ja, dat zijn ze allemaal.'

'Wat bedoelt u?' vroeg Flo.

'Dat dit alle mails zijn die ik aan Bruno Papaver heb gestuurd.'

'Waarom deed u dat?' Flo zag in haar ooghoek Brians mondhoeken al krullen.

'Om dezelfde reden als waarom ik hem vermoord heb.'

'En wat is de reden?'

Koos' blauwe ogen stonden hard, koud. Hij zweeg.

'Hoe hebt u hem precies vermoord?'

'Daar kan ik op dit moment geen mededeling over doen.' Koos keek over haar schouder naar de rode deur, die toegang gaf tot de verhoorkamer, weigerde haar nu aan te kijken.

'Kent u Regina Baken?'

'Nee, maar ik heb haar wel in de koepel van station Noorderpark gehangen, nadat ik haar de keel had dichtgeknepen.'

Flo keek naar Brian.

'Waarom deed u dat?'

'Om een signaal te geven.' Koos sloeg zijn armen over elkaar: dat was alles wat hij erover ging zeggen.

Brian bladerde even in zijn dossiermap, pakte er toen een foto uit van Bo Wilkens, toen nog in leven, en vroeg: 'Wie is dit?'

Het antwoord kwam snel. 'Een festivalorganisator. Die op zo'n site ook stond te juichen om die kankermetro.' Voor het eerst toonde Koos emotie.

'U vindt het een kankermetro?'

'Als de pont daardoor steeds minder belangrijk wordt, wel ja!' Ook dat klonk boos.

Brian deed niet eens meer moeite om zijn glimlach te verbergen. 'Dus u bent verantwoordelijk voor de dood van Regina Baken, Bo Wilkens en Bruno Papaver?'

'Ja.' Koos' kin ging weer omhoog om dit ferme antwoord te bevestigen. 'Maar ik zeg niks meer zonder advocaat.'

Met onmiskenbaar blij gemoed sloeg Brian de dossiermap dicht. Hij wenkte Flo, die opstond en met hem naar de deur liep. Het verhoor had precies tien minuten en vijfenveertig seconden geduurd.

'Laat DNA afnemen. Goed werk.'

'Ik weet het niet,' zei Flo. 'Hij is wel boos. Maar is-ie ook in staat tot drievoudige moord?'

'Iedereen is toch in staat tot moord?' beantwoordde Brian haar vraag luchtig, veel te luchtig, met een wedervraag.

Voordat Flo nog iets kon zeggen, klopte hij op de deur en was verdwenen. Waarschijnlijk was hij al aan het bellen om de persconferentie aan te kondigen. Flo vroeg de agent om even op te letten en liep de gang in, naar de Oslospiegel waarachter Desmond had meegekeken.

Desmond schoof de punt van zijn staart onder zijn neus heen en weer.

Ze ging naast hem staan. Koos zat star aan de tafel, zijn handen op het blad. Die waren klein voor een man, groot voor een vrouw.

'Zullen we, als die advocaat er is, nagaan waar Koos was op de tijdstippen van de moorden?' stelde Flo voor.

Desmond keek haar van opzij aan. 'Die mails zijn van hem. Hij heeft een motief. En heeft bekend,' zei hij.

'Een motief voor die Papaver, ja. Maar een pontbestuurder die random tegenstanders van de Noord/Zuidlijn vermoordt? En waarschijnlijk eerst nog ontvoert?'

'Motief, bekentenis. Alleen gelegenheid ontbreekt, maar die hebben we er zo uit.'

'Hoe komt-ie bij Regina terecht dan? En bij Bo?'

Desmond liet de staart zakken. 'Dat is een vraag die ook blijft gelden als deze Koos het niet gedaan heeft.'

Daar had Desmond gelijk in. Flo keek nog eens naar de roerloze Koos aan het tafeltje. De triomfgang. De boosheid. De duidelijke bekentenis. Toch had ze twijfels. De bekentenis was te snel gekomen, gretig bijna. Alsof hij een martelaar was, trots op daden waarvan Flo betwijfelde of hij ze gepleegd had. Maar Brian stond nu waarschijnlijk al achter een microfoon. Op te scheppen over het feit dat ze 'de seriemoordenaar van de Amsterdamse metro' hadden.

4

Rokin

Flo trok met een ruk de leukoplastpleister los, liet het verband zitten en ademde scherp in. Niet alleen van de huidpijn van de pleister, maar ook van wat ze zag. De kras die Felix haar had bezorgd was felrood, de huid eromheen nu echt opgezwollen en heel pijnlijk. Ze ging op haar tenen staan, maar de spiegel in de toiletruimte hing te hoog om de wond nader te bestuderen. Het doosje paracetamol in haar bureaula was nog bijna vol, wist ze, en er was geen tijd voor een dokter. Bovendien had ze het niet op dokters. Die beroofden je van je zelfbeschikkingsrecht en beoordelingsvermogen. De wond was ontstoken, ja, maar goed schoonhouden en misschien een grotere dosis ibuprofen was op dat moment alles wat ze eraan kon doen.

Ze plakte de pleister terug, trok haar T-shirt met moeite weer aan en gooide wat water in haar gezicht. Haar haar piekte weer. Flo hoorde Mariannes stem in haar hoofd. *Denk nou niet altijd dat je onkwetsbaar bent.*

'Nee,' zei ze tegen haar spiegelbeeld. 'Maar nu is het even nodig.'

De persconferentie begon over een uur, en deze keer moest ze Brian terzijde staan. Dat was strategie, begreep Flo, want hij rekende erop dat zij het in het openbaar niet met hem oneens zou zijn.

Koos zou pas met advocaat verhoord kunnen worden na de persconferentie.

Flo liep achter Brian aan de vergaderzaal binnen. In het felle flitslicht van de camera's ging ze achter het bordje met haar naam en functie zitten. Brian was fotogeniek, wist Flo, zeker in dat lichte kostuum. Eerlijk gezegd deed hij haar op dat moment wel een beetje denken aan

Thierry Baudet. Ze mocht het niet zeggen, en zeker niet tegen Marianne, maar die vond ze, los van dat hij vaak nogal overdreef in zijn standpunten, ook niet onaantrekkelijk. Ze schudde haar hoofd, keek naar de microfoon om haar concentratie terug te vinden.

Brian leidde de conferentie in, maakte zijn team complimenten, dus ook zichzelf. 'We hebben hard gewerkt om deze moorden zo snel mogelijk te stoppen. En zijn dan ook erg tevreden met het feit dat we een verdachte in voorlopige hechtenis hebben kunnen nemen. Mevrouw Berge zal de details die we al vrij kunnen geven, nader toelichten.'

Alle ogen, camera's en losse persmicrofoons zwenkten naar haar.

Ze zette de microfoon iets lager, toch nog, en zei: 'Zoals u begrijpt kan ik hangende het onderzoek weinig mededelingen doen. Maar we hebben inderdaad een verdachte opgepakt, die nader verhoord zal worden. Ik kan u vast vertellen dat het een man is.'

'En dat hij bekend heeft,' vulde Brian aan. Op haar woeste blik reageerde hij met: 'U en de mensen thuis hebben recht op die informatie. Dat een bekentenis ook ondersteund moet worden door feiten spreekt voor zich.'

Handen schoten omhoog. Brian wees mensen aan, wat Flo nog nijdiger maakte. Zij de antwoorden, die er nog helemaal niet waren, en hij de regie. Maar ze had geen keus.

'Weet u al iets over de motieven van de dader?'

'Eén: we weten nog niet zeker of hij de dader is. En twee: nee, daar hebben we nog geen inzicht in.'

'Maar er zijn tekenen die erop wijzen dat er een inhoudelijke link is met de Noord/Zuidlijn.'

Flo zag meer handen, en een hoofd met rood haar. Brian wees al een andere kant op, terwijl zij in de microfoon zei, alsof ze elke dag persconferenties gaf en iedere journalist bij naam kende: 'Vanessa.' Ze voelde Brians zijdelingse blik en zijn argwaan. Maar die deelde ze, in elk geval ten aanzien van Vanessa. Wat voor vraag zou ze stellen?

'Klopt het dat de heer Papaver een Grindr-date had op de avond van de moord?'

Godverdomme, was het enige wat Flo kon denken. Ze hoefde niet te vragen van wie ze die informatie had, want ook dat zou Vanessa niet prijsgeven. Bronbescherming. 'Daar kan ik niets over zeggen,' antwoordde ze, waarmee ze het natuurlijk bevestigde.

Nog meer handen, geroep: 'Mevrouw Berge!'

'Mevrouw Berge, wat hebben de slachtoffers met elkaar gemeen?'

'Dat vindt u vast leuk om zelf uit te vogelen,' zei Flo bits. 'Dank u voor uw vragen. Wij gaan door met ons werk.' Ze stond al op en beende de zaal uit. Hoe wist Vanessa Hardeman van die Grindr-date?

Ze hoorde Brian nog net zeggen: 'Wij denken dat u zich geen zorgen meer hoeft te maken en dat de Noord/Zuidlijn volgende week gewoon gaat rijden. De burgemeester en ik zien ook geen reden om de proefritten te staken.'

*

Koos had niet gevraagd of hij zijn vrouw mocht bellen om hem andere kleren te brengen. Dus zat hij nu in een gekreukeld wit overhemd met blauwe epauletten tegenover Desmond en Flo. Het contrast met de in smetteloos en gladgestreken kostuum gestoken advocaat naast hem was groot. Toch zat Koos nog steeds rechtop, vastberaden. Flo had met Desmond afgesproken dat ze bij het begin zouden beginnen. Tot nu toe had hij geen antwoord gegeven op haar vragen.

'Hoe hebt u Regina daar in die koepel gekregen?'

Koos keek even naar zijn advocaat.

'De heer De Jonge beroept zich op zijn zwijgrecht.'

'Koos. Heb je weleens geklommen?'

Koos knipperde even met zijn ogen en zei: 'Ze was zwaar.'

'Zwaar?'

'Om omhoog te hijsen.'

Flo fronste licht haar voorhoofd. Dat Regina door iemand omhoog was gehesen of van boven was laten zakken, en niet was gevallen, was niet in het nieuws geweest. Bo Wilkens' DNA zat op het koord. Als er nog meer vreemd DNA op had gezeten, had Juliette dat gemeld.

Alsof Koos haar gedachten las, zei hij: 'Ik had handschoenen aan.'

Ze liet even een stilte vallen. Koos zat aan zijn neus.

'Hoe is Bo Wilkens gestorven?'

'In de rug geschoten.'

Dat antwoord kwam snel.

'Met wat voor wapen?'

Koos opende zijn mond, sloot hem weer, keek naar zijn advocaat.

Dat betekende voor Flo dat hij niet wist of het een pistool, een revolver of een geweer was. Ze haalde diep adem en leunde op haar ellebogen naar Koos toe. 'Je stuurde meneer Papaver dreigmails. Dat is een feit, en er staat een lichte straf op. Maar voor drievoudige moord ga je de rest van je leven de gevangenis in.'

'De gevangenis of de metro. Wat maakt het uit?' Koos haalde zijn schouders op en zakte wat in bij het beeld van zijn toekomstperspectief. Een man die die toekomst had opgegeven. 'Gaat u weleens met de pont?'

De advocaat maakte een kleine beweging, leek te schrikken van die directe vraag van Koos aan Desmond en haar.

'Ja,' antwoordde ze snel. 'Ik woon ook aan de overkant.'

Dat maakte Koos' blik iets zachter. 'Het uitzicht. De wind. De zon die over het IJ valt. Het geluid van de motor. Het rekenen. Kan ik voor dat binnenvaartschip langs of is het beter een bochtje achterom te maken? Ziet dat zeilscheepje wat het doet?'

Dit wist Koos allemaal wél heel zeker, zag Flo.

'Ik ben de baas op dat vaartuig. Ik heb verantwoordelijkheid. Mensen zien me, groeten of bedanken opgelucht als ik nog heel even op ze wacht. En nu? Een nauwe donkere tunnel. Niemand die me ziet. Slechts knopjes en seinen. Niet eens een tegenligger. Altijd binnen.' Koos ademde diep in, ging rechtop zitten, terug in zijn soldatenpose. 'U woont ook aan de overkant. Wat vindt ú van de metro?'

'Wat denkt u?' Dat was een antwoord waar Koos iets mee kon, zag ze aan zijn kleine glimlach.

'De meeste Noorderlingen vinden die verbinding met de stad niet zo nodig. Die brengt maar yuppen en toeristen. Ze willen met rust gelaten worden. En daar wou ik voor zorgen.'

De blik in zijn ogen was er nu een van trots, zijn schouders trok hij iets naar achteren.

'Ten koste van drie mensenlevens?'

Er flitste iets in zijn ogen. 'Het was een principekwestie. En in de strijd vallen er soms slachtoffers.'

Flo keek hem aan. Hij sloeg zijn blik neer. Zijn handen sloten en openden zich in vuisten, wat hij vermoedelijk niet in de gaten had. Flo geloofde niets van deze nobele strijd. 'Hoe laat had je die afspraak met Bruno Papaver?'

Heel even een aarzeling bij Koos. 'Om halfelf.'

Iemand schraapte zijn keel. Flo keek om, zag de dienstdoende agent in de deuropening staan.

'Kunt u even komen?'

Flo keek Desmond aan, stond op en liep de verhoor uit. Daar stond Juliette.

'Ik weet dat je in een belangrijk verhoor zit. Maar dit moet je echt weten.'

Flo hoopte met heel haar wezen op iets wat niet naar Koos zou wijzen. Het was haar een raadsel waarom hij de schuld op zich nam. Misschien heldendom. Martelaarschap. Maar dat hij in elk geval niet alle moorden had gepleegd, stond voor haar vast.

Juliette reikte haar een map aan. 'Theo Verburgs DNA matcht met de haren aan de binnenkant van de pruik.' Juliette wachtte even tot Flo bij de foto's van de pruik was.

'En met huidcellen onder de nagels van Bruno Papaver.'

*

Mia stond geschrokken aan de toonbank voor de geneesmiddelen. Ze praatte in een telefoon. 'Niet?'

Flo en Desmond keken haar vragend aan. Hunter zat vooraan in de lege winkel te wachten.

'Ja. Nee, hij zei dat-ie naar jou ging.' Ze luisterde nog even naar de stem aan de andere kant. Liet toen de telefoon zakken. 'Theo is niet bij zijn broer. Hij heeft afgebeld.' Ze frunnikte aan de parelketting alsof die haar kon helpen.

'Wanneer belde hij af?'

'Gisteravond. Toen hij er al had moeten zijn.'

'Wanneer hebt u hem voor het laatst gezien?'

'Na het eten. Hij gaat vaker spontaan naar zijn broer. Ze zijn erg close.'

'Heeft hij u verteld dat hij DNA had afgestaan?'

Mia liet de parels los. 'Wát?'

Flo dacht aan Hunter en het hondensnoepje in de grote hand van Theo en zei waar het op stond: 'Theo wordt verdacht van de moord op Bruno Papaver. Ze hadden de avond van diens dood een afspraak. Gemaakt via een homodatingapp.'

Mia's blik schoot van Flo naar Desmond. 'Wat? Dat kan niet.'

Flo zweeg. Desmond zweeg.

'Echt niet.'

Flo herkende bij Mia het proces: schok, ontkenning.

'Nam Theo de auto naar zijn broer?'

Licht verdwaasd knikte Mia. 'Zo gaat hij daar altijd naartoe.'

'Hebt u een kenteken voor ons?'

Mia schudde haar hoofd. 'U kunt mijn man niet zomaar van zoiets beschuldigen! Hij, mijn Theo...'

Desmond was net op tijd achter de toonbank om haar op te vangen. Hij brak Flo af toen die begon te zeggen dat er een DNA-match was, schudde licht zijn hoofd.

Flo begreep wat hij wilde zeggen: het is zo al erg genoeg voor haar. Alleen zaten zij nu mooi met twee moordenaars van Bruno Papaver. Een die hem dreigmails had gestuurd en een die voortvluchtig was.

Theo's auto stond niet op zijn vaste plek in de parkeergarage. Een opsporingsbevel voor auto en man was uitgevaardigd, vooralsnog zonder resultaat.

Nu stond Flo tegenover Brian, met Desmond. In zijn kantoor, dat centraal in de ruimte lag, was het het warmst. Hunter was gaan liggen, hijgde zijn tong uit zijn bek. Ze legde even haar hand op de kloppende wond op haar borst.

Brian, die onder zijn colbertjasje een mouwloos T-shirt bleek te dragen, zat op zijn bureaustoel, zijn handen gevouwen op zijn achterhoofd. Hij leunde achterover. Zijn hele houding straalde uit dat hij er niet aan wilde. Dat Theo, en niet Koos, Bruno Papaver had vermoord.

Hij schoor zijn oksels, zag Flo. Haar oog voor detail werd in crisissituaties altijd scherper, maar beperkte zich soms niet tot de hoofdpunten. De binnenrand van haar hoed plakte tegen haar hoofd, maar als ze hem nu af zou doen, zou dat een capitulatie betekenen.

Brian liet zijn armen zakken, ging rechtop zitten. 'Kijk. Dat DNA is natuurlijk verdacht in deze situatie. Maar er kan nog steeds sprake zijn van een onschuldige Grindr-date. Waarbij Theo misschien niet luisterde toen Papaver aangaf dat het genoeg was, dat hij geen genot meer beleefde aan de verwurging, omdat hij dreigde te stikken. In dit scenario is het goed denkbaar dat hij in uiterste nood Theo verwondde met zijn nagels en de pruik aftrok. Waarop Theo vluchtte.'

Flo wist ook dat dit mogelijk was.

Brian vervolgde: 'Misschien volgde Koos Papaver? En wachtte hij zijn moment af?'

'Waarom denk je dat Koos geen details wil geven over hoe hij zijn slachtoffers precies om het leven heeft gebracht?' vroeg Flo. Ze hield Brians blik vast en voelde een zweetdruppel via haar slaap haar oor in glijden, maar negeerde die.

'Ik heb ook nog wat,' brak Desmond in.

Flo keek hem geïrriteerd aan. Nieuws waar zij niks van wist? Nu?

Desmond haalde verontschuldigend zijn schouders op. 'Ik hoor het ook net.'

'Ja?' Brian rook bloed.

'Papaver heeft nog meer versleutelde mails gekregen, die hij wiste. Van andere adressen. Die we niet kunnen kraken, en de mails zijn niet leesbaar meer.'

'Misschien van Theo?'

Flo kon zien dat Brian zelf niet geloofde wat hij zei.

'Oké,' zei Brian. 'Jullie zoeken die broer op. Als ze zo close waren, weet die misschien meer.'

'En wat doen we met het risico dat Theo al een volgend slachtoffer op het oog heeft?'

'Hem vinden.'

'En misschien zijn jachtterrein onbegaanbaar maken?'

Brian nam haar op.

Ze maakte dankbaar gebruik van de stilte. 'Het wordt ons als politie zwaar aangerekend als we de verkeerde vastzetten en er nog meer slachtoffers vallen.'

'Goed. We sluiten de toegang naar de spoorlijn hermetisch af. Verhogen het beveiligingsniveau.'

Flo ontspande iets.

'En die proefritten?'

'Als we daar toezicht op houden, kan er niks gebeuren.'

Hunter jankte zacht.

'En mag ik eerlijk zijn?'

Flo keek verrast op. Zou er nu iets komen over wat er voor hem op het spel stond, als pas aangetreden hoofdcommissaris?

'Je hond stinkt.'

*

'Flo.' Desmonds stem klonk vermanend.

Bij wijze van antwoord drukte ze het gaspedaal nog wat dieper in. Hunter had zich zonder morren tussen Desmonds benen genesteld, hoe krap de ruimte daar ook was. Ze had de kap op de Mazda laten zitten, de airco stond op zijn hoogst. De kilometerteller tikte de honderdveertig aan.

Desmond probeerde nog: 'Bedenk wat Hunter er zelf van vindt. Of hij zich zo'n opmerking aantrekt.'

De wijzer sloeg uit naar honderdvijftig. Als je aan haar hond kwam, kwam je aan haar.

Ray Verburg, de broer van Theo, woonde aan de rand van het Utrechtse Wilhelminapark. Donkergroen stonden de bladerdekken van de kastanjes in de windstille lucht. Het gras was nog mals en fris. Flo concludeerde daaruit dat er hier op grote schaal gesproeid werd. De groene exotische parkieten die Amsterdam terroriseerden, zag ze hier nog niet, slechts het geluid van een enkele merel klonk. Het was een groot pand. De bel weergalmde binnen, voetstappen naderden over een tegelvloer. De deur ging open. Ray was Theo zonder de buik, zonder de bakkebaarden, gestoken in een bruine corduroy broek en een overhemd met een choker. Zonder een spoor van een Amsterdams accent, dat bij Theo klonk alsof hij het met de paplepel had ingegoten gekregen, zei hij: ‘Mevrouw Berge en meneer Klap?’

Flo knikte.

Rays blik zakte omlaag, en hij begon te glimlachen bij de aanblik van Hunter. ‘Hé, ben jij d’r ook?’

Hunter kwispelde zowaar. Daarmee nam hij Flo iets voor zich in.

Ze werden binnengelaten. In een grote kamer met hoge plafonds en gipsen ornamenten stond thee klaar op een lage salontafel. Het was er aangenaam koel, en het rook er naar vloerzeep. Ray kwam terug uit de keuken met een waterbak voor Hunter. Omdat hij even naar Flo keek voordat hij de bak neerzette en daarmee om toestemming vroeg, liet Flo hem begaan. Hunter slobberde de bak leeg.

‘Uw broer belde af?’ opende Flo het gesprek.

‘Ja. Dat doet hij wel vaker. Hij is nogal impulsief. Dan belt hij dat hij komt, maar dan toch weer niet. Dus ik maakte me geen zorgen.’

‘Gaf hij een reden? Voor zijn komst én zijn annulering?’

Ray had bedachtzame, lichte ogen. ‘Nee. Dat hoefde niet.’

Flo wachtte. Ray ook.

‘Meneer Verburg. Heeft uw broer geheimen?’

Dat ontlokte Ray een klein glimlachje.

‘Hij is een getroebleerd man.’

‘Hij wordt verdacht van moord. Dus alles wat u weet is relevant.’

Ray leek even na te denken. ‘Volgt u mij.’

Hij ging hun voor de hal in, een grote brede wenteltrap op. Hield halt op de overloop, waar vele zware houten deuren op uitkwamen, en haalde een bos sleutels uit zijn zak. Hij opende een van de deuren op een kier, zei toen: ‘De kamer van mijn broer.’

De deur zwaaide open. Een foto van Theo hing in posterformaat aan de muur. Hij was gekleed in een strakke zwarte glitterjurk met gouden sterren, nam een pose aan: hand in de zij, knie gebogen. Zijn kusmond was rood aangezet, zijn jukbeenderen waren overdekt met rouge, zijn ogen keken je aan vanonder donkerblauw en zwart. De pruik had donkere krullen.

Ray stapte zwijgend langs Flo en Desmond de kamer in en opende de schuifdeur van een kast, die de hele breedte van de kamer besloeg. Er hingen minstens vijftig verschillende jurken aan hangertjes, in een nette rij naast elkaar. Op de plank erboven lagen diverse pruiken, handtassen, eronder stonden schoenen. Damesschoenen in maat vijfenveertig.

'Theo komt hier om zich te verkleden. Dat moet soms.' De zucht van Desmond toonde zijn compassie, maar daar had Ray geen boodschap aan: 'Hij is wie hij is. Hij is de Theo die u ontmoet hebt, maar ook Diva.' Hij knikte naar de foto. 'En thuis ging dat nu eenmaal niet samen.'

'Zijn vrouw wist van niks?' vroeg Flo, hoewel ze het antwoord al kende.

Met bijna minachtende blik keek Ray haar aan. 'Mia? Die zou daar toch geen begrip voor op kunnen brengen?' Dat klonk bitter. Hij ging door, keek door het raam naar een van de kastanjebomen, diepgroen van blad. 'Hij wilde haar ook niet kwetsen, natuurlijk. En zijn kennissen, vrienden... Hij schaamde zich. Diep. En dat vrat aan hem.'

'Dus niemand wist het verder? Behalve u?'

'Niemand in zijn gewone leven, nee. En hij deed er alles aan om dat zo te houden.'

Flo legde een hand op Hunters kop terwijl ze vroeg: 'Mag hij even?'

Ray deed een stap naar achteren. Ze knipte met haar vingers, en Hunter dook met zijn neus in de kast, besnuffelde de kleding.

'Hebben Theo en Mia kinderen?' vroeg Desmond zich hardop af.

Ray schudde nadenkend zijn hoofd.

'Wel geprobeerd, vroeger. Maar nooit gelukt.'

Het bleef even stil.

Flo vroeg: 'Had hij dus wel afspraken? Zo verkleed?'

Ray sloeg even zijn blik neer. 'Ik heb met hem dat Grindr-profiel gemaakt.' Ook dat had hij al uit het nieuws vernomen.

Flo keek naar de keurige verschijning, zag hem met Theo aan de salontafel zitten, Theo in dragoutfit, terwijl hij mogelijke profielfoto's liet zien van zijn penis in opgerichte staat. Of die van een ander, for that matter.

'Wist u van zijn afspraak met Papaver?'

'Hij vermoeit me niet met details.'

'Hij belde u gisteren hoe laat? Of hij kon komen?'

'Om halfvijf.'

Dus nog voordat hij dat DNA had afgestaan, concludeerde Flo.

'Hij zou thuis eten, en daarna komen,' voegde Ray eraan toe. Een spoor van emotie schemerde in zijn stem.

'En hoe laat belde hij af?'

'Om acht uur.'

'Klonk hij vreemd? Anders dan anders?'

Ray keek langs Flo heen, alsof achter haar antwoorden lagen. 'Er was iets. Al een paar weken.'

Flo wisselde een korte blik met Desmond.

'Wat dan?'

'Wist ik het maar.' Dat kwam er met een zucht uit. 'Hij was kortaf, snel geïrriteerd. En toen hij belde of hij kon komen, klonk hij gehaast. En een soort... verbeten.'

'Zei hij iets over het feit dat hij op het punt stond DNA af te gaan staan?'

'Nee.'

'En hebt u hem na dat laatste telefoontje nog gebeld?'

'Nee. Ik wist toch niet...' Ray onderbrak zichzelf, pakte zijn telefoon.

Flo hoorde hem overgaan, één keer, twee keer, drie keer. Toen een stem. Van de voicemail, zag ze aan Rays gezicht. 'Waar was hij zo mee bezig? Eerder al misschien?'

Desmond keek even naar haar, begreep niet waarom ze de vraag stelde.

Ray schudde langzaam zijn hoofd.

Flo drong aan: 'Was er iets opmerkelijks? Zei hij iets wat u opviel in die afgelopen weken? Wat dan ook, meneer Verburg.'

Ray aarzelde.

'Er was wel iemand die contact met hem had gezocht. Buiten Grindr om. Per mail.'

Flo keek naar Desmond. Was dat Koos?

'Account wordt al gecheckt,' viel Desmond in.

'Weet u of hij die persoon ook ontmoet heeft?'

Ray wendde zijn blik af. 'Hij had het over het Vliegenbos.' Hij beet op zijn lip.

Flo vermoedde dat het idee dat zijn broer afspraken maakte voor seks in de buitenlucht hem ongemakkelijk maakte.

'En sindsdien was hij zo... zo verbeten.' Ray begon de kastdeur dicht te schuiven, een teken dat het gesprek voorbij was.

Flo keek van de posterfoto naar de rij hangers. 'Mag ik nog heel even kijken?'

Ray aarzelde, maar ze stapte al naar voren en liep alle jurken langs. 'Weet u waar die jurk is?' Ze wees naar de foto.

Ray fronste zijn wenkbrauwen, keek met haar mee, schoof jurken opzij. 'Hij had hem laatst nog aan...'

'Neemt hij weleens jurken mee naar huis? Of laat-ie ze ergens achter?'

Het 'nee' klonk vastbesloten. 'Over zijn lijk.'

Flo wenkte Hunter. 'Wij moeten gaan,' zei ze zowel tegen Desmond als tegen Ray.

Ray liet hen uit met een hoofdknik.

'Als u iets van hem hoort, laat u dat dan meteen weten?'

'Natuurlijk,' beloofde Ray, maar hij keek langs haar heen, het park in.

Terwijl ze naar Flo's auto liepen, zei Flo tegen Desmond: 'Dat wist-ie niet zeker. Of hij ons wel iets zou laten weten.'

'Kun je het hem kwalijk nemen?' vroeg Desmond. Niemand op het bureau had meer empathie dan Desmond. 'Denk je dat het Theo is?' vroeg hij vervolgens.

Flo moest bekennen dat ze het echt niet wist. En dat ze heel graag wilde weten wie Theo ontmoet had in het Vliegenbos in Amsterdam Noord.

Voordat ze de auto startte, checkte Flo verschillende nieuwssites. Geen nieuws over de metro, geen verstoringen, alleen een foto van een treinstel dat gereed werd gemaakt voor een proefrit, en een foto van de trotse bestuurder, een grote zwarte vrouw. Was Theo nu bezig met een volgend slachtoffer? En wat dacht Koos, in zijn cel?

Ze parkeerde slordig, half naast het parkeervak achter het bureau, en stapte uit. Ze wist dat haar komende actie impulsief was, dat Brian het niet met haar eens zou zijn, maar ze moest iets doen. Iets om in elk geval de illusie van controle overeind te houden.

'Ga maar vast. Ik zie je later,' zei ze tegen Desmond, haar ogen gericht op de koepel van het verderop gelegen metrostation Noord.

'Wat ga je doen?'

'Naar station Rokin. Die proefritten rijden vanmiddag met genodigden, en ik ga ervoor zorgen dat ik genodigd word.'

Rokin was het station na Centraal Station.

Desmond trok zijn wenkbrauwen op. 'Denk je dat-ie systematisch de hele lijn afgaat?'

Flo haalde haar schouders op. Ze wist niet echt meer wat ze moest denken. Was Theo de seriemoordenaar? Maar wat was dan in godsnaam zijn motief? Hij leidde een verborgen leven als homo en travestiet, maar wat hadden Regina en Bo daarmee te maken?

'Wil je niet dat ik meega?' Desmond was bezorgd.

'Stel jij Brian op de hoogte.'

Desmond knikte. 'Die arme man,' verzuchtte hij.

'Theo?'

'Als je toch zo niet jezelf durft te zijn...'

'Ga je dan moorden?' Zonder op antwoord te wachten stak Flo haar hand op en liep weg.

Na een halfuur wachten openden de deuren van het gereedstaande treinstel zich. De GVB-vrouw in de keet die eerder de koffie en de taart had verzorgd, had haar ervan verzekerd dat de metro op elk station zou stoppen. Flo had geen antwoord gegeven op de vraag of Koos nog vastzat en wat er met hem zou gaan gebeuren. Wel had ze gezegd dat het onderzoek nog lang niet klaar was. De vrouw had haar peilend aangekeken en gezegd dat het onmogelijk was.

'Koos doet stoer, maar echt geen vlieg kwaad.'

Flo had geknikt en dankbaar het bewijsje aangenomen dat zei dat ze een van de genodigden was.

Met een blik op Hunter had de vrouw nog gezegd: 'Honden zijn niet toegestaan.'

'Speurhonden wel.' Flo's toon had geen tegenspraak geduld.

Een handvol passagiers stapte tegelijk met haar in. Studenten, een vrouw met een kinderwagen, twee ouden van dagen. Een man in pak, twee toeristen met korte broeken.

Ze liep naar voren, klopte op de deur van de machinist. Die ging op een kier open. De grote, donkere vrouw van de nieuwsfoto fronste haar voorhoofd toen ze Flo zag staan, met haar penning in de aanslag.

'Hoe hard gaat u rijden vandaag?'

'Langzaam. Voorzichtig.'

'Kunt u het zien als er iets op het spoor ligt?'

Flo zag de vrouw denken. Ze heette Amber, zei haar naamplaatje.

‘Met die snelheid wel, ja.’

‘Ik kom bij u zitten.’

‘Nou, dat is niet echt –’

‘We willen nieuwe slachtoffers voorkomen, toch?’

Amber aarzelde.

‘Van hogerhand is besloten dat de proefritten doorgaan. Een paar extra ogen kunt u wel gebruiken. Op uw eerste rit.’

Amber draaide zich om en ging achter het bedieningspaneel zitten. Ze liet de deur van de cabine open voor Flo.

‘Blijf,’ zei die tegen Hunter. Ze wilde Amber niet nog meer in de problemen brengen.

Het volgende moment klonk het signaal dat de deuren gesloten werden. De trein zette zich in beweging, over het nog bovengrondse spoor.

Een computerstem kondigde al snel aan waar ze waren. ‘Het volgende station is Noorderpark. Het volgende station is Noorderpark. Links uitstappen.’

De metro kroop het station binnen. Ze zag twee beveiligers staan, vooraan en achteraan het perron. Die stonden gelukkig op hun post. Ook waren er linten gespannen voor de poortjes. Sissend openden de deuren zich. Verderop was de mond van de tunnel te zien waar de trein ondergronds zou gaan. De computerstem zei: ‘De deuren gaan sluiten. The doors will be closed.’

Flo keek naar een digitaal bordje aan de wand, waarop het volgende station steeds in oranje letters werd aangekondigd. De trein ging de tunnel in. Het schijnsel van de koplampen viel op het spoor en scheerde langs de wanden. Geconcentreerd keek ze met Amber door de voorruit. Ze kon zich wel iets voorstellen bij de bezwaren van Koos; ze voelde zich opgesloten, benauwd. Er klonken piepjes. Amber bediende de joystick, checkte het bedieningspaneel.

De deuren gingen weer dicht, de trein reed door, stopte op Centraal Station zonder iets tegen te komen. Daar waren niet direct beveiligers of agenten te zien, maar de manschappen stonden waarschijnlijk bij de toegangspoortjes om te voorkomen dat treinpassagiers een kijkje zouden nemen.

Ook het spoor tussen CS en Rokin was ongeschonden en leeg. Ze stak haar hand op naar Amber, opende en sloot de deur van de cabine en stapte de trein uit met wachtende Hunter.

Bij de roltrap kwam een agent naar voren. Ze toonde haar penning. 'Iets verdachts gezien? Iemand die naar binnen wilde?'

De man schudde zijn hoofd met het glimlachje om zijn mond dat wilde zeggen: wat doe jij stoer voor zo'n kleintje.

Ze inspecteerde het verlaten perron, waar evenmin iets verdachts te zien was. De roltrap omhoog was steil en immens lang. Ze passeerde een vitrine met zo te zien opgegraven scherven en voorwerpen, waaronder pijlpunten, halve potten, stukjes metaal. Geen slachtoffer, geen dader, geen Theo. De trap steeg langzaam, te langzaam, wachtte op de duizenden passagiers 'to come'. Boven in het station stonden de kaartjesautomaten al aan, klaar voor gebruik. Ze bukte onder de afzetlinten door en liep naar buiten. Op het Rokin was het druk. Scooters en fietsen haastten zich over het fietspad naast de rijbaan. Publiek slenterde langs de winkels en zat op de terrassen, die na de herinrichting ruim baan hadden gekregen. De fietsenstalling was vormgegeven met afscheidingen van fietswielen in vrolijke kleuren. Een ober zette zwierig een blad met volle bierglazen voor een groepje Engelsen neer, een vrouw met een klein hondje op schoot nipte van haar koffie. Onder de blauw-witte M stond een kraanwagentje. De man in het bakje hing er ballonnen aan op ter ere van de opening. Het standbeeld van de jonge Wilhelmina te paard stond er al jaren, maar leek er voor de gelegenheid te zijn neergezet. Feest. Vrolijkheid. Zomers eind van de dag. Geen dreiging.

Ze liep het terras op en ging aan een leeg tafeltje zitten. Keek vragend naar Wilhelmina. Kon die haar niet vertellen hoe het zat? Het was nog steeds warm. Uitlaatgassen hingen boven het asfalt, maar daar maakte niemand op de terrassen zich druk om. De toeristen maakten selfies, fietsers wrongen zich voor taxi's langs. De koffie die ze geserveerd kreeg, was heet en goed. Niks aan de hand.

Maar Hunters oren gingen rechtop staan, en hijzelf ook. Hij trok aan de riem, in de richting van de metro-ingang, en toen hoorde zij het ook.

Het gerommel van een aankomende metro. Het treinstel van de proefrit dat terugkeerde naar het basisstation. Hunter trok aan de riem en blafte, een pijnscheut trok door haar borst. Ze nam de roltrap naar beneden met twee treden tegelijk. Een oerkreet als van een hooligan die ten strijde trok, steeg op uit de diepte.

*

De gouden sterren op de glitterjurk lagen tussen de twee sporen. De pruik was van Theo's hoofd gegleden. Zijn ogen waren dicht, de oogleden bedekt met gouden oogschaduw. De bakkebaarden misstonden niet eens. Zijn arm lag onder zijn lichaam, zijn knie was in een vreemde bocht geknakt. Juliette stond met monddoekje voor en handschoenen aan over het lijk gebogen.

Flo had de beveiligers en agenten ingeschakeld om alle proefpassagiers naar buiten te begeleiden. Ze had van iedereen de gegevens genoteerd, gevraagd of ze contact op wilden nemen als ze zich iets vreemds herinnerden. Tevens had ze om politieversterking gevraagd om het Rokin te laten afzetten.

Ze had Amber koffie in haar trillende handen gedrukt en het met haar doorgenomen.

Amber had op de terugweg veel meer snelheid gehad, omdat het spoor veilig was gebleken, was ook niet op tussengelegen stations gestopt. Ze had hem niet zien staan, ze had hem niet zien springen, ze had alleen een doffe klap gevoeld. En had een hand tegen de ruit aangeplakt zien zitten, die er langzaam af was geschoven toen ze tot stilstand was gekomen. Dat had vijf meter geduurd. Die vijf meter zouden de langste blijven in haar leven.

'Flo!'

Ze zag Juliette naar haar wuiven, liet zich onmiddellijk van het perron zakken en haastte zich naar haar toe.

Juliette hield een opgerold stuk papier omhoog. 'Zat in haar opgevulde decolleté.' Juliette die Theo het bezittelijk voornaamwoord gunde waar hij zo naar had verlangd.

Flo trok handschoenen aan en nam het papier van haar over, rolde het uit. Het was een getypte brief.

> Lieve Mia, het spijt me. Sorry dat ik dingen voor je verzwegen heb. Sorry dat je nu horen moet wie ik ben. Weet dat je beter af bent zonder mij. Ik ben een leugenaar en een moordenaar. Die zielsveel van je hield, je was mijn alles. Maar eerlijk kon ik niet zijn. Dag. Zorg goed voor onze winkel en voor elkaar.

Theo was hiernaartoe gekomen met deze brief. Een afscheidsbrief. Was hij zo wanhopig over zijn ontmaskering dat hij gewacht had op de proefrit en ervoor gesprongen was? Had hij niet alleen Papaver, maar ook Regina en Bo vermoord?

Flo slikte, rolde het papier weer op en pakte een plastic bewijszak. Nam haar hoed af, sloot haar voeten, sloeg een kruis en boog haar hoofd.

May you rest in peace, hoorde ze in haar hoofd.

Op de roltrap naar boven hoorde ze gerommel. Toch niet nog een metro? Ze begon al tegen de richting in weer omlaag te klimmen, toen ze een druppel op haar hand voelde petsen. Ze keek omhoog, hoorde het onweer in de verte en zag de regen loodrecht omlaagvallen. De regen die het land zo nodig had. Binnen dertig seconden was ze doorweekt. Haar hoed stond zwaar van geabsorbeerd water op haar hoofd. Midden in die plensbui, tussen de parasols die haastig ingeklapt werden door toegesneld personeel van het café, stond Vanessa. Als een verslaggever die alles trotseerde om de wereld het nieuws te geven waar die recht op had, sprak ze in de microfoon en de camera. Flo snelde er al naartoe, maar hield zichzelf tegen toen ze zag naar wie Vanessa zich toe keerde. Brian, met een krant boven zijn hoofd, die hij liet zakken toen de camera naar hem zwenkte. Hij ving de druppels onbeschermd op om niet als een mietje bij Vanessa af te steken.

Flo liep weg, stapte niet in de wachtende patrouillewagen die haar best naar huis kon brengen. Ze ging zelfstandig naar huis, moest nadenken. Vanaf Centraal kon ze de bus naar Oostzaan nemen, een bus die gelukkig zou blijven rijden, in tegenstelling tot bussen die nu nog direct naar het naastgelegen Tuindorp Oostzaan reden, dat hoorde bij Amsterdam Noord. Die passagiers moesten vanaf volgende week eerst met de metro naar Noorderpark en daar overstappen. Ze keek nog even om naar Vanessa en Brian, terwijl de regen op haar hoed kletterde. Natuurlijk was iedereen alert op alles wat met de metro te maken had, maar zó snel op de plaats delict?

Met een blaf zei Hunter dat hij het met haar eens was.

*

Uit het weiland steeg een zoete grasgeur op. Het water in de sloot leek iets gestegen. Een reiger stond er op één poot in, zijn zijdelingse blik naar de donkere horizon gericht. De bui trok al verder, liet het land doorweekt achter. Op het Zuideinde had de bus voorzichtig gereden. Er stonden al mensen te wachten bij de nu nog roerloze kermisattracties. Over tien minuten zou er afgetrapt worden. De buschauffeur had meer snelheid kunnen maken om een fontein van water over het publiek te sproeien, maar dat deed hij niet. Flo speurde achter het bedruppelde raam naar Boy bij de botswagens, zag zijn blonde haar nergens, maar wist zeker dat hij in de startblokken stond.

Ze had Desmond gebeld. Die had haar verteld dat Brian een spreekverbod had uitgevaardigd. En dat gold ook voor uitingen naar de nabestaanden. Dus dat betekende dat ook Mia nog niet op de hoogte gesteld mocht worden. Brian had niet willen horen dat dat onmenselijk was, had gezegd dat het risico te groot was dat het nieuws via Mia de media zou bereiken en dat hij moest nadenken over een strategie. Om zijn hachje te redden, had Flo ingevuld.

Met piepende remmen stopte de bus bij de halte vijfhonderd meter van haar huis. Ze liep niet om de plassen heen, maar stapte er in een rechte lijn doorheen. Haar laarzen konden het hebben, en ze kon zich zo al stampend een beetje afreageren.

'Dames en heerrren...' zette de stem achter haar in. Het rode en groene licht weerkaatste in het water, een bel klonk, gejuich.

Hunter, die niet hield van te veel geluid dat hij niet thuis kon brengen, duwde zijn kop tegen haar aan toen de voordeur niet snel genoeg openging.

'Sst,' zei ze.

Zijn nagels kletterden op de tegels, hij schudde zijn vacht.

Flo opende de deur naar de woonkamer en voelde een windvlaag in haar gezicht. Op de vloer lag glas. Ze had de terrasdeuren open laten staan, ter ventilatie, herinnerde ze zich nu. Ze legde haar hoed op tafel, pakte een stoffer en blik, een dweil en een emmer uit een keukenkastje en begon de scherven zuchtend op te ruimen.

Het gesneuvelde ruitje tikte ze uit de sponning. Met tape plakte ze er een op maat geknipt stuk van een kartonnen doos tegenaan. Als er tijd was, zou ze iemand bellen om het echt te repareren. Bang voor inbraak was ze niet meer dan anders. Als iemand naar binnen wilde, dan kwam hij binnen, hield ze zich altijd voor. Casey was het daar grondig mee oneens geweest, had een alarmsysteem geïnstalleerd, met aanfloepende lampen en een bel die je door merg en been sneed. Sinds hij weg was, stond het uit.

Het water van de douche was troostend warm, zo ook het pootje van Felix, die aan de rand van het watergordijn stond en ernaar sloeg, steeds weer verbaasd dat het pootje nat werd en het water bleef bewegen. Toen Flo de douche uit stapte, Felix even aanhaalde en in de spiegel keek, hoorde ze dat er een appje binnenkwam op haar telefoon. Vast van Brian, die wilde weten waarom ze niet teruggegaan was naar het bureau.

Pas toen ze op haar tanden bijtend het verband had verschoond, droge kleren aanhad en een tupperwarebakje met bevroren pasta in de magnetron had gezet, checkte ze het berichtje.

Het kwam van een onbekend nummer, zonder profielfoto. Een nieuw filmpje. Ze aarzelde. Het holle gevoel in haar maagstreek keerde terug. Ze keek door de terrasdeuren naar buiten, alsof daar de verzender naar haar stond te kijken. De schemering viel al in, de lichten van de kermis flikkerden in de verte, muziek klonk. Ze drukte op het pijltje.

Drie schattige jonge hondjes buitelden over elkaar, beten elkaar speels in de nek, vielen spontaan om, keken hartverscheurend lief in de lens. Een ervan likte de lens, wat ze op haar huid voelde, net als toen, vlak voordat het kopje uit haar zicht verdween, maar nog wel warm bleef bewegen. Het beeld werd zwart. Witte letters zeiden: Iedereen is toch in staat tot moord? *Ja!* gilde iets in haar. *Iedereen, maar dat is geen excuus!*

Flo gooide de telefoon van zich af, op tafel, alsof hij besmet was. En dat was hij ook, besloot ze even later, toen haar hart iets bedaard was en ze weer kon denken.

'Iedereen is toch in staat tot moord,' hoorde ze Brian weer in zijn kantoor zeggen, toen zij had gevraagd of dat voor Koos gold. Stuurde hij haar deze filmpjes? Maar waarom dan? Om haar ergens voor te waarschuwen? Hoe kon hij weten dat ze er zo van schrok? En waarom dat was?

Ze keek op de klok en rekende. Het was halfeen 's middags in San Francisco. Mary zou op haar werk zijn, klaar voor de lunch. Ze nam na twee keer overgaan op. Stralend.

'Hoe wist je dat ik hier zat?' Mary klikte de videoverbinding aan en toonde de driehonderdzestiggradenpanoramaview van Fog Harbor Fish House, op Fisherman's Wharf. Het restaurant waar ze altijd minstens één keer aten als zij op bezoek was. De celebritytent waar je weken van tevoren moest reserveren, wat Mary dan ook deed. Ze had een tafeltje op het terras, tussen de bloembakken. Een van de beste plekjes. Ondanks alles glimlachte Flo toen de camera op het bord werd gericht dat voor Mary op tafel stond. Oesters. Daarboven het grijnzende smoelwerk van Bill. Toen pas herinnerde ze het zich en haastte zich te roepen: 'Happy anniversary!'

Bill en Mary waren twintig jaar getrouwd. De woorden 'zij wel' duwde Flo net zo haastig weg als ze waren opgekomen. Omdat ze nu geen tijd en gelegenheid had om aan Casey te denken, aan de leegte die ze 's nachts aan de flipperkast voelde, aan hoezeer ze zijn stem en zijn arm om haar middel miste, aan de grijns waarmee hij trots naar Boy en Grace keek. Het gemis was soms zo sterk, dat ze haar hoed in zou willen leveren om hem terug te krijgen. Ze besloot ook dat het filmpje van de hondenpups kon wachten, omdat Mary niet met haar, maar met Bill getrouwd was en ze hen dat moest laten vieren. Dus liet ze Mary in de waan dat ze speciaal voor hun wedding anniversary had gebeld.

'Cheers and many happy returns.' Ze kuste in de telefoon en verbrak de verbinding. Bovendien wist ze natuurlijk al wat Marianne zou zeggen.

Meld het nu. Anders pak ik de eerste vlucht SFO-Schiphol Airport.

Ze blies uit. Zette de magnetron, die ze niet eens had horen piepen, weer aan, keek naar de terrasdeur met het kapotte ruitje, waarachter het steeds donkerder werd.

De tv moest aan. Ze zapte langs de kanalen. Vanessa zat niet bij haar broer aan tafel, maar hij vertoonde wel het filmpje van Vanessa met Brian op het Rokin.

Zelfs de regen stond Brian inderdaad goed in beeld.

'Het onderzoek is opgeschaald, de Nationale Politie stelt alle manschappen beschikbaar die nodig zijn. Er wordt, kortom, hard aan gewerkt.'

'Kunt u ons vertellen wie daarbeneden is gevonden?'

'Daar kan ik geen mededelingen over doen.'

'Is transparantie niet in het belang van het onderzoek? Zodat iedere Amsterdammer kan nadenken over de links tussen de slachtoffers?'

'Ik heb transparantie hoog in het vaandel staan, maar u moet begrijpen...'

En zo wauwelde hij nog even door. Er was geen beeldmateriaal van het lijk of de vindplaats ervan, niets over zijn uitdossing, niets over de brief. Flo ontspande iets.

Ze selecteerde Tinder. En Alex.

'Ben je ergens voor in?'

Pas na de drie minuten die de magnetron nog nodig had, antwoordde hij. Met een smiley met een traan en een foto van een collegezaal.

'Heb zo tentamen. Ander keertje snel?'

Ze stuurde een opgestoken duim terug.

En belde Vanessa.

'Ja?'

'Flo Berge.'

Het bleef even stil.

'Ja?'

Oké, dacht Flo. 'Ik weet dat je je bron beschermt. Maar als jij iets weet wat kan helpen de moordenaar te pakken…'

'Die hadden jullie toch al?'

Flo hoorde de zweem van triomf in Vanessa's stem, onder de zogenaamde onschuld.

'Van wie hoorde je het? Over het Rokin?'

'…'

'Vanessa. Ik deins er niet voor terug je neer te zetten als een nietsontziende sensatiezoeker die over lijken gaat om haar scoopjes te scoren.'

'Ik noem het geen "scoopjes".'

'Weet je hoe ze iemand zonder geweten ook wel noemen? Een psychopaat.'

Het bleef weer stil. Ze hoorde Vanessa wel ademen. Wist ze echt iets? Aarzelde ze? Ze kon nu vragen of Brian zelf haar bron was, of die haar gebruikte om te kunnen shinen als onderzoeksleider, maar dat zou zowel hem als haar alleen maar in de kaart spelen.

'Je hoeft geen namen te noemen. Maar als je ons kunt helpen, doe dat dan.'

'Ik weet niks. Ik ben alleen maar een goede journalist. En een goede journalist is op tijd op de plek waar nieuws is.'

'Nieuws "is" niet. Nieuws wordt gemaakt.'

Die was niet van Flo zelf, maar die had ze van Boy. Die was goed met concepten en goed met woorden. Intussen dacht ze: een moordenaar is op tijd op de plek waar het slachtoffer is.

Vanessa klom in haar boom en zei: 'O, en dan ga je me nu zeker beschuldigen van het maken van fake news? Dat lijkt me niet gepast voor de nabestaanden van de slachtoffers die toch echt zijn aangetroffen.'

'Onthul wie jou steeds inlicht. En je redt misschien één leven.'

'Ik word niet ingelicht. Ik ben gewoon waar het nieuws is.'

Flo verbrak de verbinding met: 'Doe mijn broer de groeten.'

Hád Vanessa een bron? Was het iemand uit het politiekorps, iemand in de meldkamer? Dat was zoeken naar een speld in een hooiberg. Om Vanessa's telefoon te mogen aftappen had ze via Brian toestemming van de officier nodig. En Brian vertrouwde ze momenteel ook niet. Ze knarsetandde, pakte de plastic zak met de afscheidsbrief van Theo uit haar tas en streek hem glad. Met handschoenen aan. Ze stelde zich Theo voor, achter een beeldscherm. Had hij geaarzeld? Of juist heel snel getypt, als ware het een boodschap die hij al jaren kwijt wilde? Had hij het als Theo met de bakkebaarden en de buik getypt? Of als Diva, met korset, een van de pruiken en de make-up op? Had ze zich eenzaam gevoeld? Ray had hem 'verbeten' genoemd. Wat betekende dat?

Flo keek op. Achter de terrasdeuren was het inmiddels helemaal donker, met alleen de lichten van de kermis nog. Op haar telefoon was het halftwaalf. Nu de kermis officieel open was, ging hij pas om één uur weer dicht, de kroegen om twee uur. Ze stond op, trok snel haar arm weg, waarmee ze op de tafel steunde. Pijn. Haar voorhoofd voelde droog en warm. Te warm?

In het harde badkamerlicht zag de wond er lelijk en opgezwollen uit. Was de rode plek groter geworden? Ze plakte het verband weer terug, schudde twee ibuprofens uit het doosje. Een nacht goed slapen zou helpen.

Flo werd wakker van Hunters natte neus in haar gezicht. Hij jankte en duwde met zijn kop tegen haar aan, wat betekende dat ze moest komen. Op blote voeten volgde ze hem naar de voordeur, die ze opende. Hunter liep met korte, snelle passen naar buiten, hield stil en bleef haar aankijken. Ze schoot slippers aan en grabbelde de zaklamp uit het handschoenenkastje. Liever had ze naar haar wapen gegrabbeld, maar dat had ze in haar kluis op het bureau opgeborgen. Op het pad, naast

Hunter, lag een hoopje mens. Flo's adem weigerde. Ze legde een hand op Boys schouder.

'Boy?'

Geen reactie. Ze schudde een beetje aan hem, wilde hem het liefst door elkaar rammelen en zo wakker maken, maar wist niet wat er aan de hand was en wilde het niet erger maken.

'Boy?'

Hij maakte geluid. Het was een kreun, maar het was geluid.

'Boy! Wat heb je?' vroeg ze nu dringend. Ze scheen met de zaklamp vol in zijn ogen.

'Mama.'

Dat was een roep om hulp van een kind. Ze wilde hem oppakken en naar binnen dragen, op de bank leggen, instoppen, zijn voorhoofd strelen, maar wist dat ze hem niet moest vervoeren voordat ze wist wat er mis was. 'Ben je dronken?'

'Nee.'

Dat klonk zacht, maar duidelijk.

'Ik...'

Ze richtte de lamp op de rest van zijn lichaam, dat in het grind lag.

'Gevochten,' bracht Boy moeizaam uit. Hij draaide zijn hoofd iets, en nu zag ze een dik oog, bloed dat uit een wenkbrauw sijpelde.

'Godverdomme, Boy! Wat zei ik nou!' Opluchting overheerste. Op de kermis in Oostzaan werd standaard gevochten, meestal zonder echte gevolgen. 'Kun je zitten?'

Boy knikte. Hunter liep kwispelend om hem heen, stapte over hem heen, zag dat hij bewoog. Flo hielp hem half overeind, toen op zijn benen. Ze was voor het eerst blij met zijn gebrek aan lengte. Haar eigen pijn bestond voor even niet.

'Gaat het?' vroeg ze, terwijl ze met haar zoon naar binnen strompelde.

In de verbanddoos zat een zwaluwstaartje. Het bloed leek erger dan het was. Morgen zou het oog helemaal blauw zijn, maar misschien zag Boy dat als een trofee? Maakte het hem stoer? Na een kwartier leek hij iets bij te komen. Hij strekte zijn been.

Ze hielp hem opnieuw overeind. 'Niks gebroken?'

Boy schudde nee.

Ze zag haar eigen koppigheid in hem, de onwil om gekwetst te zijn, zowel lichamelijk als geestelijk. Ze zag dat hij pijn had, veel pijn, maar dat het hem hielp om die te negeren. Dus probeerde zij dat ook. 'Met wie?' vroeg ze, terwijl ze hete thee voor hem inschonk.

'Wat?' vroeg hij verward.

'Gevochten natuurlijk!'

'Die teringnoorderlingen.'

Oostzaan had wijken, en in die wijken woonden opgeschoten jongens, en die vormden clans. Zij woonden in de Kerkbuurt en dat ging niet samen met de bewoners van de buurten rond het Noordeinde.

'Die Kevin vond dat híj de botsauto's mocht doen.'

'En dat vond jij niet.'

Boy schudde nee, maar zo miniem dat ze begreep dat hij verloren had.

'Je laat je niet wegzetten, hè?'

Aan zijn blik zag ze dat hij nu geen verwijt nodig had. Maar ze meende het. Nooit over je heen laten lopen. Staan voor wie je bent. Pesten is een zwaktebod. Toch legde ze even een hand op zijn wang, omdat dat was wat Casey zou doen. Hij leunde er als vanzelf tegenaan.

Flo begon zachtjes de Baantjertune te hummen. De lach kwam terug op Boys gezicht. Dat deed pijn, zag Flo, maar hij lachte in elk geval en ging iets meer rechtop zitten.

'Heb je nieuws?'

Hij luisterde, trok haar handschoenen aan en bekeek de brief.

'Dus is hij gesprongen?'

Flo haalde haar schouders op.

'Waarom twijfel je aan zelfmoord?'

'Dat woordje "verbeten" blijft alsmaar rondzingen. Als je zelfmoord pleegt, geef je het toch op?'

Boy dacht na, ging verzitten, wat pijn deed, maar hij liet zich niet afleiden. 'Ligt eraan. Waar hij verbeten over was, was misschien uit de weg geruimd?'

'Je bedoelt Bruno Papaver?'

Boy knikte en vroeg: 'Maar als hij niet gesprongen is, dan schrijft hij geen afscheidsbrief.'

'Misschien moest-ie? Of heeft iemand anders hem getypt?'

Boy peinsde even. 'Weet je wat ze tegenwoordig kunnen? Teksten in de computer invoeren. Die vergelijkt dan zinsbouw, woordkeus en zo en dan kunnen ze zien of het dezelfde schrijver is. Dus als je aan andere teksten kunt komen die die Theo geschreven heeft...'

Theo was voorzitter van de winkeliersvereniging. Die vergaderde. Maakte hij notulen? Verslagen?

Flo glimlachte. Misschien had ze het mis. Misschien was Theo wel degelijk gesprongen, maar ze zei: 'Goh, mevrouw De Cock. Zo had ik er nog niet tegenaan gekeken.' Ze grijnsde naar haar zoon. Die glimlachte vanonder zijn zwellende oog voorzichtig terug.

*

Het enige geluid kwam van het kopieerapparaat, dat een A4'tje uitspuwde. Het ochtendlicht dat door de glazen kantoortuin viel, was altijd het mooist: schuchter maar nieuwsgierig kroop het de ruimte in. Flo was met de bus gekomen, omdat ze haar auto de vorige dag bij het bureau had laten staan. Ze had Hunter thuis gelaten; Boy zou vroeg uit school zijn, en ze vond het een prettig idee dat er iemand bij haar zoon thuis was, na gisteren. Flo bekeek het A4'tje even, haalde toen met haar linkerhand de brief van de glasplaat, omdat haar rechterarm te pijnlijk was, en liep naar haar kantoor. Ze legde haar hoed in de al warme vensterbank, keek uit over het nog verlaten winkelcentrum. Daar, in de woning boven de drogisterij, lag Mia in bed, ongerust en alleen.

Ze wist nog niet dat haar man zich verkleedde als vrouw, niet dat hij wel degelijk afspraken maakte via een homodatingsite, niet dat hij aan wurgseks deed en iemand vermoord had. Soms wilde je dingen ook niet weten, dacht Flo, zeker niet van degene die je liefhad. Maar af en toe kon je er niet onderuit. Zij had niet willen zien dat Casey van haar weg was gedreven omdat er altijd dingen voor waren gegaan. Ze kneep haar ogen stijf dicht, duwde uit alle macht de beelden en geluiden weg die daarbij hoorden. Gedane zaken. 'Had ik maar' was verspilde energie.

Iemand schraapte zijn keel. Voor de tweede keer?

Ze keek op en zag Fiona in de deuropening staan. Ja, Fiona. Die had ze wakker gebeld, en ze was dus gekomen. Met to-gokoffie van Starbucks, ook voor haar. Geschrokken knipperde Flo de prikkende tranen terug. Flo huilde niet.

'Wat kan ik voor je doen?' vroeg Fiona.

Flo schoot in een bevrijdende lach. Als ze al eens bij de huisarts kwam, stelde die haar dezelfde vraag, op dezelfde, betrokken toon.

Ze zag Fiona kijken, schudde haar hoofd ter verontschuldiging en zei: 'Beetje weinig geslapen.'

Fiona ging zitten, en Flo vertelde. Fiona luisterde.

Flo schoof haar het kopietje van de brief toe en zei: 'Ik dacht, in jouw netwerk is er vast wel iemand die zo'n analist kent.'

Fiona weidde niet verder uit, maar vroeg: 'En de vergelijkende teksten?'

'Die ga ik zo ophalen.'

Fiona bekeek de brief nogmaals. 'Ik probeer het, maar ik weet niet of het kan. Het is maar een heel korte tekst.'

'Als we Brian willen overtuigen...'

Er sloeg een deur. Een stoel op wieltjes werd ruw over de gladde vloer geduwd. Brian in aantocht voor wie alles moest wijken.

Gelukkig zag ze Desmond ook binnenkomen, met Frits en Carlijn.

Brian stak zijn hoofd om de hoek. 'Crisismeeting. Nu.'

'Zonder mij,' zei Flo, terwijl ze haar hoed opzette.

'Ik zeg crísismeeting!' brieste Brian.

'Fiona is overal van op de hoogte. Ik ga het leven van Theo's vrouw voorgoed veranderen.'

Brian zei: 'Ik verbied het je.'

'Het kan niet lang meer duren of een journalist – of journaliste...' Flo bleef hem strak aankijken. Hij keek terug. '...vindt uit wie er dood is. En hoe hij erbij lag. Daar hebben ze heus Mia niet voor nodig. Wil je dat zij dat allemaal via de tv of de krant moet horen?'

Brian woog zijn opties.

'Dat heb je zelf toch ook al wel bedacht?' Flo klonk nu net zo geïrriteerd als ze zich voelde. 'We hadden haar gisteren al moeten inlichten.'

Brian zweeg.

'Lastig hè, dat er altijd iemand achterblijft?' Na die woorden liep ze langs hem heen, het kantoor uit.

Hij rook sterk naar mint.

*

Flo draaide het bordje OPEN naar GESLOTEN, terwijl Desmond Mia achter in de winkel een glaasje water gaf. Ze schudde een pil uit een potje en nam die in. Desmond bekeek het etiket.

'Daar moet u een beetje voorzichtig mee zijn, hè?'

Mia keek op. Minder geschrokken dan Flo zou verwachten.

'Het is zijn verdiende loon.'

Flo besloot zich er niet in te mengen. Desmond was hier veel beter in; zij liep altijd het risico op een lange teen te trappen. En die had Mia nu, dat begreep ze heel goed. Ze hadden haar zo voorzichtig mogelijk verteld dat Theo degene was die gevonden was, geraakt door een metro op station Rokin. Na verdere omschrijving had Mia zonder commentaar haar tanden op elkaar geklemd. Ze had de kopie van de brief aangenomen en die ongelezen diep in haar tas weggestopt.

'Hebt u iemand naar wie u toe kunt gaan?'

'M'n vriendin. In Tuindorp Oostzaan. Die heb ik gisteravond al gebeld.'

Flo en Desmond wisselden een blik. Had ze het al geweten?

'Toen u weg was… Ik kon het toch niet uit mijn hoofd zetten. Dat met dat graaind.'

Ze bedoelde Grindr.

'Dus ik heb in zijn laptop gekeken.' Ze perste haar lippen op elkaar.

'En wat vond u daar?' vroeg Desmond invoelend.

'Dat wil u niet weten!'

Flo had wel een vermoeden, na de profielfoto van de opgerichte penis.

'We moeten hem toch in beslag nemen,' vertelde Desmond Mia.

Haar ogen werden groot.

'En dan weet straks iedereen het? Dat hij een vieze poot was?'

Flo voelde met haar woede mee. Niet omdat ze iets tegen homo's had, maar omdat Theo tegen haar gelogen had. Een leven lang. En ja, het was tragisch voor Theo dat hij dat geheim had moeten dragen, maar toch net iets tragischer voor Mia. Vond Flo dan.

Nadat Desmond Mia had verzekerd dat de gegevens op de laptop met de grootste discretie zouden worden behandeld, knikte Mia en liet voor het eerst even haar hoofd hangen.

Bij het afscheid zei Desmond nog: 'Let er iemand op de winkel?'

'Hij kan die winkel in z'n reet steken.'

Daar hoefden ze verder niets aan toe te voegen.

De bui van de avond ervoor had niets veranderd; het gras en de bomen rond het winkelcentrum waren nog steeds geel en dor. Flo had het warm. De wond klopte onder haar shirtje. Ze had Mia om meer ibuprofen kunnen vragen, maar dat had zelfs zij niet gedurfd.

Toen ze per ongeluk naast de stoep stapte en even wankelde, keek Desmond haar bezorgd aan.

'Gaat het wel?'

'Beetje weinig geslapen.' Dat was waar, maar niet de oorzaak van haar wankeling. Ze kon hem nu vertellen over het hondenfilmpje, over het holle gevoel in haar maag dat ze daarbij kreeg, dat Brian de afzender zou kunnen zijn. Maar dan moest ze te veel uitleggen over zaken waar ze niets over uit wilde leggen. En waar hij ook niks mee te maken had. En dat ze een kloppende wond had die haar licht in het hoofd maakte, maar waarvoor ze geen dokter wilde raadplegen, hoefde hij ook niet te weten.

Op het bureau stond iedereen op een kluitje in de vergaderzaal. Flo fronste haar voorhoofd, ging naar binnen. Ze keken naar de tv, waarop beelden te zien waren van een groep mensen op het Rokin. Ze liepen zwijgend met rode rozen langs het standbeeld van Wilhelmina. Het waren mannen, allemaal in extravagante dragoutfits. Hoge Mamma Miakapsels, splitten in jurken, decolletés, hakken. De gezichten onherkenbaar geschminkt, in felle kleuren en met donker aangezette ogen. Ze liepen in een rij en legden de rozen neer bij een plakkaat, vers neergelegd onder de blauw-witte M, dat zei: RIP DIVA.

Wilhelmina leek haar vanaf haar paard te groeten, de queens te steunen.

Flo keek naar Brian, die zijn handen samenkneep. Niemand zei iets. Flo hoopte ergens dat Mia dit zou zien, dit eerbetoon van 'vriendinnen,' maar vermoedde ook dat het haar met afschuw zou vervullen.

Overal begonnen telefoons te rinkelen. Brian hield zijn vinger op zijn lippen om hen te helpen herinneren aan het spreekverbod. Ze volgde hem naar zijn kantoor. Ze had gelijk gehad met Koos, misschien had ze ook gelijk met Vanessa. Dat ze vermoedde dat Brian haar filmpjes van hondjes stuurde, moest ze even laten voor wat het was. Als dat iets te maken had met de zaak, zou dat vanzelf blijken. En als iemand het op haar voorzien had, ook. In gedachten hoorde ze Mary zeggen: *Ja, maar als je dan al tussen zes planken ligt, is dat een beetje jammer.* Maar ze luisterde er niet naar en sloot de deur achter zich.

Brian keek haar aan met iets van angst in zijn ogen. Hij was natuurlijk bang dat ze zou gaan zeggen: 'Zie je wel? Dat het Koos niet was? En dat er daarom nu nog een slachtoffer is gevallen?'

Dus dat zei ze niet. Wel: 'Ik wil een tap op de telefoon van Vanessa. En toestemming om haar belgedrag van de afgelopen tijd te monitoren.'

Brian nam haar op.

'Ze is er gewoon steeds te snel. Ik denk dat ze getipt wordt.'

Brian knikte vermoeid. Dat ging makkelijk.

'E-mailverkeer ook?'

Dat had Flo ook overwogen. Toch zei ze: 'Dan moeten we haar computers in beslag nemen. En dan weet ze dat ze getapt wordt.'

'Oké,' zei Brian. Hij maakte een slap gebaar met zijn hand, dat betekende dat ze kon gaan. Hoewel ze zin had hem op zijn Ferdinands de oren te wassen, liep ze het kantoor uit toen ze Desmond, die met de laptop van Theo aan zijn bureau was gaan zitten, door het glas zag wenken.

'Hij heeft een mail gestuurd aan de helft van zijn contacten. Als Diva.'

Flo boog zich naar het scherm en las mee.

Ik geef het op. Hou vol. Met liefde, Diva.

Had iemand nog geprobeerd hem te vinden, hem tegen te houden? Waar had Theo zijn laatste uren gezeten? Had hij zich verstopt in het station om de proefrit van de trein af te wachten? Flo kreeg een ander beeld op haar netvlies: dat van Regina's geschaafde vuisten, muren van beton. Dat moest ze Juliette nog vragen, of Theo die ook had. Of zag ze spoken? Had Theo de drie moorden gepleegd en daarna zichzelf inderdaad van het leven beroofd?

Flo richtte zich op, liep naar het raam en keek naar buiten. De eerste cameraman en verslaggever stonden er al. 'Zullen we nog een keer met Koos gaan praten?' vroeg ze.

Desmond haalde zijn schouders op.

'Ik heb zijn cursusrooster opgevraagd bij het GVB. Hij is niet één keer afwezig geweest.'

Flo keek hem vragend aan.

'Op de tijdstippen van de moorden op Regina en Bo zat hij de ene keer in een leslokaal, de andere keer op een treinstel.'

Ze had het dus bij het rechte eind gehad. Koos had zich opgeworpen als martelaar en had daarmee zijn gebutste ego willen oppeppen, maar had de moorden niet gepleegd.

Haar telefoon trilde in haar zak. Een appje. Van Wendy Lasalle. Flo trok haar wenkbrauwen op.

Dokter Verdonk, internist aan het BovenIJ ziekenhuis, is de volgende.

Flo knipperde even met haar ogen. Toen selecteerde ze het nummer.

Desmond keek haar vragend aan.

'Wendy Lasalle appt.'

'Die lerares van het ROC?'

Flo luisterde naar de telefoon, die overging. En over bleef gaan.

5

De Pijp

De wallen stonden donker onder Wendy's ogen, die ze even sloot alsof ze Flo en Desmond tegenover haar niet wilde zien. Ze waren door de directeur doorverwezen naar het lokaal op de vijfde verdieping, waar Wendy midden in een les had gezeten. Flo had op de deur geklopt, was op aanraden van Desmond niet meteen naar binnen gestapt maar had Wendy gewenkt. Niets aan haar gezichtsuitdrukking zei dat ze hen verwachtte. Ze had iets tegen de klas gezegd en was de gang in gestapt. Achter haar stond de koepel van de Noord/Zuidlijn tegen een strakblauwe hemel.

Ze wist van niets.

'U hebt ons niet geappt?'

Wendy opende haar ogen en schudde haar hoofd. Vermoeid, zag Flo.

'Mijn telefoon is gisteren gestolen.'

Flo fronste haar wenkbrauwen. 'Waarvandaan?'

'Ik had hem in de pauze op mijn bureau laten liggen.'

'Hier? Op school?'

Wendy knikte. Haar blik zwierf naar de ruit van het klaslokaal, waarachter inmiddels leerlingen stonden te kijken. Flo zag ook Rohan en Kyle, die het lichaam hadden zien hangen en dus wisten dat ze van de politie waren. De hang naar sensatie stond in hun ogen te lezen.

Flo draaide haar rug naar de ruit. 'Wie kunnen er allemaal in dat lokaal, in de pauze?'

'Iedereen. Ik sluit het nooit af. Dat is dom, ja.' Wendy gaf er een klein zuchtje achteraan, haalde haar schouders vergoelijkend op.

'Maar er zit toch een beveiliging op? Als je een telefoon wilt gebruiken?' Zelf werd Flo er gek van, dat ze bij elke handeling op haar iPhone haar code in moest toetsen en nog niet uitgevonden had hoe ze dat met een vingerafdruk moest doen, maar ze wist ook dat dat het veiligste was.

'Ik heb een heel oude Samsung. Die heeft dat niet.'

Flo keek even naar Desmond, die knikte ter bevestiging.

'Hebt u aangifte gedaan?'

Wendy antwoordde hoofdschuddend: 'Ik hoopte dat iemand spijt zou krijgen.' Ze slikte.

'Kan het iemand van uw leerlingen geweest zijn?'

Samen keken ze naar de leerlingen, die in het lokaal met elkaar stonden te kletsen omdat de aandacht alweer verslapt was. Alleen de blik van een roodharige jongen was nog op hen gericht. Die hij snel afwendde toen Flo oogcontact maakte.

'Dat zou kunnen,' zei Wendy. 'Maar ik hoop het niet.'

Flo keek naar Wendy, die op haar beurt haar blik snel van de roodharige jongen afwendde.

'Hoe heet hij?' vroeg Flo daarom.

'Wat?' deed Wendy onschuldig.

'Kan hij uw telefoon gestolen hebben?'

'Rik? Nee. Echt niet.' Dat antwoord kwam snel, een beetje geschrokken ook.

'Er wordt hier veel gestolen. Wat we er ook tegen proberen te doen, er verdwijnt geld uit rugtassen, iPads en zo. Maar ze weten dat een docent beroven, dat daar echt een heel zware straf op staat.'

'Zwaarder dan op het beroven van een medeleerling?' kon Flo het niet laten te vragen.

Het bleef even stil.

'Was dat het?' vroeg Wendy toen. 'Ik heb elke minuut in mijn lessen nodig. Ze willen wel iets doen in Zorg en Welzijn, maar...'

Ze keek naar haar leerlingen. Met een mengeling van liefde en angst?

'Wat betekent dat appje, denkt u?'

Wendy leek er even over na te denken. 'Als het iets met die metromoorden te maken heeft... Dan neemt u het toch serieus?'

'Natuurlijk. Maar waarom zou iemand die daar meer van weet uw telefoon gebruiken om ons te waarschuwen?'

Wendy kon haar schouders niet nog hoger optrekken.

'Mevrouw Lasalle. Gaat het wel goed met u?' Desmond, op dwingende toon.

'Ja. Ja hoor. Het gaat prima.'

'Het is heel begrijpelijk, dat u er last van hebt. Het was immers een traumatische ervaring.'

'Het gaat prima.' Wendy's stem klonk luider dan nodig was. Haar ogen stonden zo afwerend mogelijk.

Terwijl ze door de lege gang liepen en de stemmen van de leerlingen door de open deur te horen waren, zei Flo: 'Die Rik maar even apart nemen?'

Desmond antwoordde niet, schudde langzaam zijn hoofd. 'Ze is ergens bang voor.' Als Desmond dat zei, dan was dat zo.

'Dus?'

De directeur, een rijzige man met golvende grijze haren, keek hen met bezorgde blik aan vanachter zijn te grote bureau.

'Ze is natuurlijk erg geschrokken. Van die toestand.'

Man van eufemismen, dacht Flo. Daar had ze niet zoveel mee. En ook niet met montuurloze brillen die hun eigen bestaan ontkenden. Ze zei op sarcastische toon: 'Voor de meeste mensen is het zien hangen van een lijk nogal schokkend.'

'Wat u zegt.'

'Geschrokken is niet hetzelfde als bang,' zei Desmond rustig.

De directeur keek hem aan.

'Dat is zo. Maar ik zou echt niet weten of ze bang is.'

'Wilde ze wel gewoon door blijven werken?'

De directeur haastte zich om te zeggen: 'Ik heb haar aangeboden een weekje vrijaf te nemen, maar ze zei dat dat niks op zou lossen, dat het te laat was om te vluchten. En daar was ik het –'

'Dat het te laat was om te vluchten?' onderbrak Flo hem op vragende toon.

Hij was even in verwarring. In zijn hand draaide hij een pen om en om, duidelijk in een gewoontegebaar, maar wel een gebaar dat onrust aangaf.

'Waarvoor moest ze vluchten?'

De directeur opende zijn mond al, maar besefte dat Wendy inderdaad wellicht wat anders had bedoeld dan vluchten voor een traumatische ervaring.

Flo voelde de prikkelende opwinding weer. 'Gedroeg ze zich anders de laatste tijd? Dus vóór afgelopen vrijdag?'

De directeur dacht even na. 'Nee, nee, dat geloof ik niet.'

'Sprak u haar elke dag?' Flo zou daarvan opkijken, met een staf van dertig docenten.

De directeur vatte dat weer op als kritiek. 'Ik ben betrokken. Daar is geen dagelijks contact voor nodig. En nu ik erover nadenk, er was wel wat.'

'Ja?' zei Flo op haar beurt geïrriteerd. Hij wist iets wat zij niet wisten en gebruikte dat.

'Er was onrust. In die klas basisjaar Dienstverlening Zorg en Welzijn.'

Flo trok haar wenkbrauwen op, wisselde een blik met Desmond. 'Onrust hoe?'

'Meerdere docenten klagen erover. Dat het sinds een paar weken zo lastig is om orde te houden. Dat ze totaal geen interesse in de stof lijken te hebben. Nu speelt dat altijd wel een beetje natuurlijk, maar onze leerlingen zijn over het algemeen zeer gemotiveerd.'

'Dank u,' zei Flo, die tot zijn verbazing opstond. 'En die onrust was er al voor de moord in het station?'

'Ik zei een paar weken,' haalde de directeur zijn gelijk.

Flo tikte aan haar hoed. Ze wachtte op Desmond in de stille gang. De geur van jongerenzweet kon nergens heen in de hitte. Ze liepen samen naar de administratie, waar Desmond een hand op haar arm legde en met een 'Laat mij maar even' alleen de deur binnenging. Even later kwam hij er weer uit met de mededeling: 'Ze hebben nu les. Op de tweede verdieping.'

Het opgewonden geroezemoes hield aan totdat Flo één paneel van het ouderwetse schoolbord luidruchtig tegen het middendeel liet klappen. Flo had eerst niet begrepen waarom het beter was de hele klas tegelijk aan te spreken, maar Desmond had uitgelegd dat een klas een organisme was en dat je eerst moest zien hoe het geheel functioneerde – of niet functioneerde – voordat je de onrustige organen of ledematen kon identificeren.

'Heeft iemand misschien per ongeluk de telefoon van mevrouw Lasalle in zijn bezit?'

Dat overviel de klas. Flo pakte haar telefoon en belde Wendy's nummer. Hij ging over, maar er klonk geen belsignaal. Misgegokt.

Dat gaf de leerlingen moed.

'Denkt u nou echt dat wij een telefoon zouden stelen? Van mevrouw Lasalle? Waarom zouden we?' Dat was een lang lijzig meisje met lang lijzig blond haar. Ze pakte demonstratief een busje deodorant en spoot dat onder haar T-shirt onder haar oksels. Daarmee wilde ze zeggen: jij hebt niks over ons te vertellen. Er werd vreemd besmuikt gelachen. Om wat ze zei of om wat ze deed? Flo zocht met haar blik Rohan, keek hem vragend aan, maar hij draaide zich van haar weg.

Wendy's telefoon bleef overgaan tot de voicemail klonk: 'Hallo, met Wendy. Ik ben er even niet, maar –'

Flo drukte het bericht weg. Het bleef stil, maar ze zag de steelse blikken, de wippende voet, het haar dat naar achteren werd gegooid, de nagel die definitief werd afgebeten. 'Haar telefoon is gebruikt om ons een berichtje te sturen,' ging ze verder.

Onwillekeurig richtten de meeste blikken zich op de roodharige Rik. Hij had iets van Boy, dezelfde schuchterheid vermengd met de zekerheid dat hij slimmer was dan de hele klas bij elkaar.

Hij keek strak voor zich uit, probeerde de blikken te negeren.

'Hoe heet jij?' vroeg Flo.

Hij schrok.

'Rik. Rik Daanse.'

Rik had of iets op zijn kerfstok, of was bang dat hij dat zou krijgen.

Flo wisselde een blik met Desmond. Het good cop/bad cop-spel kon beginnen.

Ze hadden hem uit het organisme gehaald en in een spreekkamer gezet. Desmond had gevraagd of hij iets wilde drinken. Rik had zoals verwacht geweigerd. Desmond zat tegenover hem, Flo leunde tegen de muur bij het raam.

'Waarom is het de laatste tijd zo onrustig in jouw klas?'

'Hoe moet ik dat weten?'

De aanval was de beste verdediging.

'Waarom keek iedereen naar jou bij de mededeling dat iemand ons een berichtje heeft gestuurd?'

'Weet ik het.' Mokkend nu. 'Waarom moet u mij hebben?'

'Speelt er iets? Is er een reden waarom anderen denken dat jij ons een berichtje zou sturen?'

Flo zag zijn schouders iets opgetrokken worden in afweer.

'Nee.'

‘Rik, kijk me aan,’ zei Desmond dwingend. ‘We vermoeden een verband met die vrouw die hier in het station hing.’

Rik schudde zijn hoofd, in verwarring.

‘Dus alles wat er aan de hand is hier op school, is van belang.’

‘Ik weet niet waar u het over hebt.’

‘Dan mag je daar even over gaan nadenken. En intussen praten wij met je klasgenoten.’ Bad cop Flo.

Rik bleef zijn hoofd schudden.

‘Had je ruzie met haar?’

‘Nee! En ik heb haar telefoon niet en ik weet niks, maar dan ook niks van die moorden!’

Rik sloeg zijn armen over elkaar en leunde naar achteren.

Flo keek naar Desmond, die ook wist dat Rik niks meer ging zeggen.

*

Het BovenIJ ziekenhuis stond als een kolos tussen de woonhuizen. Flo keek omhoog, kneep haar ogen dicht tegen de zon. Er zou een slechtvalk gesignaleerd zijn, had in het wijkkrantje gestaan. Normaal gesproken gooide ze dat ongelezen bij het grofvuil, maar als er een artikel over dieren op de voorpagina stond, moest ze dat altijd even lezen. Ze bleef staren maar zag witte lichtkringen in plaats van een vogel die majestueus om het gebouw heen zeilde.

Desmond zette zijn koptelefoon af. De muziek schetterde nog uit de luidsprekers totdat hij de iPod uitzette. Desmond luisterde naar hardrock, vooral als hij na moest denken. Flo betrapte hem ook weleens luchtgitaar spelend in zijn kantoor. Ferdinand had geweten dat ontspanning een voorwaarde was voor doorbraken in het onderzoek en had zich er niet aan gestoord, maar sinds de komst van Brian ontspande Desmond niet meer op die manier.

'Interne geneeskunde zit op de vierde verdieping van de westvleugel,' zei hij.

Flo keek hem vragend aan.

Desmond haalde even kort zijn schouders op. 'Mijn vader is gestorven aan de gevolgen van een maagzweer.'

Flo wist niets van familieleden van Desmond, realiseerde ze zich, terwijl ze samen door de trillende hitte over de parkeerplaats liepen. Misschien moest ze zich daar eens wat meer voor interesseren.

De lucht was zo koud en droog toen ze door de draaideuren de hal in stapten, dat Flo even naar adem hapte. Ze bekeek de borden, liep al naar links. Desmond bleef staan kijken, was trager, had geen richtinggevoel. Flo was blij dat ze daar wel mee gezegend was, want dat hielp tegen het imago van hulpeloos kindvrouwtje.

De balie van Interne Geneeskunde was onbemand. Personeel in het wit en groen liep af en aan met statussen op clipboards, een patiënt schuifelde langs met een rijdend infuus. Flo verwachtte elk moment de brancard op wielen met een hoop drukte eromheen, maar uit een deur verscheen een vrouw met een donkere paardenstaart, die een laatste hap van een boterham nam en achter de balie ging zitten. Pindakaas, rook Flo. Dat moesten ze verbieden, het eten van pindakaas in openbare ruimtes. Ze overwoog af te wachten en te timen hoelang het zou duren tot deze dame – Astrid heette ze volgens haar naambordje – haar aan zou kijken, maar dacht aan dokter Verdonk die misschien de volgende was en schraapte haar keel. Astrid haalde met haar tong nog de laatste resten achter haar tanden vandaan, keek haar toen inderdaad aan. Maar sprák Desmond aan.

'Meneer. Kan ik u helpen?'

Desmond was halverwege de veertig, en met zijn lange grijze haar en felle blauwe ogen een verschijning. Zeker in zijn witte broek en T-shirt met V-hals, waar de borstharen vrolijk uit krulden.

‘Wij zijn op zoek naar dokter Verdonk,’ zei Desmond met de nadruk op ‘wij’.

Astrid bleef Flo negeren, glimlachte naar Desmond. ‘Hebt u een afspraak?’

Desmond schudde zijn hoofd al.

‘Het spijt me. Dokter Verdonk zit helemaal vol vandaag. Ik kan een afspraak voor u maken…’

Ze begon al interessant te tikken op haar toetsenbord, maar Flo ging op haar tenen staan en duwde over de balie heen haar penning onder Astrids neus. Ze voelde dat Desmond zijn hoofd lichtjes schudde, maar daar had ze geen boodschap aan.

Het werkte. Er verscheen een mengeling van verbazing en nieuwsgierigheid op Astrids gezicht, terwijl ze zei: ‘Ik piep hem even op. Dan belt hij als hij kan.’

Flo bleef staan wachten.

‘U kunt daar even plaatsnemen.’

Toen Flo ‘dank je’ zei maar nog steeds geen aanstalten maakte, móést Astrid wel oogcontact maken.

Flo tikte aan haar hoed: ‘Astrid.’

Ze draaide zich om en liep naar de vastgeklonken stoelen.

‘Was dat nou nodig?’ vroeg Desmond glimlachend.

‘Ja,’ zei Flo opgewekt. ‘Dat was nodig.’

Sinds Caseys opname in het ziekenhuis en zijn lange verblijf daar, wenste Flo zich niet meer aan te passen aan de geldende ziekenhuisregels van slachtoffer en redder in de nood.

‘Wat kan ik voor u…’

Wouter Verdonk herkende hen ook. Flo kon niet direct plaatsen waar ze deze man met borstelige wenkbrauwen eerder had gezien, maar Desmond natuurlijk wel.

‘De volksopera, toch?’

Flo zag nu de zakenman in pak, met de bariton en het geheven glas met de gin-tonic. En ze hoorde: *Wij willen drama.* Deze man, die genoemd was als volgende slachtoffer in de metromoordenreeks, kende het eerste slachtoffer, Regina.

Dokter Verdonk hield waarschijnlijk zijn werk en zijn privéleven graag gescheiden, want hij nodigde hen direct uit hem te volgen naar een spreekkamer. Hij ging achter zijn bureau zitten, hield zich vast aan de rand en rolde zijn stoel eronder.

Bouwde hij een vesting? Groef hij een loopgraaf?

'U bent hier vanwege?'

'Kent u Wendy Lasalle?'

'Waar zou ik haar van moeten kennen?' vroeg Verdonk. 'Ik bedoel, ik zie veel mensen op een dag...'

'Ze geeft les op het ROC naast metrostation Noord,' zei Flo.

Die connectie kon hij niet maken.

'Hebt u het nieuws een beetje gevolgd?'

'Voor zover mijn werk dat toelaat.'

De mensenredder die zijn leven ten dienst stelt van, dacht Flo.

'Iemand heeft haar telefoon gebruikt om ons een bericht te sturen.'

Verdonk fronste zijn voorhoofd, was op zijn hoede. 'Ja?'

'Dat zei dat u de volgende bent.'

'Pardon?' Verdonk ging verzitten. 'Ik begrijp niet... Slaat dit op die moorden?'

'Dat vermoeden wij. Hebt u enig idee waarom wij dit bericht krijgen?'

Verdonk hief zijn handen in de lucht. 'Ik? Ik zou het echt niet weten.'

Desmond boog zich naar hem toe. 'Hebt u de laatste tijd vreemde mails ontvangen?'

'Ik kom om in de mails.'

'Dreigmails?' mengde Flo zich er weer in.

'Nee.'

Dat antwoord kwam snel en vastberaden.

'Ook niet op uw privémailadres?'

'Nee.'

Flo en Desmond lieten de stilte even duren.

'Moet ik… Moet ik me zorgen maken?'

'Hebt u een conflict met iemand? Ruzie?'

'Wij hebben hier elke dag conflicten.'

Nu was Flo het zat. 'Meneer Verdonk. Wij zijn bezig met een onderzoek. Er is reden om te denken dat u gevaar loopt. En wellicht nog anderen. Dus als u nu gewoon antwoord geeft op mijn vraag.'

'En de vraag luidt: zou iemand u willen vermoorden?' Vragend keek Verdonk haar aan.

Now we're talking, zou Flo willen zeggen, maar ze knikte.

'Dat lijkt me niet.'

'Hoe is het bij de opera?' vroeg Flo.

Verdonk knipperde even met zijn ogen bij deze vraag op privéterrein. 'Goed.'

'Geen opstanden meer?'

'Nee. Nee. Iedereen is er erg van geschrokken.'

'Dat begrijpen we, meneer Verdonk. En we willen u ook niet bang maken. Alleen maar waarschuwen.' Desmond streek daarmee wat rimpels glad.

'Gaat u gebruikmaken van de nieuwe metro?' Flo bleef hem strak aankijken.

'Ja. Ik ben straks binnen een kwartier uit en thuis.'

'Waar woont u?'

'Weteringbuurt.'

Vlak bij station Vijzelgracht. Centraal Station, Rokin, Vijzelgracht.

'Waarom lijkt het alsof ik door u verhoord word? Terwijl ik blijkbaar op een dodenlijst sta?' Nu klonk Verdonk defensief.

Omdat uw houding mij niet aanstaat, wilde Flo al bijna zeggen, maar ze slikte de woorden net op tijd in. 'U hebt gelijk. Excuus daarvoor.'

Desmond voegde eraan toe: 'U moet begrijpen dat deze zaak ons nogal onder druk zet. Daardoor zijn we misschien wat haastig.'

'Haastig,' herhaalde Verdonk.

Klonk dat cynisch? Flo sprak zichzelf toe. Ze moest haar vooroordeel jegens artsen in het algemeen en deze Verdonk in het bijzonder negeren. Ze kwamen hem waarschuwen, nergens van beschuldigen. 'We kunnen beveiliging voor u regelen,' bood ze hem daarom aan.

'Weet u wel wat voor een lange dagen ik maak?'

Flo klemde haar tanden op elkaar om binnen te houden: Nee, en kun je nu kappen met de nobele dokter uithangen?

Desmond zag het aan haar. 'Als wij mensen beveiligen is dat op een vierentwintiguursbasis.'

'Nee, dank u.' Verdonk reed zijn stoel naar achteren en stond op. Consult beëindigd. 'Ik stel het op prijs dat u me op de hoogte hebt gesteld.'

'U lijkt niet bang. Eerder opgelucht,' zei Flo.

Verdonk keek haar aan. 'Weet u, ik voer zo vaak slechtnieuwsgesprekken dat ik moeite heb waarschuwingen op mezelf te betrekken.'

Dat was het eerste persoonlijke wat hij zei. Dus gaf ze hem een knikje en liet hem.

De vloer in de gang blonk zo dat Flo zich verbeeldde haar reflectie te zien. Daar bleef ze op focussen, totdat ze door de draaideur de zware hitte weer in stapten. Flo nam haar hoed af en beet in de rand.

'Flo?'

'Van zulke mensen eet ik mijn hoed op.'

Desmond schoot in de lach.

'Ik dacht even dat je tegen hem zou zeggen dat je hoopte hem morgen met een gebroken nek op een metrostation aan te treffen.'

'Ik ook,' zei Flo met een grimas.

Terwijl de kap van de Mazda achteroverkantelde, ging Flo's telefoon.

'Astrid zeker. Om te zeggen dat ze erin geslaagd is ons in te roosteren in het overvolle schema van haar dokter Verdonk.' Maar ze zag op het display dat het Fiona was. Terwijl ze de motor alvast startte, omdat het geluid daarvan haar altijd rustiger maakte, zette ze de telefoon op de speaker en zei onwillekeurig: 'Wat kan ik voor je doen?'

Flo wist dat ze zich niet op anderen af moest reageren, wist dat ze zich niet zo moest laten opfokken, story of her life, maar dat deed je nu eenmaal wel als je één meter zesenvijftig groot was en je staande moest houden in de langemannenwereld. Daardoor hoorde ze eerst niet wat Fiona zei. Desmond wel, maar die geloofde het niet.

'Wat zeg je?'

'Dat Theo die afscheidsbrief zelf heeft geschreven is niet zeker.' Door de telefoon klonk ze zo mogelijk nog bekakter.

Er ontsnapte Flo een grinnik. *Heel goed, mevrouw De Cock*, hoorde ze in haar hoofd.

'De tekst is door een expert vergeleken met die winkeliersverslagen op zijn laptop. De gebruikte syntaxis en woordkeuze verschillen zodanig dat hij met een zekerheid van vijfentachtig procent kan zeggen dat de teksten niet door één en dezelfde persoon zijn geschreven. Dat komt vooral omdat er in de brief een andere volgorde van hulp- en hoofdwerkwoord wordt gehanteerd dan in het vergelijkingsmateriaal.'

'Yes!' riep Flo uit, met een klap op het stuur.

'Maar het blijft een beperkte analyse,' klonk de stem van Fiona uit de luidspreker.

'Kun je dat verslag doormailen? Met stempels en keurmerken en de hele santekraam?'

Het bleef even stil aan de andere kant.

'Het zegt alleen maar dat hij die brief misschien niet heeft geschreven, hè?'

Daarmee bedoelde ze: het is geen bewijs voor het feit dat hij niet gesprongen is, geen hard bewijs dat hij vermoord is en het spreekt hem ook niet vrij van de moorden op Regina, Bo en Papaver. Dat wist Flo ook wel. Maar de vraag bleef staan wie die brief dan wel geschreven had.

'Heb je nog een second opinion in de aanbieding?'

'Brian vindt het niet nodig.'

Ze kneep zo hard in het stuur dat haar knokkels wit werden. 'Dan is het een lul,' snauwde ze Fiona toe, die onmiddellijk ophing.

Desmond hield wijselijk zijn mond. Maar toen ze de afslag naar het Buikslotermeerplein wilde nemen, vroeg hij als het ware tussen neus en lippen door: 'Zullen we eerst even langs Mia?'

Flo nam gas terug. Ook al wist ze niet zeker of Mia wel wilde weten dat Theo misschien niet gesprongen was, maar vermoord, had Desmond gelijk. Omdat het wellicht nog een nieuw licht ergens op kon werpen. Want dat Brian niet voetstoots zou capituleren, was wel zeker.

*

Flo kende het dorp onderaan de dijk, die in 1916 doorgebroken was en daarmee een watersnood had veroorzaakt. Dat de rest van Nederland die had genegeerd ofwel totaal vergeten was, stak de oude Tuindorpers nog steeds. De wijk was weliswaar, net als de rest van hip en happening Amsterdam Noord, aan het veryuppen, maar niet zo snel als de aangrenzende Vogel- of de Van der Pekbuurt. De Tuindorp Oostzaners zaten goed waar ze zaten, letten op elkaar en waren vaak wat verongelijkt. Over de regering die de stem van de gewone man, de hunne dus, negeerde. Over de pensioenleeftijd die maar bleef stijgen, ook voor de mensen die zwaar werk in de nabijgelegen NDSM-haven of ergens anders hadden gedaan. Ook was er onvrede over vluchtelingen. Natuurlijk hadden ze niks tegen buitenlanders, maar als die binnen een halfjaar een huis toegewezen kregen waarvoor zij al decennia op de wachtlijst stonden, vonden ze dat toch moeilijk verkoopbaar.

Dat vond Flo eigenlijk ook. Marianne betichtte haar van xenofobie, maar daar ging het niet om. Flo zag gewoon dat die vermenging van oude en nieuwe bewoners in Noord ten koste ging van de slager, de bakker, en begreep dat de oude bewoners niet zaten te wachten op het zoveelste pop-upkoffietentje. Als ze het er met Boy over had, schermde die met de term gentrificatie, maar eigenlijk was dat zo'n eufemisme waar ze een hekel aan had. En ze had in de afgelopen jaren tegen een asielzoekerscentrum in Oostzaan gestemd, ja, daar ging ze niet over jokken. Die mensen verveelden zich en gingen daarom rottigheid uithalen. Dat snapte Flo ook wel. Als je niet mocht werken en nergens heen kon want je had geen geld, dan raakte je gefrustreerd, heel begrijpelijk, maar liever niet om de hoek waar Grace tegen zo'n stelletje op kon lopen. Zo.

Toen ze het voortuintje in liepen van het huisje op de Aldebaranstraat, waar Mia's vriendin woonde, deed Flo dat zonder hoed. Je moest hier immers niet te erg afwijken.

Dat vond de vrouw die de deur opende ook. Ze keek naar Desmonds grijze paardenstaart, zijn witte outfit. 'Besmettelijk, hè, die kleur?' zei ze met zo'n harde stem dat de buren in het tuintje er recht tegenover opkeken. Dat was waarschijnlijk ook de bedoeling.

'Kunnen we Mia even spreken?' vroeg Flo, met Amsterdamser accent dan ze gewoonlijk had.

De vrouw keek naar Flo's haar en schudde haar eigen platinablonde naar achteren. 'Ik heb een heel goed merk ontdekt. Pluist niet, kleurt wel. En egaal, hè?'

Flo knikte, alsof ze al tijden op zoek was naar een nieuw merk haarverf. 'Wordt ook niet roze? Of blauw?' ging ze mee in het gesprek.

'Nee, hoor. Gegarandeerd. Tenzij je dat natuurlijk wil.' Met een knipoog: 'Koffie?' De vrouw draaide zich om en liep de gang in.

Hoewel er tuinstoelen voor het schuttinkje stonden en er een thermoskan op een campingtafeltje prijkte, sprak ze hen blijkbaar toch liever binnenshuis.

'Recherche?' vroeg ze dan ook, terwijl ze het filterkoffieapparaat vulde. 'Mia leg achter. Die trekt het allemaal niet zo. Ik roep d'r effe.'

Ze liep terug naar de gang, naar een achterkamer. Stemgeluid klonk. Op de vensterbank in de kamer zag Flo niet de ganzen of het Delftsblauwe koppeltje, die ze had verwacht, maar een kat. Die niet bewoog en glazig uit zijn ogen keek. Opgezet.

Toen pas zag ze in de hoek de vos die onder een bijzettafeltje school, de kop van het wilde zwijntje boven de gaskachel en het verschoten blauw-gele ijsvogeltje dat met een clip aan de schemerlamp was bevestigd. Het was de vraag of dat opzetten legaal was gebeurd. Zou ze naar de taxidermische rapporten vragen? Maar toen de vrouw de kamer weer binnenkwam en een witte flacon naar haar uitstak, zag ze ervan af.

'Ik had nog een flesje over.'

'Nou, dat hoeft toch niet.'

'Ach. Jolanda helpt mensen graag uit de brand, zeggen ze altijd.'

Dat Flo met haar haar dus uit de brand geholpen moest worden, liet ze maar even voor wat het was, net als de beesten. Dood was dood, daar kon de dierenpolitie op dat moment niks meer aan veranderen.

Mia schuifelde naar binnen. Schuifelde. Haar keurig verzorgde kleding was gekreukt. Haar onderjurk – wie droeg er nog onderjurken? – kwam onder de polyester donkergroene jurk uit. Geen parels. Haar haar kon ook wel een flesje gebruiken, maar Flo schrok het meest van haar doffe ogen. In stilte ging ze zitten, terwijl Jolanda snel een kussen achter haar rug propte.

'We hadden het nooit over doodgaan, weet u. U heb 'm gezien, in de winkel. Daar was-ie helemaal niet mee bezig.'

Flo schoof al naar voren op de bank, maar Mia moest nog iets kwijt.

'Ik weet niet eens wat hij wilde,' vervolgde ze.

Flo en Desmond wachtten af. Flo nam een slok van de uitstekende filterkoffie en glimlachte ter bevestiging naar Jolanda. Die glimlachte zo'n warme glimlach terug, dat het was alsof ze haar had gezegd dat ze de mooiste vrouw van het dorp was.

'Ik bedoel, hij was over de vijftig, maar dan ga je toch niet meteen kisten uitzoeken of urnen of zo?'

'Leven Theo's ouders nog?' Desmond keek zo meelevend mogelijk.

Mia en Jolanda keken elkaar even aan.

'Zijn moeder. Vader is allang dood.'

'En is die begraven of gecremeerd?'

'Theo is nu dood, hè, niet z'n pa,' zei Jolanda, waarschijnlijk om Mia te beschermen.

Maar Mia leek te begrijpen welke kant Desmond op wilde. 'Begraven.'

'Ging Theo weleens naar zijn graf?'

Mia keek op. Haar ogen liepen vol.

'Als hij het voor zijn vader een fijne plek vond...' probeerde Desmond.

Mia slikte en glimlachte. Ze leunde naar voren alsof ze Desmond aan zijn paardenstaart naar zich toe wilde trekken en omhelzen.

'We zijn hier, Mia, omdat uit onderzoek is gebleken –'

Flo brak in. 'Theo heeft die afscheidsbrief niet zelf geschreven.'

'Misschíén niet,' voegde Desmond er toch maar aan toe.

Tot Flo's verbazing begon Mia te lachen. Ze keek Jolanda aan en citeerde: ' "Zorg goed voor onze winkel..." '

Jolanda begon mee te lachen. Dat ontaardde in een langdurige slappe lach. Flo keek Desmond in verwarring aan. Had ze iets gemist? Maar Desmond haalde zijn schouders op; hij had ook geen idee.

Toen ze uitgelachen waren, Jolanda een zakdoekje vanonder een kussen op de bank tevoorschijn had getrokken en ze allebei hun tranen hadden gedroogd, zei Mia hikkend: 'Dat had ik u ook wel kunnen vertellen.'

Flo schoof iets naar voren op de zitting van haar stoel. 'O? Hoe wist u dat dan?'

'Theo haatte het als mensen ineens Van der Laan napraatten.'

Desmond kwam niet uit Amsterdam en begreep het niet. Maar Flo hoorde de onlangs overleden burgemeester van Amsterdam, Eberhard van der Laan, weer zeggen op televisie, terwijl hij aangedaan in de camera keek: 'Zorg goed voor onze stad. En voor elkaar.' Dat was een gevleugelde spreuk geworden, die – inderdaad – te pas en te onpas door willekeurig voor- of tegenstanders van zijn beleid gebezigd werd.

De brief van Theo was geëindigd met: 'Zorg goed voor onze winkel. En voor elkaar.'

'Dat zou hij nooit opschrijven. Ook al was hij drie keer homo en ging hij zes keer dood.'

Mia's kin ging omhoog, Jolanda knikte mee. Mia had een haakje gevonden waaraan ze haar trots op Theo opnieuw op kon hangen.

Jolanda was al verder met haar gedachten. 'Zeg u nou dat-ie niet zelf voor die metro –'

'Dat is een mogelijkheid.'

Mia keek Flo fronsend aan.

Jolanda legde een hand op Mia's arm. 'Hij is dus vermoord. Net als die knakker. Met wie die was. Dat dacht je al.'

'Ja. Maar door wie dan?'

De vraag bleef in de krappe kamer hangen. De kat, de vos, het wilde zwijntje en de ijsvogel bleven ook glazig kijken.

*

'Maar zijn vrouw weet het zeker!'

Flo stond tegenover Brian, die met eetstokjes een sliert ramen uit een beker viste en met smaak naar binnen werkte.

'Nieuwe takeaway, hier tien minuten vandaan. Moet je echt proberen.'

Dat Brian het niet met haar eens was, was één ding, maar dat hij haar negeerde...

Dus trok ze de noedels onder zijn stokjes vandaan, hief de beker in de lucht en liet hem recht in de prullenbak vallen. Dat er een felle pijn door haar borst trok van de vergeten wond, liet ze niet merken.

'Wat…' Brian stopte zichzelf. 'Je hebt gelijk. We hadden allemaal allang thuis aan tafel moeten zitten.'

'Theo heeft geen zelfmoord gepleegd, maar is vermoord. Net als de anderen,' zei Flo zo stellig mogelijk.

'Maar hij was de laatste die Bruno Papaver in leven heeft gezien. Hij was op de plaats delict, zijn DNA is aangetroffen onder de nagels van Bruno Papaver.'

'En Regina Verwoerd? Bo Wilkens?'

'Fiona heeft boven water gekregen dat Theo een regelmatige bezoeker was van voorstellingen van de Volksopera. En hij was fervent tegenstander van festivals in het algemeen en het Noorderparkfestival in het bijzonder. Motief op motief op motief. En nogmaals: het is gewoon heel onwaarschijnlijk dat er in een geval als dit meerdere daders zijn.'

'Dat scenario legde je eerst op Koos. En die heeft helemaal niemand vermoord.'

'Dat doet er niets aan af. Dit lijkt een groter plan; er is DNA in één zaak en er zijn motieven voor de andere.'

Flo voelde haar handen trillen en kneep ze samen achter haar rug. 'Er is een bedreiging geuit aan het adres van een arts.'

'Door een ROC-leerling die een geintje uithaalt.'

Flo beheerste zich.

Brian keek naar de prullenbak alsof hij de noedels er weer uit wilde vissen, zag er toch van af en vroeg op een toon alsof hij een kind toesprak: 'Flo. Wat zoek je nou nog?'

'Een sluitende zaak.'

'Wie zei ook weer dat er altijd een gat in een onderzoek zit? Maar dat je je daardoor niet moet laten verlammen?'

Flo draaide zich op haar hakken om en liep naar de deur. Als Brian

Ferdinand ging citeren, was het een verloren zaak. Ze draaide zich nog even om. 'Goed. I rest my case.'

Brian glimlachte breed. 'Good decision.'

Flo liep naar haar bureau en pakte haar spullen. Ze keek nog even om naar Brian achter de glazen ruit, die alweer op zijn telefoon bezig was. Brian kon onmogelijk weten dat Casey en zij hun conflicten altijd zo beëindigden. Dat moest toeval zijn.

*

De lucht kleurde onheilspellend gelig boven de weilanden. Als Flo niet beter wist, zou ze denken aan naderende sneeuw. De hitte viel vol op haar toen ze uit de airco van de Mazda stapte.

Hunter krabbelde achter de deur. Boy had haar geappt dat hij naar de kermis moest en dat de beestjes al eten hadden gekregen. Ze had teruggeappt: Blijf je uit de buurt van die noorderlingen?, en hij had geantwoord met een opgestoken duim. Oké. Ze kon hem niet overal tegen beschermen, ook al zou ze dat wel willen.

'Zit!' beval Flo door de deur heen, voordat ze die opende. Daarachter zaten Hunter en Felix, allebei rechtop, met schuine kop naar haar te kijken. Hunter jankte zacht toen ze hem met een klapje op haar been riep, ging vol tegen haar aan staan. Felix bleef mooi zitten kijken.

Flo zuchtte en liep naar de keuken met de bedoeling wat te eten, maar bij de gedachte aan Brians slurpende mond pakte ze slechts een flesje bier uit de koelkast. Vervolgens ging ze op de bank zitten en klikte op haar telefoon Tinder aan.

Alex was niet online, reageerde niet, had dat nog steeds niet gedaan toen ze het flesje aan haar mond zette voor de laatste slok.

Het Skypegeluid klonk alleen richting Mary, kwam niet terug. Flo klopte met vlakke hand op de bank. Hunters kop in de mand ging onmiddellijk omhoog. Meende ze het echt? Ze klopte weer, en in twee sprongen was Hunter bij haar. Met krassende nagels nestelde hij zich op het leer. Zijn kop op haar been was warm en zwaar. Felix vond dat hij niet achter kon blijven en ging languit op de leuning naast haar hoofd liggen.

'Het is een bijzondere gelegenheid, hè jongens. Dat snappen jullie toch?'

Felix begon te spinnen en Hunter zuchtte tevreden.

Op tv zag Kai er goed uit, al stonden zijn ogen iets te alert en grijnsde hij iets te breed naar de schoonheidskoningin die haar 'save the planet'-praatje afrondde. Flo had hem vaker op zijn cokegebruik aangesproken en gezegd dat het van mijlenver aan zijn hoofd te zien was, maar natuurlijk had dat geen effect. Ooit, toen hij nog werkte als kabelassistent en bivakkeerde in een studentencontainer op een industrieterrein, had hij haar een lijntje aangeboden. Met het argument: 'Je moet toch ten minste weten wat de aantrekkingskracht is, als rechercheur?'

Dat ze die aantrekkingskracht kende en dat ze er soms nog tegen vocht had ze hem niet verteld. De bittere smaak achter in haar keel, de tinteling als ze een beetje poeder in het vlees boven haar voortanden wreef, de rush, de scherpte, de spraakwaterval, het gevoel dat de wereld aan haar voeten lag. Dat had ze Kai allemaal niet verteld, die avond, maar ze had er later wel om gelachen. Met Casey. Die matelozer was dan zij. Uiteindelijk had die mateloosheid haar doen besluiten te stoppen, en hij had zich bij haar aangesloten. Maar of hij zich altijd aan hun afspraak had gehouden, wist ze niet zeker. Ook vanwege de kinderen hadden ze het er nooit meer over gehad. Flo was ervan uitgegaan dat je sommige fases in je leven afsluit. Maar wat hij deed op de avonden dat hij met vrienden de stad in ging, na of tijdens het bowlen waar hij op een campy manier verzot op was geraakt, wist ze niet. Ze wist wel dat zijn gevoel voor verantwoordelijkheid, zijn fatsoen en ook zijn angst hem soms de keel uithingen. Ze hoopte dat ze ooit, ooit, met Casey om de tafel zou zitten en met hem zou terugkijken op hun leven samen. En dat ze het hem dan kon vragen. Maar die kans was eigenlijk nihil. Flo zag zijn glimlach voor zich, de manier waarop hij die eerste keer over een Amsterdamse gracht had gedanst, intens gelukkig. Ze streelde Hunters kop en bleef die mechanisch strelen.

Pas toen ze de stem hoorde, keek ze weer op, naar het scherm. Tegenover haar broertje zat Brian. Flo's hand bevroor, Hunters kop ging iets omhoog. Ze bleef roerloos zitten. En luisterde.

De zaak was rond. De pleger van de metromoorden had voor zijn eigen dood gekozen, wat misschien ook maar het beste was. Het rechercheteam had zich tot het uiterste ingezet om deze zaak te doorgronden en had gewaakt voor paniek. Achter Brian en Kai was een foto geprojecteerd van Diva, alias Theo, in dragoutfit. Zo te zien in een club, stralend te midden van andere travestieten. Tragisch, noemde Brian het met geloken ogen, maar mensen maken nu eenmaal soms de verkeerde keuzes. Toen Kai daarop grappend insprong dat hij toch niet kon doelen op Theo's geaardheid, haastte Brian zich dat goed te maken. Het was jammer dat Theo blijkbaar zo in de war was dat hij had gemeend dat moord een oplossing was.

'Vraag dan waarvoor er een oplossing moest komen, sukkel!' riep Flo tegen de tv.

Dat deed Kai met de alerte ogen niet. Waarschijnlijk zat hij te verlangen naar een volgende snuif.

Flo knipte boos de tv uit, schoof Hunter met een kus op zijn kop van de bank. 'Bijzondere gelegenheid voorbij,' zei ze.

Hunter liet zich in zijn mand vallen, maar zijn ogen stonden nog blij. Felix speelde de koningin van Sheba en negeerde haar.

Ze keek door de terrasdeuren naar buiten. Het gelige licht was verdwenen, het werd nu donker. Weer knipte ze de tv aan. Bij Kai en Brian was de directeur van het GVB aangeschoven, het Amsterdamse vervoerbedrijf dat verantwoordelijk was voor de metro. Ongetwijfeld om de mensen gerust te stellen: even iets onvoorziens, verder superveilig, de snelste manier om je door de stad te bewegen, mijlpaal voor Amsterdam et cetera. Kais ogen waren gericht op iets net naast de camera. Brian zat nog aan tafel en had zijn glimlach opgezet. Flo klopte tegen haar been, rinkelde met de autosleutels en liep met Hunters snuit in haar knieholte naar haar auto. Met dit verkeer kon ze binnen een kwartier in Hilversum zijn. En dan ging ze haar broer, en Brian, eens vertellen hoe de vork in de steel zat.

Na zeventien minuten parkeerde ze haar auto voor Studio 6 op het Media Park. Het studiopubliek was net weer losgelaten en waaierde uit over de parkeerplaats of bleef staan wachten bij een punt waar de shuttlebus hen zou komen ophalen. Hunter trok aan de riem, wist dat ze haast had. Flo keek om zich heen, zoekend naar de lichtblauwe Volkswagen Kever van Brian of Brian zelf, maar zag beide niet.

De portier herkende haar van eerdere bezoeken als 'de zus van' en liet haar met een knikje door. De branddeuren die toegang gaven tot de gang waar de kleedkamers op uitkwamen, waren afgesloten. Ze duwde ertegen, rammelde eraan.

'Hallo? Kan iemand die deur opendoen?'

Toen er twee jonge mensen, waarschijnlijk redactieleden, een van de kleedkamers achter de deuren verlieten, sloeg ze met haar vlakke hand op het glas. Een blonde paardenstaart wipte omhoog. Het meisje keek om, hield even haar pas in, maar liep door toen de ander iets tegen haar zei.

'Hé! Laat me erin!'

Geen beweging, alleen in de verte het geluid van een dalend rolluik. Flo keek naar haar laarzen, toen naar de branddeur en liep achteruit om een aanloop te nemen. Hunter blafte kort.

De arm klemde uit het niets om haar keel.

'Dat zou-ou ik niet doe-oen,' klonk een vaag bekende stem.

In een reflex gaf Flo een stoot met haar elleboog, maar die had geen kracht. De klem liet los, en ze klapte dubbel van de pijn. Niet van de klem, maar door de wond op haar borst. Ze kneep haar ogen dicht, drong de tranen terug.

Waarom hield Hunter zich koest?

'Sorry. Ik wou niet...'

Flo raapte haar hoed van de vloer en keek op. Onwillekeurig, met een verbaasd lachje, zei ze: 'Marcel?' Nu begreep ze Hunters onwil om alarm te slaan; deze man kende hij al van pups af aan.

De man met grijsblond haar, op van die Bataschoenen waar Flo niet dood mee gevonden wilde worden, haalde vergoelijkend zijn schouders op en glimlachte terug. 'Ik weet waar je toe in staat bent, als de hoed zo staat. Gaat het wel?'

Flo ging rechtop staan. 'Wat doe jij nou hier?'

'Ik werk hier.'

Flo lachte weer, nog verbaasder.

Marcel, die niet scheen te beseffen hoe misplaatst zijn gestalte hier was, vulde aan: 'Ik rij Kai van en naar de studio. Of eigenlijk van en naar waar hij maar wil. En ik let een beetje op. Je weet nooit wat voor raar volk op zo'n programma afkomt.' Bij die laatste woorden knipoogde hij.

'En sinds wanneer wérk jij?'

Marcel, de eeuwige student, die al jaren bezig was met een promotieonderzoek.

'Sinds een paar weken. Ik had geen zin om thuis te gaan zitten wachten op de boordeling.'

'De beoordeling?'

'Ik moet over een week mijn onderzoek verdedigen.' Zijn glimlach paste bijna niet op zijn gezicht.

'Goh. Dus je hebt het afgemaakt?'

Marcel glimlachte.

Even herkende ze de jongen uit haar puberjaren, die vaak bij hen thuis kwam en met Kai meehobbelde, wat die ook uitvrat. Die verlegen blik, als hij iets goed had gedaan. 'Gefeliciteerd,' zei ze daarom ook gemeend. 'Kun je dan nu die deur opendoen?'

Ze stapte al om hem heen, maar Marcel stapte mee.

'Sorry,' zei hij. Daar was niets verlegens meer aan.

'Ik kan toch wel even naar Kai?'

Marcel schudde langzaam, nadrukkelijk zijn hoofd. 'Je weet hoe hij is direct na een uitzending waar hij niet tevreden over is.'

Daarmee bedoelde hij: niet aanspreekbaar, scheldend en tierend op alles en iedereen en uiteindelijk op zichzelf.

'Waarom is hij niet tevreden?'

'Dat is altijd wat lastig te achterhalen, hè?'

Die Kai kende ze ook. Ze aarzelde nog even, maar als Kai in zo'n bui was, kon ze hem beter geen verwijten voor de voeten gaan werpen.

En Marcels: 'Hoe is het met Keessie?' zorgde ervoor dat ze ook zo snel mogelijk bij hém vandaan wilde. Hij wist natuurlijk dat ze uit elkaar waren, en misschien was het gewoon interesse. Hij had het altijd goed met Casey kunnen vinden en mocht hem daarom plagen met zijn naam. Maar Marcel mocht niet zien hoe zij tegen Caseys nieuwe leven aankeek. Dat mocht niemand zien.

Dus zei ze met een uitdrukkingsloos gezicht: 'Oké. Waar is de hoofdcommissaris?'

'In de kantine. Hij dronk nog even wat met de redactie.'

'Dan wacht ik daar op Kai.'

Marcel spreidde zijn armen. 'Tuurlijk. Ik zal vast zeggen dat je er bent. Komt-ie vast snel.'

Goed. Prima.

Een deel van de kantine was afgeschermd met schotten, en de tl-buizen waren uit de fitting gedraaid, zodat er vriendelijker licht van de schemerlampen over de zitjes viel. Flo drukte de hoed vaster op haar hoofd en keek rond. De schoonheidskoningin en de man van het GVB waren er wel. Geen Brian. Het meisje van de productie, dat overduidelijk vond dat ze nu, net na een live-uitzending wel even met rust gelaten mocht worden en niet van plan was na een dag op de vloer staan nog in beweging te komen, moest haar teleurstellen.

Brian was meteen na de uitzending vertrokken. Wat betekende dat Marcel haar met een leugentje had afgescheept. Die Marcel. Onvermoede talenten, knarsetandde ze, terwijl ze haar telefoon pakte.

Kai nam na één keer overgaan op.

'Kom je nog?' vroeg ze.

'Wat? Hoezo?'

'Ik wacht op je. In de kantine.'

'Maar ik zit al in de auto. Was er even klaar mee.'

'Wat ging er niet goed?'

'Alles. Niks. Ik bedoel. Laat me!'

Flo stond op en liep door de lange gang het gebouw uit, het Media Park op.

Seks.

Dat was ook een oplossing ergens voor. Namelijk voor een hoofd dat niet kon stoppen met denken. En als Alex niet beschikbaar was, dan waren er anderen. In de beslotenheid van de auto, met het gehijg van Hunter op de zitting naast haar, swipete ze naar links. Foto van man op motor, een aan het strand, met een hond, een baard voor een knappend haardvuur – hoe kom je erop in dit weer? – totdat ze stuitte op een profielfoto van twee blote voeten, van ene 'Gary'. Haar eigen profielfoto van alleen haar ogen was zogenaamd van 'Honey'. De tekst bij de voeten luidde alleen maar: 'Mooie exemplaren, hè? Meer zien?'

Flo swipete naar rechts, typte of hij er wat voor voelde de inleidende chats over te slaan. En kreeg onmiddellijk antwoord.

De voeten wilden haar wel ontmoeten in de Heeren van Aemstel, een heel foute kroeg op het Thorbeckeplein, waar Marianne vroeger graag kwam. Ze was weleens mee geweest, maar ze kende er nu niemand meer, dus wilde zij de voeten daar ook wel ontmoeten. Dat ze, vanwege de pijn in haar borst, moest sturen én schakelen met alleen haar linkerarm, vormde geen beletsel.

*

De kroeg was afgeladen vol. Er stond een groep vrouwen van zekere leeftijd op een geïmproviseerd podium, dat er eigenlijk te klein voor was. De vrouwen zongen. Meerstemmig. Ze traden vaker op, en met het repertoire was niks mis, vond Flo. Nederlandse smartlappen: 'De glimlach van een kind', 'Leef', 'Hou me vast', 'Brandend zand'. Die nummers zou Flo ook wel willen zingen, als ze kon zingen, en er lekker gezellig op meedeinen, maar wie had die dames in godsnaam verteld dat ze een kroontje op hun kop moesten zetten? De banner die boven hun hoofden was opgehangen en al losliet aan één kant, verklaarde wel iets: 'Koninginnenko' was nog te lezen.

Flo overwoog even op haar schreden terug te keren naar de auto met Hunter erin, maar zette door. Terwijl ze door de menigte ploegde en 'Terug naar de kust' vol werd meegezongen, stootten ellebogen haar hoed steeds af, dus hield ze hem in haar hand. Op de verhoging naast het podium, waar gasten aan tafeltjes zaten, stak een bord aan een stok omhoog. Er stond niet HUP, KONINGINNEN op, maar wel een fotoafdruk van de voeten. Ze grijnsde. Dit kon best eens geinig worden. Ze pakte haar telefoon, appte dat ze een voetenalert had ontwaard en probeerde de trap op te komen.

'Sorry, mag ik...'

'Pardon...'

Pas toen ze een stapel maakte van lege glazen die op een richel geparkeerd waren en 'Pérrr-soneel!' riep, werd ze doorgelaten.

De hand die het bord vasthield hoorde bij een jonge man met een zwart T-shirt. Ze keek hem op de rug. Ze liep met de glazen om hem heen, zodat ze in zijn blikveld stond, en ging zitten.

Recht tegenover het gezicht van Brian.

Wie er harder schrok, was niet te zeggen. Ze bleven elkaar even aanstaren, tot Brian omhoogkeek naar het bord.

Flo knikte: 'Gary.'

Aha, zag ze hem denken, terwijl hij het bord inhaalde. Nog even werden ze gered door het luide applaus dat opsteeg, maar toen begonnen de dames aan een pauze en werd het stil genoeg voor een gesprek.

'Dus jij zit op Tinder,' zeiden ze tegelijk.

Ondanks de noedels, ondanks de stinkende hond, ondanks Brians zelfingenomen optreden bij Kai, begon Flo te lachen.

Brian lachte mee, maar als de spreekwoordelijke boer. Hij keek om zich heen of iemand hen samen zag of naar hen luisterde. Maar de vrouwen van het koor hadden zich tussen het publiek gestort en werden gecomplimenteerd. Er werden dorstige kelen gesmeerd. Niemand lette op de man met het knotje en de vrouw die haar cowboyhoed toch maar op haar schoot hield.

'Ik was nog in de studio,' sneed Flo het heikele punt aan.

Dat leek Brian niet te verbazen. 'Ik geloof er echt in. Dat Theo de moordenaar is.'

'Ik niet.'

'We hebben het erover gehad,' zei Brian.

'Ja,' zei Flo.

Van alle gedachten die door haar hoofd schoten, verwoordde ze er maar één: 'Ik hoop dat we geen spijt krijgen.'

'Vanessa's telefoon wordt getapt. Als Carlijn iets tegenkomt, laat ze je het meteen weten.'

Brian maakte aanstalten om op te staan. Maar Flo pakte zijn pols.

De pijn schoot weer fel door haar borst, maar ze hield vast. 'Blijf even zitten. De nacht is nog lang genoeg.'

'Maar Flo. Ik ben hier… Ik bedoel… Vanja…'

'Vanja weet niet dat je seksdates hebt?' Die directheid deed hem pijn, zag ze, maar Flo had geen medelijden.

'Het heeft niks met haar te maken.'

'Dat zeggen ze altijd.'

Brian zuchtte, besefte dat ze ook wat dit betrof op verschillende planeten zaten. 'Als zij hierachter komt… is mijn leven voorbij.'

Dat valt wel mee, je zult verbaasd staan, dacht Flo, maar ze zei het niet. Ze wist ook dat angst om iemand te verliezen paniek kon veroorzaken. Dat je ook te laat kon zijn met die angst, kwam messcherp binnen. Ze vergat te ademen, maar sprak zichzelf toe. Dit had ze nu niet nodig, niks meer aan te doen, en door. Ze concentreerde zich op Brian en wat ze uit deze situatie kon winnen.

'Dus?'

'Is dit niet gebeurd. Heb jij niet gereageerd op mijn voeten, hebben we elkaar hier niet gezien en weten we van elkaar niet dat we op Tinder zitten.'

Misschien dacht Brian dat het voor haar ook een heimelijke zaak was. Ze had hem sinds zijn aantreden niets over haar privésituatie verteld, maar op het bureau werd er natuurlijk gepraat. Ze keek even naar het podium, waar de dames elkaar weer op hielpen. Een van hen stapte mis, dreigde eraf te vallen, maar werd gered door een medekoningin.

'Op één voorwaarde. Nee, twee.'

Brian rolde met zijn ogen, maar wist dat hij in de tang zat. Dus stak hij vragend zijn kin in de lucht.

'Je laat mij nog een beetje doorrommelen met het onderzoek. Off the record.'

Brian nam dat even in overweging.

Een microfoon piepte zo dat het pijn deed aan haar oren.

'Je rapporteert wel wat je doet. En praat verder met niemand.'

'Check.'

Brian wilde alweer opstaan, maar Flo zei: 'En de tweede voorwaarde.'

Brian sloot even zijn ogen.

'Je gaat nu eerlijk antwoord geven op mijn vraag. Eerlijk.' Flo zag dat dat Brian triggerde. Ze pakte haar telefoon en selecteerde het tweede filmpje van de hondenpups met de tekst: Iedereen is toch in staat tot moord.

Hij keek ernaar, knipperde met zijn ogen. 'Wat is dit?' Hij wendde zijn blik van het scherm naar haar.

Wat ze zag, was verbazing, onbegrip. Geen berekening. 'Heb jij mij dit gestuurd?'

'Ik?' Hij keek zo verbaasd dat Flo hem wel moest geloven. 'Heeft het... Heeft het iets met de zaak te maken?'

Flo haalde haar schouders op.

'Oké. Je onderzoekt wat je nodig lijkt.' Nu stond hij echt op.

De dirigent van het koor vroeg de aandacht voor een canon met publieksparticipatie.

Brian boog zich nog even naar haar toe. 'Sorry van die opmerking over je hond. Dat meende ik niet.' Na die woorden liep hij schijnbaar moeiteloos, lang en slank, door de menigte naar de buitendeur.

Flo zette haar hoed op, keek naar het scherm met de karaoketekst en zong mee: 'Laat ons jui-huichen, laa-haat ons zingen, en genieten van elkaar.' Alles om zich niet te hoeven afvragen of en hoe de filmpjes met de zaak te maken hadden. Want het holle gevoel in haar maag was er weer. Holler. En leger.

Twee bier, 'Ik heb de hele nacht liggen dromen' en 'Het zijn de kleine dingen die het doen' later stapte ze in haar auto. Hunter likte haar in de nek. De wond klopte iets minder pijnlijk nu, en ze was nog binnen de alcohollimiet. Haar telefoon trilde.

'Ik wil je nu graag zien.'

Zij Alex ook.

*

In het groenige licht zette hij een cocktail voor haar neer, met een rietje. De laatste gasten vertrokken. Alex maakte de bar schoon en spoelde de laatste glazen. Flo vond het prettig zo naar hem te kijken, naar de manier waarop hij zijn bovenlijf uitstrekte over de bar, de handen die glazen spoelden, het donkere haar dat hij af en toe uit zijn gezicht veegde. Hij had even haar gezicht aangeraakt, toen ze elkaar begroetten, met zijn vingertoppen. Ze verlangde naar meer, maar genoot van het uitstel, van Frank Sinatra die 'New York, New York' zong. Even flitste Casey voorbij, maar hier had hij niks mee te maken. Ze grinnikte kort. Brian had natuurlijk gelijk dat zijn dates niks met Vanja te maken hadden, maar het verschil was dat zij en Casey uit elkaar waren.

Alex vouwde de theedoek op, legde hem op de blinkende bar en liep eromheen. 'Niet lekker?' vroeg hij, en hij zette zijn mond aan het rietje.

Flo glimlachte alleen maar en pakte zijn hand. Alex ging haar voor de keuken door, de trap op naar de vide. Ze wankelde een beetje, hij ving haar op. Hij moest zich bukken om haar te kunnen kussen, maar deed dat met een honger die haar toch nog verraste. Hij trok zijn shirt nu wel al zelf uit, toonde haar de sixpack die hoorde bij zijn leeftijd. Flo dacht niet na, wilde niet nadenken over haar niet meer zo strakke lijf, de bewijzen van haar dubbele zwangerschap, en trok haar shirt eveneens uit. Alex' ogen werden groot. Had hij de vorige keer niet gekeken? Viel ze toch zo tegen?

'Je hebt...' Hij wees naar haar borst.

Flo keek omlaag en zag dat het verband los had gelaten. De wond eronder was zwaar ontstoken en opgezwollen, en er lekte geel pus uit.

Haastig trok ze het verband eroverheen, trok Alex weer naar zich toe, maar hij schudde zijn hoofd.

'Sorry,' zei ze. 'Ik wist niet dat het er zo smerig uitzag.'

Alex trok zijn shirt weer aan. 'Ben je met de auto?'

Flo knikte en baalde dat ze het zelf verkloot had.

Maar Alex zei: 'Ik rij je naar het ziekenhuis.'

Ze opende haar mond al om tegen te sputteren, kwam omhoog, en het werd zwart.

*

Flo werd wakker omdat er iets aan haar arm trok. Maar toen ze haar ogen opendeed, zag ze dat haar arm ergens aan trok, aan een infuus, en dat dat infuus heel stevig in haar pols verzonken lag. Ze probeerde omlaag te kijken, naar de wond op haar borst, maar keek tegen een groene hes aan. Had ze pijn? Dat wist ze eigenlijk niet. Wel had ze het warm. Heel warm. De kamer waar ze in lag was klein, maar voor haar alleen. Daar had ze zich na Caseys ongeluk voor bijverzekerd. Rechts van haar ging de zon op, achter een groot raam. De horizon kleurde indrukwekkend roze. Hoe was het ook weer? Ochtendrood, water in de sloot? Of avondrood? Ze snakte naar water in de sloot, naar koelte, naar het einde van deze eindeloze zomer. De deur van haar kamer stond open. In de gang hoorde ze wieltjes rollen over de vloer. Ze schoot omhoog. Alex? Waar was Alex? Die had haar hiernaartoe gebracht! En Hunter? Die had in de auto op haar gewacht, toen zij met Alex... Met vertrokken gezicht zakte ze weer achterover. Ja, ze had pijn, en niet zo'n beetje. Maar het kloppen was weg. Als Alex haar hier had gebracht, dan had hij vast Hunter onder zijn hoede. Hoopte ze met alles wat ze in zich had.

Er stond een glas op het nachtkastje met een lichtroze vloeistof erin. Ook het kastje zelf kleurde roze, een beetje oranje. 'Ja, de zon komt op,

Flo,' zei ze licht sarcastisch tegen zichzelf. Ze was weg geweest, flauwgevallen, maar waarschijnlijk ook onder narcose gebracht. Deze sufheid kende ze niet. Geopereerd? Met de hand zonder infuus probeerde ze het laken weg te slaan en het groene hemd omlaag te trekken. Dan maar omhoog. Maar het bleef steken in haar middel. Ze liet het en zakte terug in de kussens. Overgeleverd zijn was niet haar hobby. Een bloedrode bal leek naar haar te knipogen achter het raam. Ze moest hoog liggen, want ze zag geen toppen van bomen of andere daken. Waar was ze eigenlijk? Het ziekenhuis het dichtst bij Alex' huis was het Zaans Medisch Centrum.

En weer zat ze rechtop in bed. Waar was Hunters zware kop? Waar waren zijn tikkende nagels op de vloer? Waarom sprong hij niet op haar? Ze legde een hand op de brandende plek op haar borst, keek rond, zocht panisch de bel die in een ziekenhuis bij een bed zou moeten zitten. Ze tastte in het rond, keek en vond de bel met een icoontje van een zuster erop. Ze drukte er lang en hard op, zakte toen opnieuw terug in de kussens. Alex had haar gebracht, dat kon niet anders. Honden waren hier natuurlijk verboden; hij had zich vast over Hunter ontfermd. Vast. Ze keek weer naar de bel, probeerde zichzelf af te leiden. 'Zuster' moest ze natuurlijk niet zeggen tegen de vrouw die zo aan haar bed zou staan. Het heette genderneutraal 'verpleegkundige'. Genderneutraal haar neus. Ze haalde diep adem, sprak zichzelf toe: 'Niet je frustratie afreageren, wees een beetje aardig voor een ander. Je ligt alleen maar in het ziekenhuis. Daar liggen zoveel mensen, die kunnen daar ook mee dealen.' Waar bleef die zuster?

De zuster kwam achterwaarts de kamer binnen. Haar postuur liep recht omlaag vanaf haar schouders, onder de witte broek droeg ze van die makkelijke Birckenstocks. Die waren nog erger dan Bataschoenen. De zuster trok een kar de kamer in; daarom liep ze achterwaarts. Ze zette die op de rem, keek op de status die aan Flo's voeteneinde hing, toen pas naar Flo.

Flo beraadde zich al op een snibbige opmerking, maar uit de mond van de zuster kwam heel vriendelijk: 'U zult zich wel knap beroerd voelen.'

Dat, samen met de onmiskenbaar lieve manier waarop ze uit haar ogen keek, sloeg alle munitie uit Flo's handen. Ze schraapte haar keel en wist uit te brengen: 'Ik heb me weleens beter gevoeld, ja.'

'Mag ik even kijken?'

De zuster gebaarde naar haar borst. Zonder tegen te stribbelen liet Flo haar het hemd omhoogtrekken. Zonder een woord liet ze haar het verband van de wond halen. De zuster maakte een geluidje, dat Flo niet kon interpreteren. 'Hoe ziet het eruit?' vroeg ze daarom.

De zuster legde een professionele arm om haar rug en onder haar arm, zette haar rechtop, schoof met een andere hand een kussen achter haar en gaf haar zicht op de wond.

Flo maakte een ander geluid dan de zuster. De wond was minder rood, maar een rij hechtingen stond fel op haar huid.

'Het was zo ontstoken dat er een grote incisie nodig was.' Dat klonk verontschuldigend. 'Misschien hebt u er iets te lang mee doorgelopen?'

Tegen iedereen had Flo nu gezegd: 'Is dat nog van belang?', maar deze zuster, deze lieve verpleegkundige, schonk ze een even verontschuldigend glimlachje.

'Ik heb wel tegen uw zoon gezegd dat hij het een beetje in de gaten moet houden.'

'Mijn zoon?' Was Boy hier?

'Ja, hij is net een uurtje weg. U sliep zo lekker, en hij moest naar zijn werk.'

De kermis begon toch niet om vijf uur 's ochtends?

'Uw autosleutels heeft hij in het laatje gelegd.'

Toen pas besefte Flo dat de zuster Alex bedoelde, en ze begon te lachen. Dit moest Mary horen, die zou erin blijven.

De zuster keek haar even verbaasd aan, begon toen ook te lachen.

'Ik... Hij is...' hikte Flo na.

De zuster knikte naar haar; ze begreep het blijkbaar helemaal.

'En mijn hond?'

'Uw hond?'

Een telefoon begon te rinkelen. De zuster voelde in haar zakken, maar de hare was het niet. Samen keken ze naar het laatje van het nachtkastje. De zuster trok het open, de beltoon werd harder.

'Dat zal uw zoon wel zijn,' zei de zuster hoopvol.

Het was Desmond.

'Sorry. Werk,' zei Flo.

'Ik weet niet of u –'

Maar Flo had al opgenomen. 'Ja?'

'Hoe snel kun je hier zijn? Ik bedoel, op station De Pijp?'

Flo zat meteen stijf rechtop. 'Wát?'

'Wendy Lasalle. Heeft een spoormedewerker gegijzeld en wil alleen met jou praten.'

Met een hartgrondig 'Shit' zwiepte Flo een been buiten het bed.

'Mevrouw!' klonk de zuster streng.

'Hoelang kan ik zeggen?' wilde Desmond weten.

'Waar ben ik?' vroeg ze de zuster kortaf.

'Het BovenIJ'.

'Twintig minuten,' antwoordde ze Desmond, waarna ze ophing.

Als ze meer tijd had gehad, had ze haar hoofd geschud om de ironie. Hetzelfde ziekenhuis. Als dat toeval was. Maar nu zette ze haar voeten op de grond, gebaarde naar het infuus. 'Als u me niet verlost, valt er een nieuwe metrodode.'

De zuster bleef haar even sprakeloos aankijken.

'Mijn penning zit in mijn achterzak. Rechercheur Berge. Misschien hebt u me op tv gezien?'

Dat gaf de doorslag. Snel en vakkundig werd het infuus losgemaakt, het wondje afgeplakt. 'De dokter gaat niet blij met me zijn.'

'Maar ik wel,' zei Flo, terwijl ze op haar arm steunend het hemd uit- en haar kleren aantrok.

De zuster had een grote kluif aan haar laarzen.

Onwillekeurig klopte Flo op haar been. Geen oren die overeind kwamen aan de andere kant van de kamer. Ze vocht tegen de angstscheuten in haar onderbuik, niet aan toegeven nu, geen tijd voor.

De zuster reikte haar al de autosleutels aan, wilde met haar meelopen.

Flo rechtte haar rug. 'Het gaat.'

De zuster keek haar aan, bezorgd, begaan, berustend. 'Hier.' Ze grabbelde in een zak op haar buik en gaf Flo een strip met pillen. 'Deze zou ik nu nemen. En bij welke apotheek zit u?'

'Benu Oostzaan,' antwoordde Flo op de automatische piloot. Haar telefoon trilde weer. Ze keek er snel naar.

Je auto staat rechts bij de bushalte. Je hond is veilig bij mij.

Iets zwaars stroomde uit haar lichaam weg, haar keel werd dik. Ze legde even een dankbare hand op de arm van de zuster, excuus, verpleegkundige, en liep de kamer uit, de gang door, nam de lift en haastte zich naar buiten.

In de nog koele lucht die over het parkeerterrein hing, herpakte ze zich. Hunter was veilig. Zij was relatief in orde. Wendy Lasalle gijzelde iemand. En wilde haar iets vertellen. Iets waar ze voor probeerde te vluchten? Iets wat niemand anders wist?

6

Europaplein

Flo scheerde langs de vuilniswagen, sneed hem waarschijnlijk af en parkeerde de Mazda op de stoep, praktisch op de Albert Cuypmarkt, naast de blauwe M en de 'opgetilde' appartementen boven de ingang, die in de plaats waren gekomen van de oude hoekpanden. Er was veel reclame voor deze bouwkundige hoogstandjes gemaakt. Net als voor het feit dat station De Pijp het diepste metrostation van Nederland was, met twee perrons onder elkaar op respectievelijk 16,5 en 26,5 meter onder NAP. Allemaal leuk en aardig, dacht Flo, maar de Turkse belwinkel en de Chinese toko verderop in de Ferdinand Bolstraat waren door de bouw wel hun klandizie kwijtgeraakt en failliet gegaan, zoals wel meer ondernemers langs de Noord/Zuidlijn.

Desmond stond vlak bij de Dunkin' Donuts op haar te wachten, naast twee politieauto's.

'Ze zit op het laagste perron, richting Noord.'

'Gewapend?'

'Pistool.'

Flo tastte naar de holster met het wapen dat ze niet bij zich had, gisteren niet, toen ze op Tinderdate ging, en vandaag niet. Ze vloekte binnensmonds.

Desmond pakte het zijne en reikte het haar aan. 'Het wapen van een ander ontslaat je niet van je verantwoordelijkheid.'

Ze knikte, ja, ja, en nam het aan. Het was, zoals altijd, zwaarder dan haar hand verwachtte, en even grimaste ze van de pijn.

'Wat heb je?'

'Dat komt wel. Ze wil alleen met mij praten, toch?'

'Ja,' antwoordde Desmond.

Iemand schraapte zijn keel. Ze keek om. Een technicus hield een zender met een draadloos oortje omhoog. Even keek Flo Desmond aan. Moest ze dat doen, vroeg ze met haar ogen. Toen hij knikte, liet ze de vrouw het zendertje aan haar revers plakken, deed het oortje in. Met een collega liep ze door de geopende poortjes.

'Roltrap of lift?'

Flo keek het diepe gat in waar de roltrap onder de letters DE PIJP in afdaalde. Ze zou daar een doelwit zijn, maar Wendy wachtte op haar, vertrouwde haar. Flo stopte met haar linkerhand het wapen achter in haar broek, in twee pogingen, trok haar shirt eroverheen. Een agent bij de roltrap had de glimlach die ze haatte. Hij glimlachte de bezorgde variant: kon dat vrouwtje dat wel aan? Ze keek naar een punt over zijn schouder.

'Midden op het perron, spoormedewerker man van middelbare leeftijd, is al in paniek,' schetste hij situatie en risico.

Flo knikte langs hem heen, greep het rubber van de reling steviger vast, met haar linkerhand. Dat pistool kon ze ook met links trekken, zoals ze geleerd had op die farm in North Carolina, bij die zwaar godvrezende, maar wapenminnende oom van Casey.

Ze herinnerde zich de lessen nog heel goed: het wennen aan de terugslag, het oefenen op de watermeloenen, de euforie als die bij een raak schot geheel uit elkaar spatten en ten slotte de silhouetten van vermeende indringers en de schietschijf.

Het beheersen van een wapen gaf haar altijd een eng gevoel van controle, van macht, van de power waar ze continu naar zocht.

Nu klonk het zoeven van de roltrap. Hij daalde langzaam, te langzaam, maar Flo wilde geen onverwachte geluiden maken, dus bleef ze staan. Weer die geur van cement en nieuwe verf. Flo keek door het glas naast zich en passeerde het eerste, hogergelegen perron, zakte dieper, nog steeds tergend langzaam. Het leek alsof de lucht steeds zwaarder op haar schouders duwde, alsof ze nooit meer omhoog zou kunnen komen. Zou Wendy dat ook zo voelen?

Het tweede perron kwam in zicht.

'Wendy?' riep ze zo zacht maar verstaanbaar mogelijk. 'Ik ben het, Flo.' Ze hoorde geen geluid, kreeg geen antwoord.

'Ik stap nu het perron op. Als je met je rug naar het spoor staat aan de linkerkant.'

Plotseling zag Flo haar. In het tl-licht, met achter haar de donkere tunnelbuis, stond ze in het midden op het lange perron, schuin achter de spoormedewerker. De loop van haar pistool was op zijn hoofd gericht, zijn helm lag aan zijn voeten. De man kwijlde, en Flo vermoedde dat hij in zijn broek had geplast.

'Wendy? Ben je oké?' Ze naderde voorzichtig, dertig meter, twintig meter, tien…

Wendy keek haar aan. Ze was op haar hoede, maar ook de angst voorbij.

Flo bleef staan. 'Leg het me uit,' zei ze op zachte toon.

'Het… Ik… Wat moet ik nou?'

Flo nam even rust. 'Niks. Je moet niks. Dan komt het allemaal goed,' zei ze, en ze voegde eraan toe: 'Ik begrijp dat je overstuur bent.'

Het pistool bewoog nog dichter naar het hoofd van de man toe, die dat opzij probeerde te kantelen.

Wendy keek haar nu fel aan. 'Heb je Rik gesproken?'

Flo wist niet wat ze daarop moest antwoorden, omdat ze niet wist waar Wendy bang voor was. In haar oortje klonk: 'Zeg nee.'

Ze onderdrukte een vloek; ze had geen regie nodig en al helemaal niet van Brian.

'Hij had je telefoon niet. Zei hij.'

Nu een vloek in haar oortje.

'Je zei dat het te laat was om te vluchten. Waarvoor moest je vluchten?'

Wendy schudde haar hoofd, het pistool bewoog, ze kuchte nerveus.

Flo nam een gok. 'Wat Rik verder verteld heeft blijft onder ons.' Met een hoofdbeweging naar de spoormedewerker: 'Als je hem laat gaan.'

Dat leek Wendy te overwegen. 'Ik weet dat ik fout zat. Maar het was niet... Hij wou het zelf!'

Goed gegokt, dacht Flo, en ze stak haar handen in de lucht, deed twee stappen naar Wendy toe.

Wendy richtte nu het pistool op haar. 'Weet je wat er gebeurt als Kristoffer hoort dat ik met een leerling...'

Kristoffer was haar man, schatte Flo in. 'Daar kunnen jullie het over hebben. Elk huwelijk heeft zijn moeilijke momenten. Hij kan je ook vergeven.'

Wendy schudde nee. 'Hij gaat zich tot op het bot verraden voelen. En hij is beledigd. Zo'n jongen... Het is zijn huis. Ik raak alles kwijt. Mijn baan, mijn man, en Rik.'

'Je hebt een inschattingsfout gemaakt. Maar je hebt hem geen kwaad gedaan. Of pijn. Toch?'

Wendy wendde haar blik af. 'Hij chanteert me. Mij! Terwijl... ik dacht dat er meer was. En nu gooit-ie alles op straat. Maakt-ie me kapot. Mijn reputatie. Mijn leven.'

De spanning in haar arm verslapte. Ze was moe, zag Flo.

'Dat doet pijn. Dat begrijp ik. Maar je bent sterk. En je kunt een nieuw leven beginnen. Nu nog wel. Als je nu de goede keuze maakt. En die is: je laat hém gaan en geeft het wapen aan mij. Goed?'

Ze had Wendy aan het twijfelen gebracht.

'Heb ik erom gevraagd? Vindt hij wel dat ik hem gedwongen heb?'

Kwetsbaar was ze nu. Ze vroeg om steun.

Flo deed weer een paar stappen naar voren, haar handpalmen omhoog gedraaid.

'Ik heb een zoon. Iets jonger dan Rik. Die is ook verantwoordelijk voor zijn eigen daden. Hij kan het niet alleen op jou afschuiven.'

Nu niet de ongelijke machts- en vertrouwenspositie van docent en leerling benoemen, niet zeggen dat Wendy de volwassene is, zeker niet over #MeToo beginnen, hield Flo zichzelf in het gareel.

De spoorwegmedewerker probeerde weg te stappen, maar Wendy duwde het pistool tegen zijn hoofd. 'Liggen,' zei ze, maar haar stem had geen overtuiging en klonk onvast. Ze duwde harder tegen het pistool, tegen zijn slaap, als om zichzelf te overtuigen.

De spoorwegmedewerker ging liggen, trillend. Zijn ledematen zaten hem in de weg.

Op dat moment zag Flo ze opdoemen uit de gang achter Wendy. De helmen, de getrokken wapens, de mannen in het zwart.

'Laat het wapen vallen!'

Wendy aarzelde nu geen seconde, keek niet eens om en richtte het pistool.

'Nee! Wendy!' Flo sprong naar haar toe, maar de knal echode al na in de gang. Het lichaam van Wendy viel om, Flo kon haar niet houden. De ene helft van haar hoofd was verdwenen, de andere helft een bloederige massa. Het zware lijf zakte op de vloer. Flo zag rode spetters op de witte tegelwand van de tunnel en iets wat eraan vastkleefde.

Flo hapte naar adem, bleef roerloos staan, terwijl om haar heen mannen naar voren kwamen.

De spoormedewerker werd op de been geholpen, ergens kwam een laken tevoorschijn dat over Wendy heen werd gelegd. De vlek breidde zich onmiddellijk dieprood uit.

Er werd op haar schouder getikt. Van heel ver klonk: 'Flo?'

Ze stelde scherp op een vrouwengezicht, breed, met een peper- en zoutkleurig statisch kapsel. Pas toen de vrouw zei: 'Ga maar met mij mee,' herkende ze de tongval van Fiona, de r achter in de keel, de keurige ij.

Flo keek nog één keer naar Wendy, wat er van Wendy over was, Wendy die iets met Rik had uitgespookt waarvoor ze zich zo schaamde dat ze niet verder wilde leven. Of was het geen schaamte? Was het vooral de pijn, het verdriet om zijn verraad, de wetenschap dat ze een verkeerde morele keuze had gemaakt, en de misvatting dat ze dat kon goedpraten omdat ze dacht dat het om liefde ging? Flo hoorde in haar hoofd de stilte van toen in die auto, hoorde Hunter janken en zag zichzelf uitstappen. Omdat ze niet anders kon. Had Wendy het ook zo gevoeld?

Ze werd bij de elleboog gepakt en door grote, schonkige Fiona meegevoerd, naar de roltrap, omhoog.

'Je hebt het goed gedaan,' zei Fiona.

Dat maakte haar wakker. De adrenaline schoot weer door haar heen, tegelijk met de woede om de gewapende mannen in het zwart, die even getemperd was door de schok. Ze trok haar elleboog los, stapte van de roltrap, door de poortjes, naar buiten, het circus in.

'Flo!' hoorde ze nog achter zich.

'Welke asshole heeft dat AT gestuurd!' Ze sloeg het rood-witte lint weg en zag Brian staan. Ze had gehoopt dat hij nog ergens in bed lag met een wel gescoorde date. Met grote boze passen liep ze op hem af. 'Ik had haar bijna zover!'

Brian keek haar aan. Hij probeerde superieur te blijven, zijn gelijk te houden. 'Dat weet je niet zeker. Je liep te veel risico.'

'O ja? Heb jij haar in de ogen gekeken? Zag jij wat ze dacht, voelde jij ontspanning in haar spieren mee, de uitputting?'

'Flo, je bent overstuur.'

'Ja, dat ben ik, ja! En dat zou jij ook moeten zijn!' Haar stem sloeg over. Ze draaide zich om, zocht naar haar hoed die niet op haar hoofd stond en voelde sterke armen die om haar heen geslagen werden.

'Laat het los,' zei Desmond.

*

Pas toen Flo in de spiegel keek, begreep ze waarom Fiona haar meegetroond had naar de toiletruimte op het bureau. Haar gezicht zat onder de fijne rode spikkels; op haar schouder lag iets wat leek op een sliert hersens, en ook haar donkere jasje was op plekken vochtig. Fiona veegde en depte uit alle macht met papieren handdoekjes om haar weer toonbaar te maken.

'Even,' zei ze. Ze pakte Flo's kin en streek een handdoekje eroverheen, zachtjes, voorzichtig, zoals je een baby of een zieke oude bejaarde waste.

'Ja, ja!' zei Flo ongeduldig. Ze was geen baby en geen bejaarde, maar zag toen aan Fiona's gezicht dat ze ontdaan was. 'Sorry,' zei ze daarom.

Fiona reikte haar een handdoekje aan, klopte haar op haar schouder. Ze deed een stap terug, maar liet haar nog niet alleen.

Flo vermoedde een machtig moederinstinct, dat nu op haar geprojecteerd werd. Ze keek in de spiegel en vroeg zich af of ze dat prettig vond, of juist helemaal niet. Omdat ze daar niet uitkwam, vroeg ze, via de spiegel: 'Denk je nu nog dat Theo de moordenaar is?'

Fiona keek haar aan, ook via de spiegel.

'Het één sluit het ander nog steeds niet uit.' Flo wist dat ze gelijk had, trok nog een handdoekje uit het apparaat, boende woest de rug van haar handen. 'Ik ben er zo dichtbij. Maar ik kan het niet pakken.' Ze draaide zich om. Even was ze bang dat Fiona haar armen zou spreiden en er een uiterst ongemakkelijke omhelzing zou volgen, maar Fiona monsterde haar slechts, zei toen: 'Misschien moet je Brian even laten?'

Op haar plek, achter haar bureau, keek ze naar hem, door de glazen wanden van de kantoortuin. Hij zat aan de verkeerde kant van zijn bureau, met de rug naar haar en de rest van het bureau toe. Zo te zien was hij bezig met zijn telefoon.

Desmond stak zijn hoofd om de hoek.

'Wil je het zien?'

Flo wist even niet waar hij op doelde, maar hoorde toen de tune van het ochtendjournaal. Snel stond ze op en liep mee naar de vergaderzaal.

Op het tv-scherm was een afgezette Albert Cuypmarkt te zien, een leger journalisten met draaiende camera's, een shot van een spandoek met de tekst: DIVA GAF LIEFDE, GEEN DOOD. Het werd omhooggehouden door de travestievrienden van Theo, weer in vol ornaat. Ertussen stonden, stijf gearmd, Mia en Jolanda. Vervolgens ook een beeld van het bureau, een close-up van buiten op de ramen. Ze zag de groep op de tv naar de tv staan kijken. Iemand draaide lamellen dicht, zowel in beeld als in de zaal. In het halfdonker flikkerde de tv, Vanessa lichtte op.

'Vreselijke tragedie, wellicht grote fouten gemaakt, te snelle conclusies, levens op het spel gezet, wie is de volgende,' waren de highlights. Vanessa was gretig, koos haar woorden sluw met een voorbehoud af en toe, maar de boodschap was luid en duidelijk: de politie heeft mega geblunderd. Het ergste vond Flo dat ze het met haar eens was.

*

Rik was die dag niet op school, zijn vader had hem 's ochtends ziek gemeld. Dus vóór de extra journaaluitzending, maar tijdens Wendy's gijzelingsactie. Wist hij ervan?

Rik woonde in de Watergraafsmeer, in een rijtjeshuis met zijn ouders en jongere zusje. Het voortuintje werd met liefde onderhouden, zag Flo toen ze uit de dienstauto stapte. Een blauwe hortensia bloeide uitbundig, knoppen aan een struik theeroosjes stonden op barsten, clematis kroop tegen de schutting. Desmond nam haar even op. Hoe was ze eraan toe? Hij had voorgesteld dat hij dit bezoek met Fiona zou doen, maar dat had Flo fel geweigerd. Ze had twee pillen geslikt uit de strip die de zuster – herstel: verpleegkundige – in het BovenIJ haar gegeven had en hoopte dat die naast een pijnstillende ook een rustgevende werking zouden hebben, wilde daar in elk geval in geloven.

Ze had op het bureau Alex gebeld, had Hunter in de hoorn horen blaffen, wat haar eindelijk echt gerust had gesteld. Daarna had ze Boy gebeld, en Grace. Boy had niet eens gemerkt dat ze niet thuis was gekomen, want hij had zich verslapen na een waarschijnlijk late kermisnacht en had gedacht dat ze gewoon naar haar werk was. Grace had wel bezorgd geklonken, wilde dat ze naar huis ging, de wond en de hechtingen goed liet genezen en rust nam. Ze had zelfs aangeboden boodschappen voor haar te halen, thee te zetten. Ze leek immers op haar vader. Als Casey nog met haar in één huis had gewoond, had híj dat gedaan, zorgen, vertroetelen, maar hij was er niet meer en bovendien kon ze niet vertroeteld worden, ook al schreeuwde haar lijf om een warm bad en een omhelzing. Ze moest en wilde deze zaak oplossen. Deze zaak. Er zat een lijn in, een opeenvolging, maar wie wilde welk punt maken? Regina wilde de Volksopera naar het centrum verplaatsen. Bo was een voorstander van de Noord/Zuidlijn omdat hij grotere verdiensten zag uit ketamine op zijn Noorderparkfestival. Papaver was de architect van de Noord/Zuidlijn. Theo hoopte ook op meer klandizie. Lag het motief toch in een aversie tegen de metrolijn? Maar met welk belang? Wie werd erdoor geschaad? Een boze ondernemer, iemand met een verzakt huis? Had hij – of zij – de slachtoffers naar de metrolijn gelokt, en hoe dan?

Dat had ze zich allemaal afgevraagd, in de auto op weg naar de Watergraafsmeer.

Desmond, geheel in het beige met een rood sjaaltje in zijn paardenstaart, belde aan, keek om naar Flo, die zich snel bij hem voegde. Zij had nog steeds de bebloede kleren aan waarmee ze Wendy had opgevangen, had geweigerd eerst langs huis te rijden. Concentratie, hield ze zich voor. Hoofd- en bijzaken.

Rik deed de deur open alsof hij erachter had staan wachten. Hij stapte naar buiten, zette zijn capuchon op en riep over zijn schouder naar binnen: 'Het is voor mij!' Snel wenkte hij hen het tuinpad af.

Flo zag dat de gordijnen bij de buren nog gesloten waren, midden op de ochtend.

Toen Rik vond dat ze ver genoeg de straat in waren gelopen, bleef hij staan. Zijn ogen waren dik, roodomrand. Zijn vuisten stopte hij in de zakken van zijn sweater. Hij keek naar de stoep, volgde met de punt van zijn schoen de voegen van de tegels.

'Mevrouw Lasalle vroeg of we met jou gepraat hadden.'

Daar schrok hij toch nog van.

'Wat... Wanneer?'

Flo hield zijn blik vast: 'Toen ze op het perron in de metro iemand onder schot hield.'

Nu pas zag Rik haar kleren. Hij deinsde iets achteruit, een snik hikte in zijn keel.

'Wat had jij ons kunnen vertellen?'

Riks voet zwaaide over de tegels heen en weer. Hij balanceerde, zocht evenwicht.

Ook figuurlijk, dacht Flo.

Hij zweeg, weigerde hen aan te kijken.

'Rik? Als jij weet waarom ze zichzelf door het hoofd heeft geschoten, dan moet je ons dat nu vertellen.' Flo voelde Desmonds waarschuwende blik. Ze was bepaald niet voorzichtig met de jongen, maar die intentie had ze ook niet. Deze zaak moest opgelost.

'Ik wilde haar niet... Denkt u dat ik er iets mee te maken heb?'

Toen Flo zweeg, raakte Rik in paniek, zag Flo. 'Maar ze zát toch fout?' gooide hij eruit.

Nog steeds bleef Flo hem zwijgend aankijken.

Hij slikte, maar het kwam er nog niet uit.

'Waarmee zat ze fout?'

'Ik ben minderjarig! En zij is mijn docent.'

Was. Wás je docent. Flo beet op haar lip om die woorden binnen te houden. 'Hadden jullie iets? Een verhouding?'

Rik sloeg zijn blik neer, gaf een heel klein knikje.

'Was dat tegen je zin?'

'Duh.'

Maar Flo besloot dat hij er niet zo makkelijk van afkwam. 'Rik? Kijk me recht in de ogen en zeg dat het tegen je zin was.'

Rik deed zijn ogen even dicht, keek haar toen aan. 'Nee. Ik was verliefd. En zij ook.' Een moment blonk er iets van trots in zijn ogen. Het verdriet kwam daarna. 'Het kon niet, dat zei zij ook vaak. Maar dan zei ik dat ze me toch niet dwong, dat ik het met instemming deed en heus niet om een beter cijfer te krijgen of zo.' Zijn stem klonk nu verdedigend.

'Je chanteerde haar.'

Rik boog zijn hoofd, keek haar vanonder zijn wenkbrauwen kort aan. 'Ik had geld nodig.'

'Geld nodig!' De woorden schoten eruit bij Flo, maar ze hadden een positief effect; ze zag het schaamrood in zijn hals naar boven kruipen.

'Ik bedoel, nu met die #MeToo-toestand. Ik dacht, ik zet haar gewoon een beetje onder druk. Anoniem, via de mail, hoor. Ik wilde haar geen pijn doen.'

Flo kon een schamper lachje niet binnenhouden. 'Dat deed je wel. En hoe.' Dat deed hém pijn, zag ze, maar dat was ook de bedoeling.

'Wie wisten er nog meer van?' leidde Desmond de aandacht af van de strijd.

Rik zuchtte. 'De klas vermoedde wel iets.'

'Andere docenten? Je ouders?'

'Nee, nee.' Geschrokken keek hij Desmond aan. 'U... U gaat het ze toch niet vertellen?'

Desmond en Flo wisselden even een blik. Desmond schudde licht zijn hoofd, waarschijnlijk om te zeggen: breng de jongen niet in paniek.

'Nee,' zei Flo dan ook.

Dat leek Rik op te luchten. 'Heeft Wendy je dit ook weleens gevraagd?'

Dat was een moeilijk punt, zag Flo. De blos kroop weer omhoog.

'Ja. Ja, dat vroeg ze. En dan zei ik dat ik het volgens mij nog nooit aan iemand had verteld.'

'Volgens jou?'

'Ja! Ik moest toch wát! Ik dacht dat ze me niet doorhad.'

'Heb jij ons dat bericht gestuurd vanaf Wendy's telefoon?'

Dat bracht Rik in totale verwarring.

'Ik zei toch, ik had die telefoon niet!'

Rik keek haar recht aan, opnieuw in paniek, zag Flo. Omdat hij de telefoon echt niet had? Nee, omdat hij zich schuldig voelde, besloot ze toen, want zijn ogen liepen weer vol en hij veegde de tranen niet boos weg, maar liet ze rollen. Hij leek ze niet eens te voelen.

Flo stelde de laatste vraag, waarop ze Riks antwoord eigenlijk al wel wist: 'Heb je nog meer mensen anonieme e-mails gestuurd?'

'Wie dan?'

Zijn verbazing leek oprecht.

'Bruno Papaver bijvoorbeeld. Of Bo Wilkens.'

Rik schudde zijn hoofd. 'Die ken ik niet. Echt niet.'

Het bleef even stil. Riks blik zwierf terug de straat in, richting zijn huis.

'Oké. We brengen je thuis. En daar blijf je. Je gaat niet naar school, je praat met niemand. Als je iets te binnen schiet waarvan je denkt dat het iets kan betekenen, wat dan ook, dan neem je contact met ons op. Ook al is het midden in de nacht. Ja?' Flo keek hem dwingend aan.

Rik knikte, snel. Toen hij de voordeur van zijn huis weer binnenstapte, keek hij heel even om.

Flo deed al een stap naar hem toe, maar hij draaide terug. De deur viel achter hem in het slot. Terwijl ze naar Desmonds oude Ford liepen, zag Flo het gordijn bij de buren bewegen. Of verbeeldde ze het zich?

Ook Desmond had duidelijk het gevoel dat ze iets misten, want hij zei: 'Dat verdriet om Wendy was oprecht. Maar dat verhaal dat hij geld nodig had... Ik weet het niet.'

Flo vloekte binnensmonds. Ze kon er net niet bij.

*

Flo gidste Desmond naar de kade in Zaandam, naar de loods met het illegale café.

'O,' zei hij, zodra de loods in zicht kwam. 'Bedoel je Het Groentje?' Even dacht ze dat hij doelde op Alex en zijn leeftijd, maar hij boog zich naar voren, bekeek het pand eens goed. 'Bestaat dat nou nog?'

Flo keek hem vragend aan.

'Ik ken dat circuit een beetje,' zei Desmond bij wijze van antwoord.

Voor de veiligheid, en omdat ze het niet wilde weten als Alex betrokken was bij meer dan een illegale kroeg, vroeg ze niet door.

Desmond stapte uit. Hij liep om de auto heen en schopte tegen het portier, dat daarop opensprong. Terwijl hij het voor haar openhield, zei hij met een grijns: 'Auto's willen ook een speciale behandeling.'

Flo grijnsde flauw terug.

Voordat ze iets kon zeggen, zei Desmond: 'En wat doen we hier?' Hij monsterde het pand nogmaals, deed al een stap richting de metalen deur. Maar Flo schudde haar hoofd. 'Ik haal Hunter even op. Blijf jij hier?'

Desmond hield bedachtzaam zijn hoofd scheef. 'Waarom is je hond hier?'

Flo schudde nogmaals haar hoofd, liep naar de deur toe, belde aan.

Toen die opensprong, liep ze snel naar binnen. Ze begon al te roepen. 'Hunter!' In het grauwe licht dat door het dakraam viel, was het café gewoon een betonnen ruimte met een bar en zitjes, waar de vuile flessen en glazen nog stonden. Alex had haar naar het ziekenhuis gebracht, was niet meer aan de schoonmaak toegekomen.

'Hunter?' riep Flo weer. Was de hond hier wel? Zorgde Alex wel voor hem? Als hij hier was, zou hij nu al tegen haar opspringen, haar gezicht likken, blij dat ze er weer was. Een scheepshoorn loeide vanaf de Zaan, niet eens een bláf van Hunter. Ze haastte zich achter de bar, door de keuken, gleed op haar laarzen bijna uit over de gladde vloer, ging de deur door, de trap op.

Toen ze het appartement binnenstapte, klonk eindelijk hoog gejank, nagels op de vloer, Hunter blafte.

'Blijf!' riep ze, zo opgelucht, dat ze eindelijk weer kon ademen.

Hunter bleef niet en stortte zich van de vide over de trap naar beneden, naar haar, het vrouwtje. Hij sprong tegen haar op, likte haar hoofd, ja, zijn poten op haar schouders, de staart zwiepte heen en weer. Ze omhelsde hem, zette hem neer, duwde haar neus in zijn vacht. Hij stonk een beetje, constateerde ze lachend en ineens huilend tegelijk.

'Nou. Die is wel blij,' hoorde ze boven haar hoofd. Alex stond bovenaan de trap, in alleen een onderbroek. 'Slaapt hij bij jóú ook in bed?' vroeg hij.

'Hunter,' zei ze bestraffend tegen de hond, en ze slikte snel de opkomende tranen weg. Hunter mocht veel, maar niet bij haar in bed. Aan Hunters schuldige blik zag ze dat hij het buitenkansje had gegrepen.

'Hoe is het?' vroeg Alex, terwijl hij de trap af kwam.

Flo onderdrukte de neiging zich op haar beurt op hém te storten, op dat warme lichaam, op die jongen die haar op tijd naar een ziekenhuis had gebracht, die ze dankbaar was, maar ze hield zichzelf tegen; na Casey hechtte ze zich niet meer aan mensen, want dan hoefde ze ook niet te onthechten. Het was tijd om afstand te nemen.

'Goed,' zei ze dus alleen maar. Ze werkte immers als postbode en als verkeersregelaar, niet als rechercheur, en daarom was ze die ochtend geen getuige geweest van een hoofd dat half van een romp werd geschoten. Ze had gewoon een paar pakjes rondgebracht om te proberen hoe het ging.

Alex deed een stap naar haar toe, maakte aanstalten om haar te omhelzen.

Als vanzelf deed ze een stap naar achteren. Ze kon zich geen troost permitteren.

'Als je nog eens een oppas nodig hebt...'

Ze glimlachte vriendelijk maar zonder belofte naar hem. Hunter volgde de conversatie kwispelend, keek van de een naar de ander.

'We kunnen het best goed vinden, hè Hunter?' zei Alex.

Hunter blafte.

Flo deed een stap naar Alex toe, ging op haar tenen staan en gaf hem een kus. Op zijn wang. 'Dank je,' zei ze op serieuze toon.

'De riem hangt bij de deur,' zei Alex. 'En je hoed ook. Ik was bang dat die kwijt zou raken daar.'

Keek hij droevig? Of vond hij het ook helderder zo? Tinderen prima, maar meer niet.

Toen ze met Hunter de loods weer uit kwam, knaagde het, maar ze hield zich voor dat ze vrij was, veilig onder haar hoed, van niemand afhankelijk behalve van Hunters trouw. Ze ging de zaak oplossen. Hoe dan ook.

*

Op het moment dat ze de glazen kantoortuin binnenkwam, richtten alle blikken zich op haar. De collega's keken haar vragend aan, dus knikte ze. Alles oké. Brians hok was leeg. Ze stapte haar eigen kantoor binnen, trok de la open waar ze brokken voor Hunter in bewaarde, schudde die in zijn bak. Alsof hij dagen niet gegeten had, schrokte hij ze naar binnen. Ze hing haar hoed aan de kapstok en ging achter haar bureau zitten. Er klonk een tik op het glas. Fiona wachtte even tot Flo haar wenkte, kwam toen haar kantoor binnen.

'Hier,' zei ze, terwijl ze een plastic zak op haar bureau legde.

Omdat ze verder niets uitlegde, opende Flo de zak. Een donkerpaars T-shirt en een lichte broek.

'Dat was de enige in jouw maat,' zei Fiona verontschuldigend.

Flo slikte, slikte nog een keer. Mensen moesten nu ophouden zo lief voor haar te zijn, want ze brachten haar totaal uit balans. Dat wist ze binnen te houden. 'Hoeveel krijg je van me?' vroeg ze in plaats daarvan.

Fiona glimlachte, leek dwars door haar heen te kijken en te begrijpen dat dat Flo's manier was om 'dank je' te zeggen. Ze negeerde de vraag dan ook en hield een dossier omhoog. 'Weet je van wie het wapen was?'

Flo begreep dat Fiona doelde op Wendy's wapen, zag even weer haar uitpuilende wang, vlak voordat ze de trekker overhaalde.

'Van Bruno Papaver.'

Flo knipperde met haar ogen, kon niets uitbrengen.

'Zo reageerde ik ook,' zei Fiona.

'Maar...'

'Ik heb geen verband tussen de twee kunnen vinden. Maar het wapen was geregistreerd bij een schietvereniging. Op naam van Papaver. De penningmeester bevestigde dat hij lid was. Hij kwam eens in de twee weken een avond.'

Flo bladerde door het dossier, alsof ze daar een uitleg kon vinden.

'Maar dat is niet alles,' ging Fiona door. Ze pauzeerde, nam haar tijd.

'Zeg nou maar!' viel Flo eindelijk uit.

Met zichtbare voldoening volgde, pedant, met nog bekakter accent: 'De kogel die uit Bo Wilkens rug is gehaald, is afkomstig uit datzelfde wapen.'

Als Flo had gestaan, was ze verbijsterd in haar stoel gezakt.

Was Wendy de kwade genius? Had zij Bo Wilkens in de rug geschoten, had zij met grote vrouwenhanden Regina gewurgd en met een sjaaltje Bruno Papavers luchtpijp dichtgeknepen? Maar hoe kwam ze dan aan dat wapen? En hoe zat dat met Theo, de wurgseks en de val voor de aanstormende metro?

Flo zag aan Fiona dat die zich dat allemaal ook had afgevraagd.

'Wat hebben ze gemeen?' vroeg Fiona. 'Dat is waar we achter moeten komen.'

*

Wendy's man stelde zichzelf voor als Kristoffer Lasalle. Zijn naam leek op het eerste gezicht het meest bijzondere aan hem, bedacht Flo, terwijl ze zijn hand schudde. Een warme hand, die een zweterige afdruk achterliet in de hare. Ze probeerde die er zo onopvallend mogelijk af te vegen aan de broek van Fiona, waarvan ze alleen maar de pijpen had moeten omslaan. Verder zat hij als gegoten. Flo verdacht Fiona ervan ook haar kinderen ongevraagd met aangeschafte kleding te verrassen.

Ze ging zitten. Desmond kwam de gesprekskamer binnen met thee, die sterk geurde. Op haar vragende blik antwoordde hij: 'Sri Lankaanse samahanthee. Rustgevend en ontspannend.' Dat Flo allergisch was voor thee met smaakjes en het hield bij zwarte earlgreythee zei ze niet, vanwege de moeite die hij voor haar gedaan had. Pas toen ze haar mond er later aan brandde, bedacht ze dat de rust en de ontspanning ook voor Kristoffer bedoeld konden zijn.

Die begreep er niets van, bleef hij hoofdschuddend zeggen, zijn kleine handen om het kartonnen bekertje geklemd alsof dat hem kon redden. De bril met gouden montuur gleed steeds van zijn wipneus omlaag, die hij dan weer secuur met een vingertop omhoogduwde. Hij had zich, ondanks, of misschien dankzij Wendy's dood, in pak met stropdas gestoken. De kraag van het overhemd knelde in zijn nek. Hij had het benauwd, en daar leek de thee niets aan te veranderen.

'Nee. Ik had echt geen idee. Waar maakte ze zich dan zo'n zorgen om?'

Flo wisselde even een blik met Desmond: wel of niet Rik noemen. Desmond schudde licht zijn hoofd, en deze keer luisterde Flo. Even vroeg ze zich af of ze haar scherpte kwijt was door de gebeurtenissen van de afgelopen dagen en het gebrek aan slaap, maar die gedachte schudde ze van zich af.

'U was getrouwd?' vroeg ze op neutrale toon.

'Ja. Ja, natuurlijk.'

'Hoelang?'

Die vraag zorgde ervoor dat Kristoffer het bekertje neerzette en omstandig zijn bril met een opgeviste zakdoek begon schoon te maken. Hij schraapte zijn keel en poetste.

'Meneer Lasalle?'

'Ja. Ja.' Hij poetste verder, hield de bril omhoog om het glas te controleren, ademde erop, poetste verder.

'Uw bril kan niet praten. Hoe hard u ook poetst.' Het poetsen stopte. Ze ontmoette een geschokte blik. Snel corrigeerde ze zichzelf: 'Het spijt me. Ik ben ook nogal... Ik was erbij.'

Dat was een voldoende verontschuldiging, zag ze. De bril landde op de neus en de zakdoek verdween in een broekzak.

'Wat zei ze? Op... het laatst?'

Flo voelde een licht schopje tegen haar laars onder tafel. Desmond, die haar toeknikte: geef maar antwoord, dat huwelijk komt zo wel. Ze koos haar woorden zorgvuldig: 'Ze wist niet meer wat ze moest.'

'Maar waarmee dan?'

Flo sloeg haar blik neer.

'Er waren geruchten,' zei Desmond.

Kristoffers blik schoot naar Desmond, gretig, hij wilde het weten.

'Dat ze een relatie had met een leerling.'

Een schamper lachje. 'Wéndy?'

Toen Desmond ja zei, schoof Kristoffer zijn bril weer omhoog. Hij kon niet hoger.

'We hebben de desbetreffende jongen gesproken. Hij chanteerde haar.'

'Wat! Hij liegt! Dat kan toch niet zomaar!'

Desmond zweeg, dus Flo ook. Het inzicht kwam langzaam binnen bij Kristoffer.

'Denkt u dat ze daarom...'

Haar halve hoofd eraf heeft geschoten? Flo zei het niet, maar ze zag het wel voor zich. Alweer.

'Maar we zijn... We waren vandaag tien jaar getrouwd!' Kristoffer keek Desmond met beschuldigende blik aan.

'Drink uw thee,' zei die.

'Ze gaat toch niet met een leerling... Wie is dat dan? Uit welke klas?'

'Daar kunnen we geen mededeling over doen.'

'Hij liegt. Ik ga hem aanklagen voor smaad.'

Flo vond het nu tijd om openheid van zaken te geven, hoe pijnlijk ook. 'Uw vrouw zei er ook iets over. Op het laatst.'

Dat deed de bril weer zakken, over de neus die nu geheel nat was van het zweet. Tegelijk schudde Kristoffer zijn hoofd.

Flo zette door: 'Ze nam het zichzelf kwalijk. Maar ze zei dat hij het zelf wilde.'

Dat was voor Kristoffer de druppel die de emmer deed overlopen. Hij drukte de bril omhoog, stond op. 'Ik hoef hier niet naar te luisteren.'

'Kende uw vrouw Bruno Papaver?' vroeg Flo.

Kristoffer fronste zijn wenkbrauwen. 'Die man van de metro? Die vermoord is?'

'Ja.'

Kristoffer haalde zijn schouders op. 'Weet ik het. Wendy kent zoveel mensen.'

'Wat vond ze van de Noord/Zuidlijn?'

'Wat doet dat er nou weer toe?'

'Kunt u alstublieft antwoord geven op de vraag? Dat zou ons helpen.'

Kristoffer moest er diep over nadenken, zei de rimpel in zijn voorhoofd. 'Ze vond het wel oké. Denk ik.'

Licht geagiteerd blies Flo haar adem uit.

'Daar kunt u nou wel boos om worden, maar –'

'Het wapen waarmee ze zichzelf heeft omgebracht was van de heer Papaver. En is gebruikt als moordwapen in deze reeks.'

Kristoffers mond viel open.

'We gaan haar computer raadplegen.'

'Maar Wendy... U denkt toch niet dat zij iemand vermoord heeft?'

Flo gaf geen antwoord. Desmond ook niet. Omdat ze het bij god niet wisten.

Flo nam zo beleefd mogelijk afscheid van Kristoffer en herinnerde zichzelf weer aan de woorden van haar oude commissaris Ferdinand. *Wees een beetje aardiger tegen mensen.*

Toen ze de gang van de verhoorkamer sloot en de gang in liep, zei Desmond, alsof ze de gedachte aan Ferdinand hardop had uitgesproken: 'Je kunt in ieder geval probéren wat empathie te tonen.'

Flo drukte haar hoed vaster op haar hoofd, struikelde half over haar broekspijp. 'Ik doe mijn best, Desmond, ik doe mijn best.'

Hij hoefde niet te zéggen dat hij er niks van geloofde.

*

Flo en Fiona keken over Desmonds schouder mee naar de langsrollende bestanden op Wendy's laptop. Eén telefoontje naar het ROC was genoeg geweest; hij stond op haar werkkamer, en Fiona had hem opgehaald. De directeur had hem overhandigd alsof hij besmettelijk was, had Fiona verteld.

'Geen uitgaande versleutelde mails, ook niks van haar eigen adres naar de andere slachtoffers.'

'En inkomend?' vroeg Flo.

'Ja,' zei Desmond, terwijl hij klikte en doorklikte. Hij zette een e-mail voor van afzender Fighter 23.

Alles wat je hoeft te doen is betalen, en dan ga ik weer weg.

'Rik,' concludeerde Flo.

Desmond opende er nog één.

Je hebt niet zo heel veel tijd meer.

'Nog redelijk voorzichtig van toon,' vond Fiona.

'Ja. Maar kijk deze.' Desmond opende weer een mail van afzender Fighter 23.

Als je niet doet wat ik zeg, dan ken je de gevolgen. Dan is je leven een hel.

Flo concludeerde: 'Hij voerde de druk op.'

'Dat is juist het gekke,' ging Desmond door. 'Maar dat van die hel kreeg ze vóór die nog aardige; je hebt niet zo heel veel tijd meer. Dus het lijkt net of de volgorde niet klopt.'

'Of er zijn twee afzenders in het spel,' zei Flo.

Desmond knikte en klikte weer een andere mail aan. 'Dit is de laatste.'

Zeg Kristoffer gedag. Verkoop je fijne eengezinswoning. Neem afscheid van familie en vrienden. Je kunt hier niet blijven wonen. Alleen als je mijn instructies opvolgt.

'Instructies?' herhaalden Fiona en Flo in koor.

'Even kijken...' Desmond verrichtte wat handelingen, liet een scherm zien waar Flo niets uit op kon maken.

'Die over die hel en die over die instructies zijn verstuurd vanaf een ander IP-adres dan die "softe".'

Flo voelde de spanning, de prikkeling, maar die gaf geen hoop meer, geen voldoening. Ze werd er alleen maar bang van. En gefrustreerd, for that matter.

'Dus Wendy kreeg de softe mails van Rik. En die heftige van iemand anders,' bevestigde Desmond.

'En waar bevindt die fokking computer zich?' flapte Flo eruit. Ze voelde Fiona's blik, maar negeerde die.

'Dat kan ik proberen uit te zoeken bij de provider. Maar het kan ook een gast zijn die via het darkweb opereert. En dan kunnen we hem niet vinden.'

Flo pakte haar jasje met inmiddels opgedroogde bloedvlekken van haar stoel, sloeg nogmaals de zoom van haar broekspijp om en rechtte haar rug. 'Ik ga. Ik moet nadenken.'

'Snap ik.'

'Brian nog op komen dagen?' vroeg ze. Om de een of andere reden keek Desmond op hetzelfde moment naar Fiona als zij.

Die voelde dat als een aanval. 'Ik weet net zoveel als jullie, hè?'

Flo kon het niet helpen te denken: of net zo weinig. Terwijl ze naar de deur van de kantoortuin liep, gaf ze van pure frustratie een stoel op wieltjes een harde zet. Met een bonk kwam hij tot stilstand tegen de glazen wand. Ze had liever gehad dat hij erdoorheen was gegaan.

*

Hunter jankte en hijgde naast haar in de auto; hij was blij om naar huis te gaan. Flo had de kap van de Mazda laten zakken, haar hoed in de kofferbak gelegd. Haar witblonde haar piekte alle kanten op, maar dat kon haar niet schelen. Ze reed het Zuideinde op, Oostzaan binnen. Daar ging de kermis zijn een-na-laatste dag in, wist ze.

Ze herinnerde zich uit haar kermisjeugd het gevoel van uitputting, op die een-na-laatste dag, van het harde werken, het gebrek aan nachtrust, toch net dat drankje te veel. Maar ook de roes, waarin je het puur op adrenaline deed, in euforie bijna. Ze nam zich voor Boy daarop voor te bereiden, hem het gevaar te schetsen van fouten die in zo'n staat makkelijk werden gemaakt, een moment van gebrek aan concentratie en degene op de botsvloer kon bekneld raken met een hand of been.

Even later parkeerde ze voor het huis. Hunter volgde haar met zijn neus strak in haar knieholte; hij had haar ook gemist.

In de hal rook ze gebakken knoflook, tomaten, kruiden. Bij het geluid van de dichtslaande deur stak Grace haar hoofd om de hoek. Ze had er een theedoek omheen geknoopt, à la Mary, en grijnsde breed.

'Lasagne voor de gewonde!' riep ze gekscherend, maar Flo zag de bezorgdheid in haar ogen, die ze niet wilde tonen omdat ze wist dat Flo daar een hekel aan had.

Toch liet Flo zich omhelzen. Ze leunde even tegen de schouder van haar lange, volwassen dochter, deed toen een stap naar achteren.

'Mooi, die broek,' zei Grace keurend. Flo droeg nooit lichte broeken.

'Kan ik nog even douchen?' vroeg ze.

'Ja hoor. Tijd zat.'

Terwijl ze de trap op liep, hield ze van haar dochter, hield ze van haar huis, wilde ze zich het liefst onderdompelen. Maar er miste iets. Wat? Flo draaide de kraan van de douche open. En miste het pootje van Felix, die ermee door de waterstraal heen sloeg, zoals hij steeds had gedaan sinds hij hier woonde. Ze liep de badkamer uit en riep naar beneden: 'Grace? Waar is Felix?'

Het duurde even, toen verscheen Grace onderaan de trap. Dat ze niks zei over het feit dat Flo naakt op de gang stond, maar zei: 'Daar wou ik het even met je over hebben,' was genoeg.

Flo draaide de kraan weer dicht, griste een donkere broek uit de kast, trok het paarse T-shirt weer aan en liep de trap af.

'Hij komt heus wel weer terug, hoor.'

'Hoelang is hij al weg?'

'Boy zei ook al dat-ie hem de hele dag niet gezien had. Hoe komt-ie trouwens aan dat blauwe oog?'

Flo klemde haar kaken op elkaar, negeerde Graces vraag. Twee dagen en een nacht was Felix dus weg. Abbink kon zijn borst natmaken.

'Mam!' hoorde ze Grace nog roepen, terwijl ze de weg overstak en Abbinks erf betrad.

Ze liep naar de boerderijdeur en bonsde erop. Abbink vond een elektrische bel nieuwlichterij. Vrijwel meteen zwaaide de deur open.

Erachter stond Abbink met de bijl waarmee hij normaal brandhout hakte in de aanslag. Langzaam liet hij de bijl zakken. 'Wat moet je?'

'De kat?'

'Moet ik hem wegsturen als hij aan komt lopen?'

'Hij heeft het bij mij erg naar zijn zin.'

'Ja. Dat is ook prima. Maar mag ik hem af en toe even groeten?'

Was dit oprecht? Kon Abbink om een dier geven?

'Als je hem schopt of slaat, merk ik dat. En kom ik verhaal halen.'

Abbink reageerde niet.

'Waarom sta je met dat ding achter de deur?'

'Weet je niet wat er allemaal op die kermis afkomt?'

Flo draaide zich om en liep het erf af. Hoorde achter zich pootjes in het grind, en toen huppelde Felix vrolijk voor haar uit naar huis.

Ze had best empathie, zei ze tegen zichzelf. Als ze zelfs te doen had met Abbink...

Ze wuifde Grace weg, die toch wilde dat ze die douche nam. Ook omdat ze het niet wilde zien als het niet goed ging met de wond. De pijn was niet erger, maar zeker niet minder. Daarom schepte ze de lasagne op, nadat ze Felix, en Hunter natuurlijk, enorm had verwend met vers voer en een extra snoepje.

'Prachtige laagjes,' zei ze bewonderend tegen Grace.

Die fronste nog even, nam een hapje: 'Het gaat om de smaak.'

Die was goed, proefde Flo. Ze knikte met volle mond en was blij dat ze weer eens een verse maaltijd at. Dat was er nogal bij ingeschoten.

'Zullen we straks samen naar Kai kijken?' vroeg Grace. Ze adoreerde haar oom, pronkte op school met hun familieband en ambieerde stiekem ook iets voor de camera. Dat vertelde Grace haar niet, maar Marianne wel, en gelukkig had Marianne er geen moeite mee dat aan haar door te brieven.

'Vind je het erg om alleen te kijken? Ik maak straks even een wandeling. Ik ben te lang niet buiten geweest. En ik moet nadenken.'

Grace nam haar op.

'Als je belooft dat je me straks die wond laat zien.'

Flo lachte wat vermoeid. Haar dochter kende haar beter dan ze dacht. En ze stemde in, terwijl ze de lege borden opstapelde.

'Is het die zaak van die metromoordenaar?'

'Ja. We zijn er bijna,' zei ze, meer om zichzelf te overtuigen dan Grace.

In de avondzon, die nog wit en heet over het weiland lag, zette Flo er flink de pas in. Hunter spurtte over het gras in de verte. Ze liet hem; de koeien stonden binnen. Eenden kwaakten druk in de sloot die ze passeerde. Het water daarin was zo laag dat ze er niet meer in konden zwemmen, maar alleen staan en liggen. De hitte was nog niet gezakt, en nog steeds lag er geen regen in het verschiet.

Flo had zich boven verkleed terwijl Grace naar het journaal had gekeken. Ook daar had Flo even geen behoefte aan. Pas tijdens het weerbericht was ze naar beneden gekomen. Het bleef droog, er dreigde een drinkwatertekort, in Limburg waren boetes uitgedeeld voor het sproeien van de tuin en mensen werd aangeraden het nog koude water bij het douchen op te vangen in emmers.

Flo kwam in een prettige wandelcadans, reguleerde haar adem, probeerde haar hoofd leeg te maken, zodat die gedachte die er steeds doorheen fladderde, zich zou laten vangen.

Haar telefoon trilde in haar zak. Ze aarzelde; opnemen betekende een verstoring van de cadans. Maar misschien was het Grace. Of Desmond. Met nieuws dat ze niet wilde horen. Of het was Carlijn. Met het bericht dat ze wist door wie Vanessa getipt werd.

Ze pakte haar telefoon. En bleef abrupt stilstaan.

Een filmpje. Van een nieuw, onbekend WhatsAppnummer. Flo ademde even scherp in. Als ze het goed zag, gingen achter het pijltje hondjes schuil. Pups. Net als de vorige keer, toen de boodschap was geweest: iedereen is toch in staat tot moord. De afzender was niet Brian, dat geloofde ze nu wel. Maar wie dan? Flo aarzelde nog, hoorde een reiger klapwiekend wegvliegen, was zich nog vaag bewust van een zingende leeuwerik. De neus van Hunter duwde in haar knieholte. Hij schudde zich en hijgde: kom nou. Ze tikte op het pijltje.

Drie pups van maximaal zes weken oud zaten in een bench op de achterbank van een rijdende auto. Ze blaften, duwden hun kleine kopjes tegen het gaas voor de opening, blaften hun jonge blaf. Ze waren ongerust, dat kon Flo zien. Degene die haar dit filmpje stuurde, wist dat zij nu terugdacht aan jaren geleden, toen ze een meisje was in een weiland met een sloot, een meisje dat bang was geweest, in de klem zat. Hunter nam het zachte gejank over. Het holle gevoel nam weer bezit van haar maag, waar de lasagne vergeten was. De auto stopte. Het geluid van een dichtslaand portier. Het portier naast de bench dat openging. De camera werd opgepakt, zwaaide. Die zette de filmer waarschijnlijk op zijn hoofd. Hoe noemde Boy zo'n camera altijd? Een GoPro? Degene die filmde was een man, zag Flo, toen zijn hand in beeld kwam. De hand tilde de bench uit de auto. Een shot van de omgeving, een weiland. Flo's hart stopte met kloppen. Was het dit weiland, waar zij nu naast stond? Liet hij de pups hier voor haar achter? Moest zij ze zoeken?

Het deurtje van de bench ging open, een hand graaide er een hondje uit, deed het deurtje snel weer dicht. Een zak ging open. De pup verdween erin. En de tweede. De derde wist te ontsnappen, hobbelde onvast op zijn pootjes weg. Het beeld kantelde en schokte, toen werd ook dat beestje in zijn nekvel gegrepen en in de zak gekieperd. Flo's maag was nu één groot gat. Ze wilde niet verder kijken, maar moest. Vermoedde de sloot, die inderdaad in beeld kwam en wel vol stond met water. Ze hield haar adem in. De zak werd in het water gelegd. Ondergeduwd. En ondergehouden. Af en toe kwam er een stukje zak boven, een bult, een pootje, of een snuit, dat boven wilde blijven. Het duurde. Lang. Flo slikte en slikte, bleef kijken. De zak verdween onder water. Het beeld werd zwart. Geen tekst. Maar dat hoefde ook niet. De boodschap was luid en duidelijk. Onwillekeurig keerde ze om, liep terug naar de sloot en spiedde de oevers af, op zoek naar een zak, naar een lijfje, naar leven. De eenden keken haar onschuldig aan. Hunter nam haar met schuine kop op. Wat moest hij zoeken?

Het was niet deze sloot, toen, maar een vergelijkbare. Ze was ertoe gedwongen. Ze hadden gedreigd 'dingen met haar te gaan doen'. Ze hadden van haar angst genoten, Flo's angst, die nooit bang was, maar voor wie ze zelf stiekem bang waren. Maar zij waren groter en sterker, en ze wisten dat ze altijd bezig was met de honden op de boerderij van haar ouders. Ze hadden gehoord dat Flo geen vrienden had, maar beesten. Ze had de zak aangenomen. Was in het water gestapt en had gedaan wat haar opgedragen was. En had er daarna met niemand over gepraat, had de grote jongens gemeden. De schaamte overviel haar soms nog, als Hunter op zijn rug rolde en zich aan haar overgaf, haar onvoorwaardelijk vertrouwde. Mary was de enige die die schaamte kende.

En ze wist waar ze alsmaar niet bij had gekund. Wat de verzender van de filmpjes haar duidelijk wilde maken. Hij toonde haar wat alle slachtoffers van de metromoorden met elkaar gemeen hadden: een geheim. Net zoals zij een geheim had. Flo stond stokstijf, de telefoon nog in haar hand, aan de rand van de sloot. Ze aarzelde, belde toen het WhatsAppnummer dat het filmpje had gestuurd. De telefoon ging over. Drie keer. Toen klonk de ingesprektoon. Had ze net bijna de metromoordenaar aan de lijn gehad? Een zweetdruppel gleed over haar rug omlaag. Ze had het zo warm. Nog sneller dan ze was gekomen, haastte ze zich terug door het weiland, met Hunter aan de lijn. Ze kon nu geen oponthoud gebruiken.

Zonder iets uit te leggen knipte ze de tv uit, waarop haar broer *Dag vandaag* presenteerde en waar Grace opgekruld op de bank naar zat te kijken.

'Mam!'

'Even niet, Grace,' zei ze zo kalm mogelijk.

Als ze zo was, wist Grace dat ze haar mond moest houden. Dus pakte ze haar iPad, ging daarop naar het programma kijken en deed, zonder dat Flo dat nog hoefde te vragen, oordopjes in.

Flo pakte een schrijfblok uit een la, ging ermee aan tafel zitten. Orde. Concentratie.

Bovenaan het papier schreef ze:

Regina Baken – Dag 1. (donderdag)

En raakte onmiddellijk in de war. Had Regina een geheim? Niet dat zij wist. Snel, om de gedachte, het inzicht waar ze op hoopte vast te houden, schreef ze eronder:

Bo Wilkens – Dag 2. (vrijdag)

Die had zeker een geheim. Hij handelde in ketamine. Als dat bekend zou worden, zou zijn vrouw hem verlaten. Met hun jonge dochter. Check.

Bruno Papaver – Dag 3. (zaterdag)

Was zo openlijk gay dat het op zijn voorhoofd geschreven stond. Was een keurige ambtenaar die het beste voor de stad wilde. Flo voelde haar zekerheid met de seconde wegzakken, het holle gevoel keerde terug, maar ze zette door.

Was het geen geheim dat hij gay was, maar wel dat hij aan wurgseks deed? Dat betwijfelde ze, gezien zijn bekende darkroomreputatie.

Theo Verburg – Dag 4. (zondag)

Had een dijk van een geheim. Namelijk een geheime identiteit, een geheim leven als travestiet die met mannen aan wurgseks deed. Daar schaamde hij zich voor, en hij wilde absoluut niet dat zijn vrouw of zijn omgeving dat wisten.

Wendy Lasalle

Hier aarzelde ze. Ze telde terug op haar vingers. Vandaag was het dinsdag. Dag 6. Op dag 5 was er geen moord gepleegd. Waarom niet? Ze kon daar nu geen antwoord op geven, moest alleen de dingen die ze wel wist in kaart brengen. En ze voegde naast Wendy 'Dag 6' toe. Had een relatie met een minderjarige leerling, die haar chanteerde. Bij bekendmaking zou haar reputatie vernield zijn, kwam ze niet meer aan de bak en zou Kristoffer volledig flippen.

'Oké,' zei Flo hardop. Hunter tilde zijn kop op in zijn mand. Felix sprong op tafel, zette al een pootje op het schrijfblok, maar Flo zette hem eraf. Niet nu. Naast de rij namen, onder elkaar, schreef ze de stations van de metro.

Regina Baken	-	*Noord*	*Dag 1*
Bo Wilkens	-	*Noorderpark*	*Dag 2*
Bruno Papaver	-	*Centraal Station*	*Dag 3*
Theo Verburg	-	*Rokin*	*Dag 4*
Wendy Lasalle	-	*De Pijp*	*Dag 6*

Flo keek nog eens goed. Noemde de stations op. Er miste er één. Tussen Rokin en De Pijp lag station Vijzelgracht. Hoorde Vijzelgracht bij Dag 5? Had daar iemand vermoord moeten worden?

Flo zoog haar lip naar binnen, stond op, pakte haar hoed van de kapstok en zette die op. IJsbeerde door de kamer en bleef voor de terrasdeuren naar buiten staan kijken, wijdbeens op haar cowboylaarzen. Grace nam haar vanuit haar ooghoeken op, maar wist wel beter dan zich er nu mee te bemoeien.

Flo registreerde de gekleurde verlichting aan de horizon, hoorde de verre geluiden van de kermis, maar bleef zich concentreren.

De arts. Wouter Verdonk, die de volgende zou zijn volgens het appje van Wendy's telefoon. Die woonde vlak bij de Vijzelgracht. Had die een geheim? En wat was er misgegaan?

Flo zette zijn naam en station Vijzelgracht op zijn plek.

Wouter Verdonk	-	*Vijzelgracht*	*Dag 5*

En schreef onder De Pijp:

??	-	*Europaplein*
??	-	*Zuid*

En realiseerde zich dat ze haast hadden. De eerste stap was uitvinden wie háár geheim kende.

*

De lucht lag zwaar en warm boven het Media Park. Brian had de telefoon opgenomen, had haar verslag in vogelvlucht aangehoord en was ermee akkoord gegaan dat de beveiliging van de metrostations werd opgeschaald tot het maximum. Dus kon Flo doen wat ze moest doen. Ze had de snelheidsmeter genegeerd. Het was rustig op de weg geweest; het hele land zat amechtig in de tuin of binnen met alle ramen open. De portier aan de poort opende de slagboom en liet haar door, groette haar. Flo tikte aan haar hoed, die haar hier altijd binnenbracht en reed door naar Studio 6. Ze benijdde haar broertje niet, elke dag die druk, elke dag die actualiteit waar ze achteraan holden, elke dag je kop op tv. Maar Kai genoot ervan, was in hun vroege jeugd al onvermoeibaar geweest als ze 'en dan was ik de baas van het land en jij moest naar mij luisteren' speelden.

Ze keek even naar de lege passagiersstoel. Het had haar verstandiger geleken Hunter thuis te laten, veilig bij Grace, ook al deed dat pijn in haar hart. Ze stapte uit en verbeeldde zich door haar schoenzolen heen het asfalt nog te voelen branden.

De touringcar waarmee het publiek vervoerd werd, stond er nog. Toen ze de gang naar de studio in liep, lichtte het bordje OPNAME ook nog waarschuwend op.

Daar wees de beveiliger ook naar. Ze liep door naar de kantine. Geen Marcel gelukkig, die haar tegen kwam houden, die zat wellicht te wachten in de kleedkamer, met de fles Taittinger-roséchampagne, waar Kai na de uitzending altijd een glaasje van dronk. Of een paar. Op de monitor in de hoek van de kantine was Vanessa in beeld. Natuurlijk. Het geluid stond uit, en dat liet Flo zo.

Aan tafels zaten mensen die eerder in het programma te gast waren geweest. Een gastvrouw met een clipboard keek haar vragend aan, maar er werd al iets in haar oor gefluisterd door hetzelfde productiemeisje als de vorige keer, dat ook nu geen zin had om vragen te beantwoorden. De gastvrouw wist nu dat ze Kais zus was en kwam vragen of ze iets wilde drinken.

'Nee, hoor, dank je,' sloeg Flo het aanbod zo vriendelijk mogelijk af. Ze keek naar de monitor, waarop Vanessa een ernstig en bezorgd gezicht trok. Kai fronste met haar mee, kondigde toen af en gaf haar een hand terwijl de aftiteling liep.

Flo pakte haar telefoon en appte: Ik ben in de kantine. Moet je dringend spreken. Ze verstuurde het en appte er toen snel achteraan: Mooie uitzending, omdat ze wist dat Kai daar op dat moment gevoelig voor was.

Ze wachtte tien minuten. Twintig. Herhaalde het appje. Na een halfuur zette ze haar handelsmerk af, haar hoed, waaraan ook Marcel haar zou herkennen, en maakte een omtrekkende beweging naar de klapdeuren. Ongezien kwam ze erdoorheen en niemand hield haar tegen bij de branddeuren naar de gang met de kleedkamers.

Ze klopte op de deur met het schoolbordje waar in krijtletters KAI BERGE op stond. Ze wachtte niet op toestemming om binnen te komen en verraste Kai, die in een wilde omhelzing was verstrengeld. Met Vanessa, zag ze, toen ze haar keel had geschraapt en Kai zich omdraaide.

'Stoor ik?' vroeg ze zo droog mogelijk.

Schrok Vanessa omdat ze betrapt was met Kai, of omdat zij het was, vroeg Flo zich af. Vanessa knoopte een knoopje van haar bloes dicht, fatsoeneerde haar rode haar en verdween zo snel als ze kon door de deur. Flo bleef Kai met opgetrokken wenkbrauwen aankijken, wat hij pareerde met een scheve glimlach, die ondeugend bedoeld was, en: 'Glaasje?'

Hij pakte de fles al uit de koeler met ijs, schonk in, reikte haar het glas aan. Flo nam het aan, zette het op de lage tafel neer en ging zitten op het tweezitsbankje.

'Dringend,' concludeerde Kai, terwijl hij zichzelf bijschonk.

Flo schraapte haar keel, zette haar hoed weer op. 'Eén: hoe komt Vanessa elke keer als eerste en absurd snel op de plek waar een slachtoffer is gevonden?'

'Dat vroeg ik haar ook.'

'En?'

'Ze begon over intuïtie en goed zijn in haar vak.'

'En dat geloof jij?'

'Jij niet?'

Kai nam een grote slok van de champagne, schonk opnieuw bij. Ze moest snel zijn, voordat hij echt dronken werd.

'Weet je nog van die pups? In de sloot?'

Kai moest schakelen, kwam van ver, maar hij was alerter dan ze dacht, had nog de adrenaline van de uitzending in zijn lijf, of van de coke, maar hij was snel. 'Die jij toen verdronken hebt?'

'Moest verdrinken,' corrigeerde Flo hem. Ze sloot even haar ogen, probeerde de gedachte aan de schoppende pootjes in de zak weg te duwen, aan hoe ze vochten, de beet door de zak heen in haar hand, hoe zwaar de zak werd en hoe ze hem liet gaan. Ze had gedacht dat dat genoeg was, dat de Oostzaners van de Kerkbuurt daarmee genoegen zouden nemen en zouden vertrekken op hun brommers, zodat zij snel de zak boven kon halen en naar de pups kon duiken en ze redden. Met haar kleren aan.

Maar ze hadden gelachen, haar gedwongen uit de sloot te komen, haar voor hen uit gejaagd, het dorp in, weg van de hondjes.

'Wat is daarmee?' hoorde ze Kai vragen.

Flo blies haar adem uit. 'Wie waren daar allemaal bij? Ik weet het niet meer precies.'

'Hoe bedoel je?'

'Die jongens, die Kerkbuurters. Zie je die nog weleens?'

'Waarom zou ik?'

Kai begreep er niets van, ook niet waarom dat zo dringend was, zag ze aan hem. Hij keek over haar schouder, baalde waarschijnlijk dat ze hem beroofd had van zijn leuke prooi.

'Ik krijg appjes. Met soortgelijke filmpjes. Van een onbekend nummer.'

Kai fronste zijn wenkbrauwen. 'Waarom dat?'

'Kan iets met die zaak te maken hebben.'

Dat wekte Kais interesse. Natuurlijk.

'Dat is tussen ons. Waag het niet.'

Kai schudde snel zijn hoofd.

'Denk na. Jij ziet je oude vrienden toch nog? Die laatst ook op je verjaardag waren? Zou het van een van hen kunnen komen?'

Flo zag dat dat Kai op een idee bracht, maar dat hij het niet wilde zeggen.

'Nee. Dat kan ik me niet voorstellen.'

'Kai. Als we de zaak oplossen, ben je een van de eersten die het hoort. Of Vanessa natuurlijk, maar daar zit niet zoveel meer tussen, hè?'

Kai maakte een afweging, begreep Flo, toen hij zich nogmaals bijschonk en een grote slok nam.

'Marcel begon erover. Een tijdje geleden. Dat vond ik raar.'

Marcel. Die kwam niet uit Oostzaan, maar wist er wel van. Had er zelfs iets tegen haar over gezegd, toen hij na school een keer met Kai mee was gekomen naar huis. Dat ze zich niet moest laten opjutten, door die gasten. Alsof hij dat zelf niet deed, zich op laten jutten, had ze toen lachend gezegd, het weglachend, omdat ze vijftien was en iets had gedaan waar ze enorme spijt van had. En wat een terugkerende droom zou worden.

Kalm blijven nu, hield Flo zichzelf voor. 'En waar is Marcel?' vroeg ze zo rustig mogelijk.

'Ziek,' zei Kai.

Het holle gevoel was terug als nooit tevoren.

'Stuurt *hij* jou die filmpjes?'

Flo haalde haar schouders op.

'Wat heeft dat met die zaak te maken dan?' De nieuwsgierige programmamaker kwam weer boven.

'Heeft hij jou dat niet verteld?'

Kai keek nadenkend.

'Kai. Als het zo is. Als. Dan moet je oppassen met hem. Heel erg oppassen. Beloof je dat?'

Kai probeerde nog te lachen, het weg te lachen, maar ze pakte haar broertjes arm, zodat hij niet nog een slok kon nemen, en zei dwingend: 'Als hij zich bij je meldt, dan bel je mij. Onmiddellijk. En dan zeg ik wat we verder gaan doen.'

Kai keek haar licht verbijsterd aan. En zette het glas neer.

*

'Brian Daalmeijer. Ik kan de telefoon nu niet opnemen. Als het dringend is, stuur een appje.'

'Lul!' riep Flo tegen haar toestel, dat ze in de houder had gezet en op de speaker.

Een oudere man en een vrouw, op hun paasbest gekleed, passeerden haar auto op weg naar de touringcar en keken haar wat verstoord aan.

Flo tikte aan haar hoed. De erbij passende glimlach lukte niet. Ze sloeg op het stuur, startte de motor, appte toen: Bel me terug. Nu. Ik weet wie het is.

Dat deed hij tien minuten later. 'Wat?' klonk zijn stem buiten adem.

Flo zag hem onwillekeurig voor zich, met een sigaret in zijn mondhoek, in een vreemd bed net na de seks met een Tinderdate. Gek genoeg zag de Tinderdate er in haar hoofd uit als Fiona, dus stuurde ze dat beeld weg. Ze zei kortaf: 'Ik heb een huiszoekingsbevel nodig. Van het huis van Marcel de Kroon. En een aanhoudingsbevel voor die Marcel.'

'En wie mag Marcel de Kroon zijn?'

Brian klonk boos, was gestoord, en ze hoorde inderdaad een aansteker aangeknipt worden.

'De metromoordenaar,' blufte ze.

'Flo! De OvJ geeft alleen toestemming bij gerede verdenking.'

'Die is er. Geloof me. Of niet. En dan hebben we in no time nog een lijk. Hij heeft er nog twee te gaan.' Dat twee missende geheimen haar theorie op drijfzand zetten, had ze in haar verslag eerder overgeslagen.

Het bleef stil aan de andere kant.

'En ditmaal vertel ik de pers wél hoe het zit.'

'Goed. Ik bel de officier. Waar is dat huis?'

'Dat zoek ik nu uit.'

Ze hoorde Brians gefrustreerde zucht, waarmee hij zei: als je dat niet eens weet, maar drukte hem weg. En selecteerde Fiona. Die was goed in handelen zonder vragen en nam altijd haar telefoon op. Desmond zou zomaar in Het Groentje kunnen zitten met zijn telefoon op stil.

Drie minuten later appte ze het adres, in de Spaarndammerbuurt, door naar Brian en trommelde een arrestatieteam op.

Zij en dat team waren binnen een halfuur ter plaatse.

Marcel woonde driehoog, in een smal pand met zes bellen naast de voordeur. Flo lichtte bij met haar telefoon, kon de namen die op papiertjes achter plastic waren gestoken niet lezen, drukte ze allemaal tegelijk in en bleef drukken. Na dertig seconden klonk er boven haar hoofd: 'Weet je wel hoe laat het is?'

'Tien minuten en…' Ze keek op haar telefoon. '…drieëndertig seconden over twaalf. En we gaan niet weg voordat de deur hier opengaat.'

De vrouw bij wie de stem van boven hoorde, boog zich verder het raam uit. Ze was oud en had krulspelden in haar haar.

Quasitoevallig scheen Flo met haar telefoon over het team, in het zwart, met wapens in de aanslag.

'Sodeju!' klonk het, en de vrouw verdween naar binnen.

Flo knikte naar het team, stapte iets naar achteren en wachtte. Ze stelde zich voor hoe de vrouw een badjas aantrok, de sleutels zocht die uiteindelijk gewoon binnen in haar voordeur staken, de knip eraf haalde en naar beneden slofte. En ja, ze hoorde een sleutel omdraaien in het slot van de deur, waarop deze openzwaaide.

Het was niet de vrouw die opendeed, maar een jongen met een kaal hoofd, een mouwloos zwart shirt waarin zijn biceps én tattoos goed uitkwamen en een adem die haar naar achteren deed deinzen.

'Wat moet dat?' vroeg de jongen.

'Iets bekijken. Bij je buurman,' antwoordde Flo, terwijl ze weer een stap naar voren deed.

'Welke?'

'Marcel de Kroon,' antwoordde Flo.

Die naam ontlokte hem een verbaasd lachje. Hij nam het AT op, knikte bewonderend met zijn hoofd. 'Dat had ik niet achter de professor gezocht.'

'Is hij thuis?'

'Zie ik eruit alsof ik hem in zijn kont neuk?'

Flo zuchtte vermoeid, gaf de commandant een teken. Die deed een stap naar voren, veegde de jongen uit de deuropening en stormde de trap op, met zijn team in zijn kielzog.

'Sorry als we een beetje herrie maken,' zei Flo nog, terwijl ze omhoogliep. Ze kon een grijns niet onderdrukken.

Boven hoorde ze de commandant roepen: 'Politie! We komen nu binnen!' Vervolgens het gekraak van een deur die versplinterd werd.

De mannen checkten alle kamers. Toen die als veilig – en zonder Marcel – waren aangemerkt, ging Flo naar binnen. Ze rook de schimmelgeur al in de gang. Daar stond een racefiets tegen de muur, waarvan ze betwijfelde of Marcel die ooit gebruikte. De kleine woonkamer, met smalle ramen aan de straatkant, stond helemaal vol met boeken. Het was er benauwd en stonk naar die schimmel, oud zweet en frituurvet. Ze zag een ouderwetse encyclopedie, rijen Dikke Van Dales in verschillende edities, kriskras door elkaar, werk van Dostojevski, van Céline, van Mulisch. Maar ook stapels Havancks, de detectives die haar ouders altijd lazen, wetenschappelijke tijdschriften over sociologie naast autobladen. Onder een leunstoel stond een rij vuile whiskyglazen, alles was bedekt met een laag stof. Er was geen tv. In de keuken was de vloer spekglad. De eerder geroken schimmelgeur bleek vanuit de pannen op het aanrecht en in de spoelbak op te stijgen. Flo vreesde voor de geur van de lakens op het bed in de krappe slaapkamer.

Maar wat het meeste opviel, waren de briefjes. Gele post-its, blaadjes uit een kladblok vastgeplakt aan de muur met plakband, een eettafel die bezaaid lag met beschreven briefjes. Het waren stuk voor stuk 'kattebelletjes'. Ze hielpen Marcel ergens aan herinneren: 'Fiets op slot zetten', 'bril mee', 'sokken aan', 'was uit wasmachine halen', 'koffie kopen'. Boven het bed hing een A4'tje met in grote blokletters: SLAPEN.

Flo keek hoofdschuddend rond. Er werd geen computer gevonden, geen andere elektronische apparatuur, geen telefoon, ook geen vaste, geen verdachte aantekeningen, geen adresboek, niets. De enige aanwijzing dat Marcel hier woonde waren de boeken, waarin hij stuk voor stuk op het schutblad zijn naam had geschreven en de plek waar hij het desbetreffende exemplaar had gekocht. Alsof dat houvast bood in de chaos. Kon een man die zichzelf moest helpen herinneren sokken aan te trekken een seriemoord met slachtoffers op verschillende locaties en met verschillende moordwapens plannen?

Toen ze weer naar buiten stapte, zoog ze de warme, maar verse zuurstof gretig naar binnen.

De vrouw en de jongen hingen uit het raam. 'Ik zal zeggen dat je geweest bent!' riep de jongen.

Ze had aan haar hoed kunnen tikken, maar stak een middelvinger op. Dat kon hij vast hebben.

Terwijl ze de snelweg op reed, ging haar telefoon. Met dikke tong zei Desmond: 'Iemand heeft 112 gebeld vanuit station Europaplein.'

Flo kneep zo hard in het stuur, dat haar knokkels wit werden.

'Hij zegt dat hij zich heeft opgesloten in de lift, omdat hij dreigt te worden vermoord.'

Flo ademde scherp in.

'Wie is het?'

'Geen naam gezegd.'

'Fuck.' Flo keek in haar achteruitkijkspiegel, gaf een ruk aan haar stuur en zeilde met haar auto naar de rechterbaan, waar ze nog net de afslag kon nemen. 'Ik ben onderweg,' zei ze.

'Ik maar niet,' hoorde ze Desmond zeggen, duidelijk dronken.

'Dat denk ik ook. Ik bel Fiona,' zei ze, terwijl ze de snelweg weer op reed, de andere richting in. 'Is er nog contact met die man?'

'Nee.'

Flo drukte het gaspedaal nog dieper in. Er was geen verkeer op de nachtelijke A10. En als dat er wel was geweest, had het maar opzij moeten gaan.

*

Er was al een rood-wit afzetlint gespannen voor de ingang van station Europaplein. De toren van het RAI-congresgebouw stak er ver bovenuit. De lichtjes in de top knipperden, zoals altijd. In de hoek van het plein, ongeveer veertig meter van de roltrappen, klonk gezang. Flo keek in die richting en zag een groepje jonge mannen over het plein zwieren. Studenten, blikjes bier in de hand, zongen een of ander dispuutslied, en ze naderden.

'Hou die gasten hier weg,' zei ze kortaf tegen de agent die bij het afzetlint stond, terwijl ze eronderdoor bukte. 'Ja, mevrouw Berge,' hoorde ze, en ze keek even om. De agent was jong en gretig, ingezet bij de metromoorden, wat een eer. Even flitste de vraag door haar hoofd of hij op Tinder zou zitten, maar ze riep zichzelf tot de orde.

Ze pakte haar wapen, dat ze nu standaard bij zich droeg, en ging het station binnen. Ook hier hoorde ze gezang. Geërgerd keek ze in de richting waar het vandaan kwam, maar ze zag geen dronken corpsbal. Wel twee andere agenten, bij een glazen lift naast een vaste trap. De lift was ongeveer drie meter boven de vloer gestopt. Achter het glas stond Wouter Verdonk met grote gebaren te zingen. Een aria uit een opera.

7

Oostzaan

Flo bleef even staan kijken, totdat de blik van een van de agenten haar vertelde dat haar mond openstond. Ze sloot hem en riep: 'Meneer Verdonk!'

Er kwam iets gedempts Italiaans terug. Boy zou weten welke aria hij zong, uit welke opera. Ze liep naar achteren, zo ver tot ze in Verdonks blikveld stond, zwaaide met beide armen. Hij stak een hand uit, niet naar haar, maar naar het personage dat hij toezong. Was het een boodschap? Of was het een masker, wilde hij zeggen: ik ben niet bang, hoor, en daarmee zijn belager wegjagen? Die belager was nergens te zien.

Flo riep nog een keer: 'Meneer Verdonk!'

Die haalde uit, zong een laatste schallende noot. Het werd stil.

'Is er een dokter in de zaal?' riep Flo uit alle macht. Ze hield haar adem in, zag Verdonk ontwaken. Hij keek op. Ze stak vragend haar duim op. Hij beantwoordde het gebaar.

De monteur, die al opgeroepen was, liet de lift na drie minuten zakken tot op de hoogte van het perron. Verdonk reageerde niet op Flo's verzoek de deuren te openen. Dus drukte zij op de knop aan de buitenkant.

'Hebben jullie hem?' vroeg hij, terwijl hij uit de lift stapte.

'Wie?' vroeg Flo.

'Degene die me dit godverdomme aandoet!'

*

Verdonk blies in de hete zwarte koffie en schonk Fiona er een dankbare glimlach voor. Flo zat tegenover hem in de gesprekskamer op het verlaten bureau. De kantoortuin was donker, het tl-licht in de ruimte hard en meedogenloos. Verdonks ogen waren bloeddoorlopen. Flo rook zijn zweet aan de andere kant van de tafel. En nog iets.

'Nogmaals, u belde 112 en zei dat u dreigde te worden vermoord. Hoe en door wie?'

'Hij droeg zo'n... Hoe noem je dat? Zo'n hoody? En een sjaal om zijn gezicht. Hij had een pistool.'

'Oud? Jong?'

Verdonk haalde zijn schouders op. 'Zijn stem klonk niet oud.'

'Wat zei die stem?'

Flo klonk cynisch, dat wist ze, ook zonder dat ze Fiona's blik op zich voelde rusten. Maar deze man haalde het slechtste in haar naar boven. Vanwege Casey, vanwege Verdonks slachtofferschap, vanwege de beschuldigende blik waarmee hij haar had aangekeken toen ze hem ontzet had, terwijl hij degene was die bewaking had geweigerd.

'Niks.' Verdonk blies weer in zijn koffie.

'Goed. Hoe kwam u in die lift?'

'Hij stond in de hal. Richtte dat pistool. Ik gooide die schaar. Als een soort boemerang.'

Op de vloer in de hal was een verbandschaar gevonden.

'Hij bukte, en toen kon ik de trap af lopen. De lift stond open. En ging op tijd dicht. Ik liet hem naar boven gaan en drukte op de alarmknop.'

'Kwam hij u achterna?'

'Nee. Dat verbaasde mij ook. Ik vertrouwde het toch niet. Dus belde ik 112.'

'En zong u een deuntje.'

Fiona's ogen schoten nu vuur. Verdonk lachte kort. Flitste er ook iets van angst in zijn ogen?

'Waarom denkt u dat er ooit krijgsliederen zijn gemaakt? Om angst te verminderen en overmoed te creëren.'

'Wat zong u?'

Flo hoorde Ferdinand in haar hoofd iets zeggen over hoofd- en bijzaken, maar wilde het weten. Om het later aan Boy te kunnen vertellen.

Verdonk leek totaal niet verbaasd en antwoordde met licht verholen trots: 'Een koraal uit *Nabucco*, Giuseppe Verdi.'

Flo leunde naar achteren, zette haar hoed af, legde die voor zich op tafel en zei: 'En dan gaat u me nu vertellen wat u midden in de nacht op een verlaten metrostation deed.'

'Nogmaals, ik wil graag een verklaring afleggen, maar alleen in het bijzijn van een advocaat.'

Verdonk reikte naar zijn koffiebekertje, maar Flo pakte het onder zijn hand vandaan. 'Nu.'

Verdonk keek verwijtend naar Fiona, die stoïcijns terugkeek.

'U werd gechanteerd. Met een geheim,' gooide Flo in de strijd.

Zowel Fiona als Verdonk draaide met een ruk hun hoofd naar haar toe. Bingo.

'Het duurt echt niet lang voordat we erachter zijn wat dat geheim is. Dus u kunt het net zo goed nu vertellen.'

Verdonk slikte. 'Nogmaals, mijn advocaat –'

'Kwam u rechtstreeks van het ziekenhuis?'

Dat bracht Verdonk van zijn à propos.

'Die verbandschaar had u in de haast in uw zak gestopt?' Weer raak, zag Flo. 'En u hebt gedronken,' speelde ze haar troef uit. Dat was wat ze eerder had geroken.

Verdonk sloeg zijn blik neer. 'Er loopt een onderzoek. Bij het medisch tuchtcollege. Maar die patiënt had het ook niet gered als ik…' Hij had inmiddels het bekertje weer bemachtigd, dronk het in één teug leeg en kneep het in elkaar.

'Dus u dacht vanavond: ik neem er nog één, ook al heb ik dienst?'

De schaamte kroop onder de kraag van zijn overhemd uit. Hij zweeg.

'En hoe verliep die chantage?'

'Ik kreeg mails. Van een gek adres. Daarin zei hij dat ik moest luisteren en zijn instructies op moest volgen, anders zou hij het vertellen.'

'Dat u een volstrekt onbekwame en onethische arts bent die zo snel mogelijk uit zijn functie ontheven moet worden?'

Flo voelde een hand op haar arm. Die van Fiona. Flo herpakte zich. Dat zij zich schuldig voelde om Casey, daar kon Verdonk ook niks aan doen. 'We hebben uw accountgegevens nodig. En leggen beslag op uw computers, hier en thuis.'

Fiona schraapte haar keel. 'Die instructies? Wat zeiden die?' vroeg ze.

Flo vervloekte zichzelf. Ze had zich mee laten slepen en een heel belangrijke aanwijzing bijna over het hoofd gezien.

Fiona liet dat niet merken. 'Meneer Verdonk?' drong ze aan.

'Dat weet ik niet. Die zouden nog volgen. En toen hij mailde dat ik naar station Europaplein moest komen, toen dacht ik: nu ga ik het horen.'

Flo pakte haar hoed, weerstond de neiging een hap uit de rand te nemen en zette hem op.

Ze was er bijna, maar nog niet helemaal.

*

Toen ze haar auto wegreed van het bureau, zeiden de rood oplichtende cijfers van het dashboardklokje dat het tien over twee was. De nachtelijke snelweg strekte zich even later verlaten voor haar uit. Even kon ze zich voorstellen dat de kaarsrechte strepen naar een andere horizon leidden, in een leeg landschap, een Amerikaans landschap met kilometers goudgele korenvelden, of de rode rotsformaties van Bryce Canyon. Misschien had ze daar een leven met Casey moeten opbouwen, daar een huis moeten kopen. Dan waren haar kinderen andere kinderen geworden en had ze Hunter niet gehad. Dan zouden Casey en zij misschien nog bij elkaar zijn geweest. Maar terwijl ze de borden naar de ringweg Amsterdam volgde, dwong ze haar gedachten een andere kant op. Ze keek naar haar telefoon in de houder en koos een nummer uit de contactenlijst. Als Vanessa sliep, dan werd ze maar wakker.

Misschien werd ze wel wakker, maar ze nam niet op. En ook Kai wilde haar niet spreken. Ze zeilde over de vierbaansweg naar de vluchtstrook, zette de auto stil, zocht naar haar iPad in haar tas om in te loggen bij het bevolkingsregister voor Vanessa's adres, toen haar telefoon ging. Een onbekend nummer. Even bleef ze er verstijfd naar staren, toen nam ze op. Een klapperende wind. Een harde bel. Een luide stem op de achtergrond. En een gil van een vrouw.

'Hallo! Hallo! Je spreekt met Flo!'

Nog een gil. Toen verdween het geklapper van de wind en hoorde ze een versterkte stem die ze goed kende: 'Dames en heeerrren, hebt u genoten van de rrrit...' Ze hoorde een vrouw lachen.

'Flo? Kom je naar de kermis?'

'Vanessa?'

'Wie anders?'

Juist. Vanessa belde zelf, op het moment dat zij van een ontsnapt slachtoffer vandaan kwam. Wist ze dat? Was het toeval? Of had ze twee telefoons en had ze gezien dat Flo naar haar op zoek was?

Flo keek door de voorruit. De achterlichten van een enkele auto losten in de verte op. 'De kermis in Oostzaan?' vroeg ze. Was Vanessa dronken? Ze keek weer op het klokje: halfdrie. Op de laatste avond had de kermis een vergunning tot drie uur.

'Ik zit zo bij de Borrelz.'

De lokale kroeg in Oostzaan, waar ook harde muziek gedraaid werd en die altijd wel klandizie had van stamgasten, maar in de kermisweek het seizoen goedmaakte.

'Ik kom eraan.'

De kermis in de Kerkbuurt was aan zijn finale bezig. De stem van de circusmeester klonk harder, zijn r rolde nog meer, de Calypso draaide snellere rondjes en hogere vluchten, in het spookhuis werd gegild. Alles knipperde, in rood, groen en oranje. Jongeren stonden in groepjes op straat, met bierflesjes en plastic bekertjes sterkedrank. Een jong meisje sloeg een flesje Flügel achterover. Ze lachten, duwden elkaar, de hormonen hingen zwaar en zweterig boven de hoofden. Flo zocht met haar ogen de blonde kuif van Boy, probeerde zijn stem te scheiden van de andere, maar dat lukte niet. Een man passeerde haar auto. Er landde een leeg frietbakje op de passagiersstoel.

Flo zuchtte even, vanwege de herrie, het licht, de geur van ketchup en slappe friet. Ze had geen energie meer om de kap te sluiten, haalde de sleutel uit het contact en stapte uit. Haar hoed maakte haar groter, corrigeerde haar houding. Met de schouders naar achteren, kin in de lucht, liep ze de vijfhonderd meter naar de Borrelz. Het terras was afgeladen vol in de nog warme nachtlucht, sigarettenrook hing er in een wolk boven. Aan de ramen hingen posters met het programma van de afgelopen week: Lange Frans, dj's, en Peter Beense was een moppie komen zingen. Dat optreden was allang voorbij.

Vanessa zat binnen aan de lange bar, die vrijwel leeg was; niemand wilde iets missen van wat zich buiten voltrok. Op haar schouders lag het dikke rode haar. Ze zei luid lachend iets tegen de barman, die haar glas bijvulde met zo te zien wodka.

Flo wist dat ze niet moest proberen nonchalant op de barkruk naast haar te glijden, want te hoog en dat zag er in haar geval alleen maar klunzig uit. Dus schoof ze de kruk opzij en bleef staan. 'Vanessa.'

Vanessa keek opzij en riep enthousiast: 'Flo!' Ze gebaarde onmiddellijk naar de barman, die even naar haar en naar haar hoed keek.

Ze knikte. Hij kende haar recept.

'Je wóú me toch spreken?' zei Vanessa nu.

Flo keek haar aan en zag dat de vrolijkheid een act was; ze was hier niet voor de gezelligheid. 'Waarom hier?'

'Ja. Kai vertelde erover. En ik wilde dat weleens zien, zo'n West-Fries feestje.'

'Noord-Hollands.'

'Whatever.'

De barman zette een flesje Miller Lite op een viltje op de bar. Flo zag Vanessa kijken, nam een slok en zei: 'Wat heb je te zeggen?'

Vanessa nam haar peinzend op. 'Ik word wél getipt. Over de slachtoffers.'

Flo wachtte af. Het geluid van de kermis leek ver weg, alsof het gedempt werd door de glazen stolp waaronder Vanessa en zij zaten.

'Ik krijg steeds een appje. Met een locatie. De eerste keer twijfelde ik, maar je hebt een neus voor nieuws of niet.'

Flo verbeet zich, nam nog een slok.

'Ik ken het nummer niet. Weet niet wie erachter zit.'

Flo pakte haar telefoon, scrolde door haar WhatsAppgeschiedenis en las voor: 'Nul zes drie nul vier zeven acht zes nul drie?'

Vanessa pakte haar telefoon van de bar, keek erop. Was de verbazing op haar gezicht echt of gespeeld?

'Dan kun je toch uitzoeken van wie dat nummer is?' vroeg Vanessa schamperend.

'Prepaid. En zeg niet dat je dat niet ook al wist.'

Betrapt, zag Flo. De verleiding om naar Marcel te vragen was groot, maar ze weerstond die. Als het Marcel was en als hij wist dat ze hem zo dicht op het spoor was, dan was het maar de vraag waartoe dat zou leiden. Of Vanessa het hem door zou geven en dus medeplichtig was, was ook de vraag. Geen bewijzen. Geen harde feiten. Alleen een verdenking. En het gegeven dat Vanessa informatie kreeg over de gepleegde moorden.

'Waarom kom je daar nu pas mee?'

Vanessa gaf geen antwoord, nam haar op en leegde haar glas. 'Ik ben er nu toch?'

'We hadden slachtoffers kunnen voorkomen, als jij direct open kaart had gespeeld.'

'Elke keer als ik op de plaats delict aankwam, was de politie ook al ter plaatse. Dus ik wist niet meer dan jullie.'

'Vanessa. Je hebt contact met een seriemoordenaar. Die we eerder hadden kunnen pakken. Is een scoop op tv je dat waard?'

'Ik ben journalist.'

'Betekent dat dat je over lijken gaat?'

Vanessa boog zich naar Flo toe, wat inhield dat ze bukte. Flo moest haar hoofd, met hoed, ver achteroverbuigen om haar in de ogen te kunnen kijken.

'Jullie hebben niks. Lopen steeds achter de feiten aan. Dat moet je mij niet verwijten, maar jezelf.'

Een jongen kwam de bar binnen, liep in een niet helemaal rechte lijn naar de toiletten achterin. Flo wilde iets zeggen, maar herinnerde zich Vanessa en negeerde hem.

Boys hersenen registreerden haar iets langzamer, maar bij de toiletdeur draaide hij zich om. Zijn blauwe oog was al geel geworden. 'Mam?'

'Hai.'

Flo zag hem kijken, van haar naar Vanessa, en zich afvragen waar hij haar van kende. Toen haalde hij even zijn schouders op en zei: 'Even pissen.'

'Je zoon?'

'Dat wij achter de feiten aan lopen –'

De klap was zo hard dat de glazen stolp sprong. Vanessa dook van haar kruk op de vloer. Flo bleef staan in het geknetter dat volgde. Het afsluitende vuurwerk. De vuurpijlen gilden, rood schijnsel viel door de open deur van het café, buiten werd gejuicht. Flo kon een glimlach niet onderdrukken toen ze Vanessa overeind hielp. Haar hand was warm en zweterig. Een grote vrouwenhand, realiseerde Flo zich. Ze hield haar gezicht in de plooi, hoefde niets te zeggen, want kon zich toch niet verstaanbaar maken in het lawaai.

Vanessa liep naar de deur. Flo kon haar arresteren nu, kon haar meenemen naar het bureau. Ze zou haar, zonder bewijs, maximaal 18 uur vast kunnen houden, tenzij de officier van justitie bepaalde dat ze langer vastgehouden mocht worden voor verhoor. Maar dan moest ze eerst Brian zien te overtuigen dat dat nodig was. Haar blik viel op een dunne sjaal onder de kruk waar Vanessa op gezeten had. Ze bukte, hield hem even onder haar neus. Ja, hij was van Vanessa, rook ze aan het parfum. Ze opende haar tas en stopte hem erin.

Buiten hingen al de wolken mist, er klapperde iets onder haar voeten. Ze sprong weg.

Eén: als niet Marcel, maar Vanessa de metromoordenaar was en ze zetten haar nu vast, dan voorkwamen ze misschien het volgende slachtoffer. Of stelden ze het alleen maar uit? En veranderde Vanessa haar modus operandi voor als ze bij gebrek aan bewijs weer vrij zou komen?

Twee: als Vanessa niet de metromoordenaar was en ze lieten haar lopen, dan kon ze hen naar hem toe leiden, wie het ook was.

Flo haalde diep adem, pakte Vanessa, die nog steeds een halve stap voor haar naar het vuurwerk stond te kijken, bij de elleboog.

'Meld je morgen op het bureau. Je computer- en telefoongegevens trekken we na. En ik doe je een –'

Ze werd opzijgeduwd. Zo hard dat ze struikelde. De menigte voor hen op de straat was één groot organisme, dat vocht. Mensen probeerden weg te komen, anderen wierpen zich er vol in. Er werd geschreeuwd en geroepen. De laatste harde klap klonk, een witte vonkenregen daalde neer op de stoep waar Flo zich uit de menigte had geworsteld. Haar hoed was ze kwijt; haar knie schrijnde, en een felle pijn trok door haar borst. Vanessa was gevlogen. Ze had haar niet het voorstel kunnen doen haar uit te rusten met een zender en te volgen.

Een jongen stapte naast haar in de luwte. Hij hijgde en veegde zijn neus af. Zijn neus bloedde.

'Ik deed niet mee. Ik zweer het!'

Flo knikte vermoeid, haalde ergens een zakdoekje vandaan en gaf dat aan Boy. 'Mijn auto staat daar.'

Boy keek haar verbaasd aan. Hun huis was op loopafstand, maar ze legde niks uit, keek hem alleen maar vragend aan. Hij keek nog even om naar het opstootje, dat langzaam uitdoofde. Er werd nog wat geduwd en getrokken, maar de spirit was eruit.

'Showtime's over,' sprak Flo de woorden die Casey altijd sprak als hij wilde zeggen: het is mooi geweest. Dat ontlokte Boy een glimlach. Hij liep met haar naar de auto.

'Wás het mooi?'

'Nou!' zei Boy.

Ze zag de heimwee nu al in zijn ogen. Hij was hooked, voor de komende jaren. En dat gunde ze hem.

*

De metalen knikker lag stil in de oksel van de flipper. Ze liet hem los en mikte op de laatste staander, die inderdaad wegklapte en ervoor zorgde dat elk punt nu verdubbeld werd. De teller van de flipperkast tikte de 150.000 aan, de 160.000, 189.000... Nu die bal in het spel houden, zorgen dat hij opnieuw een rondje door de hele kast maakte, die 200.000 halen. Ze schoot de bal, hard, te hard, een luide tik tegen de glasplaat klonk, en de bal schoot over de flipper heen. De drie ballen waren op. Haar score bleef hangen op 197.400.

Als ze tegen Casey had gespeeld, hadden ze nu zeker nog een potje gedaan, had hij nog een flesje Budweiser geopend en zij een Miller

Lite. Nu zocht ze met haar vinger het palletje aan de onderkant van de kast en zette hem uit.

Op de klok was het twaalf over vier. De roze gloed van een nieuwe dag viel door de terrasdeuren. Flo keek naar Hunter en Felix, samen in de mand, keek naar Hunters strakgespannen buik die rees en daalde, rees en daalde.

Boy lag allang in bed, met een extra zakdoekje voor het geval dat. Grace was er nog niet. Maar Grace was volwassen en het was de laatste kermisavond.

Flo goot water in het koffiezetapparaat, schepte mechanisch koffie in de filter, zette het apparaat aan. Haar lichaam was moe, maar het had geen zin te gaan liggen. Ze keek naar het weiland dat achter de terrasdeuren lag, de dauw die haar riep. Maar ze had nu geen tijd voor haar ochtendrondje. Ze rekende, opende haar laptop en selecteerde Skype. In San Francisco was het zeven uur in de avond. Met hopelijk Mary alleen thuis.

Haar volle gezicht met de donkere krullen kwam na twee keer overgaan in beeld.

'Zo. Ontslagen uit het ziekenhuis?'

Flo fronste even haar voorhoofd, maar realiseerde zich: Grace. 'Al anderhalve dag. Het viel reuze mee allemaal.'

'Flo.'

Meer hoefde Mary natuurlijk niet te zeggen.

'En waarom ben je nog op op zo'n onchristelijk tijdstip?'

'Kon niet slapen.'

Mary's neus en ogen vulden het scherm.

'Nu. Vertellen. Over een kwartier is Bill thuis voor het eten.'

'Weet je nog van die pups? In de sloot?'

'Waar je een filmpje over kreeg? Ja, ik ben nog niet dement.'

Dat was Flo even vergeten, dat ze Mary al op de hoogte had gesteld.

'Kai denkt dat het Marcel is.'

Mary moest daar even over nadenken. 'Marcel.' Ze verdween uit beeld. 'Ik roer even,' klonk het van een afstandje.

'Remember Marcel, Kais schaduw, die hem overal volgde en alles voor hem deed?'

'O. Márcel.'

Flo rolde even met haar ogen.

'Dat zag ik,' klonk Mary's stem, buiten beeld.

Flo grinnikte ondanks alles.

'Waarom zou Marcel jou zo'n filmpje sturen?'

'Die metrozaak. Ieder slachtoffer heeft een geheim. Dat is de boodschap. En het klopt. Bijna dan.'

Nu kwam Mary wel in beeld. 'Nee! De boodschap is: ik kom heel dichtbij, maak dat je wegkomt.'

'Hij wil dat ik hem pak!'

'Nee. Hij wil jou pakken.'

'Maar waarom dan?'

Nu rolde Mary met haar ogen. 'Hij was toch verliefd op jou? En jij negeerde hem, of lachte hem uit.'

'Wat?'

'Dat dacht ik wel. Hoe ben jij ooit rechercheur geworden? Als je mensen niet kunt lezen?'

'Dat kan ik wel. Alleen niet als ze –'

'Heel dicht bij je staan, ja, ik weet het.'

'Marcel. Verliefd op mij.'

'Op de kermis? Ging hij drieëntwintig keer in het Lunapark? En jij gaf geen sjoege?'

Vaag kwam er een herinnering binnen, van de schuin stijgende lopende band van het Lunapark, waar zij de mensen een steuntje in de rug gaf. Ze voelde weer een jongenslichaam dat tegen haar ondersteunende hand leunde, hoorde een stem in haar oor. Rook weer de geur van bier.

Het bleef even stil. Er klonk gesis uit Mary's keuken, een vloek, ze verdween weer uit beeld.

'Maar als ik hem afwees, wat heeft dat dan met die moorden te maken?'

'Dat weet ik ook niet. Misschien wist hij dat jij op de zaak zou komen?'

'Dat is toch nooit zeker. En daar ga je toch geen vier mensen voor vermoorden die niks met mij te maken hebben?'

Het bleef even stil.

'Toch vind ik hem wel een type om zoiets te bedenken,' hield Mary vol.

Flo knikte. 'Maar nogmaals: waarom die constructie met die Noord/Zuidlijn?'

Mary humde iets onverstaanbaars en vervolgde: 'Toch is er een link. Met die Vanessa. Dat hij ineens daar bij Kai werkt. Heb je hem al gesproken, na die huiszoeking?'

'Vogel is gevlogen. Uit een huis dat lijkt toe te behoren aan een vergeetachtige, chaotische, sociaal onbekwame man.'

Het bleef even stil. Mary was erbij gaan zitten.

'Moet je niet verder?'

'Het is nu toch al mislukt. We halen wel wat.' Mary fladderde met haar hand, niet onderbreken.

'Sociaal onbekwaam, ja. Vergeetachtig, kan de leeftijd zijn. Maar chaotisch? Marcel? Ik zie hem nog voor me, met zijn schema's, grafieken en tijdlijnen. Zijn boeken en schriften keurig, alles gestructureerd.'

Bij Flo kwamen ook wat herinneringen boven, van spellen met strakke regels, patronen die gevolgd moesten worden. 'Hoe kan dat huis dan –'

'Dat weet ik niet, hè. Daar ben jij goed in.'

'Maar nog even. Stel, het gaat inderdaad om geheimen. En het mijne past daar op de een of andere manier in. Dan nog: die geheimen van die slachtoffers, die zijn echt heel heftig. Levens kapot als die uitkomen, weet je wel. Terwijl... die pups. Dat was toch een jeugdzonde? Die iedereen wel heeft?'

'Jawel. Maar niet iedereen heeft er zo'n last van.'

Flo voelde weer het kopje van de sterkste door de zak heen duwen. Laat me eruit... Ze hoorde weer het gejank.

'Wil je dat ik kom?' bood Marianne aan, het aanbod dat ze altijd deed als Flo naar haar mening hulp nodig had.

'Nee, ben je gek.'

'Ik koop zo een ticket, hè?'

'Hoeft niet.'

Ergens sloeg een deur dicht, werd Mary's naam geroepen. Ze zei nog zacht: 'Flo. Geef die zaak door aan een ander. Ja?'

'Ja.'

'Nee, dus.'

En de verbinding werd verbroken.

Flo stond op, pakte een mok uit de kast, de mok van Casey met 'Wonderful dad' erop. Normaal gesproken zette ze die terug als ze hem trof, maar nu niet. Alsof hij haar kon helpen. Waarom Marcel? Waarom de Noord/Zuidlijn?

De voordeur ging open. Hunter tilde zijn kop op, Felix stapte uit de mand en strekte zich, majestueus en uitgebreid, zoals alleen een kat dat kon.

Grace kwam de kamer binnen en deed een stap naar achteren toen ze Flo zag zitten. Haar blik schoot naar de klok: kwart voor vijf. En Flo kon haar gedachten raden: het moet niet gekker worden met die moeder van mij.

'Leuk gehad?' vroeg Flo zo matter-of-factly als ze maar kon.

'Wat doe jij nou weer op?'

'Dat vroeg ik niet.' Flo glimlachte er zo breed bij dat Grace besefte dat ze zich buiten de ouderlijke gevarenzone bevond. Ze zakte in de bank, legde haar hoofd op de leuning, staarde naar het plafond.

'Het was fantastisch.'

'Wie –'

'Mam.'

Flo knikte. Tuurlijk, ze was geen vriendin met wie je je veroveringen deelde, ze was moeder.

'Waar was je? Bij de Huppeldepub?' Oostzaners hadden talent voor geestige cafénamen.

'Ik ga toch niet hier? Bij die kleuters?'

O, nee, natuurlijk niet. Flo schudde haar hoofd alsof ze het er roerend mee eens was.

'Dus?'

'Paar tentjes in Zaandam. Geinig.'

Flo zei niet: 'Zijn die tentjes niet om twee uur dicht.' En vroeg ook niet: 'En daarna?' Moeder, geen vriendin. 'Ga je nog even lekker slapen?'

'Dacht het wel. Ik hoef vanmiddag pas naar de uni.'

Grace hees haar lange lijf uit de bank, dat lijf dat Flo zo aan Casey deed denken, hoe het stond, bewoog. Ze begaf zich naar boven. Een merel zong zijn wijsje, kreeg antwoord uit een boom verderop, zong verder. Een groep ganzen kwaakte aan de vroege einder. De uni. Versiteit. Flo nam een slok, spuugde de te koude koffie bijna uit en selecteerde het nummer van Alex.

Die was wakker. En wilde morgen best even afspreken, ergens bij hem om de hoek. Hij vroeg niet of ze bij hem thuis kwam en Flo vroeg hem op haar beurt niet bij haar te komen. Hij kon iets anders voor haar doen.

*

De stoelen stonden nog tegen de tafeltjes geleund. Hoewel de zon al warm was, was het nog vroeg en waren er geen andere ontbijtgasten bij de croissanterie aan de Zaan. Flo wilde een stoel naar achteren trekken, maar die gaf niet mee. Ze trok nog een keer, zag de opgetrokken wenkbrauwen van de oberjongen die het tentje uit kwam en zag toen pas dat de stoelen nog met staaldraad vastgeklonken stonden. Ze voelde zich naakt zonder de hoed die ze op de kermis was kwijtgeraakt. Ze had een andere kunnen kiezen, maar deze hoorde nu bij het onderzoek, zo voelde het. Rechtop stond ze, met de kop van Hunter in haar knieholte, naast het gekozen tafeltje. Ze wachtte wel, haar maakte je niet gek.

De oberjongen lachte plotseling naar iets achter haar. Alex, zwierend op een fiets, stak zijn hand op naar de jongen en remde voor haar voeten. Hunter trok hard aan de riem, zijn staart sloeg kwispelend tegen haar been, hij blafte van blijdschap. Alex zette zijn fiets tegen een tafeltje, bukte naar Hunter. Flo liet de riem vieren. Hunter sprong tegen Alex op, poten op de schouders, likte hem vol in het gezicht. Flo hoorde het zichzelf denken: dat doet hij anders nooit. Het standaardexcuus van een hondenbezitter als de hond iets volstrekt abjects deed als bijten of poepen op verkeerde plekken. De begroeting was voltooid; Hunter voegde zich weer bij haar.

Nu pas keek Alex haar aan, vrolijk, open. 'Goedemorgen zonder zorgen.'

Terwijl hij zijn fiets op slot zette, moest Flo even van de schok bekomen. Alex? Die zo'n oubollige uitdrukking gebruikte? Had ze hem dan toch helemaal verkeerd ingeschat?

De ober maakte de ketting los en schoof uitnodigend een stoel voor haar naar achter, waarna hij salueerde. Alsof hij ook wist dat ze de hoed miste.

Blijkbaar had Alex gezien dat ze was geschrokken van zijn woordkeus, want hij zei, terwijl hij naast haar ging zitten: 'Geintje?'

Flo lachte, nam de kaart aan van de ober en legde die ongezien neer. 'Goed dat je zo vroeg op bent.'

'Ik was gisteren vrij,' zei Alex opgetogen.

Flo concentreerde zich. Ze had hem iets te vragen, besloot het maar zo direct mogelijk te doen. 'Ken je Marcel de Kroon?'

Die naam zei hem niets. De menukaart wel.

'Een promovendus aan jouw faculteit.'

Zonder zijn blik van de aankondiging van scrambled eggs of een dubbele roombotercroissant met ham en kaas af te wenden, schudde hij nee.

'De laatste vijf jaar is er echt niemand nog gepromoveerd in de culturele antropologie, hoor.'

'Weet je dat zeker?'

Nu keek hij op.

'Ja. We zijn niet zo groot. Dus dat zou ik weten. Wat neem jij?'

Flo deed net of ze de kaart bestudeerde. 'Ik een cappuccino.'

'Verder niks?'

Flo schudde nee.

Alex grimaste, oké dan, en legde de kaart neer. 'Ze hebben hier goddelijke eggs benedict.'

Gepocheerde eieren met hollandaisesaus op een muffin met ham. Caseys favoriete ontbijt.

Alex wenkte de ober, leek zich niet af te vragen waarom ze met hem wilde afspreken op dit terras, op een gewone doordeweekse dag, op een niet zo gewoon tijdstip. Hij bestelde. Twee cappuccino en twee keer de eggs benedict. Flo wilde al ingrijpen, maar Alex' hand landde op de hare. Dat voelde zo misplaatst dat ze hem terugtrok.

Toen de ober was verdwenen, zei Alex met een knipoog: 'Dan mag ik zonder schuldgevoel ook de jouwe.'

Flo grinnikte om de logica van de jeugd en kwam ter zake. 'Kun jij uitzoeken hoe dat zit, met die Marcel? Of hij überhaupt een promotieonderzoek heeft lopen? En waar dat over gaat?'

Nu had ze Alex' volledige aandacht. Ze herkende zijn peilende blik, hoorde hem luisteren.

'En waarvoor heb je die informatie nodig?'

Flo aarzelde, maar besefte dat het bij de deal hoorde. Hij onderzoek voor haar doen, zij onthullen wie ze was. 'Ik breng geen post rond. En regel geen verkeer.'

Alex grinnikte. 'Nee, dat wist ik al wel.'

Die reactie gaf haar moed. 'Ik ben rechercheur. Van beroep.'

Dat had Alex dan weer niet verwacht. Hij tuitte zijn lippen in ontzag. 'Ooké.'

Nu maar door, dacht Flo. 'Ik onderzoek die metromoorden.'

'Serieus?' Het ontzag werd nog groter. 'Holy.'

'En als ík ga rondvragen bij jou op de faculteit, dan wekt dat argwaan. Dan zou er iemand gealarmeerd kunnen worden. En dat willen we niet.'

Alex liet haar woorden even bezinken, haastte zich toen te zeggen: 'Tuurlijk. Meteen. No problem.' Zijn ogen schitterden, hij was gegrepen, en dat was precies wat Flo nodig had.

'No pressure?' voegde Alex er glimlachend aan toe, terwijl de eggs benedict in tweevoud voor hen landden.

'Een beetje,' antwoordde ze met een glimlach terug. Ze stond op. 'Sorry. Ik moet gaan.'

Alex was niet verbaasd, alsof hij ook dacht: ze is er bijna.

*

Flo moest zoeken naar een parkeerplaats, de hare was bezet, waarschijnlijk omdat ze te lang niet op het bureau was geweest. Zo voelde het ook, alsof ze vakantie had gehad, alleen was ze verre van uitgerust. Ook de wond op haar borst klopte weer. Ze had die ochtend wel het gaasje verschoond, maar vermeden er echt goed naar te kijken. Dat verweet Casey haar ook altijd: als je het maar negeert, dan bestaat het niet voor jou.

Maar ze had geen tijd voor wonden. Ze slikte de medicijnen van de zuster, en er moest een zaak tot een goed einde gebracht worden. Dat ging ze Brian ook vertellen, vandaag, niks meer onder de radar, full speed ahead. Hunter liep aan een lange lijn, besnuffelde het trottoir, treuzelde bij een reclamezuil, wilde ertegenaan plassen, maar Flo bemerkte net op tijd de man die in een witte schildersbroek met een lange lijmroller posters aan het plakken was. Hij had het warm, veegde even zijn voorhoofd af, merkte toen dat zijn hand onder het behangplaksel zat. Zijn haar stond rechtovereind.

'Wat vindt u d'rvan?'

Flo keek even om, maar hij had het echt tegen haar.

'Waarvan?'

De man zette zijn handen in zijn zij en keek omhoog naar de reclamezuil.

Nu pas zag Flo wat er op de posters stond. Een blauw-witte M, met een rood routenetbordje, versierd met ballonnen. En daaronder de tekst dat het zover was, grootse opening, mijlpaal voor de stad et cetera.

'Wat vindt u zelf?' kaatste Flo de vraag terug.

Dat was precies wat hij wilde. 'Het is allemaal schone schijn, mevrouw. Schone schijn. Weet u wat ze in Rotterdam zeggen?'

Hoewel Flo al helemaal geen tijd had voor een kletsje met een bouwvakker, of hoe noem je iemand die reclamezuilen beplakt, was de glimlach van de man zo uitnodigend vilein, dat ze vroeg: 'Nou?'

Ze verwachtte een antwoord in de categorie 'Ze gingen niet', maar hij zei met het haar wuivend op zijn hoofd: 'Pleurt toch een eind op met dat teringtyfuskutmetrolijntje van jullie.'

Flo lachte, iets te hard, knipte met een vinger naar Hunter en liep door.

De man had meer gelijk dan hij zelf kon vermoeden.

In de glazen kantoortuin was alleen Desmonds hok bezet. Hij had een grote koptelefoon op en maakte woeste hoofd- en armgebaren. Flo wees Hunter naar zijn mand en grijnsde. Desmond was terug in zijn comfortzone als hij al headbangend rondliep. Ze wist beter dan te kloppen, liep het kantoor binnen, headbangde even mee in Desmonds gezichtsveld. Hij grijnsde en zette de koptelefoon af. Er schetterde heavy metal uit de speakers.

'Zo. Ben je daar weer?'

Flo knipperde met haar ogen. Dit was de aardigste begroeting die ze zich kon wensen, omdat ze die zelf altijd voor Hunter gebruikte. 'Ja. Veel gebeurd.'

Desmond ging op de massagestoel zitten en gebaarde naar de oranje zitzak. Flo koos voor een gewone stoel.

Het relaas luchtte haar op. Haar opname in het ziekenhuis, arts Verdonk en de aria op het Europaplein, de filmpjes, de doorzoeking van Marcels huis, Vanessa op de kermis. Haar geheimtheorie.

'Wow,' zei Desmond. 'En slaap je nog weleens?'

Desmond wist van haar neiging tot insomnia, had weleens een nachtelijke flippersessie met haar en Casey meegemaakt omdat hij gek was van oude flipperkasten.

Flo schudde kort haar hoofd. 'Niet belangrijk.'

'Wat doen we nu?'

'Fiona checkt Vanessa's bank- en telefoongegevens. Ik heb iemand op dat promotieonderzoek van Marcel gezet. We moeten hem zet-esem vinden.'

Desmond vroeg niet wie de 'iemand' was.

'Ik kijk nog wel een keer naar alle versleutelde mailadressen die we inmiddels hebben. Misschien levert dat een spoor op,' bood Desmond aan.

'Steun je me als ik met Brian ga praten?'

'Hij is al een tijdje spoorloos.'

'Maar nu niet meer,' klonk een stem bij de deur. Brian, in Peek & Cloppenburgjasje, het knotje wat vettig op zijn hoofd, blauwe wallen onder zijn ogen. 'Als iedereen er is, spoedvergadering.' Na deze woorden draaide hij zich op zijn hakken om.

Desmond floot zachtjes.

'Wat had-ie voor smoes?' vroeg Flo.

'Persoonlijke omstandigheden.' Desmond trok er een gezicht bij alsof hij zure melk rook.

Flo was niet verbaasd. Ze had steeds vermoed dat Brian er zo eentje was die dook als het moeilijk werd. Maar waarom kwam hij nu weer bovenspartelen? Er was nog niet zoveel eer waarmee gestreken kon worden, alleen maar twijfel.

In haar kantoor opende Flo een archiefkast. De bovenste plank was nog steeds te hoog voor haar. De stoel op wieltjes vertrouwde ze niet, dus sleepte ze zonder omhaal, met een hoog schrapend geluid, haar bureau naar de kast. Ze klom erop en reikte erin. Ze vouwde de hoed beter in model. Hij rook wat muf en een rieten exemplaar zou ze nu nooit meer kiezen, maar een hoed was een hoed. Ze zette hem op, strekte zich uit boven op de tafel. Fiona kwam de kantoortuin binnen en liep, na een blik op Flo, rechtstreeks door naar de vergaderruimte. Hunter was opgestaan uit zijn mand, keek naar haar op en blafte kort.

'Ja, hè. Oorlog, hè,' zei ze tegen hem.

In de stilte van de vergaderzaal klonk alleen het geluid van een vuilniswagen, die buiten optrok. Een telefoon begon te rinkelen in een van de kantoren. Niemand waagde het op te staan om hem aan te nemen. Brian stond voor de groep rechercheurs. Hij had niets gezegd toen Flo met hoed op én Hunter aan de lijn de zaal was binnengekomen. Desmond en Fiona, als rechercheurs die het nauwst betrokken waren bij de zaak, waren aan weerszijden naast haar komen zitten.

Brian keek hen aan. 'We zijn in een stroomversnelling beland, heb ik begrepen.'

De stilte duurde voort. Alleen het gehijg van Hunter, en een nerveus tikkende pen op het tafelblad klonken in de hitte.

'Ik heb Flo daartoe bevoegdheid gegeven. Om door te gaan met het onderzoek. Gelukkig. Want Theo Verburg kan onze man niet zijn. En Wendy Lasalle niet onze vrouw.'

Flo slikte haar 'duh' in.

'Ik heb een fout gemaakt. Een grote fout.'

Er klonken tekenen van verbazing; ademhaling die stokte, een pen die ophield met tikken, een nerveus lachje. Uit haar eigen keel, realiseerde Flo zich.

Brian keek haar recht aan. 'En daar wil ik mijn oprechte excuses voor aanbieden.'

Brian deed zo zijn best deemoedig te kijken, dat ze hem dat moment niet gunde. 'Dank je Brian. Wat de vervolgstappen betreft...'

'Wacht even. Een momentje.' Brian maakte een gebaar met zijn hand voor zijn mond, leek iets weg te slikken. Hij schraapte zijn keel.

'Sorry. Zoals jullie zien gaat het niet zo goed met me. Persoonlijke omstandigheden.'

Flo zag hem weer voor zich, vol branie aan dat tafeltje in de Heeren Van Aemstel, en hoorde weer zijn smeekbede. *Als Vanja dit te weten komt...* Waren dat de 'persoonlijke omstandigheden'? Met een schok realiseerde ze zich dat er ook bij hem sprake was van een geheim. Was ze op een verkeerd spoor? Had ieder mens geheimen en was daar geen enkel motief voor moord in te vinden?

Alsof Hunter haar twijfel aanvoelde, legde hij een zware snuit op haar voet.

Brian had zich herpakt. 'Dus ik denk dat het beter is dat ik me terugtrek...'

Dat leverde geroezemoes op. Flo dacht alleen maar: lafaard.

'...en dat ik al mijn bevoegdheden per direct overdraag aan rechercheur Berge.'

Flo snoof. Terwijl Fiona een ongemakkelijke arm om haar heen sloeg en er werd geapplaudisseerd, kon ze alleen maar denken: dus als het misgaat, ben ik de lul. In the end.

Die gedachte liet ze niet lang toe. Brian verliet de zaal, trok de deur zachtjes achter zich dicht. Alle ogen in de ruimte staarden haar aan.

'Help me, Ferdinand,' deed ze een schietgebedje. En daarna gaf ze instructies.

*

Vanessa nam geen telefoon op, was niet thuis, niet op de redactie van de krant. Kai had haar na gisteravond niet meer gezien.

Flo vloekte binnensmonds toen Fiona haar dat nieuws vertelde; ze had blijkbaar toch nog gehoopt dat Vanessa zou kiezen voor samenwerking. 'En haar telefoon? Computer?'

'Het klopte wat ze zei: ze kreeg steeds een appje nadat wij al ter plaatse waren. Computer is helemaal schoon. Desmond kijkt er nog naar, maar heeft weinig hoop.'

'Je kunt toch niet alles uit een geheugen wissen?' vroeg Flo met gefronst voorhoofd.

'Als je IT geschoold bent misschien wel.'

'Is Vanessa dat?'

'Blijkt nergens uit.'

Flo groef in haar herinnering. Had Marcel iets met IT? Ze zag Kai het ouderlijk huis binnenkomen, hij was opgetogen. Vertelde een verhaal over computers die over de hele wereld met elkaar praatten, het was een wonder, Marcel had het hem laten zien, dan typte hij iets en dan kwam er gewoon antwoord uit Tokyo of Sydney!

'Misschien heeft Marcel dat voor haar gedaan,' zei ze.

Fiona wachtte even. 'Kan ik verder nog iets voor je doen?'

'Marcel vinden.'

Fiona leek te peinzen. 'Weet je wat Ferdinand een keer tegen me gezegd heeft?'

Flo keek verrast op.

'Dat jij onaardig en tactloos genoeg was om een goede hoofdcommissaris te zijn.'

Fiona's ij's waren zo afgeknepen, dat ze afleidden van wat ze zei, maar toen kwam het binnen. Flo lachte, Fiona lachte niet mee.

'Bedoelde hij dat als een compliment?'

'Kan ik gedachten lezen?' De z was een z uit het boekje.

Er ontsnapte Flo een zucht, maar ze dacht aan de broek en het shirt dat Fiona voor haar gekocht had, de bijna-omhelzing in de toiletten, haar moederliefde. En maakte er een compliment van. 'Dank je,' zei ze.

Fiona gaf haar een knikje. Wilde nog iets zeggen, maar Flo's telefoon ging. Alsof Flo echt hoofdcommissaris was, verliet Fiona op haar schreden het kantoor. Een 020-nummer. Ze nam op.

'Flo Berge.'

'Ja, goedemorgen, eh... -middag, met Gerard ten Have.'

Gerard pauzeerde, wat betekende dat ze zijn naam moest kennen. Ze diepte een tactvolle zin op die Desmond haar ooit aan de hand had gedaan: 'Meneer ten Have. U moet me even helpen.'

'Directeur van het GVB?' Dat klonk inderdaad licht beledigd.

'Natuurlijk. Ik zag u laatst bij *Dag vandaag*. Mooi gesprek.'

'Dank u.' Opgelost.

'Wat kan ik voor u doen?'

'Mevrouw Berge, u wordt om twee uur verwacht op het gemeentehuis.'

'Pardon?'

'De burgemeester wil graag spoedoverleg met u en mij. Over de opening.'

'De opening?' Snel, maar niet snel genoeg voegde ze eraan toe: 'De metro. Natuurlijk.'

'Goed,' klonk het afgemeten. 'Zie ik u –'

'Daar ga ik alleen niet over,' onderbrak ze hem.

'Mij is verteld dat ik me tot u moest wenden. Als plaatsvervangend hoofdcommissaris.'

'Ik geef alleen adviezen. Aan de heer Daalmeijer. En bovendien zitten we vol in het onderzoek en kan ik nu echt mijn team niet alleen laten. Sorry.'

Het bleef stil aan de andere kant. Flo wilde de verantwoordelijkheid die Brian op haar afschoof niet, maar moest wel. Dus zei ze: 'Mijn advies zou zijn om die hele opening af te gelasten in verband met de veiligheid. En dat is een dringend advies.'

'En waar baseert u dat op?'

'Daar kan ik geen verdere mededelingen over doen. Maar als de burgemeester zich hier wil vervoegen, dan is hij welkom.'

Het bleef weer stil. Flo zag het hoofd van Gerard weer voor zich, hoe hij aan Kais tafel opschepte over de Noord/Zuidlijn, de zelfingenomenheid, de grootstedelijke arrogantie.

'Het betreft een feest voor achthonderd man.'

'O,' zei ze opgelucht. 'Maar natuurlijk mag u een feestje vieren. Gaat uw gang.'

Ze hoorde Gerard vermoeid zuchten.

'Het betreft een feest op locatie.'

'Op locatie.'

'In de tunnel onder het Europaplein. In stijl dus.'

'Aha. En dat hebt u besproken met de heer Daalmeijer?'

'Hij heeft tien vrijkaarten gereserveerd.'

'Godverdomme!' Ze kneep haar ogen dicht. Niet tactvol. Niet aardig.

Opnieuw bleef het stil.

'Als u me nu wilt excuseren… Ik neem uiterlijk vrijdagochtend contact op met de burgemeester over het al of niet verantwoord laten doorgaan.' Daarmee hing Flo op. Hunter keek haar wél goedkeurend aan. Althans, dat maakte zij er graag van.

'Flo?'

Flo zuchtte. Het leek wel of niemand meer iets zelf kon, nu de officiele leidinggevende vertrokken was.

Het was Fiona. 'Het medisch tuchtcollege heeft een zaak aanhangig gemaakt tegen internist Verdonk van het BovenIJ ziekenhuis. Over vermeend alcoholgebruik tijdens een operatie. Met fatale gevolgen voor degene op de operatietafel.'

Verdonk liep dus spitsroeden. Kon gechanteerd worden omdat een medisch tuchtcollege zijn onderzoek intern afhandelde.

'Wat gebeurt er met zo iemand?' vroeg ze aan Fiona, de jurist.

'Waarschijnlijk geschorst. Of ontslagen met een beroepsverbod. De nabestaanden kunnen na uitspraak strafrechtelijk onderzoek aanvragen bij het OM. Maar de bevindingen van het college zijn vertrouwelijk, dus kunnen daar niet voor gebruikt worden.'

'Dus moet er bewijs zijn. Wat er niet is natuurlijk. Een bloedtest is een beetje laat.'

'Precies.' Hoe iemand zelfs een s beschaafder dan beschaafd kon uitspreken, was Flo een raadsel, maar Fiona deed het.

'Hem kan dood door schuld worden aangerekend, for God's sake.'

Daar zei Fiona niks op.

Er klonken harde stemmen op de gang, geschreeuw. Flo pakte Fiona bij de arm en trok haar omlaag, in dekking. Hunter liep haar kantoor uit, bleef waakzaam staan, wachtte op haar commando. De deur sloeg open. Een beveiliger struikelde ruggelings de kantoortuin in.

'U kunt niet zomaar...'

In de deuropening stond Alex. De beveiliger pakte zijn arm in een klem. Had niet op Hunter gerekend, die, zoals hem geleerd was, in zijn broekspijp beet en niet meer losliet, luid grommend.

'Wat the –'

'Hunter. Af!' riep Flo luid.

Dat deed de hond, maar hij bleef wel naast de beveiliger en Alex staan grommen, de kop laag, het tandvlees ontbloot.

'Hier,' beval Flo.

Hunter liep naar haar toe, kop en staart omlaag.

'Deze jongeman komt voor mij,' zei Flo met rechte rug.

'Dat zei hij ja, maar van meneer Daalmeijer mogen wij gasten zonder afspraak niet doorlaten.'

'Bullshit!' zei Flo. Ze wenkte Alex en liep naar haar kantoor.

Alex volgde als de winnende gladiator in een overvolle arena.

Eenmaal in haar kantoor keek Alex haar met een glimlach van oor tot oor aan. Omdat zij zichtbaar was door het glas heen, kon ze niet terugglimlachen. Dat zei ze ook tegen hem, met een ernstig gezicht.

Hij keek om zich heen.

'En wie is meneer Daalmeijer?'

'Te lang verhaal. Heb je iets?'

'Anders doe ik niet zo'n moeite, hè? Ik ben geen vechterstype.'

Flo glimlachte nu omdat dat klonk als een oubollig Tinderprofiel en ging zitten, gebaarde naar de stoel tegenover het bureau.

Alex werd duidelijk bevangen door het plotseling formele karakter van zijn komst.

Flo zag hem weer voor zich, de aarzeling om het shirt uit te trekken, de beslissing om het aan te laten.

'Marcel de Kroon,' opende ze het gesprek.

'Ja. Ja. Die had dus wel een promotieonderzoek lopen.'

'Had?'

'Al veertien fokking jaar, man!'

'Maar?'

'Hij mocht het niet verdedigen. Zijn hoogleraar trok het een halfjaar geleden in.'

'Waarom?'

'Daar kon die prof niks over zeggen.' Alex nam zijn moment en vervolgde: 'Maar een van zijn medestudenten wel. Het onderzoek was ingehaald door de tijd en de ruimte.'

Flo glimlachte al haar dankbaarheid naar hem toe. Alex had haar zojuist voorzien van het motief voor de moorden op de Noord/Zuidlijn, waar ze alsmaar niet bij had gekund.

Marcel had dus tegen haar gelogen, in de gang bij Studio 6 op het Media Park, concludeerde ze. Hij had helemaal niet gewacht op het moment dat hij zijn proefschrift zou verdedigen; het was daarvoor al afgewezen.

'Waar ging het over?'

Alex pakte zijn telefoon. Raakte het scherm aan en las voor: 'Stadsdeel Amsterdam Noord, isolement als blijvende katalysator voor antropologische identiteit.'

Alex keek haar aan. Ze zei niet dat ze niet precies wist hoe dat te maken had met de metromoorden, omdat direct duidelijk was dát er een verband was.

Ze stond op. Als vanzelf volgde een innige omhelzing. Toen ze Alex losliet, zag ze pas de blikken van al haar collega's, Desmond, Fiona en ook Brian.

What the fuck, dacht ze. Ze deed een stap naar voren, trok Alex' hoofd naar beneden en kuste hem vol op de mond.

Hij doorkruiste de volle arena als de gladiator die een duim omhoog van de keizer had ontvangen en zijn vrijheid tegemoetliep. Alleen het applaus ontbrak. Flo ving de blik waarmee Fiona haar monsterde. Daar sprak geen afkeuring uit, maar bewondering.

*

Flo had Brian vriendelijk doch dwingend gevraagd het bureau te verlaten om geen verwarring te zaaien en de broodnodige rust te nemen.

Brian begreep dat er een doorbraak was, omdat ze opgeroepen had tot een spoedvergadering, en ze zag aan hem dat hij er daarom toch bij wilde blijven. No way. Uiteindelijk was hij vertrokken. Ze had Boy gebeld om met hem te sparren over de titel van het proefschrift. Waarom daar een motief lag voor Marcel.

Nu stond ze aan het hoofd van de lange vergadertafel en lichtte ze het team in. Ze schreef de titel van het proefschrift op de flip-over. Het team begreep net als zij niet meteen wat die precies betekende, in letterlijke zin of voor het onderzoek.

'Marcel de Kroon heeft veertien jaar aan dit proefschrift gewerkt. Het gaat over de identiteit van stadsdeel Amsterdam Noord, die gevormd is door zijn isolement. Het woordje "blijvende" en ongetwijfeld ook wat hij erover te melden had, heeft hem de das omgedaan.'

Ze zag collega's elkaar steels opnemen. Snapten zij het wél? Desmond grijnsde haar breed toe en Fiona had het jaloerse over zich dat ze van haar kende als een ander de doorbraak forceerde waar zij op gehoopt had. Flo vervolgde, ook omdat het lekker was om te doen en met een blik naar boven voor Ferdinand: 'De Noord/Zuidlijn betekent de ontsluiting van Noord, waarbij die antropologisch gevormde identiteit in no time verdwenen zal zijn. Dat proces is natuurlijk al een aantal jaren gaande, met de gentrificatie, maar de metro is de doodklap. Vooral voor Marcels proefschrift.' Thank you, Boy, dacht ze.

De groep liet het bezinken.

'En waar is Marcel de Kroon nu?' Fiona natuurlijk.

'Ik hoopte dat jij me dat nu, na je uitvoerige research, zou gaan vertellen,' zei Flo op sarcastische toon.

Fiona gebaarde: fair enough.

'Dus dat is waar we aan werken. Vind alles wat ons naar Marcel de Kroon kan leiden: sociale media, telefoon, abonnementen, persoonsgegevens. Waar hij uit kan hangen. Vakantiehuisje, caravan, familie, vrienden. Ik bel zelf mijn broer Kai, met wie hij bevriend is.'

Flo zag collega's elkaar verbaasd aankijken, tikte aan haar hoed en beëindigde daarmee de vergadering. De zaal liep langzaam leeg.

Desmond bleef zitten. Hij speelde met een kartonnen koffiebekertje. 'En die geheimtheorie. Hoe past die hierop?'

Dat was precies de vraag die door Flo's hoofd spookte. Ze waren er bijna. 'Ik ben zo terug,' zei ze. Ze haastte zich naar haar kantoor, sloot de deur zorgvuldig achter Hunter en belde Kai. Neem op, neem op, neem op, smeekte ze dwingend. Hunter jankte zacht, maar toen klonk Kais stem.

'Zus,' zei hij.

Dat betekende: jij beschermt me toch als dat nodig is? Dus maakte hij zich zorgen. Natuurlijk bescherm ik je, dacht Flo, natuurlijk vecht ik voor je. Ze verzamelde moed en zei: 'Luister. Er is een klopjacht geopend op Marcel. Hij is met grote waarschijnlijkheid de metromoordenaar.'

Het bleef stil aan de andere kant van de lijn.

'Kai. Blijf bij me.'

'Ja. Sorry.'

Ze hoorde hem slikken. Van angst of van verdriet? 'Weet je waar hij is?'

'Nee.' Dat klonk bang.

'Ook niks meer gehoord?'

Het bleef stil, maar ze wist dat hij zijn hoofd schudde.

'Ik geef je nummer aan Fiona, een collega. Je geeft antwoord op al haar vragen. Goed?'

'Ja.' Het bleef weer even stil. 'Flo? Moet ik me zorgen maken?'

'Nee,' zei ze snel.

'En om jou?'

Flo stopte even verbaasd met ademen. Kai die zich zorgen maakte om een ander? Om haar? Nu slikte zij op haar beurt en zei vlak voor ze ophing: 'Nee, hoor.' Dat ze daar zelf helemaal niet van overtuigd was,

was alleen maar overtollige ballast. Ze dacht aan haar verantwoordelijkheid voor Kai, voor wie ze zou vechten, voor wie ze weleens had gevochten, vroeger. En sloeg zichzelf voor de kop dat ze een grote aanwijzing had laten liggen.

Toen ze bij Desmond terugkwam in de vergaderzaal, gebaarde ze naar de opengeklapte laptop voor hem, waar hij druk op bezig was.

'Dat adres van Rik, dat hij gebruikte voor e-mails aan Wendy. Dat was toch iets met vechten?'

Desmond vulde aan: 'Fighter 23. Dat gebruikt werd door een ander via het darkweb.'

'Hoe komt Marcel bij Riks e-mailadres?'

'Alles valt te kraken.'

'Tuurlijk. Maar hoe weet hij dat hij via dat adres bij Wendy komt? Met een geheim?'

Desmond keek haar aan.

Ze ging door: 'Ik zag bij zijn buren een gordijn bewegen. Toen we met hem stonden te praten.' Desmond ademde scherp in. Dus zei ze: 'We gaan. Alarmeer een AT. En snel!'

*

Desmond en Flo sloegen de hoek om, Riks straat in de Watergraafsmeer in. De bus met het arrestatieteam, en Hunter, lieten ze achter. Flo had een oortje in en via een zender direct contact met de commandant. Die had bedenkelijk gekeken, toen ze de orders had gegeven en had gezegd dat Desmond en zij vooruit zouden gaan, maar dat had ze genegeerd. Als Marcel daar in die woning zat, dan wilde ze hem zelf confronteren. Desmond liep achterom, naar de tuinen die achter de woningen lagen.

Bij het hekje van het voortuintje trok ze haar wapen pas, zoals afgesproken, om niet de aandacht te trekken. Ze stapte over het hek, omdat dat beter voelde, hield haar wapen laag. De gordijnen waren nog steeds gesloten, hingen roerloos. Flo registreerde het geluid van tsjilpende mussen, keek naar het naambordje. C.C. de Vries. Ze belde aan. Ze wist dat Desmond de achterkant van het huis dekte, zodat Marcel niet kon vluchten. Geen reactie. Flo belde nog een keer, liet haar vinger op de bel liggen. Het was een doordringende aaneengesloten tring. Ze richtte op het slot, schoot. Met een trap van haar laars was de deur open.

In de gang lag glanzend schoon zeil. Het rook er naar zeep. De muren waren spierwit gesausd. Er stond of hing niets in, geen kapstok, geen schoenen, geen tafeltje.

In haar microfoon zei ze zacht: 'Gang veilig.'

Ze liep naar de enige deur, opende hem en ging met haar rug tegen de muur ernaast staan. Geen reactie. Geen geluid. Geen beweging. Ook niet vanuit de keuken aan het eind van de gang.

Met het pistool in de aanslag stapte ze in de deuropening.

De kamer was leeg, op een tafel met een stoel erachter na. Er was geen stofpluisje te bekennen, er hing niets aan de wand, er lagen nergens boeken. Op de tafel stonden drie grote beeldschermen. Daarachter een whiteboard. Met een schema. En namen. Van metrostations. Daaromheen foto's. Van elk station, van buiten, van toegangspoortjes, roltrappen, perrons. Ze meldde in haar microfoon: 'Woonkamer veilig.' Daarop kwam Desmond de deur binnen die aan de tuin grensde. Hij nam de situatie in zich op, de schermen waar hij zicht op had.

'We hebben 'm.' Hij liep door naar boven, zoals gepland. Flo liep om de tafel heen, aarzelde voor ze keek, omdat ze een vermoeden had. Ze kreeg gelijk. Op de schermen waren collages te zien van foto's. Regina in het klimtuig, met geknakte nek. Regina's blauwe lippen, de uitpuilende ogen. Het lichaam van Bo Wilkens, de doorboorde bodywarmer, het been in een rare hoek. Papaver, met de open broek. Bij de foto van

Theo, als Diva, nog levend in haar japon en met haar pruik op het perron, sloot Flo even haar ogen. Hem had ze het liefst willen redden. Van de man die ze nu voor zich zag, zijn grijze haren, zijn rimpels en het ouwelijke buikje. Ze voelde weer Marcels jongensgewicht dat ze tegenhield op de lopende band in het Lunapark, hoorde zijn stem, in de gang bij de kleedkamers van Studio 6, toen hij zei: 'Dat zou ik niet doen.' De pijn van zijn armklem schoot weer door haar borst. Ze zag Hunter die niet reageerde.

Ze hadden hem nog niet. En of ze daarin gingen slagen was niet gezegd. Maar ze ging er alles voor doen. Alles.

8

Zuid

Nadat het AT de uitvalsbasis ook gecontroleerd had op kruipruimtes, zolders en andere verstopmogelijkheden, moest Flo erkennen dat Marcel hun nog steeds een stap voor was. Terwijl ze wachtten op de technische recherche voor sporenonderzoek, keken zij en Desmond naar de beeldschermen. Ze had Hunter het commando 'lig' gegeven, waar hij zich voortdurend onderuit probeerde te worstelen door zijn kont omhoog te steken. De foto's had Marcel speciaal voor hen klaargezet, vermoedde Flo, toen Desmond die wegklikte. Nu zag ze beelden van andere huizen. Bewegende, zo te zien live geschoten beelden. Mia, de vrouw van Theo, was blijkbaar weer thuis, zette een pot thee op de keukentafel. Het kleine meisje met de indringende blik, de dochter van Bo Wilkens en Mariska, deed een slaapje in het ledikantje waar haar vader voorraden ketamine in had bewaard. Kristoffer Lasalle lag midden op de dag in bed. Er was haarscherp beeld van Bruno Papavers kantoor in de Stopera en van een kamer waar de wanden werden gesierd door expliciet mannelijk naakt.

Er waren enorme bestanden met geluidsopnames.

Marcel had camera's weten te installeren bij al zijn slachtoffers. Hij had ook ingebroken in hun telefoons en gesprekken en berichten afgetapt, bleek uit geïnstalleerde software. Alle versleutelde e-mails waren afkomstig van het IP-adres dat aan een van de computers gekoppeld was. Marcel had toegang tot het darknet, had ook de beschikking over software waarmee hij de accounts van zijn slachtoffers kon hacken.

Zo had hij hen geobserveerd. Kende hij daardoor hun geheimen? Flo stelde zich de Grindr-contacten van Theo voor, de afspraken met klanten van dealer Bo, alles tussen Wendy en Rik. Wat had Marcel ontdekt over Bruno Papaver en Regina Baken? Dat bleef een onbeantwoorde vraag. En hoe en waarom had hij juist deze slachtoffers gekozen? Was de reden inderdaad het feit dat ze allemaal voorstander waren van de Noord/Zuidlijn?

Wel was het Flo duidelijk dat Marcel meer dan genoeg kennis had om alles wat erop kon wijzen dat Vanessa misschien medeplichtig was, of in elk geval op de hoogte, van haar computer te wissen. De bovenverdieping van Marcels operation center was net zo smetteloos als de ruimtes beneden. Ook in de keuken had Flo geen spoor van schimmel aangetroffen, geen afwas, geen etensresten. Het rook er vrolijk. Dat was de enige benaming die ze kon verzinnen. Marcel had zijn eigen woning, de woning waar hij woonde voor dit plan, voordat hij hier verbleef, waarschijnlijk geheel geënsceneerd. Met het stof, de stapels boeken, de memo's en briefjes, de beschimmelde pannen, de stinkende lakens.

In deze slaapkamer stond een zo te zien gloednieuw bed met een frisgewassen dekbed. Er hingen geen memo's aan de muren. Er stond een stoel, waarschijnlijk om kleren op neer te leggen. In de klerenkast lagen stapeltjes keurig opgevouwen ondergoed, overhemden, truien. Er hingen de ouwelijke broeken, waarin Flo hem de laatste keren had gezien. Alles was tot op de draad versleten, maar schoon. Ze hield een onderbroek onder Hunters neus, die snoof eraan. Leek haar toen verwijtend aan te kijken: daar kon hij toch niets mee? Flo bukte zich, keek onder het bed, vurig hopend op een verdwaalde vuile sok, maar er lag er geen. Ze speurde rond naar een wasmand. Die vond ze in de blinkende badkamer. Zelfs de voegen tussen de tegels waren wit. Ze opende de wasmand. Een T-shirt. En een onderbroek. Met een gehandschoende hand hield ze ook die onder Hunters neus. Dat was het betere werk, zag ze aan zijn snuit en zijn kwispelende staart. Met de kleding in een plastic zak schoof ze het gesloten gordijn voor het raam opzij. Op maximaal anderhalve meter afstand was daar eenzelfde raam. Van de buren. Daar hing geen gordijn voor. Flo kon vanaf hier de Star Warsposter aan de muur zien, en de chaos van kleren op de vloer. Ze keek recht in de kamer van Rik.

*

Rik was snipverkouden en had dat waarschijnlijk dankbaar aangegrepen als excuus om niet te hoeven uitleggen waarom hij niet naar school kon. Nee, hij had zijn ouders niets verteld, en wilden ze dat alsjeblieft zo houden?

'Wil je niet weten hoe het met het onderzoek staat?'

'Ja, natuurlijk wel,' haastte hij zich te zeggen. 'Ik dacht alleen, daar mag u toch niks over meedelen.'

'Nee,' beaamde Flo, terwijl ze de zolen van haar laarzen stevig in het tapijt zette. 'Maar jij wel.' Ze voelde Desmonds blik weer, maar bleef Rik strak aankijken. Die nam veel tijd. Te veel?

'Hoe bedoelt u?' Hij klonk op zijn hoede, dus ergens had ze raak mee geschoten. Ze wisselde een blik met Desmond. Hier was hij beter in.

'Rik,' begon Desmond op zijn voorzichtige Desmonds. 'De buurman.' Hij knikte naar links. 'Ken je die?'

'Eh... Een beetje. Hij woont hier nog niet zo lang.'

'Hoelang?'

'Halfjaar of zo?'

'Hoe heet hij?'

'Marcel. Hoezo?'

'En verder?'

'Weet ik het.'

Hij schoot weer in de verdediging. Flo zag dat de rode randen om zijn ogen er nog waren, zijn neusgaten zagen er geschilferd en pijnlijk uit, maar dat kon allemaal ook aan de verkoudheid liggen.

'Heb je hem verteld van Wendy en jou?' vroeg Desmond.

Daar schrok Rik van. 'Waarom zou ik dat doen?'

Desmond en Flo zwegen. Lang.

Nerveus ging Rik door. 'Ik bedoel, zo goed ken ik hem toch niet...'

'We denken dat hij de reden is waarom Wendy haar halve hoofd eraf geschoten heeft.' Niet tactvol. Niet aardig. Maar hij zat keihard te liegen, dus mocht ze hem aanpakken.

Rik deinsde iets achteruit in de bank, alsof ze hem een foto voorhield van het halve hoofd van Wendy. Dat zij het ook voor zich zag, en vele malen bloederiger dan hij zich kon voorstellen, zei ze niet.

Rik haalde zijn neus op, pakte een zakdoekje, wilde zijn neus gaan snuiten.

'Laat dat,' zei Flo. 'Heb je Marcel over jullie verteld of niet?'

Rik keek nog even naar Desmond, zag daar geen reddingsboei en gaf het op. 'Ja. Ik kwam daar weleens, als ik weer eens gek werd hier. Geen gezeur aan mijn kop daar.'

'Wat dacht je van die beeldschermen?'

'Hij houdt van gamen? Nog meer dan ik?'

Flo begreep nu de aantrekkingskracht die Marcel voor Rik moest hebben gehad. Gamen op zulke schermen, met zulk geluid, games die veel te duur voor de jongen waren.

'Wat vertelde je precies?'

Rik haalde zijn schouders op. 'Dat ik... Dat wij...'

'Dat je een docent neukte? En hoe cool dat was?' Raak, zag Flo aan de onmiddellijk neergeslagen blik.

'Nou...' probeerde hij het nog te vergoelijken.

'Wat zei Marcel?' Flo boog zich naar Rik toe.

Die wreef over zijn neus, haalde een hand door zijn rode haar en nam een besluit. 'Hij zei dat daar geld te halen was.'

Flo voelde de woede zich steeds vaster in haar binnenste nestelen, een woede die zich volledig op Marcel richtte en op het feit dat hij hun steeds een stap voor was. 'Dus hij bracht je op dat idee haar te gaan chanteren?'

Rik knikte, schaamde zich nu, zag Flo.

'Hij hielp me met die mails.'

'Wanneer heb je hem voor het laatst gezien?'

'Eh... Eergisteren? Ik kwam hem buiten tegen. Ik wou vragen of hij tijd had, maar hij ging meteen naar binnen.'

'Wat voor werk doet hij?'

'Iets met een auto, chaufferen of zo.'

'Weet je waar hij is?'

'Hoe zou ik dat moeten weten?' De verbazing was oprecht.

'Liet hij je weleens wat anders zien op die schermen?'

'Hoe bedoelt u?'

'Hij had camera's geïnstalleerd in de woningen van alle slachtoffers van de metromoorden.'

Er klonk een kreetje. Rik wist het niet.

Flo stond al op. 'Dus als je nog iets bedenkt, je herinnert wat van belang kan zijn om hem te vinden...'

Bij de deur draaide ze zich om. Ze hoorde in haar hoofd Casey tegen haar praten, over Boy. *Wees niet zo hard voor die jongen.* Dus zei ze tegen Rik: 'Hij heeft je gebruikt. Daar kon jij verder ook niks aan doen.'

Of Rik er wat aan had wist ze niet, maar het leverde haar buiten, op het tuinpad, een goedkeurend knikje van Desmond op.

*

Flo stond naast haar auto op het tankstation, op asfalt dat hier en daar gesmolten was onder vertrekkende banden. Het rook alsof ze pure benzine inademde. Ze had net het nieuws van zes uur beluisterd, met een onveranderd weerbericht over voortdurende hitte, droogte, gevaar voor bosbranden en verarming van grond. Er was geen nieuws over de metromoorden. Geen berichten over de naderende opening. Geen woord van Vanessa in *Dag vandaag*, geen enkele gelekte persfoto. Nog twee dagen. Dat wist Marcel ook. Plande hij zijn finale op die dag? Of wilde hij dat ze de opening zou uitstellen, gaf dat hem de macht en de genoegdoening waar hij naar zocht? Haar telefoon trilde in haar broekzak. Ze klikte de pomp uit, hing de tuit terug op zijn plek, draaide eerst de dop op de tank zodat er niet nog meer zou vervliegen en keek toen wie het was.

'Mam.'

'Wist jij dat Grace vanavond haar vriend meeneemt?' vroeg haar moeder.

Grace. Haar vriend. Vanavond.

Net voordat ze vroeg: 'Wat is er vanavond?' herinnerde ze zich het familiediner, dat ze om beurten viermaandelijks organiseerden: haar ouders, Kai en zij. En voorheen Casey.

'Nee,' zei ze dus. Zij wist niets van Grace en een vriend, en al helemaal niet dat hij al zo'n status had bereikt dat hij werd voorgesteld aan Kai en oma en opa.

'Ze kent hem nog maar net, maar ze weet zeker dat hij het is, dus vroeg ze of hij ook mocht komen.'

Dit vertelde haar moeder haar op triomfantelijke toon. Grace had oma in vertrouwen genomen over iets wat haar eigen moeder nog niet eens wist. Niemand triomfeerde over haar, dus zei Flo op vrolijke toon: 'Wat ontzettend leuk voor haar, hè?'

Dat ontnam haar moeder enige munitie.

'Ben je wel op tijd?' kwam er nog achteraan.

'Ja hoor. Ik ben speciaal vroeg weggegaan van het bureau.' Dat ze de kantoortuin had verlaten omdat ze geen meter opschoten, nog steeds geen idee hadden waar Marcel of Vanessa zich bevond, vertelde ze er niet bij.

*

Hunters nagels krasten op de vloer. De etensbak kletterde omdat hij zijn neus er te gretig in stak. Felix lag in het zonnetje te glanzen voor de terrasdeuren. Flo zette haar hoed af en riep Boy, juist op het moment dat hij de trap af kwam. In alleen een onderbroek. 'Ik was nog even gaan liggen,' zei hij op verontschuldigende toon.

Ze glimlachte naar hem. Natuurlijk mocht hij slapen, desnoods de hele dag, want de dag na de kermis had iedereen een vrije dag. Er was geen school.

'Heb je nieuws?' vroeg hij.

Flo aarzelde, maar Boy wist al te veel, had haar geholpen Marcels proefschrift te duiden, natuurlijk was hij nu nieuwsgierig. Dus ze vertelde. Van Marcels tweede huis dat ingericht was als operation center, het feit dat dat zich naast het huis van Rik bevond. Ze benadrukte dat ze hem bijna hadden. Boy gaapte met wijdopen mond. Hij leek noch onder de indruk, noch verbaasd. Dat leek haar goed, en ze veranderde van onderwerp.

'Heb je zin?' Flo zag aan zijn blik dat ook hij de barbecue vergeten was. 'Etentje bij opa en oma?'

Hij vond het wél een leuk vooruitzicht, concludeerde ze toen hij op de klok keek en opstond. Hij en Simon waren vier handen op één buik, altijd geweest.

'Komt Grace ook?' vroeg hij.

'Tuurlijk,' zei Flo. Ze voegde er niet aan toe dat ze met haar vriend kwam, omdat zij er ook niets over hoorde te weten en omdat ze vermoedde dat Grace een entree wilde maken met de uitverkorene van wie ze allemaal onder de indruk zouden zijn.

'Ik ga douchen,' zei Boy. Bij de deur draaide hij zich om. 'Wat voor opleiding is dat eigenlijk, tot rechercheur?'

'Heb je dat nog niet uitgezocht dan?'

Boys grijns vertelde haar dat dit zijn manier was om te zeggen dat hij haar werk vet interessant vond. Of zij wilde dat hij in haar voetsporen zou treden, wist ze niet.

Ze dacht aan Marcel, aan het beeld van Regina met de geknakte nek, aan Wendy's halve hoofd, aan de pruik van Theo, verloren liggend achter een pilaar in een metrostation, de sterren op de jurk. Was zij een volgend slachtoffer? Hij kende al een geheim van haar. Maar wat was de impact daarvan, vergeleken met Theo's geheim, dat van Wendy en Bo? Als bekend werd dat zij ooit op vijftienjarige leeftijd onder dwang een nest puppy's had verdronken, dan raakte ze noch haar baan kwijt, noch haar huis of haar leven. Ze dronk een glas water, met grote slokken, keek toen in de grote spiegel aan de wand. Lichtblauwe ogen, gebruind gezicht, hoewel het wat vaal was van het gebrek aan slaap. Ze legde even een hand op haar borst, trok toen haar shirt uit, beet op haar tanden en trok met één ruk de pleister van de wond. De huid was rood. Ze kon de hechtingen tellen, maar die waren niet ontstoken. Er leek zich wel wondvocht op te hopen onder de huid, en het deed nog steeds pijn. Best aanzienlijk. Maar ja. Als dit allemaal achter de rug was, zou ze rust nemen. Beloofd.

'Mam?'

Ze had Grace niet binnen horen komen. Die keek haar met een schuin hoofd aan, vroeg zich duidelijk af wat ze stond te doen, in haar bh in de woonkamer, in plain sight.

'Ik wist niet wat ik aan moest doen. En deze spiegel is groter,' verzon Flo, terwijl ze de pleister terugplakte en snel haar shirt weer aandeed.

Grace was gelukkig met zichzelf bezig.

'Ik wist het ook niet. Dus toen ben ik even langs Kim gereden. Die had nog wel wat hangen. Dus...'

'Zal ik even meekijken?'

Dat was precies de goede reactie. Grace opende de grote boodschappentas en begon uit te pakken.

'Dit is mooi,' begon Flo al, maar Grace voegde eraan toe: 'Even wachten. Het zijn setjes.'

Er verschenen drie setjes, netjes over de bank gedrapeerd, een blauwe, een mintgroene en een witte variant.

Grace leek in volstrekte tweestrijd.

'Kijk, dit is leuk vanwege dat kraagje en die mouwtjes. Maar deze is wat stoerder en niet alsof ik me enorm heb opgetut.'

'Wil je je enorm optutten?'

Grace zocht naar woorden, Flo hielp haar. 'Ik sprak oma.'

'O. Ja. Ik kon jou niet bereiken natuurlijk, dus ik dacht...'

'Is prima toch? Doe deze 'ns aan.'

Grace liep naar de terrasdeuren, schoof de gordijnen dicht, natuurlijk, en begon zich om te kleden. Flo was verrast dat ze geen last leek te hebben van de ogen van haar moeder. Ze probeerde weliswaar zo weinig mogelijk te kijken, maar kon dat natuurlijk toch niet laten. Ze herinnerde zich de bolle cherubijnenbeentjes, Graces ferme kinderbuikje, de armpjes waar de handjes zonder overgang aan geplakt leken. Nu zag ze lange slanke benen, een strakke, platte buik, polsen die uitliepen in dunne ranke vingers. Caseys vingers. Grace was klaar. Ze trok en plukte terwijl ze in de spiegel keek. Flo hielp haar, verschikte een vouw, trok het shirtje iets lager.

'Ontspan nou even.'

Dat probeerde Grace.

'Zie je dat die kleur precies matcht met je ogen?'

Dat zag Grace nu pas. Ze begon te stralen.

'Oké. Deze wordt het. Dank je, mam!'

'Wil je mijn gelaarsdekatlaarzen aan?'

'Mam,' klonk het. Meewarig? Grace voegde er snel aan toe: 'Dat is heel lief aangeboden, maar niet echt mijn stijl, hè.'

Flo besloot het te negeren.

Grace gaf haar een luchtkus en maakte aanstalten weg te lopen.

‘Wat ga je nou doen?’

‘Ik maak me in de Huppel wel op. Daar hebben we afgesproken.’ Grace zag Flo’s blik en voegde eraan toe: ‘Twee keer een vreemd huis met vreemde mensen is een beetje veel?’

Flo glimlachte. ‘Ik zal zo aardig mogelijk zijn,’ gaf ze als reactie op het niet uitgesproken verwijt.

‘Beter lekker recht voor z’n raap dan die verborgen agenda’s de hele tijd.’

Daarmee doelde Grace op oma, vermoedde Flo. Haar dochter was mijlen volwassener dan ze dacht. Misschien moest ze eens wat beter op gaan letten.

Grace nam haar op, leek haar nu pas echt te zien.

‘Ga jij zo dan?’

Flo zag zichzelf ook in de spiegel, een gekreukt shirt, de lichte broek die nu niet helemaal licht meer was, de versleten strohoed op tafel. Ze lachte. ‘Natuurlijk niet. Ga nou maar gauw. Ik kom zo met Boy naar oma.’

Grace stormde al naar buiten.

‘Hoe heet hij?’ riep ze Grace nog achterna. Het antwoord ging verloren in de dichtvallende deur. Maar natuurlijk maakte dat niet uit. Al heette hij Splinter, of Fargo. Als Grace hem leuk vond, dan was hij welkom.

*

Haar moeder had uitgepakt. Onder twee parasols in de tuin stonden mooi opgemaakte schalen met koude pastasalade, een schotel met paprika en tomaten. Flo zag een quiche, gevulde champignons en het glanzende rode vlees van plakken watermeloen. Hunter had er even aan gesnuffeld, het niet interessant bevonden en rende nu achter een konijn of een vogel aan, ver weg in het weiland. Er stonden emmers met ijs, waar flessenhalzen uitstaken en blikjes fris. Boy was met oma meegelopen naar de keuken, altijd bereid om even te helpen. Haar vader stond bij de barbecue te wapperen met een stuk karton. Ze liep over het verdorde gras naar hem toe. Hij droeg het schort waar haar moeder een hekel aan had, maar dat hem nu eenmaal lekker zat: het toonde een torso met een sixpack. Daaronder ging zijn buik schuil. Zijn gezicht was rood aangelopen. Haar moeder was een voorstander van de taakverdeling vaststellen in democratisch overleg, en natuurlijk waren mannen niet de enigen die konden barbecueën, maar toch eindigde haar moeder altijd in de koele keuken en haar vader met een rood gezicht achter een wapperend karton.

'Hé, pap,' begroette ze hem.

'Denk jij dat íémand in dit gezelschap nog vlees eet?' begroette hij haar terug.

Haar moeder was vegetariër met veganistische periodes, maar dat moest je anderen niet opleggen natuurlijk.

Flo grinnikte. 'Verder alles goed?' vroeg ze.

Simon keek haar aan, liet het karton zakken, begon te lachen, diepte twee koude bierflesjes uit het ijs op en opende ze. Naast elkaar op de oude tuinbank, die nog van zíjn opa was geweest, keken ze uit over het weiland. Dat van de buurman was verrassend groen.

'Hij sproeit illegaal,' legde Simon uit.

'Jij niet,' constateerde Flo met een blik op het gele gras in de tuin.

Haar vader haalde zijn schouders op en maakte een hoofdgebaar naar het huis, naar de keuken met haar moeder erin.

Flo trok een gezicht. 'Lekker bier.'

'Ja, hè? Ik dacht: ik probeer weer eens wat anders. Bij de Lidl.'

Hoewel Flo en haar vader in haar puberteit enorm hadden gebotst, konden ze nu samen intens tevreden zijn met niets.

'Nog één?' vroeg Simon met een knipoog.

'Even wachten maar, hè?' antwoordde ze met dezelfde knipoog.

Een fladdering aan stroken, roesjes en kleuren kwam de keukendeur van de boerderij uit. Haar moeder droeg een schaal aardbeien, met daarop een kom met geslagen slagroom.

'Spuitbus mag niet,' zei Simon zachtjes.

Flo grinnikte, stond op en liep naar haar moeder. Die boog zich naar haar toe. Flo kon nog net de slagroom redden voordat de kom ondersteboven in het gras viel. Haar vader had zich omgedraaid en was druk doende met het karton. Om zijn lachen te verbergen, wist Flo.

'Is dat niet leuk feestelijk? Om Graces verkering te vieren?'

Boy zette twee overvolle schalen met vlees op een tafel. Flo zag aan zijn gezicht dat oma hem al had ingelicht over de verkering. En dat het hem echt niet boeide.

Luid getoeter klonk van de oprit. De Citroën CX van Kai. Flo's hart sloeg over. Liet hij Marcel rijden? Was het zo makkelijk? Maar hij stapte zelf uit aan de bestuurderskant en niemand volgde hem.

'Pa! Nog steeds dezelfde jonge god!' riep Kai. En: 'Mijn moeder is een bloem in een lelijke wereld.' Deze teksten uitte hij altijd, elke keer op even luide toon, met evenveel geklop op schouders en innige omhelzingen. Toch hield Flo ervan, van zijn ontspanning, zijn plezier, hoewel ze vermoedde dat die nu meer gespeeld waren dan anders. Hij omhelsde haar inderdaad langer dan gebruikelijk.

'Alles goed?' vroeg hij, niet met de blik die hem een goede talkshowhost en interviewer maakte, maar met die van bezorgde broer.

'Nog iets van Marcel?' vroeg ze op haar beurt zacht.

Haar moeder was bezig de uitstalling op de tafel opnieuw in te delen, Simon wapperde.

'Zijn voicemail zegt dat hij nog steeds ziek is,' antwoordde Kai op hetzelfde lage volume. 'Nog ontwikkelingen?' vroeg hij.

'Dan was ik hier niet?'

Kai schudde de bezorgdheid van zich af en nam weer de rol aan die hij altijd had in de familie. Hij begon een fles champagne te openen, zorgde dat de kurk niet knalde maar 'zuchtte', zoals hij dat noemde. Hij schonk in, bood haar een glas aan.

Flo hief haar bierflesje.

'Goeie hoed.'

Ze droeg een oude beige stetson, die ze steeds liet reinigen omdat ze er geen afstand van kon nemen. Stetson ging een leven lang mee. Ze knikte en vroeg toen toch: 'Enig idee waar Vanessa uithangt?'

Dat maakte hem meteen op zijn hoede. 'Hoezo?'

'Ik wil haar wat vragen stellen, maar ze is onbereikbaar.'

'O?'

Kai reikte al naar de telefoon in het borstzakje van zijn overhemd. Zijn mouwen waren opgerold, de kraag was vanbinnen anders gekleurd dan vanbuiten.

Flo legde een hand op zijn arm. 'Even geen werk?' zei ze.

'Oké,' stemde hij in. Ze kon het risico niet lopen dat hij Vanessa zou waarschuwen. Waarvoor dan ook.

'Daar zijn jullie!' riep haar moeder op enthousiaste toon.

Bij het hek stonden Grace, prachtig in haar groene zomeroutfit, en haar vriend. Hij heette geen Splinter, geen Fargo, maar Alex.

Flo's eerste impuls was om haar hoed af te zetten, alsof ze zonder onherkenbaar was. Maar Alex had haar zonder hoed en zonder veel meer gezien. Flo stond roerloos, nog half afgeschermd door het lange lijf van Kai. Haar moeder was even genoeg om de aandacht af te leiden; met gespreide armen liep ze op Grace en Alex af, pakte ze allebei tegelijk vast als voor een teamhug. Alex bleef glimlachen. Totdat hij meegevoerd werd naar Simon en Flo zag. Zijn pas haperde. Grace bemerkte het, volgde zijn blik en fronste haar voorhoofd. Flo tilde bij gebrek aan beter haar bierflesje op in een saluut, zei: 'Hai.'

Alex wist niets uit te brengen.

'Jullie kennen elkaar.' Grace was not amused.

Flo hoopte dat ze dat niet erger hoefden te maken. 'Ja. Alex helpt mij met wat buurtonderzoek op de uni. Versiteit. Is dat niet toevallig?' Ze hoorde zichzelf klungelen, maar Alex vond het een goed idee.

'Nou, zeg. Wat grappig!' wist hij uit te brengen.

'Oké. Nou. Mijn moeder ken je dus. Dit is mijn oom.'

Kai nam charmant de aandacht van haar weg.

In de ouderlijke badkamer, die niet toegankelijk was voor bezoek en die ze juist daarom koos, zat Flo met haar broek aan op de klep van de wc. Ze draaide haar hoed rond in haar handen.

Hoe verzin je het, dacht ze. Hoeveel duizenden mensen zaten er wel niet op Tinder. En dan moest zij iemand treffen die het aanlegde met haar dóchter. Even verlangde ze hartstochtelijk naar Marianne, en welk advies dan ook dat zij zou geven. Ze stond op en keek in de spiegel. Nee, Grace en zij leken echt niet op elkaar. Misschien was dit geen toeval. Misschien was haar ontmoeting op Tinder geen toeval. Misschien had Alex al geweten wie ze was voordat ze met hem had afgesproken in het Zaanse illegale café. Van Marcel. Misschien…

Er werd zacht op de deur geklopt. Als versteend keek ze naar de deurkruk, die omlaaggedrukt werd.

'Wie is daar?'

'Ssssst,' klonk het aan de andere kant. 'Doe alsjeblieft open. Flo.'

Het was inderdaad Alex. Flo voelde aan haar wapen, dat ze eigenlijk niet bij zich mocht hebben en dus niet in haar holster, maar in haar broekband had gestoken. Ferdinands stem klonk in haar hoofd. *Intuïtie is niet heilig.* Ze kon het fout hebben, zich vergissen in haar vertrouwen in Alex.

Ze trok het wapen, deed de deur van het slot en ging ernaast staan, met de rug tegen de muur. Hij zag haar in de spiegel, hij zag het geheven wapen. Flo begreep nu wat de uitdrukking 'zijn mond viel open' echt betekende. Ze wenkte: binnenkomen. Dat deed hij. Hij sloot de deur achter zich en wendde zich tot haar. Flo hield het wapen met moeite op hem gericht. Dit was de jongen die uit verlegenheid zijn T-shirt aanhield, de jongen die onder de indruk was geweest van haar nog redelijk strakke lijf, die haar zonder omhaal naar het ziekenhuis had gebracht. Bij de gedachte dat hij Hunter bij zich in bed had laten slapen, liet ze het pistool zakken.

'Beter,' zei Alex. 'Ik neem aan dat je dit niet doet vanwege mij en Grace?'

Flo lachte vermoeid. Ze schudde nee. 'Ik doe dit omdat ik in mijn vak niet altijd op intuïtie mag vertrouwen. En omdat ik niet weet of toeval bestaat.'

Hij deed een stap naar haar toe. 'Dat bestaat, Flo. Ik zweer het je. In elk geval nu. En hier. En de afgelopen weken.'

Hij zag dat ze nog niet overtuigd was. En ging door, met klem. Hij pakte nog net haar hand niet tussen de zijne. 'Ik ken die Marcel niet. Ik weet niks van die moorden. Ik vond je leuk. Vind je leuk. Dat is alles.'

Ja, dacht Flo. Hij vindt me leuk en dat is alles. Mary voegde er buiten beeld aan toe: *Dus zoekt hij voor een relatie iemand van zijn eigen leeftijd.* En daar had ze ook op aangestuurd. Hecht je niet meer aan mensen.

Flo stopte haar wapen weg. 'Sorry.'

'Nee, natuurlijk niet. Jij zit in dat onderzoek. Logisch.'

'Alex?' Flo en hij keken elkaar aan. Grace. Op de gang.

'Fuck,' zei Flo, net toen Grace in de deuropening verscheen en het tafereel in zich opnam.

'Flo was hier net klaar,' klonk Alex' stem naast haar. Waarmee hij wilde zeggen: ik los het op. Ze wist niet of ze hem daar dankbaar voor was, maar passeerde Grace en liep de trap af.

Buiten zat haar moeder met Kai op de tuinbank, champagnefles in de koeler binnen handbereik, en Simon wapperde nog steeds. Niet naar het vuur ditmaal, maar naar de wespen, die de aardbeien en de slagroom, die haar moeder al over de coupes verdeeld had, gevonden hadden.

Flo keek rond, zag Boy in de verte bezig met een stok voor Hunter.

'Flo. Heb jij Grace en Alex binnen gezien?'

Ze keek haar moeder zo neutraal mogelijk aan.

'Zo zonde van de aardbeien,' zei haar moeder, teleurgesteld.

'Die twee hebben genoeg aan elkaar, denk je niet?' Dat was Kai, met een brede grijns. Hij knipoogde er nog net niet bij. Het beeld van zijn omhelzing met Vanessa verscheen weer op Flo's netvlies. Ze floot kort op haar vingers, het fluitje voor Hunter. Al snel kwam hij aangerend, met zijn tong uit zijn bek en zijn kop scheef, om te vragen: mag ik nog even? Boy liep naar de koeler en pakte er een frisje uit. Ze klopte even op haar been. Hunter keek nog even om, maar ging toen liggen. Ook dit etentje ging vanzelf voorbij. Alex wist Grace vast om de tuin te leiden. Ze zouden Vanessa en Marcel vinden.

Toen ze wat van de paprika-tomatensalade op haar bord had geschept naast de gemarineerde kippenvleugel die Simon met enorme aandacht had gegrild, kwam er een e-mail binnen op haar telefoon. Van een adres met random gekozen cijfers en letters, leek het. Het was een afbeelding. Van een schilderij? Ze fronste haar wenkbrauwen, vergrootte het plaatje. Een pentekening. Of een ets of zo. Van een vrouw in ouderwetse rokken, die met geknakt hoofd aan een paal gebonden was. Aan de balk naast haar hoofd hing een bijl.

'Rembrandt,' hoorde ze naast zich.

Boy, nieuwsgierige, alerte Boy, keek mee zonder dat ze het had gemerkt.

'En wat betekent het?' vroeg ze.

'Weet ik niet. Opa misschien wel.' Haar vader was kunsthistoricus van huis uit. Hij had zijn plek aan de barbecue afgestaan aan Kai, zag ze, en was verdwenen.

'Waar is hij?' vroeg Flo aan Boy.

'Hij liep naar achteren.' Boy gebaarde naar de boerderij en het land daarachter. En kreeg van Kai een enorme verse worst op zijn bord. Hij grinnikte en prikte erin, zodat het vet er uitspoot.

Flo liep om de boerderij heen. Hunter waggelde lui achter haar aan. In de schaduw van het huis, met zicht op de kaarsrechte, halflege sloten, stond Simon een shaggie te draaien. Zwijgend, en zonder dat hij ervan opkeek, kwam ze naast hem staan.

'Wil je hier even naar kijken?'

Simon stak de sigaret aan, inhaleerde diep en keek naar de afbeelding van de ets op haar telefoon. Hij hoefde niet lang te kijken.

'Rembrandt,' zei hij, op precies dezelfde toon als Boy: dat ze dat niet wist. 'Eind 17^{e} eeuw. Beroemd stuk.'

'En wat stelt het voor?'

'Elsje Christiaens. Een Deens meisje van achttien dat haar huisbazin had vermoord met een bijl en op de Dam ter dood werd gebracht. Hier hangt ze op het Galgenveld aan de overkant van het IJ.'

'Wacht, wacht.' Flo nam de telefoon weer over en bekeek de ets nogmaals.

'Jc wcct toch wcl wat ccn galgcnvcld is?'

'Ja, pap. Daar werden misdadigers na hun dood ter afschrikking tentoongesteld.'

Grijnzend vulde Simon aan: 'Om te laten zien dat zij niet meer zouden opstaan als het Bijbelse einde der tijden zou aanbreken. Het schrikte af, maar trok ook dagjesmensen die lekker wilden griezelen.'

Flo had geen tijd voor deze kennisquiz. 'En waar is dat precies? In Noord?'

'De Volewijck. Waar nu de A'Dam Toren staat.'

Dat was het vijfentachtig meter hoge, oude Shellgebouw, waar lange tijd een organisatie van dance-events had gehuisd en waar nu ruimte was voor creatieven, een restaurant op de bovenste verdieping en een huiveringwekkende schommel, waarop je je benen boven het IJ kon laten bungelen. Boy was er weleens in geweest met vrienden, maar over her dead body.

'Waarom stuurt iemand mij dit? Anoniem?'

Haar vader stak de sigaret aan, inhaleerde diep.

'Ja, meis, dat weet ik niet, hè.'

Natuurlijk niet. Ze kon hem niet in vertrouwen nemen, ook al kende hij Marcel ook, van de tijd dat hij onafscheidelijk was van Kai. Of juist daarom.

Bovendien wilde ze haar vader niet verontrusten en was de kring van mensen die op de hoogte waren al veel te wijd.

'Ik moet gaan,' zei ze daarom. In een opwelling voegde ze eraan toe: 'Kunnen Grace en Boy hier logeren vanavond?'

Hij keek bezorgd, maar vroeg niet waarom. 'Tuurlijk.' En zei wat hij altijd zei, maar nu met een randje: 'Doe je voorzichtig?'

Flo knikte, gaf hem een kus op zijn wang, wat ze níét altijd deed en liep terug.

'Ik sta hier gewoon even het weiland te inspecteren, hè?' riep Simon nog. Hij bedoelde: ik rook heus niet stiekem.

Flo stak haar duim op.

Naast de tafel met de parasols stond Grace. Met haar armen over elkaar geslagen. Ze zag Flo komen, deed een stap naar voren. Alex legde even een hand in haar rug. Zijn blik vertelde Flo dat hij Grace verteld had hoe het zat. Die aarzelde, wierp haar moeder nog een blik toe en draaide zich weg van haar. De blik in haar ogen hield het midden tussen 'Hoe kun je?' en 'Gadverdamme'.

Flo ving Boys blik en zei op luide toon: 'Jullie blijven vanavond hier logeren.'

Grace keek al boos op, maar zag de Flo met wie niet te spotten viel en die eraan toevoegde: 'Geen discussie. Ik moet weg, jullie blijven hier.' Ze liet het woordje 'veilig' weg omdat ze niemand ongerust wilde maken. Zonder verder haar moeder of Alex aan te kijken liep ze naar de oprit, stapte in haar auto, wachtte even tot Hunter lag en gaf gas. Iemand wilde dat ze wist van het bestaan van een zeventiende-eeuws galgenveld, aan de noordkant van het IJ. En ze kon zich zomaar voorstellen wie dat was.

*

Het kostte haar precies acht minuten om van het Zuideinde in Oostzaan naar de A'Dam Toren te rijden. Daarmee overschreed ze ruimschoots de snelheidslimiet, maar dit was een noodsituatie. En als het dat niet was, dan had het er een kunnen zijn. Hunter stak zijn kop in de wind en was het met haar eens. Ze raasde de Stellingweg op, via de Appelweg over de Pomonastraat langs de blokhuizen en linksaf de Klaprozenweg over, richting Buiksloterham. De Toren stond rechts van haar, naast het Eye Filmmuseum. In de nu vallende schemering zag ze hoog op het dak de schommel, die stil hing. Ze parkeerde haar auto bij het Buiksloterwegveer, op de stoep voor de Tolhuistuin. Scooters en fietsers verlieten een volle pont. De meeste reden rechtdoor, slechts een enkeling sloeg met haar de promenade aan het IJ op. Het was geen filmaanvangstijd; bij het Eye was het uitgestorven.

Flo scande de omgeving, waar moest ze op letten, wat moest ze zien. Er was geen plaquette of ander herdenkingsteken dat verwees naar het Galgenveld. Dat lag hier ergens recht onder, waarschijnlijk met de resten van de tentoongestelden nog in de grond. Ze passeerde de Toren. Daarachter was het nog stiller. Een scheepshoorn loeide achter haar, ze keek naar een tonrond gebouw dat beloofde: 'This is Holland', daarachter lag de Amsterdam University of the Arts. Ze was hier nog nooit geweest. Een dor grasveld strekte zich uit tot aan nieuwe appartementenblokken. Op het verlaten grasveld, met boomstammen als bankjes, die leeg waren, stond een tent. Een beige kampeertent, die hier waarschijnlijk niet mocht staan en waar in elk geval niemand in mocht overnachten. Omdat dat het enige was wat echt uit de toon viel hier, liep ze ernaartoe. Hunter kwispelde nerveus, snuffelde aan het gras, hief zijn kop en jankte. Een telefoon rinkelde. Het geluid kwam uit de tent. Ze aarzelde, riep toen: 'Hallo? Politie.'

Er was geen beweging. De telefoon bleef rinkelen. Flo keek om zich heen. Niemand die met haar meekeek, niemand om zich met haar over de tent te verbazen, niemand om haar te vertellen of dit was wat ze moest vinden. De telefoon zweeg. En begon onmiddellijk weer te rinkelen. Ze trok haar wapen, bukte. Hunter stond vlak achter haar toen ze met een ruk de rits opentrok. De sterke geur van vochtige aarde kwam haar tegemoet. Die lag, vers gedolven, in een berg naast een langwerpig gat van twee bij één meter. Er stond een gieter, gebruikt om de harde droge aarde zacht te maken voor het graven. Op de bodem van het gat, dat ongeveer anderhalve meter diep was, lichtte het scherm van een telefoon op.

Flo ademde scherp in, deed een stap achteruit, de tent uit. Was dit haar graf? Ze draaide zich om, keek om zich heen, niemand te zien. Als zij in dat graf zou klimmen, kwam ze er niet meer uit. De telefoon was even stil, begon opnieuw. Ze opende het tentdoek weer.

'Hunter! Apporte!'

Zonder aarzeling sprong Hunter in het gat, pakte voorzichtig de telefoon in zijn bek, zette zijn voorpoten net op de rand en reikte haar de telefoon aan. Op het scherm was een foto van een blauw-witte M te zien, met daaronder de rode letters 'routenet'. Ze pakte hem en nam op. Zwijgend. Uit de telefoon klonken sissende geluiden, een galmend belletje. Dan een monotone stem: 'De deuren gaan sluiten. De deuren gaan sluiten.' Flo drukte de telefoon dichter tegen haar oor. Ze hoorde deuren sluiten, gezoef. Ze wachtte, moest wachten.

Na wat een eeuwigheid leek zei de stem: 'Het volgende station is station Zuid. Het volgende station –'

Flo verbrak de verbinding, graaide haar telefoon uit haar zak en koos het nummer van Gerard ten Have, de directeur van het GVB, wiens nummer ze had opgeslagen.

'Ten Have.'

'Flo Berge. Klopt het dat er een metrotrein rijdt tussen Europaplein en Zuid?'

Het bleef stil.

'Kom op nou!'

'Nee. Nee. Dat is onmogelijk. De eerste trein rijdt pas weer als u het spoor hebt vrijgegeven.'

'Controleer dat. Als er wel iets rijdt, zorg dat het commandocentrum de stroom afsluit. Ik kom er nu aan.'

Ze pakte Hunter onder de oksels, trok hem omhoog, slaagde erin hem bij de halsband te pakken. Ze trok, maar hij was zwaarder dan zij. Hij klauwde met zijn achterpoten in de wand van het graf, jankte. Ze viel achterover, niet in maar naast het graf, op veilige bodem. Onder de hond. Ze rook zijn vacht, zijn geur, voelde zijn warmte. Hij sprong van haar af.

'Goed zo, jongen. Goed zo.'

Ze liet hem zich even schudden, lijnde hem aan. Buiten lichtte Centraal Station op aan de overkant, passerend verkeer, toplichten van boten op het water. Niemand op het grasveld. Een late klant kwam onder het Albert Heijnlogo de winkel uit, liep rustig met een boodschappentas naar een fiets. Niemand had iets gezien. Het was bijna of het niet was gebeurd. Ze ritste de tent dicht en begon te rennen. Langs het donkere stille water van het IJ terug naar haar auto.

*

Gelukkig had ze eerder de kap van de Mazda al gesloten. Hunter kauwde op een van de hondensnoepjes die ze altijd in het dashboardkastje had liggen. Ze koos voor de rondweg; door de IJ-tunnel en dwars door de stad naar Zuid was een te riskante onderneming. Ze had de officier van justitie gebeld, die haar inschatting dat het een noodsituatie betrof onderschreef. Desmond zou een Rapid Response Team in actie laten komen. Gerard nam na een halve ring op.

'Metrostel staat stil in de tunnelbuis, net voor het open spoor bij station Zuid.'

'Je weet niet wie hem bestuurt?'

'Iemand met ervaring. En met een code. Anders krijg je 'm niet aan de praat, geloof me.'

'Kan ik met die bestuurder praten? Via de een of andere verbinding?'

Ze hoorde Gerard iets vragen aan iemand op de achtergrond.

'Als hij antwoordt op vragen van het commandocentrum, dan kunnen we je erin prikken. Ik ben daar nu.'

Flo nam wat gas terug. Ze mocht geen afslag missen. Ondertussen probeerde ze haar gedachten te ordenen. Als ze de bestuurder wilde overtuigen de zaak te staken, dan moest ze geconcentreerd zijn. Was het Koos, de ontslagen pontkapitein die zich had moeten laten omscholen tot metrobestuurder? Die had prestige terug te winnen, na zijn weinig roemvolle vrijlating. Deed hij dat door zijn verzonnen betrokkenheid bij de moorden om te zetten in echte? Gebruikte Marcel hem?

'Neem contact op. Zeg dat Flo Berge graag met hem wil praten. Die vrouw met die hoed.'

Ze hoorde Gerard weer iets zeggen. Flo keek snel op haar toestel in de standaard. De accu was nog voor negenendertig procent vol en werd in de lader opgeladen.

Hunter richtte zich op op de passagiersstoel en legde zijn kop naast haar hoofd op de stoelleuning.

'Het is Koos, hè, Hunter? Het is Koos.'

Of Koos vrijwillig in het complot was geraakt of was gedwongen wilde ze zich nu niet verder afvragen. Het ging erom hoe ze hem zover kreeg dat hij eruit stapte.

'Hij hoort je,' klonk, toch nog onverwacht, Gerards stem.

Flo ademde langzaam in. 'Koos,' gokte ze, 'Flo Berge hier. De rechercheur die je eerder sprak. Met die hoed.'

Het bleef stil. Er was nu geen achtergrondgeluid van seinen of sissende deuren. Koos bevond zich in een stilstaande metrotrein, in het donker, in een benauwde, claustrofobisch aandoende ondergrondse gang.

'Er is nog niks verloren. Je hebt alleen maar een metrostel ontvreemd. Een metrostel dat je helemaal niet wilt besturen. Je wilt terug op de pont. Dat kan ik voor je regelen.'

'Ja, ja,' klonk het cynisch. Goed gegokt.

'Stel je voor: het strijklicht bij zonsopgang over de golven van het IJ. De hoogte vanwaar je de ruimte in kijkt, ver kunt kijken, alle kanten op. Voel de stoel, je joystick, de controle die je hebt over jouw pont, de manoeuvres die je kunt maken. De vrijheid.'

'U zeg het allemaal mooi. Maar dat is gewoon een lokkertje, zodat ik me overgeef.'

'Ik beloof je plechtig van niet. Wat gebeurt er, Koos, als je je niet overgeeft? Welke opdracht heb je gekregen? Er kunnen gewonden vallen. Doden zelfs. En dan ben je niet alleen maar een dief, maar een moordenaar. In een cel die maar weinig groter is dan de cabine waarin je nu de hele dag opgesloten zit.'

Het bleef stil. Aarzelde Koos? Flo zag net op tijd een bord waarop de afslag aangekondigd stond, schoof op naar de rechterbaan en verliet de snelweg. Ze vroeg zich af waarom Koos bleef zitten. Hij kon net zo goed de deuren laten openen en zich overgeven. Of was er een masterplan? Werd ze alleen maar afgeleid, terwijl ergens anders een volgende moord gepleegd werd?

'Berge? Iemand heeft het systeem gehackt.' Gerard ten Have brak in.

Flo sloeg met haar hand op het stuur. Riep nog: 'Koos? Sta op en laat je handen zien! Dan forceren mijn mensen de deuren en ben je eruit.' Ze zag Koos voor zich, in de cabine, de loop van een pistool tegen zijn hoofd. Werd dat vastgehouden door Vanessa? Marcel zag ze niet tot die directe confrontatie bereid; die moest het overzicht houden, aan de touwtjes trekken, het systeem hacken. Vanessa wel?

Ze verbrak de verbinding terwijl ze de Mazda voor station Zuid parkeerde. Dat was afgezet met linten, zag ze al.

'Ja?' zei Desmond in haar oor.

'Hou het team stand-by. Koos kan gegijzeld worden. Geen actie tot ik het zeg.'

Hunter wilde al uit de auto springen. Plotseling herinnerde ze zich de Borrelz, Vanessa naast haar aan de bar. Het moment dat het vuurwerk begon, de sjaal die op de vloer dwarrelde.

'Even wachten, Hunter. Even wachten.' Ze opende haar tas, keek erin. Ze wist zeker... En ja, daar trok ze de sjaal van Vanessa tevoorschijn. Ze hield hem onder Hunters neus. Het was een gok. En of het geurspoor sterk genoeg was om andere geuren te overstemmen, was maar de vraag. Maar ze had niks beters.

*

In het busje van het Rapid Response Team werd ze gezenderd, kreeg ze een zaklantaarn en een bemoedigende schouderklop van Desmond. Er was niemand die haar kon verbieden dit zelf te doen. Ten eerste was zij de vervangend hoofdcommissaris en ten tweede degene die de vermoedelijke moordenaar kende. Zij had contact gehad met Vanessa. Het hele spoor tussen het metrostel en station Zuid was gecoverd met sluipschutters.

'Het kan een setup zijn, hè. Dat realiseer je je?' vroeg Desmond toch nog.

En of ze zich dat realiseerde. Ze schoof de deur van het busje open, wenkte Hunter en liep het station binnen.

Dat was stil en leeg. Op het hogergelegen perron, waar andere metrolijnen gebruik van maakten, stond een metrostel stil. Ze zag leden van het Response Team, mitrailleurs in de aanslag.

Flo stapte het spoor op. Hunter volgde. 'Hunter. Zoek.'

Hunter liep voor haar uit. Ze lichtte bij met haar lantaarn. Ze speurde het spoor af, Hunter blafte. Met haar wapen in de aanslag haastte ze zich erheen. Hij stond naast een verpletterde vogel. De hond kwispelde. Ze diepte een hondensnoepje uit haar zak en gaf het hem.

'Hunter?' Weer hield ze de sjaal onder zijn neus. 'Zoek.'

De hond snuffelde weer, sloeg links af, naar het spoor ernaast, dat bedoeld was voor vertrekkende treinen. Flo had als vanzelf het spoor voor aankomende lijnen gekozen. Het licht van haar lantaarn streek langs Hunters staart, die omhoogging. Hij zette de pas erin, maakte sprongen. Flo moest rennen om hem bij te houden. De hond blafte één keer. Dat betekende: alarm. De vrouw lag dwars op het spoor, vastgebonden aan de rails. Haar mond was afgeplakt met een stuk tape. Flo keek in de paniekogen van Vanessa. Die stootte klanken uit, spande haar benen en armen, zonder resultaat.

Flo bukte, trok met een ruk het tape van Vanessa's mond. Haar gezicht vertrok van de pijn, maar daar had Flo nu geen boodschap aan.

'Haal me hier weg!'

Flo zei in haar zender: 'Medeverdachte geboeid aangetroffen op het spoor. Assistentie!'

Ze voelde het spoor trillen. Toen ze zich omdraaide, zag ze koplampen naderen. Het metrostel maakte snelheid, over de rails waar Vanessa op lag. Flo graaide naar haar zakmes, opende het, sneed een pols los van de rails.

'Ga van dat spoor af!' hoorde ze via haar oortje. Het spoor trilde harder, de metro kwam aanrazen. De tiewrap om de andere pols kreeg ze niet door. Flo richtte zich op, keek recht in de koplampen. En bleef staan. Hunter jankte hoog, boven het lawaai van de metro uit, trok nu met zijn hele gewicht aan haar broekspijp, probeerde haar weg te krijgen. Koos zag haar. Moest nu een keuze maken. Zij ook. Vertraagde alles voor Koos ook? Kon hij ook zo glashelder denken? Als ze wegstapte, kon dat Vanessa haar leven kosten. Deed ze dat niet, dan liep ook het hare gevaar. Als rechercheur voorkwam je slachtoffers. *Maar nooit ten koste van jezelf*, zei Ferdinand in haar hoofd. Hunter trok nu zo hard, dat haar broekspijp scheurde. Ze had eerder bijna iemand laten sterven. Ze bleef staan. Er klonk een oorverdovend gekras van metaal op metaal. Piepend kwam de metro tot stilstand.

Heel even bleef het stil, toen klonken rennende voetstappen, zag ze zwarte silhouetten van alle kanten naderen.

De deur van de cabine sloeg open, een gestalte sprong op het spoor, begon te rennen. Er klonk een enkel schot. Dat was genoeg. Flo zag de man bevriezen, vallen. In de stilte klonk een matte plof. Hunter hijgde met zijn tong uit zijn bek, keek strak naar haar en rende toen met haar mee. Ze knielde bij de man neer. Het was Koos. Hij lag op zijn zij, bloed sijpelde tussen het grind. Ze bracht haar gezicht vlak bij het zijne. Hij keek haar aan.

'Koos. Blijf hier. Hou vol.'

'U zou me helpen. Daarom...' Zijn stem klonk zacht, maar duidelijk.

Flo stak haar hand afwerend op naar de hulptroepen om haar heen.

'Daarom stopte ik. Niet omdat het moest. Anders... Ik had er toch niks aan? U zou me helpen.'

In zijn ogen zag ze nog even de pont op het weidse water, het strijkende zonlicht, de blinkende golven. Toen doofden ze.

Hunter jankte vlak achter haar. Ze sloot Koos' dode ogen, wenkte naar achteren. Toen ze zich weer oprichtte, werd Vanessa overeind geholpen door een van de Responseteamleden. Flo stapte, met Hunter in haar knieholte, op haar af.

'Waar is hij?' beet ze haar toe.

Vanessa accepteerde de cape van thermofolie die haar aangeboden werd. Ze keek Flo even aan. En koos ervoor niets te zeggen.

Waarom?

Omdat Flo's telefoon trilde in haar broekzak, en Vanessa dat waarschijnlijk wist. Flo klikte het appje aan. Het was een filmpje. Gestuurd door iemand die de blauw-witte M als profielfoto had ingesteld.

'Flo?' klonk enige meters verderop uit het donker. Ze stak haar hand op: momentje. En zag op het scherm Boy staan. Op een donker grasveld. Hij toonde zijn handen, die geboeid waren met tiewraps. Net als de handen van Vanessa, van Regina en Bo Wilkens. Hoe wist Marcel... Hoe wist hij waar Boy was? Had Simon toch niet opgelet? Ze kreeg geen lucht. De camera kwam heel dicht bij Boys gezicht.

'Mam. Je mag niemand meenemen. Niemand inlichten.' Zijn stem klonk klein en moe. Het liefst had ze hem uit die telefoon getild, in haar armen genomen en gekoesterd. Schuldige moeder, die haar zoon betrokken had bij deze zaak. Ze had nog nooit zo hevig naar Casey verlangd, naar zijn geweer dat haar schuld weg zou schieten.

'Je moet naar het Galgenveld komen. Nu.'

En het beeld bevroor.

9

Galgenveld

Uit alle macht slikte Flo de vloek in. Het filmpje was afgelopen; er kwam niets meer. Haar hart klopte te snel, en ze hijgde. Rustig blijven. Niemand meenemen. Niemand inlichten.

'Flo?' hoorde ze een bekende stem. Fiona had een thermocape bemachtigd en kwam ermee op haar aflopen.

Gelaten liet Flo toe dat ze die bij haar omsloeg. Normaal doen.

'Kom,' zei Fiona.

'Laat me maar even. Ik moet even Hunter... Als het zo spannend is geweest, hebben we altijd een momentje samen.'

Fiona liet haar gaan. Over de sporen, naar de perrons, waar ze op klom. Ze werd toegeknikt door de leden van het Rapid Response Team, dat dekking bood. Een van hen, met een zwarte helm op, stak zijn duim omhoog. Ze kon niet roepen: 'Nog geen sein veilig! Mijn zoon is in levensgevaar!' In plaats daarvan groette ze vriendelijk, hield Hunter kort en liep het station uit, liet de cape vallen. Ze keek niet om zich heen, wilde de politiebusjes niet zien, wilde Desmond niet zien, wilde onopgemerkt vertrekken. Zo bereikte ze haar auto. Snel liet ze Hunter erin, deed een schietgebedje toen ze de sleutel omdraaide. Hij startte. Zonder de koplampen te ontsteken reed ze weg van het station. Niemand inlichten. Niemand alarmeren.

*

Tijdens de rit terug naar het Galgenveld dacht ze uit alle macht niet aan Boy. En zeker niet aan Casey, de vader wiens zoon nu in levensgevaar was. Door haar. Ze dacht aan Ferdinand. Hoe hij naast haar zou zitten, op dit moment, en alleen al met zijn grote gestalte en aanwezigheid uitstraalde: het komt goed. Voor zover mogelijk, maar het komt goed. Ze reed op de linkerbaan, keek niet naar de snelheidsmeter. De verlichting flitste boven haar voorbij, in zijn vijf, nog meer gas. Tijdens de omvorming van de korpsen naar één Nationale Politie waren de zwaailichten en sirenes voor privévoertuigen ingevorderd. Ze nam een risico. Weer. Maar degene die haar het appje met het filmpje van Boy had gestuurd, had gezien dat zij het gelezen had. En verwachtte haar. Misschien was hij nerveus, ongeduldig, voelde hij zich miskend, dacht hij dat ze toch niet zou komen. Dus had ze haast. En ze was gefrustreerd, omdat ze zich had laten foppen. Ze had zich weg laten lokken, had zich laten manipuleren om naar station Zuid te gaan. Dat wilde degene die Boy had, die wilde laten zien dat hij aan de touwtjes trok en dat zij de trekpop was. Wat had hij met Boy gedaan? Waar moest ze naar kijken? Flo ademde scherp in. Ze moest iets aanschouwen op een galgenveld…

Na elf minuten reed ze de auto over een nieuwe geasfalteerde weg direct richting het grasveldje achter de A'Dam Toren. Vlak voordat ze er was, zette ze de auto aan de kant, opende het dashboardkastje en haalde er de plastic zak uit met de onderbroek en het T-shirt van Marcel. Hunter rook eraan, jankte zacht. Zijn staart sloeg tegen de zitting van de stoel.

Ze fluisterde: 'Oké, Hunter. We gaan Boy redden. Ja? We gaan Boy redden.' Hunter gromde bij wijze van antwoord. Flo stapte uit, trok haar wapen. Ze kon Hunter een zoekcommando geven, maar ze wist niet wat ze aan zou treffen. Dus wachtte ze en liep met Hunter vlak achter zich naar de Toren.

Het grasveldje was leeg. De beige tent was verdwenen, waardoor Flo moeite had de exacte locatie van het graf te bepalen, zeker in het donker. Er hing geen donker silhouet aan een strop tegen de avondlucht. Ze bleef aan de rand staan, speurde het grasveld af. De appartementen daarachter waren niet verlicht, de Albert Heijn was dicht en donker. Ze deed een stap naar voren. Rook weer die geur van vochtige aarde, maar kon niet lokaliseren waar die precies vandaan kwam. En toen hoorde ze het. Zacht, gedempt, maar onmiskenbaar Boys stem.

'Mam. Mam. Hier!' De adrenaline schoot daar haar heen. Ze wilde rennen, alle remmen los, maar waarschijnlijk zag Marcel haar. Dus bleef ze staan en riep op luide, geruststellende toon: 'Boy? Ik ben er!'

Een felle lamp sprong aan. In een reflex hield ze haar hand voor haar ogen.

'Nou. Dat duurde.'

Het stemgeluid van Marcel, met die onmiskenbare slepende dictie. Hij klonk alsof hij het naar zijn zin had. Wat natuurlijk ook zo was. Ze werd verblind, maar liep op het geluid af.

'Blijven staan!'

Dat deed Flo.

'Ik heb een verrassing voor je.'

De lamp werd nu op de grond gericht. Na even knipperen wenden haar ogen. Toen zag ze het graf. Het was bijna helemaal dichtgegooid. Boys gezicht vormde een ovaal in de modder. De rest van zijn lichaam was begraven.

'Mam?'

'Kop houden nu!'

Flo herinnerde zich die winderige middag op het strand in Zandvoort. Het was na vieren, dus de meeste badgasten waren al vertrokken. Boy had zich al een uur niet gemeld bij het windscherm, wat tegen de afspraak was, en met Boy kon je afspraken maken, ook al was hij pas zeven. Casey en zij hadden elkaar aangekeken en waren zonder iets te hoeven zeggen gaan zoeken. Systematisch, het hele strand af. Ze vonden hem ingegraven in het zand, alleen zijn hoofd was nog vrij. Hij was achtergelaten door de vriendjes die hem hadden ingegraven, maar niet meer uitgegraven.

'Mam!' had hij toen ook zo geroepen, zo zacht, zo angstig. Nu wilde ze hem weer met haar blote handen uitgraven, hem afspoelen en in een grote zachte handdoek wikkelen. Waar was Marcel? Die richtte nu de lamp op zichzelf. Hij zat onder de aarde en stond aan de rand van het graf, met een kruiwagen. De kruiwagen was gevuld met modder. Modder die Boy zou verstikken, die in zijn mond en neus zou lopen. Ze kon aanleggen en schieten, dat schot zou raak zijn, maar hoe zou de kruiwagen vallen? Zou de modder in Boys mond dringen, zou hij al stikken voordat ze bij hem was? Met een onmogelijk hoge hartslag liet ze het wapen weer zakken.

'Goed zo, Flo.'

Flo knarsetandde, maar hield zich voor dat ze nu rustig moest blijven. Ze herinnerde zich Ferdinand. *Ga het gesprek aan, toon begrip, laat hem zich wentelen in wat hem allemaal is aangedaan en geef een draai aan de conversatie.*

'Wat vond je ervan?'

Ze hoorde de roep om erkenning en koos: 'Indrukwekkend.'

Dat leek de sleutel om hem op te winden, en hij draaide af. 'Dank je. Gelukkig zagen jullie op tijd in dat er toch echt een briljantere geest aan ten grondslag moest liggen. Een pontbestuurder met een IQ van nauwelijks tachtig! Die er met de roem vandoor wilde. Nou, dat heeft hij geweten.' Het was alsof ook hij Koos' ogen voor zich zag, de golven en het zonlicht er nog in, want hij pauzeerde even. Met een korte lach ging hij door: 'Maar gelukkig, ik kon op tijd ingrijpen. Omdat die sukkel van een commissaris hem gewoon bijna exposeerde.'

Het bleef stil. Ze kon Marcel niet zien, achter de lamp. Gaf hij ruimte voor vragen?

'Hoe kreeg je hem zover om die metro te besturen?'

'Hij had niks meer te verliezen. En wilde alsnog zijn punt maken.'

Wees begripvol, geef complimenten, hoorde ze Ferdinand. Ze blokte het beeld van Boys gezicht, dat in het donker lag te wachten, op haar, zijn moeder, die hem zou komen redden, vast en zeker.

'Het was jammer van Wendy. Die viel ertussenuit.' Ze hoorde de klagende ondertoon.

'Ja. Maar nu hoefde jij het niet te doen. Was dat niet ook aangenaam?'

Marcel lachte. Een schelle, schampere lach.

'Je hebt nog steeds niet door hoe ik het heb gedaan, hè?'

Flo slikte. Dacht aan de ontbrekende geheimen van Regina en Bruno Papaver, aan Theo's DNA op de pruik, aan de arts die hij had laten gaan. Bluffen. Dat was de enige optie. 'Jawel hoor.'

'Hoe dan?'

Marcel richtte de lamp weer op het witte gezicht van Boy, die zijn ogen dichtkneep.

Flo voelde zijn paniek, voelde hoe hij zijn armen niet kon bewegen, zijn benen niet.

'Je wereld stortte in toen je proefschrift als achterhaald werd bestempeld. Al die jaren werk. Dat namen ze je zomaar af, zonder een goede reden. Terwijl het belang ervan heus niet minder zou worden nu het isolement van Noord zou verdwijnen.'

Er klonk een goedkeurend geluidje. Flo hoopte op een nachtwandelaar, die het een vreemd tafereel zou vinden, een bemodderde man met een lamp en een vrouw met een wapen en een cowboyhoed, in gesprek. Tevergeefse hoop. In plaats daarvan hoorde ze hem een volgende vraag stellen.

'En toen?'

'Toen richtte je dat commandocentrum in. Zocht voorstanders van de Noord/Zuidlijn, omdat die lijn de schuldige was. Niet alleen je proefschrift was naar de klote, maar ook het bijzondere karakter van Noord. Het bijzondere antropologische karakter.'

'Ik zou bijna denken dat je gesouffleerd wordt. Zo slim was je vroeger niet.'

Vroeger niet, nee, dacht Flo, maar ze had geleerd. Oorzaak en verband, hoofd- en bijzaken. Analyse. En ze had Boy. Die nu een paar meter van haar af in een graf lag.

'Ja. Dus? Wat deed ik toen?' Marcel klonk nu ongeduldig, bozig, waarom moest hij zo lang op zijn triomf wachten?

Simpel, omdat ze het vanaf hier niet zeker wist, maar ze moest nu door. Die draai aan de conversatie kwam straks. 'Dus installeerde je camera's, afluisterapparatuur, waarmee je de geheimen op het spoor kwam waar je naar op zoek was. Je dreigde anoniem dat je die zou onthullen en liet hun de consequenties zien. Dus deden ze wat jij wilde.'

'Precies. Ik koos wel mensen die openlijk voorstander waren van die metro, omdat ik moest laten zien dat dat een vergissing was, maar dat was minder belangrijk. Want "iedereen is in staat tot moord". Toch, Flo? Als je maar de juiste motivatie hebt.'

Flo hoorde de grijns in zijn stem toen hij vervolgde: 'En wat wilde ik?'

Ze probeerde rustig te blijven nadenken, zich niet af te laten leiden door zijn verwijzing naar de pups.

'Jij wilde ze tentoonstellen. Als de ter dood gebrachten hier op het Galgenveld, zichtbaar maken welke fout ze hadden gemaakt.' Dit gokte ze.

'Flo toch.' Dat klonk bijna bewonderend. Ze was op de goede weg. Al die tijd hield ze haar hand op Hunters kop, waardoor hij wist dat hij moest wachten, ook al voelde ze hem trillen in anticipatie.

'En hoe zorgde ik ervoor dat ik ze kon tentoonstellen?'

'Je dreigde met die geheimen. Je had ze in de tang. Dus waren ze bereid naar een plek te komen waar jij ze wilde hebben. Een metrostation. Waar je in een hinderlaag lag en ze vermoordde.'

Weer die smalende lach. Flo's blik schoot naar Boy, maar die lag weer in het donker. Het commando voor Hunter lag op haar tong.

'Toch net niet slim genoeg. Jammer. Ik heb namelijk helemaal niemand vermoord.'

Het licht van de lamp ving Hunter. 'Jij vermoordt Hunter. Hunter, die onderdeel is van je geheim. Doe je dat niet, dan ben ik lief voor je. Want dan verstik ik nu en hier je zoon. Zodat die jouw geheim meeneemt, in dat graf.'

'Ik heb Húnter toch niet verdronken?'

'Nee. Maar wie heb je wel bijna laten sterven?'

Flo sloot haar ogen en zat weer in de auto. Niet de Mazda, maar de grote Ford, met de achterbak die Hunters domein was en die van de achterbank was afgeschermd met een rasterhek. Zij zat aan het stuur. Zij zat altijd aan het stuur. Casey naast haar, Hunter achterin. De kinderen lagen in bed, haar moeder paste op. Het was een leuke avond geweest. Het bezoek aan een locatievoorstelling op een terrein in Almere van theatergroep Dogtroep was een verjaardagscadeau van Casey. Omdat het een voorstelling was waar water een grote rol in speelde, met duikers en watergordijnen, net als in 'O', een show die ze ooit in Las Vegas hadden gezien. Ook dit sprookje onder en boven water was mooi, betoverend bijna. Het gaf Flo het idee dat alles mogelijk was, als je maar de juiste omstandigheden schiep. Hunter had de hele voorstelling roerloos naast haar gezeten. Ze waren het terrein af gelopen, het donker in. In het schijnsel van de lampen aan de gevel dwarrelde de sneeuw omlaag. Ze had haar hoed afgezet en de sneeuw laten smelten op haar tong, Hunter had naar de vlokken geblaft. Casey had gelachen. Ze had hem meegetrokken naar de auto. Casey had nog iets gezegd over het ontbreken van winterbanden, maar dat had ze weggewuifd. Ze reed immers voorzichtig, langzaam? Het ging steeds harder sneeuwen. Maar het was niet ver. Ze nam de afslag van de ringweg, remde voor het kruispunt en gleed door. Ze remde weer, pompend nu, trok aan het stuur om de auto uit de slip te halen en raakte de boom. Vol. Aan Caseys kant. Ze stapte uit. Rukte aan het portier. Niet aan dat van Casey, maar aan dat van de achterbak; Hunter zat achter dat rasterhek, opgesloten. Ze trok een omgevallen verkeersbord uit de vluchtheuvel en sloeg de achterruit kapot. Kon toen de laadklep openmaken en Hunter opvangen. Ze checkte hem op verwondingen. Al die tijd lag Casey beklemd voor in de auto. Ze wist niet hoe zwaar gewond hij was, niet eens of hij nog leefde. Eerst bekommerde ze zich om Hunter, zonder daaraan te twijfelen, zonder zich van een keuze bewust te zijn. Toen ze terugkwam, bleek Casey bij kennis. De brandweer en de ambulance kwamen. Hij werd uit het wrak gezaagd en in de ambulance geladen. Zes maanden moest hij revalideren. Flo vergat nooit zijn blik, toen hij op de brancard naar de ambulance werd gereden. De blik die haar vertelde dat hem nu wel duidelijk was wie er voorging. Vijf jaar liet hij hun huwelijk nog duren. Ze vermoedde voor de kinderen.

Ze hád kunnen proberen hem terug te winnen. Had zich uitgebreid kunnen verontschuldigen. Maar ze was te laat geweest. Had de impact van haar keuze voor Hunter op hem onderschat. Had geredeneerd dat een moeder ook eerst haar kinderen redt. Dat het iets anders lag, zag ze niet. En dat voelde ze ook niet, maar ze wist dat 'normale' mensen daar anders over dachten. Ze hoorde hun stemmen soms nog in haar hoofd. *Wat doet iedereen toch altijd spastisch over die huisdieren?*

Flo's maag was holler dan ooit. Het ging inderdaad niet om de jeugdzonde met de puppy's. Het ging erom dat zij Hunters leven had gekozen boven dat van Casey. En dat ze dat verder nooit aan iemand had verteld. Maar Casey blijkbaar wel.

'Kies maar. Hunter of je zoon.' Marcel pakte de kruiwagen bij de handvatten, richtte zich op.

In een reflex pakte ze Hunter bij de halsband. Niet.

Wist hij dat het geen keuze was, omdat ze moeder was, meer moeder van Boy dan van Hunter, al voelde het soms bijna hetzelfde? Wist Marcel hoe zwaar Hunters warme lijf tegen haar dijbeen stond? Dat ze hem niet kon missen? Dat ze zijn leven alleen maar zou beëindigen als hij ongeneeslijk ziek was, pijn had, het beter voor hem was, al kon ze het zich niet voorstellen, kon ze zichzelf niet voorstellen, zonder zijn kop in haar knieholte, zijn zwiepende staart, zijn onvoorwaardelijke trouw, zijn lieve ogen? *Blijf nadenken*, hoorde ze Ferdinand zeggen. *Geef een draai aan de conversatie.*

'En wat hebben wij met de Noord/Zuidlijn te maken?'

'Hoofd- en bijzaken, Flo. Hoofd- en bijzaken.'

'Pardon?' ontsnapte haar. Hij wist zelfs van Ferdinand.

'Waarom denk je dat ik je hier je keus laat maken? En niet op station Zuid?' Kwaad was hij nu. De kruiwagen helde. 'Kies maar.'

Ze had geen tijd om door te vragen, waarom hier een galgenveld aangericht moest worden, speciaal voor haar. Ze moest bij hem blijven, bij zijn prestatie.

'Dus dat zei je ook tegen Bo Wilkens? Of je vermoordt Regina, of ik vertel Mariska van de ketamine in het ledikant?'

'Je mag door voor de broodrooster.'

Flo zag alleen de witte vlek die Boys gezicht moest zijn. Ze hoorde hem niet. Hoe bang was hij? Maar ze moest nadenken nu, Marcel bij zich houden, tijd rekken. Regina had geen geheim, die was alleen maar slachtoffer. Papaver vermoordde, met het wapen waarmee hij op de schietbaan schoot, Bo Wilkens. Om een geheim te bewaren. Wat dat was, wist ze niet. Theo vermoordde Papaver, omdat anders zijn dubbelleven zou worden onthuld. Verdonk vermoordde Theo, vanwege de dreiging dat Marcel zou laten lekken dat hij schuldig was aan de dood van een patiënt omdat hij gedronken had. Wendy had Wouter Verdonk moeten vermoorden, omdat anders haar affaire met een minderjarige leerling uit zou komen. Maar ze deed het niet, waarschuwde Flo met een appje dat Verdonk de volgende zou zijn en pleegde zelfmoord.

‘Maar ze schoten niks op met het afmaken van iemand in jouw opdracht. Want vervolgens werden ze zelf vermoord.’

‘Ja. Dat was een misrekening van hun kant.’ Triomfantelijk klonk dat.

‘Dus als ik Hunter neerschiet...’ Ze haperde, voelde zijn hartslag onder zijn halsband. Hoorde ze hem piepen? Ze schudde haar hoofd, de enige manier om hem te redden was Marcel afleiden. ‘Hoe weet ik dan dat ik niet vermoord word? Of Boy?’

Was dit Marcels denkfout? Kon ze hem hiermee strikken?

‘Omdat ik in dat geval ook lief voor je ben. Dan laat ik Boy leven en moet je die kwestie met Casey maar oplossen. Maar dan heb je wel het offer gebracht. En daar gaat het nu om.’

Ze probeerde weer in het donker Boy te ontwaren, maar het schelle licht werd nu op haar gericht. Had Marcel de kruiwagen neergezet? Viel er aarde uit, stroomde de modder rond Boys gezicht, op zijn gezicht? Was hij daarom stil?

Ze wilde hem roepen, zijn stem horen, maar durfde niet, bang voor de kruiwagen, voor verlies van controle, voor die modderstroom.

‘Mama!’ Hij was in paniek. Natuurlijk was hij in paniek, maar hij moest blijven ademen, rustig blijven ademen.

‘Boy. Het komt goed. Echt.’

‘Dan doe je nu wat ik zeg.’ Marcel klonk ongeduldig, geërgerd.

‘Waarom verdien ik dit?’

‘Dat je dat niet eens kunt bedenken zegt genoeg.’ Uitdagend tilde Marcel de kruiwagen even op, liet hem weer zakken. Modder viel er in klonten af. Naast Boy?

Flo haastte zich te zeggen: ‘Jij was de vriend van mijn broertje. Hoe kon ik weten dat –’

‘Hou je pistool tegen zijn kop. En haal de trekker over.’

‘Marcel...’

‘Nu.’

Flo keek naar de nu weer fel verlichte Boy, naar de kruiwagen die weer helde.

'Mama!'

Hunter duwde tegen haar been, ze hoorde hem hijgen. Ze kon het niet, maar moest. Zonder Hunter aan te kijken liet ze het pistool zakken, richtte. Hij gaf zijn leven omdat zij voor hem gekozen had, toen, en omdat een gek dat gebruikte om wraak te nemen. Ze kon hem ook het commando geven nu en hopen dat ze op tijd was. Maar er was geen keuze. Er was geen twijfel. Er was snijdend verdriet.

'Met overtuiging. Zodat het schot fataal is!'

Flo slikte. De modder schoof. Ze zette de loop tegen Hunters kop, spande de trekker...

'Politie! Handen in de lucht!'

Flo was sneller dan Marcel de modder kon storten. Ze had al aangelegd voordat ze kon denken, zoals ze op die farm in Amerika geleerd had. Ze vuurde. Marcel viel naar achteren. De kruiwagen viel naar voren.

Flo sprintte naar Boy toe, knielde bij hem neer. Het graf baadde nu in fel licht, maar waar was de vlek van zijn gezicht? Ze graaide, groef, schreeuwde zijn naam. Haar handen vonden iets anders dan modder, een wang? Ze reikte onder zijn achterhoofd, trok het naar boven, veegde de modder van het gezicht, van de mond, van de ogen. Boy zag haar, hoestte. En ademde. Flo hoorde stemmen, geruis, voetstappen, maar ze negeerde die. Zijn mond bewoog, hij leefde!

'Je bent veilig. Je bent veilig.' Ze groef verder en moedigde Hunter aan, die uit alle macht meegroef. De modder spatte alle kanten op. Totdat er een hand op haar schouder landde.

'Berge. Laat het even aan ons. Het komt goed, maar we weten niet of hij gewond is.' Het was de leider van het reddingsteam.

Flo's adem kwam hortend. 'Boy. Zeg iets. Ben je oké?'

'Ik weet niet. Ja.' De man nam het van haar over, knikte nog eens geruststellend.

Ze zakte op handen en knieën. Hunter likte wild haar gezicht, zich onbewust van het feit dat ze hem bijna had verraden. Zoals ze Casey had verraden.

Haar telefoon trilde in haar broekzak. Even liet ze het tot zich doordringen, keek toen met een ruk op naar Marcel, naar de plek waar hij stond, had gestaan. Ze zag iemand iets bedekken met een wit laken. Marcel kon haar niet meer bellen. Of appen. Nooit meer. Ze veegde haar handen af aan haar broek, pakte de telefoon uit haar zak. Een foto van Mary, Marianne, vulde het scherm.

'Hoe weet jij nou...' Ze begon te lachen en te huilen tegelijk, voelde de spanning wegvloeien.

'Laat die Tinderdate of met wie je dan ook op stap bent maar zitten. Ik ben er. En ik heb enorme behoefte aan een goed ontbijt.'

Flo krabbelde op. De tranen liepen over haar wangen, maar what the fuck. Boy, haar Boy, werd nu uit het gat gehesen, langzaam, voorzichtig, als een pasgeboren baby. Hunter leefde.

'Bedoel je dat je in Nederland bent?'

'Ik zit bij je thuis, for your information. Moederziel alleen.'

'Ach, Mary. Marianne. Je weet niet half...'

'Nee, dat geloof ik ook niet. Waar bén je?'

'Ik bel je zo.'

Boy stond naast het graf, kreeg een deken omgeslagen. Ze keek de ambulancebroeder vragend aan. Mocht ze even? Hij knikte. Ze sloeg haar armen om Boy heen. Hij trilde, klampte zich even aan haar vast. Ze wiegde hem, bleef wiegen, totdat de blik van de broeder zei dat ze hem weer in moest leveren.

'Mam. Ik wil naar huis.' Dat klonk gesmoord, maar duidelijk. 'Ik heb het alleen maar koud.' Dat hoorde nu ook de broeder.

'Kan hij... Kan hij mee naar huis?'

'We checken hem even helemaal. Dan kan ik u uitsluitsel geven.'

Boy werd de ambulance in geholpen. Toen stapte Desmond de kring van licht binnen. Met zijn vertrouwde paardenstaart, gekleed in een motorjack en motorlaarzen. Hij vroeg op zijn Desmonds: 'Hoe voel je je?'

Ze antwoordde naar waarheid: 'Ik heb geen idee.'

Desmond leek dat te begrijpen.

'Hoe... Hoe wist je waar ik was?'

'We kregen een telefoontje. Van ene...' Hij trok een notitieboekje, keek erin. 'Alex. Die zei dat je tijdens een barbecue bij je ouders een opdracht had gekregen om naar het Galgenveld te komen. En dat dat serieus klonk.'

Alex. Had haar horen praten met Simon, had dat gelinkt aan de zaak. Alex, die ingezien had dat er iets op het spel stond voor haar, had Grace Grace gelaten en had de politie gewaarschuwd. Wat dat betekende, wist ze niet.

De deur van de ambulance schoof weer open. De broeder stapte uit, stak toen een hand naar binnen en hielp Boy.

Die keek haar aan. 'Het was wel een erg spannende aflevering, hè?' Hij probeerde er dapper bij te lachen. Toen hikte hij.

Ze sloeg een arm om hem heen. Hunter kwispelde wild.

Desmond liep met haar mee naar de Mazda, ook al was het maar veertig meter. 'Weet je zeker dat je kunt rijden?'

Ze wilde niets liever. Onwillekeurig voelde ze aan haar hoofd. 'Waar is mijn hoed?'

Desmond glimlachte. 'Die hangt op je rug.'

Nu pas voelde ze het veiligheidskoordje in haar hals. Het veiligheidskoordje dat sommige hoeden hadden, en zij ook. Zo voelde het tenminste.

Desmond hield het portier voor haar open. 'Je gaat eerst slapen. En dan zie je maar of je morgen... vandaag nog op het bureau komt. Je bent geheel geëxcuseerd.'

De rode letters op het dashboard gaven 4:35 aan. Een prima tijd om te ontbijten. Met Mary.

*

Hoewel de zon al scheen over het weiland in de vroege ochtend, was het halfdonker in de kamer. Marianne had de gordijnen voor de terrasdeuren dichtgeschoven; ze was genoeg zon gewend en had een jetlag. Ze had even naar het kapotte ruitje gekeken, dat nog steeds niet gerepareerd was, maar er niets van gezegd. Het rook naar gebakken eieren en gebraden worstjes. Flo had Grace gebeld, die nog lag te slapen in het logeerbed bij opa en oma. Alex was naar huis gegaan. Mary stond aan het aanrecht, met een theedoek om haar haar gebonden. Op het aanrecht de halve schillen van ten minste tien geperste sinaasappels. Je ontbeet of je ontbeet niet. Bij thuiskomst was de voordeur opengegaan zodra ze met Boy op het grindpad was gestapt. Mary had naar hen gekeken, niets gezegd, haar geholpen en de deur achter hen gesloten. Boy had zich laten uitkleden omdat hij niet meer op zijn benen kon staan van vermoeidheid, van verdwenen spanning, van opluchting vermengd met verwondering over wat hem was overkomen. Flo verdacht hem er zomaar van dat hij dit verhaal graag en vaak zou gaan vertellen. Of liever gezegd, dat hoopte ze, vurig, want dat zou betekenen dat het hem niet zou traumatiseren. Ze had hem onder een hete douche gezet, hem een handdoek aangereikt, de impuls om hem zelf droog te wrijven weerstaan en hem ingestopt. Ze had een kuiltje in zijn kussen gestompt, net als vroeger, had hem een kus op zijn voorhoofd gegeven en was de kamer uit gegaan. Caseys stem in haar hoofd had ze genegeerd. Hij was nu veilig, goed afgelopen, what's done is done. Dat Casey het daar niet mee eens zou zijn was zijn probleem. Toen ze de deur wilde sluiten, zachtjes, had Boy haar teruggeroepen.

'Mam?'

Meteen had ze weer binnen gestaan. 'Je moet echt gaan slapen nu. We praten later.'

Boy schudde zijn hoofd, met moeite, maar het was belangrijk. 'Die vrouw. Met dat rode haar, uit de Borrelz. Die kwam me halen. Zei dat we iets voor jou gingen doen.'

Vanessa. Had hem opgehaald.

'Bij oma?'

'Nee, ik was thuis.'

Woede vlamde al op, maar Boy haastte zich te zeggen: 'Ik bedacht ineens dat er ook weleens camera's bij ons konden hangen.'

Flo stopte met ademen.

'En?'

Boy gaf een klein knikje. 'Ik heb ze allemaal in een doos gestopt. Staat in Graces kamer.'

Waarom had ze dat zelf niet bedacht? Marcel had haar en de kinderen bekeken, beluisterd, had haar met Hunter gezien, met Felix, had gezien – en gehoord – dat ze met Mary skypete. Die avond, toen zij naar hem onderweg was, had hij kunnen zien dat Boy binnenkwam, alleen. Voordat Boy de camera's had ontkoppeld. Ze rilde bij het beeld van Marcel achter zijn monitors, haar leven en huis bespionerend, grinnikend. Hij had Vanessa gestuurd om Boy te halen. Logisch. Vanessa had Boy gezien toen hij het café in kwam, had hem haar horen groeten. Wist toen wie ze moest hebben. Dat zou haar duur komen te staan.

Flo had Boy nog een keer gekust en gezegd: 'Het is goed.'

Hij had al geslapen voordat ze de kamer uit was.

De worstjes schoven sissend uit de pan op haar bord, naast het gebakken ei 'sunny side up', zoals ze het altijd at toen ze onderweg waren in Amerika.

Mary zette de borden op de keukentafel, stond nog een keer op om de grote mokken koffie bij te vullen. Toen ging ze zitten. 'Dus,' zei ze.

'Dus,' zei Flo op haar beurt. 'Je had gelijk. Marcel wilde wraak nemen.'

Mary nam een hap van de worstjes, vertrok haar gezicht omdat ze zich brandde aan het vet. 'Heet,' zei ze. En toen: 'En is dat gelukt? Wraak nemen?'

'Nee. Maar het scheelde niet veel.' Onwillekeurig keek ze naar Hunter, die vast sliep in zijn mand, zo vast, dat hij niet wakker was geworden van Felix, die tegen hem aan was gaan liggen. Of misschien ervoer hij het als een veilig dekentje.

'Ga je het me nog vertellen?'

'Vast. Een keer.'

'Je moet wel eten,' zei Mary, daarmee het onderwerp afsluitend.

Flo snoof dankbaar de geur van verloren gelukkige momenten op en besloot dat dit er ook één was. Een geluksmoment. En ze wist dat Mary dat ook zo voelde.

*

Flo parkeerde haar auto op haar eigen plek achter het bureau, waar iemand een bordje bij had gezet met GERESERVEERD en haar kenteken. Ze trok even haar wenkbrauwen op en stapte uit. Ze opende de kofferbak en pakte haar hoed – de beige stetson met het koordje, om hem ook de eer te geven die hij verdiende. Hunter volgde, zonder te klagen, nu zonder een spoor van vermoeidheid. Hij kwispelde, vol vertrouwen. Ze kon alleen maar hopen dat dat niet door haar hart blééf snijden.

Ze had vijf uur geslapen. Mary had haar wakker gemaakt, zoals ze gevraagd had, had haar geholpen met het verschonen van het gaasje op de wonderlijk genoeg iets geslonken wond. Ze had haar gedwongen de laatste pil uit de strip van de zuster te slikken. Mary was Grace op gaan halen bij haar ouders, maar die had geweigerd mee naar huis te gaan. Dat begreep Flo wel en dat gesprek ging ze voeren, maar niet nu. Want het was nog niet helemaal klaar. Wat was het geheim van Bruno Papaver en welke rol speelde Vanessa?

In de kantoortuin waren bijna alle bureaus bezet. Er werd druk getelefoneerd, alle gezichten stonden opgelucht. Fiona zwaaide enthousiast naar haar, zo enthousiast dat Flo even omkeek of het wel voor haar bedoeld was. Ze ging haar kantoor binnen, hing haar hoed aan de kapstok. Ze hoefde niet naar Desmond toe te lopen, die stond al in de deuropening, in toepasselijk paars en wit. Mary had erop gestaan dat ze een jasje aandeed, dat blauwe, dat haar ogen blauwer maakte en haar gezicht minder vaal van het gebrek aan slaap. Ze had ook een ander paar laarzen aan dan de dagelijkse, vanwege de modder. Deze hadden iets hogere hakken, die ze weleens nodig kon hebben vandaag, had Mary voorspeld.

'Heb jij die beelden van die camera's nog gecheckt? Op die computer van Marcel?' Ze klonk niet aardig, maar dat was ze nog minder dan anders. Ze had graag eerder geweten dat ze bespioneerd werd, al was ze stiekem boos op zichzelf dat ze daar zelf niet aan gedacht had.

'Ja.' Desmond klonk rustig.

'Geen beelden van mijn huis ertussen?'

'Nee.' Hij fronste zijn voorhoofd, wilde vragen hoe en waarom, maar Brian verscheen achter hem.

Flo stond op, Hunter ook. Hij liep zonder dat ze erom hoefde te vragen naar haar toe, dook in haar knieholte.

'Brian. Weer terug zeker?' vroeg ze.

Het haar in zijn knotje was frisgewassen. Hij droeg het lichte linnen kostuum, zijn glimlach was genereus. Of in elk geval bedoeld zo over te komen.

'Allereerst mijn complimenten. Je hebt het fantastisch gedaan.'

'Dat vroeg ik niet.' Flo zag Desmonds blik, die 'toe nou' zei, maar dat was ze niet van plan.

'Er moest toch íémand hier op het bureau de honneurs waarnemen. De pers te woord staan.'

'De honneurs, ja. En niet de lasten.'

'Nogmaals, ik ben je zeer dankbaar. Maar ik heb mijn persoonlijke crisis aangepakt, en ik ben er weer. Gelukkig op een goed moment.'

Persoonlijke crisis mijn neus, dacht Flo. Zo glad als een aal; het gleed gewoon van hem af.

'Goed,' zei ze slechts. En tegen Desmond: 'Is Vanessa er klaar voor?'

Desmond draaide zich al om naar de deur. Flo volgde hem.

'Straks om halftwee is de persconferentie.'

Ze negeerde die mededeling en vroeg in plaats daarvan terloops aan Brian: 'Is Verdonk al aangehouden?'

Desmond begreep duidelijk nog niet waarom dat het geval had moeten zijn. Brian dus al helemaal niet.

'Veel succes,' zei ze nog tegen Brian, zonder hem de gelegenheid te geven haar te sommeren bij de persconferentie aanwezig te zijn. Hij verzon het maar bij elkaar allemaal.

*

Vanessa's rode haar glansde in het zonlicht dat door een bovenraam van de verhoorkamer viel. Ze zat rustig aan de tafel, sereen bijna, met haar handen voor zich. Flo ging zitten zonder te groeten, Desmond leunde tegen de muur. Ze schakelde de opnameapparatuur in, noemde datum, tijd en aanwezigen. Toen pas keek ze Vanessa aan.

'Je wist niet wie het was?' hielp Flo Vanessa herinneren. 'Degene die jou tipte?' Vanessa schudde haar hoofd.

'We willen het graag hóren,' zei ze, met een knikje naar de recorder.

'Nee, ik wist niet wie me tipte.' Vanessa's stem klonk helder, zonder twijfel.

'Wanneer wist je het wel?'

'Toen hij vroeg of hij me thuis moest brengen, die avond… toen jij er ook was. In de kleedkamer.'

'Toen ik net op tijd was om te voorkomen dat je mijn broer neukte?'

Vanessa sloeg haar blik neer.

'Marcel zou je thuis brengen. Hij was toch ziek?'

'Daarom vond ik het ook vreemd, dat hij me met de auto op kwam halen. Maar toen zat ik al. En waren de portieren al vergrendeld.'

'Waar bracht hij je naartoe?'

'Een gebouw aan de Distelweg.'

Dat was de Buiksloterham, niet ver van de A'Dam Toren.

'Wat gingen jullie daar doen?' vroeg Flo.

'Hij sloot me op in een soort betonnen ruimte.' De ruimte waarin Regina en Bo ook opgesloten hadden gezeten.

'En de volgende dag gaf hij je opdracht om Boy te ontvoeren.'

'Nou, ontvoeren...'

'Ontvoeren. Je bracht hem naar de Amsterdam Toren, naar Marcel. Jij ging naar station Zuid. Je liet je vastbinden op dat spoor.'

'Waarom zou ik dat doen?'

'Dat hoor ik graag van jou.'

'Ik werd bijna overreden, ja?'

'Wie bond jou vast?'

Vanessa nam haar even op, leek haar kansen te wegen en zei: 'Koos.'

'Koos?'

'Ja. Die kwam me halen en nam me mee naar Zuid. In een auto.'

Ze zag weer Koos' gezicht, vlak bij het hare, hoorde hem zeggen: 'Daarom stopte ik. Niet omdat het moest. Anders... Ik had er toch niks aan?'

'Je had met Marcel en Koos afgesproken dat het net leek alsof Koos jou dwong. Dat jij zou spelen dat je doodsbang was, maar dat Koos op tijd zou stoppen. Het was een setup, om jou onschuldig te verklaren en mij in de tang te nemen.'

Vanessa schudde nee. 'Luister. Ik werd tot dan toe alleen maar getipt. Ik had die mensen niet kunnen redden. Ik was er alleen steeds als eerste bij. Ik ben een journalist!'

'Goed. Dat zien we in de rechtszaal wel. Of je medeplichtig bent of niet. Ik wil nu alleen maar weten waarom. Wist hij iets van je? Iets wat hij openbaar dreigde te maken?'

Vanessa keek haar aan. En zweeg. Was dat een ja?

'Je kon onmogelijk zeker weten dat Koos echt zou stoppen. Of dat er niets mis zou gaan, dat de remmen wel goed zouden werken. Waarom nam je dat risico? Waarvoor zette je je leven op het spel? Wat wist Marcel van je?' Flo wist dat haar stem pleitend klonk, overredend, maar Vanessa bleef zwijgen. 'Luister. Je bent de enige verdachte die over is. Mensen willen een zondebok. En reken maar dat rechters zich ook laten beïnvloeden door de media, die erbovenop zullen springen. Jij weet als geen ander hoe dat gaat.'

'Een verdachte is pas schuldig als er bewijs is. Of getuigen.'

Flo wilde vloeken, omdat Vanessa gelijk had. Ze boog zich over de tafel heen en pakte haar ruw, te ruw, bij haar kin. 'Als je ooit nog in de búúrt van mijn zoon komt...' Ze kneep hard in die kin.

Vanessa was zichtbaar geschrokken.

'Zeg het. Waarom hielp je Marcel? Wat wist hij van je?'

Er flitste iets in Vanessa's ogen, maar ze zei: 'Ik hielp hem niet. Hij dwong me Boy te ontvoeren. Koos dwong me op dat spoor te gaan liggen.'

Flo duwde haar van zich af alsof ze besmet was, zo hard dat de stoel bijna kiepte, en zei in de microfoon: 'Interview gestaakt, 11 uur 45.' Ze liep de verhoorkamer uit, sloot de deur en stompte hard tegen de muur.

'Dat helpt niet,' zei Desmond, terwijl ze haar knokkels likte.

*

De gevel van het BovenIJ ziekenhuis stond nog steeds tegen een blauwe hemel alsof er niets gebeurd was, al zwierf er een enkel rafelig wolkje in. Flo zag beweging; er flitste iets onder de daklijst. Ze bleef staan, tuurde naar boven. Een vogel zat op de rand, keek om zich heen, zette toen af. De slechtvalk zeilde door de lucht, op zoek naar een prooi voor het jonge nest. Zo voelde Flo zich ook: als een slechtvalk, wiens prooi geen schijn van kans maakte.

Dat zag ook de baliemedewerkster, Astrid van de pindakaas. Ze herkende postuur, hoed en laarzen, begon schielijk te typen en zei al van een afstand: 'Ik vraag de heer Verdonk of hij u direct kan ontvangen.'

'Astrid,' zei Flo, en ze tikte met onverholen leedvermaak haar hoed aan.

Voordat Desmond haar kon corrigeren, zei ze al: 'Ik blijf altijd zoeken naar plezier in mijn werk.' Dat ontlokte hem een glimlach.

Verdonk kwam de wachtruimte in, in een groen schort met korte mouwen. Zijn bewegingen waren enthousiast, de panden wapperden nog net niet achter hem aan. Hij pakte Flo's handen, drukte ze tussen de zijne. 'Wat waardeer ik dat. Wat waardeer ik dat!'

'Wat bedoelt u precies?' Flo stond niet gauw met haar mond vol tanden, maar nu wel.

'Dat u het me persoonlijk komt vertellen! Dat hij uit de weg geruimd is!'

Hij leek er nu niet mee te zitten dat er mensen meeluisterden, maar keek zelfs licht triomfantelijk om zich heen, alsof hij een rol had gespeeld in de oplossing van de zaak.

'Kunnen we ergens praten?' vroeg Flo afgemeten.

'Ja, ja, natuurlijk. Astrid, ik kan even niet gestoord worden!'

Ze volgden hem naar zijn spreekkamer. Terwijl hij ging zitten, zei hij handenwrijvend: 'Kan ik iets laten brengen? Koffie? Water?' Een zweetdruppel gleed langs zijn slaap.

'U vertelde over die man met een wapen. Die u bedreigde op station Europaplein.'

'Ja?'

'Die u afgeschud hebt met die schaar en door die lift binnen te gaan.'

Er klonk een zelfvoldaan 'ja'.

'Was die man er wel?'

Flo zag Verdonk schrikken.

Dat maskeerde hij met een lach. 'Hoe bedoelt u? Dat ik aan het hallucineren was?'

'Ik zou niet durven.'

Flo keek hem strak aan. Over zijn haargrens lag inmiddels een waas van fijne zweetdruppeltjes.

'Waar was u, afgelopen zondag om halfvijf 's middags?'

'Hoezo? Waar wilt u heen?'

'Wij komen u niet alleen vertellen dat de "metromoordenaar" gepakt is. Maar ook dat we weten dat u in zijn opdracht Theo Verburg, alias Diva, van het perron van station Rokin voor een passerende metro hebt geduwd.'

Verdonk bleef even roerloos zitten. Keek van Flo naar Desmond.

Desmond pakte een spraakrecorder uit zijn zak en zette hem aan.

'Wacht even, wacht even.' Verdonk leunde op zijn ellebogen naar voren met een air van: ik ben niet gevaarlijk. 'Dit is een misverstand. Ik heb niemand geduwd, kende die moordenaar niet. Ik werd op station Europaplein bedreigd. Stond doodsangsten uit.'

'Wij nemen uw computers in beslag om de versleutelde mails die u kreeg te ontsleutelen. Dan lezen wij vanzelf welke opdracht u wél hebt gekregen.' Ze keek Desmond niet aan bij dit staaltje bluf.

Bij Verdonk werkte het. Hij zakte iets in elkaar, leek tien jaar ouder te worden. 'U moet begrijpen... Als een tuchtcommissie... Ik zou ontslagen worden. Nergens in Nederland meer als arts mogen werken. Niemand meer mogen genezen.'

'Maar het oordeel van de tuchtcommissie blijft intern. Toch?' zei Flo.

Geen antwoord.

'Dus u doet nou wel net of u uw werk niet zou kunnen missen, maar erger vond u het als publiekelijk bekend zou worden dat u schromelijk tekortgeschoten was. Dan was u uw status kwijt.'

Verdonk slikte.

'Hebt u Theo Verburg voor die metro geduwd?'

'Ik kon niet anders!'

Flo lachte schamper.

Dat weerhield hem niet van de schaamteloze vraag: 'Kan ik wel enigszins eervol hier het ziekenhuis verlaten? Dat u me opwacht op de parkeerplaats? Ik kan nergens meer heen, dat weet u.'

Flo nam hem op. Was hij het type voor zelfmoord? Ze keek naar Desmond, die kon dat beter inschatten dan zij. Desmond knikte; hij durfde het risico aan, en ze hadden zijn bekentenis op tape.

'Op één voorwaarde,' zei Flo.

Verdonk schraapte zijn keel.

'Dat u me vertelt of er iemand was die u bedreigde met een wapen.'

Verdonk woog zijn kansen, koos voor de anonieme aftocht en schudde nee.

'Ik begreep inmiddels dat er een kans was dat ik het niet zou overleven. Dus moest ik mezelf ook tot slachtoffer maken.'

'Zodat wij u kwamen redden en u bovendien niet beschuldigd zou worden van moord?'

Verdonk zweeg.

'Ik heb het u verteld. Dus kan ik ongezien hier weg?'

Juist, dacht Flo. Intuïtie werkte niet altijd, maar in dit geval wel.

*

De neergelaten zonneschermen wierpen oranje licht in de vergaderzaal. Daar zat en stond het team naar de tv te kijken, waar Brian achter een desk in een microfoon sprak.

'Met deemoed toegeven dat… Gelukkig toch het onderzoek niet

gestaakt... Met veel dank aan een van onze beste rechercheurs...' Hij sprak met trots de naam uit: Marcel de K., onthulde dat het motief lag in een universitair proefschrift, alsof hij het zelf allemaal ontdekt had.

Flo snoof. Ze kon het niet helpen

Fiona, die naast haar stond, fluisterde in haar oor: 'Je hebt gelijk.' Haar kapsel leek van cement en de ij was weer net zo ij-ig als altijd, maar Flo herinnerde zich de thermocape, de nieuwe kleren en glimlachte Fiona toe.

Brian gaf gelegenheid tot vragen. Hij verklaarde dat de seriemoordenaar succesvol uitgeschakeld was, dat daarbij het leven van een jongen van veertien was gered en dat de zaak nu toch echt tot een goed einde was gebracht. Hij zei er nog net niet bij: 'Dankzij ons kunt u weer rustig gaan slapen.' Maar hij bedoelde het wel.

'Gaat de Noord/Zuidlijn dus gewoon rijden?' vroeg een journalist.

'Gelukkig is het nu geheel verantwoord om zowel de opening als het feest doorgang te laten vinden.'

'Het feest,' zei Flo schamper. 'Er zijn vijf doden gevallen.'

'Zes,' hoorde ze Fiona zeggen.

Ze keek haar aan.

'Marcel?' zei Fiona op licht verwijtende toon.

Ja, dat was natuurlijk ook zo. Wie rouwde nu om Marcel? Had hij nog familie? Nu pas dacht ze aan Kai. Ze had zijn jeugdvriend doodgeschoten. Hoewel ze niet wist in hoeverre de vriendschap slechts was blijven bestaan uit gemak voor Kai, was het toch zijn vriend. Die hij vanaf de middelbare school kende.

'Enne...' ging Fiona op geheimzinnige toon verder. 'Het is echt een feest. Alleen voor genodigden en vips. Ik heb kaarten.'

Flo nam haar op. Meende ze dit nou serieus? 'Ga jij nu in die tunnelbuis feest vieren over de lancering van dat teringtyfuslijntje?'

'Je hoeft niet grof in de mond te worden.'

‘Sorry.’

‘Ik heb er zelfs twee over. Ik dacht, misschien wil jij ook wel gaan. Is er nog iets te ontdekken.’

Toen Flo begreep waar Fiona op doelde, lachte ze. ‘Graag,’ zei ze. Misschien was een tunnelbuis vol feestgangers wel waar ze kon ontdekken wat Vanessa had gedreven. En Mary vond het vast niet erg om mee te gaan.

‘Dacht ik al,’ zei Fiona met een hartverwarmende glimlach.

‘Thema is “Durf!”,’ voegde Fiona er nog aan toe.

Tuurlijk, dacht Flo. Why not?

*

Door een haag van journalisten liep ze naar haar auto. Microfoons werden onder haar neus geduwd, camera’s liepen met haar mee.

‘Mevrouw Berge! Kunt u iets zeggen over het motief van de metromoordenaar?’

‘Ging het om voorstanders van de Noord/Zuidlijn?’

‘Handelde hij alleen?’

Pas toen Hunter kort en hoog jankte, stond ze stil. Ze keek naar hem. Hij trok een poot op; iemand was erop gaan staan. ‘Kijk dan uit je doppen, idioten! Ik heb een hond bij me!’ Ze trok hem verder, bereikte haar auto.

‘Klopt het dat de moordenaar banden had met uw broer?’

Flo bevroor. Langzaam trok ze de hand terug, die ze had uitgestoken naar het portier. Ze zocht de vraagsteller en vond hem in een kleine man met een baard, die ter compensatie de grootste microfoon voor zich uit stak.

Er werd druk overlegd; niet iedereen leek te weten dat Kai Berge, de talkshowhost, haar broertje was.

‘Mijn broer heeft hier niets mee te maken. Is dat duidelijk?’

'Ik heb uit betrouwbare bron dat hij en uw broer jeugdvrienden waren.'

'Wij zullen achtergrondgegevens verstrekken zodra het onderzoek helemaal is afgerond.'

'Dus het is nog niet klaar?'

Flo kon zich wel voor de kop slaan. In plaats daarvan zette ze haar hoed recht. 'Het brein achter de moorden is dood. Een mogelijke medeplichtige gepakt. Daar gaan wij nog mee verder.'

'Wie is dat?'

'Kunt u een hint geven?'

Flo stapte in, wenkte Hunter. De menigte week maar langzaam uiteen, liep mee met de auto. Tot ze fel gas gaf, net op tijd remde voor het mannetje met de baard. Ze scheurde weg. In haar achteruitkijkspiegel zag ze dat het baardmannetje overeind werd geholpen en boze handen werden opgestoken.

Whatever, dacht Flo. Moet je me maar niet lastigvallen.

*

Thuis deden Marianne en Boy een spelletje. Het oude Risk, dat hij nooit meer met haar wilde spelen, maar blijkbaar wel met Mary, die hij ook al zijn hele leven kende.

'Ha!' riep hij, op het moment dat ze binnenkwam.

Terwijl Hunter tegen Boy opsprong, alsof hij wist dat Boy er bijna niet meer geweest was, keek Flo Mary dankbaar aan. Ze keek op het spelbord. Boy had ruimschoots gewonnen. Mary knipoogde.

Marianne had boodschappen gedaan, schonk verboden coca-cola in en serveerde er een donut bij. Bij lange na niet zo lekker als die bij hen, maar toch best aardig, zei ze met volle mond. Flo keek naar Mariannes bovenarmen, die vol uit haar mouwen staken, de imposante dijen, haar boezem. Ze was altijd fors geweest. Daarom vormden zij beiden ook zo'n bezienswaardig koppel, maar nu was ze nog wat zwaarder geworden.

Mary zag haar kijken, liet de donut, waar ze net een smakelijke hap van wilde nemen, zakken. 'Wat?' vroeg ze, op een toon die niets te raden overliet.

'Niks,' haastte Flo zich te zeggen.

'Dat dacht ik ook,' zei Marianne.

Flo bleef haar aankijken en knikte naar Boy.

Mary pikte de hint op, slikte het laatste stuk donut door, stond op en zei: 'Ik ga vast koken.' Na deze woorden liep ze naar de keuken, zodat Flo even alleen was met Boy.

Flo riep haar nog na: 'We hebben een feestje morgen.'

'Cool,' kwam er nog terug.

Vragend keek Boy haar aan.

'Opening Noord/Zuidlijn.'

'Ga jij daarheen?' Hij zei het bijna met afschuw. Maar het gaf haar de ingang die ze nodig had.

'Misschien kom ik dan te weten waarom Vanessa Marcel hielp.'

Boy nam haar op, trok toen zijn wenkbrauwen op en glimlachte erbij. Ze wist dat ze hem nergens meer bij mocht betrekken, nooit meer, dus ze schudde nee. Maar Boy legde een peinzende vinger tegen zijn neus en zei: 'Ze had het over Kai. Dat ze het zo fijn vond met "mijn oom" te werken. Dat hij zo'n vakman was. Zo naturel. Bla.'

Wilde Vanessa indruk maken op Kai? Was dat de reden dat ze de politie niet gewaarschuwd had als ze getipt werd? Had ze juist hem daarom steeds de interviews gegeven, nadat ze weer bij een plaats delict verslag had gedaan? Wilde ze shinen als fantastisch capabele midaadjournalist en had ze zich daarom door Marcel laten gebruiken?

'Bracht ze je naar Marcel? Op dat veld?'

'Ja. Hij had koffie. Uit een thermoskan. Toen had ik nog niks in de gaten. Ik wist toch wie hij was?'

Flo knikte. Marcel was vaak op Kais feestjes geweest, waar zij en Casey met de kinderen ook naartoe waren gegaan. En ze herinnerde zich, nu pas, Marcel en Boy, met Hunter in het weiland. Ze gooiden om de beurt de stok, die Hunter dan opgetogen apporteerde. Marcel had dit deel, dit met Boy en de hond en haar, misschien al veel eerder bedacht. En gecombineerd met zijn frustratie over het proefschrift.

'Je hoorde dat hij het over papa had. Toen jij daar lag. Toch?'

Boy knikte.

'Heb jij hem verteld, van toen, van dat ongeluk?'

Boy speelde met een van de Risklegers.

'Dat is niet erg. Echt niet. Ik wil alleen weten hoe hij dat wist.'

'Dat je eerst Hunter uit de auto redde en toen pas omkeek naar papa?'

Hij zei het zogenaamd blanco, maar zijn woordkeus 'omkeek naar' verried een oordeel.

'Ja,' zei Flo zo neutraal mogelijk.

Boy boog zijn hoofd. 'Toen Vanessa weer weg was, trok hij ineens een gun. Liet me in dat graf springen en begon te scheppen. Ik wilde eruit, maar het was te hoog...' Hij haperde. Flo legde haar hand op de zijne, maar hij trok hem weg. De tijd om te schuilen was voorbij.

'Vanessa ging dus weer weg?'

'Iemand haalde haar op.' Flo aarzelde, maar Koos was dood en Boy was nu een officiële getuige. Dat ze dit gesprek een verhoor moest noemen en op het bureau moest afnemen, of ten minste met een collega erbij, liet ze even voor wat het was. Boy was haar zoon, en hij had een traumatische ervaring achter de rug. Ze pakte haar telefoon, scrolde en liet hem een foto zien van Koos. 'Kwam híj haar halen?'

'Weet ik niet. Toen lag ik al in dat gat. Ik hoorde alleen zijn stem.'

'Wat zei hij?'

'Dat ze haast hadden.'

'Had-ie ook een "gun"?'

'Weet ik niet.'

Vanessa kon dus de waarheid spreken. Of niet.

'Mam. Je wilde toch weten hoe Marcel wist van papa in die auto?'

Flo schrok op en vervloekte zichzelf. Boy deed haar een bekentenis. Hielp haar. 'Sorry.'

'Hij vroeg eerst wat mijn grootste geheim was. Dat hij mij vrij zou laten als ik dat zou vertellen. Ik dacht, laat ik dat dan maar proberen.'

'Wat vertelde je hem dan?'

Boy lachte. 'No way,' zei hij.

Flo glimlachte terug, fair enough.

'Toen hij dat niet deed, mij vrijlaten, zei hij dat er nog één klein dingetje was, dat hij moest weten,' vervolgde Boy.

'Wat mijn grootste geheim was?' concludeerde Flo.

'Sorry.'

'Dat hoef je niet te zeggen, hè,' zei Flo. Het bleef even stil. Ze moest de vraag stellen. 'En hoe wist jíj dat?'

'Van pap.'

Nu niet gaan zeggen: zoiets vertel je toch niet aan een kind over zijn moeder, dacht Flo.

Maar Boy wilde het blijkbaar kwijt, want hij vervolgde: 'Toen jullie gingen scheiden. Toen vroeg ik: "Waarom dan?" Ik denk... Hij had gedronken. Ik werd midden in de nacht wakker en ik hoorde hem in de keuken.'

Boy keek haar aan als om te vragen of hij nog door kon gaan, en Flo knikte ja.

'Hij was kwaad. Flapte het eruit.'

'Ja?' Vooruit maar.

'Waarom wij gaan scheiden? Because she cares more for a fucking dog than me!'

Dat hij Hunter een 'fucking dog' noemde deed meer pijn dan zijn verwijt aan haar adres. En dat was precies wat er aan de hand was, realiseerde ze zich. Flo legde een hand op Boys arm. Die mocht nu blijven liggen. 'Dank je.'

Boy knikte.

'Weet je zus het ook?'

'Ik denk het niet.'

'Ga je het haar vertellen?'

'Wat denk je zelf, mam?'

'Ja. Tuurlijk. Niet meer dan logisch.'

Ze haalde haar hand al weg, maar Boy zei: 'Nee, natuurlijk ga ik het haar niet vertellen. Je koos nu toch voor mij?'

Schuldgevoel, blijdschap, opluchting, pijn, het was er allemaal tegelijk.

'Daar hoefde ik niet over na te denken, hè?' verraadde ze Hunter nog een keer.

Boy liet zich omhelzen. Maakte zich toen los en zei: 'Dus ik kom op de aftiteling?'

Er klonk gezang uit de keuken: 'Holiday' van Madonna. Van wie zij samen groot fan waren geweest, in Madonna's beginjaren. Het rook naar knoflook en kaas. Flo had geen inspraak gehad in de menukeuze. Marianne was de baas in de keuken. Altijd geweest. Boy was naar zijn kamer vertrokken om 'even te chillen'. Flo staarde door de open terrasdeuren naar het weiland. Daar stapte Felix in het zonlicht. Hij ging zitten en likte zijn glanzende vacht. Systematisch, grondig. Hunter sliep. Alweer. Flo checkte even of Mary toevallig net om het hoekje keek, stond toen op en legde een hand op Hunters buik. Die rees en daalde. Rees en daalde. Hij was warm, zijn vacht schoon na de uitgebreide wasbeurt in de badkuip. Hij leefde. Zij wist dat ze nog vaak dat moment terug zou krijgen, ongevraagd, zomaar midden op straat op een gewone doordeweekse dag, ongevraagd in een droom. Dat moment waarop ze de loop tegen zijn kop zette en de trekker zou hebben overgehaald. 'Zou hebben,' herhaalde ze zachtjes voor zichzelf. Zou hebben. Ze had het niet gedaan. En Boy lag boven op zijn bed, oortjes in, schoon en warm en droog.

Alsof hij haar gedachten hoorde, richtte Hunter juist op dat moment zijn oor op. Ze legde haar hand op zijn kop, en hij sliep tevreden verder. Flo zuchtte, stond op. Straks zou ze gaan rennen, door het warme vergeelde veld, langs de verdroogde kamperfoelie, langs de sloten die nu weer van haar waren en waar Marcel niks meer mee te maken had.

Het duurde een kwartier om Mary alles te vertellen. Boy wilde liever op zijn kamer eten, wat Flo voor één keer goed had gevonden. Hoewel ze hem had verboden enig detail te onthullen, kon ze zich voorstellen dat hij zijn contacten een mysterie voorschotelde, dat ingelost zou worden. Als de oplossing van een Baantjeraflevering.

Mary veegde haar mond af met haar servet, die rood kleurde van de tomatensaus.

'Jeetje, Flo,' zei ze, met een blik op Hunter in zijn mand. Die zat op zijn kont, voorpoten tegen zich aangetrokken, en gaapte omstandig.

'Ja,' zei Flo, die nu pas aan de pasta begon.

'Waarom heb je me dat nooit verteld? Van Casey en Hunter, bij dat ongeluk?'

'Omdat ik wist dat het niet goed was. En ik jouw afkeuring niet zou kunnen hebben.'

'Waarom dacht je dat ik het af zou keuren?'

Flo lachte grimmig, trok een gezicht en citeerde: ' "Wat doet iedereen toch altijd spastisch over die huisdieren?" '

Mary schoof haar bord uit de weg en leunde naar voren. Ze legde een hand open op tafel. 'Als ik een huisdier had, zou ik hetzelfde doen.'

Flo schudde nee.

'Jawel,' hield Mary vol. 'Je redt eerst degene die totaal afhankelijk van je is. Wiens leven altijd in jouw handen ligt. En je man kan voor zichzelf zorgen, is niet op die manier afhankelijk, niet op die manier verbonden.'

'Een mensenleven is toch meer waard dan een dierenleven?' bracht Flo ertegen in, maar ze legde haar hand in die van Mary. Het maakte niet uit of Mary meende wat ze zei. Ook haar liefde was onvoorwaardelijk, realiseerde ze zich. En die moest ze koesteren.

Mary richtte zich op. Klef genoeg geweest. 'Oké! Jij gaat rennen, ik doe de afwas. Dan nemen we straks nog een borrel en gaan we vroeg in het mandje. Ik ben ook redelijk kapot.'

Natuurlijk. Mary had gevlogen en was ter bestrijding van de jetlag de hele dag wakker gebleven. Ze was er. Zoals Mary er altijd was.

*

Flo zat achter haar bureau in haar glazen kantoor. Hunter lag in zijn mand. Zijn staart sloeg heen en weer op de grond. Hij verveelde zich. Zij wilde dat ze zich ook verveelde, dat ze de luxe had om zich te vervelen, maar het was nog niet klaar. Vanmorgen had Mary geprobeerd haar over te halen thuis te blijven, de stad in te gaan, winkelen, lunchen, lekker wat drinken. Flo had goed geslapen na het rennen. Ze had nog een uur een stok voor Hunter weggegooid, aangenomen en opnieuw geworpen. Ze had de sloot, die van het filmpje, genegeerd. Er lagen geen pups in, Marcel was weg.

In de schemering hadden ze op haar terras gezeten. Ze hadden samen gekeken naar een bloedrode ondergaande zon. Mary had gebruld van het lachen om de verschijning van Alex op de barbecue, had de tranen uit haar ogen geveegd en haar verzekerd dat het goed kwam met Grace, als ze maar geduld had.

'Maar stel, hij wordt mijn schoonzoon!' had Flo meelachend gezegd, maar toch ook lichtelijk in paniek bij die gedachte.

'Dat laat Grace echt wel uit haar hoofd, hoor. En anders Alex wel.' Marianne had erbij geknipoogd, het lichter gemaakt.

Nu keek ze naar de blocnote, die ze van huis had meegenomen, met de lijst van metrostations en slachtoffers. Die inmiddels ook daders waren geworden. Flo concentreerde zich. Wat klopte er nog niet?

Regina Baken – (Dag 1. donderdag) – Noord. Daarachter schreef ze: *Opgehangen in de koepel door Bo Wilkens.*

Bo Wilkens – (Dag 2. vrijdag) – Noorderpark – In de rug geschoten door Bruno Papaver.

Bruno Papaver – (Dag 3. zaterdag) – Centraal – Verwurging, veroorzaakt door Theo Verburg.

Theo Verburg – (Dag 4. zondag) – Rokin – Voor de metro geduwd door Wouter Verdonk.

Daaronder stond:

Wendy Lasalle – (Dag 6. dinsdag) – De Pijp.

Dat streepte ze door. Wendy had geweigerd Verdonk te vermoorden, daarmee week ze af van Marcels plan. Wat was het oorspronkelijke plan?

Wouter Verdonk – (Dag 5. maandag) – Vijzelgracht – Zou doodgeschoten worden door Wendy Lasalle met het wapen van Papaver.

Wendy Lasalle – (Dag 6. dinsdag) – De Pijp – Had vermoord moeten worden door ????

Het station waar ze uiteindelijk gestorven was klopte. Maar wie had haar moeten vermoorden? Wie was degene die vervolgens op Europaplein vermoord had moeten worden? Niet Vanessa, die was medeplichtig, dat kon ze alleen maar niet bewijzen. Iemand anders.

?? – (Dag 7. woensdag) – Europaplein – Vermoord door ??

En toen? Toen kwam station Zuid. Was het wél de bedoeling geweest dat Vanessa overreden werd? Door Koos? Maar wat was Koos' geheim dan? Flo sloot haar ogen. Hoorde weer in haar hoofd: *Waarom denk je dat ik je hier je keus laat maken? En niet op station Zuid?* Zuid was een tussenstop. Zo had Marcel tijd om Boy op het Galgenveld te krijgen.

Boy/Hunter – (Dag 8. donderdag) – Galgenveld – Vermoord door Flo Berge.

Haar hand legde de pen neer. Ze streek mechanisch over het papier, alsof ze de namen eraf kon strijken, het ongedaan kon maken. Was het de bedoeling geweest dat zij ook vermoord zou worden? Of wilde Marcel het bij haar laten eindigen, in de wetenschap dat het voor haar ondraaglijk zou zijn te moeten leven met de gebeurtenissen, met het feit dat ze het leven van Boy – en van Hunter – op het spel had gezet? Dan was zij de apotheose. Dat kon kloppen. Maar had de apotheose niet vandaag plaats moeten vinden, de dag van de opening van de Noord/Zuidlijn? Of draaide ze door? Marcel was dood, kon niet meer dreigen met het onthullen van een geheim waarvoor iemand zou moorden. Het was klaar nu. Het enige wat nu nog belangrijk was om de puzzel rond te krijgen, was uitvinden wie er nog rondliep met dat geheim.

Die een-na-laatste. Dat was een hopeloze vraag. Er waren duizenden voorstanders van de Noord/Zuidlijn. Iedereen had een geheim. Ze staarde naar haar eigen naam. Ze hoorde Ferdinand in haar hoofd. *Probeer óm te denken. Vermijd tunnelvisie.*

De lijst staarde haar aan. Ze was er bijna. Maar nog niet helemaal, verzuchtte ze inwendig. Ze stond op en keek door het raam naar buiten. Hoe zou het met Mia zijn? Had die de persconferentie bekeken, was ze blij dat ze nu wist wie haar Theo had vermoord? Of was ze boos, omdat ze totaal niet begreep waarom dan en omdat haar beeld van hem voor altijd was vervangen door dat van Diva? Hoe was het met het dochtertje van Mariska en Bo? Had Mariska een nieuw ledikantje gekocht, was ze op vakantie gegaan om haar zinnen te verzetten? Had Jason een goede première van zijn Volksopera gehad, zonder Regina? Flo legde even haar voorhoofd tegen het raam om het hoofd van Wendy niet te zien, en de ogen van Koos.

'Flo.'

Ze draaide zich om naar Desmond. Die had haar hoed in zijn hand.

'Ga naar huis.'

'Maar...'

'Je bent al negen dagen in touw. Met hoeveel slaap?'

Flo dacht aan Marianne, aan een terras in Oostzaan, aan Boy die haar nodig had. Maar het was nog niet klaar.

'De ware inzichten komen altijd onverwacht.'

Dat klonk zweverig, maar op dat moment legitiem genoeg. Ze glimlachte naar Desmond, die was gekleed in een wijnrode zijden bloes, waar zijn grijze staart mooi tegen afstak. En nam de hoed aan.

'Ik meld je wel af,' bood Desmond aan.

'Ik denk niet dat het Brian ook maar iets kan schelen,' zei Flo. Ze lijnde Hunter aan en liep het kantoor uit. Ze had nog één kans. Vanavond.

*

De zon had uitbundig op het terras in Oostzaan geschenen, waar ze inderdaad met Mary op terecht was gekomen. Marianne had genoten van een koude witte wijn, en hoewel Flo heel veel zin had in die Miller Lite, had ze het niet gedaan. Ze hief haar gezicht op naar de zon, sloot haar ogen, probeerde het inzicht onverwacht te laten komen.

'Pas je wel op? Dadelijk ben je een zwarte vrouw met witte wenkbrauwen,' had Mary gezegd.

Grinnikend had Flo haar ogen geopend en Mary aangekeken. 'En wat doe ik aan?'

Mary had alleen maar mysterieus geglimlacht.

Nu zaten ze aan tafel, zij, Boy en Marianne. Marianne had erop gestaan andijviestamppot te maken, al was het dertig graden, maar ze was er niet van af te brengen geweest. En alle borden waren leeg, zag Flo.

Boy duwde het zijne van zich af. 'Dus jullie gaan straks naar dat feest.'

'Yep,' zeiden Mary en Flo tegelijkertijd. Ze begonnen te lachen, bijna te giechelen, waarop Boy met zijn ogen rolde. 'Ja, supergezellig. Maar mag ik nog even? Over die een-na-laatste?'

Flo keek hem aan. Keek toen met hem mee naar de blocnote, die ze weer mee naar huis had genomen en onbeheerd op de tafel had laten liggen.

'Sorry. Maar ik heb er toch recht op te weten hoe het zit? Na dat graf?'

Flo hoorde Mary geschrokken inademen. Het schuldgevoel stak, scherp, gemeen.

Boy en zij bleven elkaar aankijken, totdat Flo zei: 'Oké, mevrouw De Cock, kom maar op.'

Mary stak beide handen in de lucht. Ze capituleerde en begon de tafel af te ruimen. 'Nee, ik was ook af,' zei ze. En met een knipoog: 'Life without a dishwasher kun je ook zien als nostalgie.' Ze vertrok naar de keuken.

'Het ging om voorstanders van de Noord/Zuidlijn,' begon Boy. 'Maar jij bent juist een tegenstander.' Ze hadden er regelmatig discussies over. Boy vond dat ze zich te veel opwond, dat het toch een mooi project was, superhandig et cetera.

'Bij jou ging het niet om de Noord/Zuidlijn. Maar om hem.'

Verrast keek Flo op. 'Wat... Hoe...'

'Hij zei dat hij nog iets met je te vereffenen had. En dat hij daarvoor dat geheim nodig had. Van papa.'

Haar ontsnapte een lachje.

'Was het wraak? Persoonlijke wraak?'

Juist. Dacht Flo. 'Ja. Hij was verliefd op me, ooit, maar ik wist dat niet. Hij voelde zich afgewezen.'

'Misschien ging het bij die een-na-laatste ook wel om persoonlijke wraak. Om afwijzing?'

Het inzicht kwam – inderdaad – toch nog onverwacht. Wie had Marcel onlangs afgewezen? Zijn levenswerk in de prullenbak gegooid? De hoogleraar. Die 'er niets over kon zeggen', zoals Alex had gezegd. Had die Wendy Lasalle moeten vermoorden? Maar was Wendy hem voor geweest?

Boy zag haar denken. 'Wat?' Ze gaf geen antwoord, pakte haar telefoon, aarzelde. Kon ze Alex die vraag nog stellen? Maar als hij niets meer met haar te maken wilde hebben, dan reageerde hij gewoon niet. Simple as that.

Ze appte: Hoe heet die hoogleraar? Ze liet het appje aan Boy zien. Die lachte, toch nog verrast, hield zijn hand op voor de high five. Haar telefoon kreeg per ommegaande een appje terug.

Alex: Prof. dr Chris van Hees.

Mary kwam de kamer weer binnen, droogde haar handen nog aan haar broek.

Flo selecteerde Desmonds nummer al, toen Mary zei: 'Wie ga je bellen? En waarom?'

'Ja, sorry. Er komt iets tussen. Die hoogleraar –'

'Dat kan morgen ook. Wij gaan nu naar dat feest.'

'Waarom?'

'Omdat ik het zeg. En omdat jij een avond uit hebt verdiend. En ik ook.'

Flo was niet overtuigd. 'Maar –'

'Mam. Wat maakt het nog uit? Die Van Hees heeft geen moord gepleegd. Degene die zijn eventuele geheim kent is dood. Wat the?'

Boy grijnsde, was blij genoeg dat ze de ontbrekende schakel gevonden hadden.

'En als jij vanavond niet op dat feest bent, gaan mensen zich afvragen of het wel waar is dat ze geen gevaar meer lopen,' voegde Mary er haastig aan toe.

Flo aarzelde nog.

'Kom op. Ik heb een beeldige outfit voor je in mijn koffer.'

De beeldige outfit bestond uit een roomwit linnen kostuum met wijde pijpen en een laag gesneden colbert, waar Flo van Mary alleen een bh ondcr aan mocht.

Flo stond voor de spiegel en bekeek haar decolleté. 'Serieus?'

'Wat was het thema? Durf?'

Flo glimlachte, draaide zich om. De geschubde laarzen met megascherpe punten, die ze niet vaak droeg, stonden fantastisch onder de wijde pijp.

'Ik heb geen hoed die erbij past.'

'Maar ik wel.'

Flo begon te lachen bij het beeld van Mary's volgestouwde koffer op haar bed. Daar zat echt geen hoed tussen die een halve kant innam. Maar Mary groef tussen de kleding, haalde er iets ronds uit, dat na uitvouwen plotseling een hoed was. Van roomwit vilt.

'Stetson? Crushable?' zei Mary op een toon alsof Flo dat zelf had kunnen bedenken.

Flo nam de hoed aan, trok Mary naar zich toe en omhelsde haar.

Die klopte haar op de rug en zei: 'Er lopen vast ook andere beeldige jongens rond.' Ze pauzeerde even. 'Daarover gesproken.'

Flo keek op. Ze hoorde de ernst onder de nonchalance.

'Het is uit met Casey en Sheila.'

Flo liet de hoed, die ze net op had willen zetten, weer zakken. 'Wat?'

'Ik weet het fijne er niet van, maar het huis staat weer te koop. En hij is bij haar weg.'

'Dat weet je zeker.'

'Hij belde Bill.'

Flo keek naar zichzelf, in het roomwitte kostuum, met het diepe, te diepe decolleté. 'En dat vertel je me nu pas?'

'Had je daar eerder aandacht voor dan?'

Mary kwam naast haar staan. Ze keken samen in de spiegel, zoals ze al hun hele leven samen in de spiegel keken.

'Dat doet niets af aan de beeldige jongens,' zei Mary, en ze tikte haar hoed omlaag.

Flo grijnsde.

*

De tunnelbuis baadde in flikkerend groen, rood en blauw licht. Over de rails waren vlonders geplaatst. Een dj blies muziek horizontaal de tunnel in. Er werd al gedanst. Het enige wat er niet bij paste waren de naambadges, die ze omgehangen hadden gekregen bij binnenkomst. Op elk ander feest had Flo dat geweigerd, maar ze begreep dat de organisatie op last van het GVB geen risico nam. Geen anonieme gasten, geen onvoorziene problemen. Dus liet ze de badge hangen tot ze binnen waren, deed hem af en bevestigde hem met het clipje aan de zak van haar colbert.

'Precies,' zei Mary, die haar voorbeeld volgde. 'We willen het zicht op onze boezems niet blokkeren.' Dat er bij Mary veel meer zicht ergens op was, deed er niet toe.

Flo schrok van fel licht dat in haar ogen scheen, dook een beetje in elkaar, was weer op het grasveld, maar zag toen achter het licht een camera en daarnaast het gezicht van de bebaarde kleine journalist die ze eerder van de sokken had gereden. Een cameraploeg. Natuurlijk was er een cameraploeg om dit allemaal vast te leggen. Het stopte nooit.

'Mevrouw Berge,' zei de journalist, 'u zult wel trots zijn op de behaalde resultaten.'

Even aarzelde Flo. Trots op het feit dat dit aan zes mensen het leven heeft gekost, wilde ze zeggen. Maar ze voelde Mary naast zich en zei: 'Ik ben hier vanavond op persoonlijke titel, sorry.' Daarop draaide ze zich om, liep verder de menigte in.

Ze schudde de hand van de burgemeester, die aan haar voorgesteld werd door Gerard ten Have. Met een diepe donkere stem overlaadde hij haar met complimenten, totdat ze zich excuseerde. Ze herkende wethouders, namen uit de oude dance-scene, een chef van een Amsterdams sterrenrestaurant. Ondanks de dreun van de muziek was iedereen in geanimeerd gesprek. Hapjes werden langsgedragen. Er stond een spit met een heel varken, met daarnaast een kok die met een enorm mes stroken afsneed. Flo liep naar de bar, bestelde een mojito 'met' en een mojito 'zonder'. En herkende het productiemeisje, het chagrijnige wicht dat voor Kai werkte. Ze pakte snel de glazen op, maar werd in haar vlucht onderschept door – inderdaad, want vip – Kai. Ze bleven even tegenover elkaar staan. De cameraploeg stond bij een ander slachtoffer.

'Jezus, Flo,' zei Kai toen.

'Ja,' zei ze.

'Ben je oké?'

'Ja,' herhaalde Flo.

'Dus Marcel zat echt achter al die moorden?'

'Ja.'

'Had je... Ze trainen agenten toch altijd om in de knie te schieten? Of in de schouder?'

'Ik moest hem uitschakelen. Hij stond op het punt Boy te vermoorden.' En Hunter, dacht ze erachteraan, maar dat zei ze niet.

Nu zette Kai zijn glas op de bar, bukte zich en omhelsde haar en de mojito's. Ze liet het even toe. Hij liet haar los, zakte iets door zijn knieën en zei, terwijl hij haar recht in de ogen keek: 'Ik wist nergens iets van, hè?'

'Weet ik,' zei Flo.

'Ik moet door,' zei Kai op verontschuldigende toon. Tuurlijk, zij ook.

Flo hield de op miraculeuze wijze geredde glazen boven haar hoofd en worstelde zich door de menigte. En keek tegen een naambadge aan. 'Prof. dr. Chris van Hees.'

De badge hing om de nek van een lange, knappe man, met golvend grijs haar, die over haar heen keek. Ze kwam knel te zitten tussen hem en de persoon achter haar en riep: 'Hallo!'

Van Hees deinsde naar achteren. 'Pardon?' klonk het boven haar hoofd. Hij keek natuurlijk op haar hoed neer, dus deed ze in de ontstane ruimte een stap achteruit. Dat leverde op: 'Sorry. Sorry, ik had u niet gezien.'

'Story of my life.' Dat ontlokte hem een glimlach, en ze greep haar kans, gaf één mojito blind aan de persoon naast haar en stak haar hand uit. 'Flo Berge.'

'Ah,' zei hij, terwijl hij haar hand schudde.

'Recherchéúr Berge?'

'Yep.'

Een goedkeurend knikje.

'Ik meen dat u de dader kende?'

Die vraag verbaasde Van Hees, maar ze knikte naar de naambadge en prees de organisatie in gedachten de hemel in.

'Eh... ja. Ja, zeker.' Nu was hij op zijn hoede.

'Marcel was op zijn zachtst gezegd teleurgesteld dat zijn proefschrift afgewezen werd.'

'Een tragische samenloop van omstandigheden. Maar ja, soms wordt een onderzoek nu eenmaal ingehaald door de tijd.'

'Die afwijzing vormde zijn motief. Om vijf mensen de dood in te jagen. En wie er nog zou volgen, als we hem niet hadden onderschept.'

Van Hees nam haar op, keek over haar hoofd of hij iemand kon aanspreken bij wijze van excuus. Dat vond hij niet.

'Het lijkt me dat u daar nog helemaal geen uitspraken over mag doen.'

'Wel tegen mensen die er al van op de hoogte zijn.'

'En wat bedoelt u daarmee?'

'Hebt u instructies gekregen? Om Wendy Lasalle te vermoorden? Maar was ze u voor?' Van Hees keek haar alleen maar aan. Ze zag het in zijn ogen. 'Nee. U weigerde.'

Van Hees begon hard te lachen. Te hard. Nerveus.

'Mevrouw Berge, u ziet spoken. Dat kan ik begrijpen, u hebt vast niet veel slaap gehad afgelopen tijd. Als u me nu wilt –'

'Waarom weigerde u? Schatte Marcel uw geheim groter in dan het was?'

'Sorry, maar –'

Flo dacht dat Van Hees zich uit de voeten zou maken, maar hij boog zich naar haar toe en zei: 'Weet u? Marcel poneert allerlei ambitieuze theorieën en veronderstellingen, maar onderbouwing, ho maar. Geen harde bewijzen, nergens voor. Dat stond me ook zo tegen in dat proefschriftje.'

Hij richtte zich op en gebruikte zijn postuur om zich langs mensen te wringen, schoof ze eenvoudigweg opzij. Zijn grijze haren verdwenen in de menigte.

Flo keek in de spiegel van de toiletkeet, die op het Europaplein was neergezet. Ze steunde even met haar handen op de wasbak, zette toen haar hoed rechter. Nog geen inzichten, niet aangaande Vanessa's rol, niet aangaande het geheim van Papaver, of de betrokkenheid van Van Hees.

'Goed dat je gekomen bent.'

Flo hoefde zich niet om te draaien om Fiona's geknepen o te herkennen.

Fiona droeg een lange leren jas en pumps met stilettohakken van ten minste tien centimeter. Haar haar was geföhnd in een wilde Farrah Fawcettcoupe.

Flo floot onwillekeurig.

Fiona glimlachte, wierp een blik op zichzelf in de spiegel.

'En dat is nog niet alles...' Ze wenkte Flo. En opende haar jas. Ze had er, buiten een bh, een kanten slipje, kousen en jarretelles, niets onder aan. Flo gaapte haar aan. Snel sloeg Fiona de cape weer dicht, knipoogde en verliet de ruimte. Poe, dacht Flo. Die Fiona.

Op zoek naar Mary, die ze allang kwijt was geraakt, wilde Flo de tunnel weer betreden. Bij de ingang stonden Gerard ten Have en de burgemeester met ernstige gezichten op hun telefoons te kijken. Flo hield haar pas in.

'Problemen?' vroeg ze.

De mannen wisselden een blik. Ten Have toonde haar zijn telefoon.

Ze zag een krantenkop: MALVERSATIES BIJ BESLUITVORMING NOORD/-ZUIDLIJN AMSTERDAM.

Ze fronste haar wenkbrauwen, keek op. De burgemeester gebaarde: lees maar even door.

Van onze correspondent Vanessa Hardeman.

Flo kon zichzelf wel voor de kop slaan. Natuurlijk. Vanessa had geen geheim. Ze had niets te verliezen. Ze had iets te winnen. Dé scoop van het jaar, hét staaltje onderzoeksjournalistiek waarmee ze de boeken in zou gaan. En hopelijk in Kais bed zou blijven. Ze had zich op dat spoor laten binden met het risico dat er iets mis kon gaan, omdat dat een laatste voorwaarde was die Marcel had gesteld. Als ze dat zou doen, dan zou hij haar het bewijs leveren voor zijn bewering dat er dingen flink mis waren met de Noord/Zuidlijn. Het bewijs dat haar de kopij opleverde die ze al had ingeleverd voordat ze vast werd gezet, waar ze niks over kon zeggen omdat Flo dan zou proberen publicatie tegen te houden. Vanessa had al die tijd geen politie gewaarschuwd en wist niet honderd procent zeker of Koos zich aan de afspraak zou houden, of hij niet toch zou kiezen voor zijn eigen moment of fame. Dat alles voor een scoop. Een vette scoop, weliswaar, maar toch.

> Uit onderzoek blijkt dat de hoogste ambtenaar van het Ministerie van Infrastructuur en Waterstaat, de onlangs bij de metromoorden omgekomen Bruno Papaver, op grote schaal smeergeld betaalde, valsheid in geschrifte pleegde én op onverantwoorde wijze knoeide met kosten en begrotingen. De werkelijke kosten van de aanleg van de lijn zijn een veelvoud van de beraamde, wat Papaver successievelijk onder het tapijt veegde. Diverse bewindslieden wisten van deze malversaties en waren medeplichtig. Dit schandaal gaat nog een enorme staart krijgen en werpt een grote smet op dit ambitieuze project.

Dit was Bruno Papavers geheim, het geheim waarom hij Bo Wilkens had neergeschoten en dat Marcel aan Vanessa had verteld en had onderbouwd met data. Flo keek op en gaf Ten Have zijn telefoon terug. Hij verwachtte geen reactie, dus liep ze door naar binnen. Daar stond het halve publiek ook op zijn telefoon te kijken. De dj incluis, die besloot de muziek af te kappen. Party's over, dacht Flo. Ze zag Mary, zwaaide en liep op haar af. 'Nou,' zei ze.

'Ja,' zei Mary, 'en dat is nog niet alles.'

Ze liet haar telefoon zien. 'Op pagina drie van dezelfde krant?'

HARD BEWIJS VOOR VERZINSELS HOOGLERAAR

Prof. dr. Chris van Hees, verbonden aan de Universiteit van Amsterdam, is betrapt op het op grote schaal publiceren van verzonnen onderzoeksresultaten...

In het halfduister sprong een lamp aan. De lamp van de camera, die gericht was op prof. dr. Chris van Hees. De bebaarde journalist zei iets tegen hem, hield een microfoon onder zijn neus. Van Hees deinsde naar achteren, keek langs de camera. Alle aanwezigen keken terug. Van Hees keek opzij, naar het varken aan het spit. En greep het grote koksmes, dat daarnaast lag.

Flo deed een stap naar voren. Het mes zwaaide.

'Een mes! Er is een mes!' werd er gegild.

De menigte bewoog. Er werd gerend, mensen verloren hun evenwicht, werden vertrapt. De stroom bewoog zich richting de uitgang, nietsontziend, zonder oog voor de zwakkeren en de kleineren. Flo klom op de mengtafel van de dj. Het gegil was oorverdovend, ook klonk er gehijg, namen werden geroepen. Flo keek over de menigte heen. Die vluchtte weg van Van Hees, die het mes in de lucht hief.

'Niet doen!' schreeuwde Flo, maar ze overstemde de paniek niet. De paniek op de vloer, en de paniek van Van Hees.

Hij hield het mes voor zijn buik, als een samoeraistrijder. Verzamelde kracht en stak. Hij zakte in elkaar.

Flo liet zich van de dj-set zakken, sprong over lichamen heen, ontweek een late vluchter en bereikte Van Hees. Ze hurkte bij hem neer. Zijn blik was al glazig. Doods. Geen hartslag, voelde Flo in zijn hals. De pijp van haar broek raakte de grond, en de zoom kleurde langzaam rood. Van Hees had gedacht dat Marcel blufte. Dat die 'geen harde bewijzen' had voor zijn fraude. Hij wist niet van de afluisterapparatuur, de camera's die ongetwijfeld ook bij hem thuis waren geïnstalleerd. Ze keek weer naar het levenloze lichaam aan haar voeten. Deze man had Wendy moeten vermoorden. Wie had hém moeten vermoorden, op het station dat aan de beurt was, het Europaplein? Als ze dacht in Marcels schema, was dat Boy. Of Hunter. Die laatste was niet logisch natuurlijk, maar Boy? Marcel hád Boy een geheim ontfutseld, een geheim dat hij haar niet had willen vertellen. Hij had er vrij laconiek over gedaan. Was het groot genoeg geweest om hem te dwingen tot móórd? En waarom had Vanessa Boy dan pas donderdag ontvoerd en hem naar het Galgenveld gebracht? Dan was hij toch niet in de buurt van Van Hees? Nee, hij was woensdag op de kermis geweest. Flo's hoofd tolde. Had Marcel Van Hees zelf willen vermoorden, zelf het licht in zijn ogen willen zien doven? Ze keek nogmaals naar het mes, dat uit de buik van Van Hees stak. Nee, dacht Flo. Zelfmoord, en plein public bij de opening van de Noord/Zuidlijn, was een veel ultiemere wraak.

Flo beet zo hard op de binnenkant van haar wang dat ze bloed proefde. Zij had dit kunnen voorkomen. Zij had Van Hees kunnen redden, als ze meer had ómgedacht, geen tunnelvisie had gehad en had gezorgd voor censuur op Vanessa's nieuwsuitingen. Ze blies uit en keek op. Beveiligers en agenten in uniform renden het podium over. Men sen werden weggedragen, verplegend personeel was ter plekke. Flo bleef zitten wachten bij Van Hees. Marcel had zijn wraak. De hoogleraar die hem dit had aangedaan was dood. De Noord/Zuidlijn zou voor altijd bezoedeld zijn. En hij was haar, Flo, toch nog te slim af geweest.

Twee sterke handen tilden haar onder haar oksels omhoog. De handen van Marianne, die dat al jaren deden, als Flo weer eens ergens uit gevallen was, als ze op het schoolplein een van de grote jongens had uitgedaagd, en toen Casey haar had verteld dat hij het huis van hun dromen had gekocht, zonder haar. Mary volgde haar blik naar het lichaam van Van Hees aan haar voeten, de rode zoom van haar broek.

Ze dwong Flo haar aan te kijken en zei: 'Flo. Je hebt de metromoordenaar gepakt. Boy leeft. Hunter leeft.'

'Ja,' zei Flo. 'Ja.'

'Zullen we naar ze toe gaan?'

Op het Europaplein was het druk met ontzette mensen, gasten van het feest met schaafwonden, gekneusde ellebogen, mensen in shock. En met toeschouwers en politieauto's. Mary baande zich er een weg doorheen, Flo volgde. Toen ze de auto bereikten en Flo haar sleutels pakte, stak Mary haar hand uit.

'Ik rij.' Dat duldde geen tegenspraak.

Ze stapten in. De nachtlucht was nog warm en zwoel. Sterren stonden helder aan de hemel, alsof eronder niets gebeurd was. Mary startte, liet de motor even brullen en reed weg. Op de snelweg wapperden hun haren in de wind. Flo snoof de lucht op, verlangde naar de vacht van Hunter en de kuif van Boy. Naast haar klonk de diepe stem van Mary:

I made it through the wilderness
Somehow I made it through
Didn't know I was lost till I found you

Madonna. Flo haalde adem en zong, schreeuwde mee:

Like a virgin
Touched for the very first time
Like a virgin
When your heart beats, next to mine…

De horizon was ver, de weg recht en lang. Ze gingen naar huis.

Sfeervolle en beklemmende thriller in oer-Nederlandse setting

Lidewij Martens
Steigereiland

Lin moet altijd schipperen: tussen haar functie als rechercheur in de regio Rijnmond en haar officieuze rol als ordebewaker op Steigereiland: een kleine gemeenschap van woonbootbewoners waar zij al heel haar leven deel van uitmaakt. Als er een drugsvondst wordt gedaan, krijgt die zaak topprioriteit. Maar dan verdwijnt de vijftienjarige Sabine, Lins buurmeisje en zwemmaatje.

Niet alleen wordt Lins ex daarmee in verband gebracht, ook brengt het Lin terug naar een noodlottig ongeval in het verleden. Is zij in staat Sabine op tijd te vinden, of komt het allemaal te dichtbij?

ISBN: 978 94 027 0352 8

Lezers over *Steigereiland*

'Spannend, je wil zo graag verder lezen!'
'Heerlijk, goed geschreven!'
'Aanrader!'

Voor meer informatie: **www.harpercollins.nl**